Selma Lagerlöf, Marie   Franzos

Unsichtbare Bande

Erzählungen

Selma Lagerlöf, Marie   Franzos

Unsichtbare Bande
Erzählungen

ISBN/EAN: 9783337354107

Hergestellt in Europa, USA, Kanada, Australien, Japan

Cover: Foto ©Andreas Hilbeck / pixelio.de

Weitere Bücher finden Sie auf **www.hansebooks.com**

Unsichtbare Bande

Erzählungen

von

Selma Lagerlöf

Deutsch von Marie Franzos

Leipzig / Hesse & Becker Verlag

Inhalt

Peter Nord und Frau
Fastenzeit

I

So traulich wie ein Heim steht das kleine Städtchen vor mir. Es ist so klein, daß ich alle seine Winkel und Ecken kennen lernen, mit jedem Kinde gut Freund werden und alle Hunde beim Namen rufen konnte. Wer über die Straße ging, wußte, bei welchem Fenster er den Blick aufschlagen mußte, um ein schönes Gesicht hinter der Scheibe zu erblicken, und wer durch den Stadtpark wanderte, kannte die Zeit, wann er da gehen mußte, um die Person zu treffen, die er treffen wollte.

Auf die schönen Rosen im Nachbargarten war man fast ebenso stolz, als wenn sie im eignen gestanden hätten. Geschah etwas, was kleinlich oder gewöhnlich war, so schämte man sich, als wäre es in der eignen Familie passiert, aber bei dem allergeringsten Ereignis, einer Feuersbrunst oder einer Marktschlägerei, brüstete man sich und sagte: „Seht nur, welches Gemeinwesen! Geschehen solche Dinge anderswo? Welche wunderbare Stadt!"

Und in dieser meiner geliebten Stadt verändert sich nichts. Komme ich wieder einmal hin, so werde ich dieselben Häuser und Kaufläden wiederfinden, die ich von altersher kenne, dieselben Gruben im Steinpflaster werden mich zu Fall bringen, dieselben steifen Lindenhecken, dieselben rundgeschnittenen Fliedersträucher meinen bewundernden Blick fesseln. Wieder werde ich sehen, wie der alte Ratsherr, der die ganze Stadt regiert, mit elefantenschweren Schritten die Straße hinabgewandert kommt. Patriarch und Vorsehung, welch ein Gefühl der Sicherheit hat man nicht, wenn man dich so wandern sieht! Und der taube Halfvorson wird noch immer in seinem Garten umhergehen und graben, während seine wasserklaren Augen suchend starren, als wollten sie sagen: „Alles, alles haben wir durchforscht, jetzt Erde, wollen wir uns bis in dein Innerstes bohren."

Aber wer nicht mehr da sein wird, das ist der kleine runde Peter Nord. Ihr wißt doch, der kleine Wermländer, der in Halfvorsons Kramladen stand, er, der die Kunden mit seinen kleinen mechanischen Erfindungen und seinen weißen Mäusen unterhielt. Von ihm ist eine ganze Geschichte zu erzählen. Über alles und alle in der Stadt gibt es Geschichten. Nirgends geschehen so wunderliche Dinge.

Er war ein Bauernjunge, der kleine Peter Nord. Er war klein und rund, er war braunäugig und hatte ein lachendes Gesicht. Sein Haar war heller als Birkenlaub im Herbst, die Wangen waren rot und flaumig. Und ein Wermländer war er. Niemand, der ihn sah, konnte glauben, daß er aus einem andern Lande komme. Mit prächtigen Eigenschaften hatte ihn die treffliche Heimat ausgerüstet. Hurtig war er bei seiner Arbeit, rasch mit den Fingern, flink mit der Zunge, klar im Kopfe. Und dazu ein Narr, gutmütig und hoch hinaus, gefällig und streitlustig, neugierig und plapperhaft. Der Tollkopf, er war nicht imstande, einem Bürgermeister größre Ehrfurcht zu zeigen, als einem Bettler. Aber Herz hatte er, verliebt war er jeden zweiten Tag, und die ganze Stadt zog er ins Vertrauen.

Die Arbeit im Laden verrichtete dieses glücklich veranlagte Kind in irgendeiner übernatürlichen Weise. Die Kunden wurden bedient, während er die weißen Mäuse fütterte. Geld

5

wurde gewechselt und gezählt, während er seine kleinen, selbstgehenden Wagen mit Rädern versah. Und indes er den Kunden von seiner allerletzten Verliebtheit erzählte, ließ er das Litermaß nicht aus den Augen, aus dem der braune Sirup sich sachte herabringelte. Und es machte den bewundernden Zuhörern Spaß, zu sehen, wie er plötzlich über den Ladentisch sprang und auf die Straße stürzte, wo er mit einem vorbeigehenden Gassenjungen einen Strauß ausfocht, um dann mit ruhiger Stirn in den Laden zurückzukehren und den Knoten an einem Paket zu knüpfen oder ein Stück Stoff fertig zu messen.

War es nicht natürlich, daß er der Günstling der ganzen Stadt wurde? Wir fühlten uns alle verpflichtet, bei Halfvorson einzukaufen, seit Peter Nord hingekommen war. Und selbst der alte Ratsherr war stolz, wenn Peter Nord ihn in eine dunkle Ecke zog und ihm den Käfig mit den weißen Mäusen zeigte. Es war sehr spannend und aufregend, die Mäuse zu zeigen, denn Halfvorson hatte ihm verboten, sie im Laden zu halten.

Da aber kamen mitten in dem heller werdenden Februar ein paar trübe Tage mit nebligem Tauwetter. Peter Nord wurde auf einmal ernst und still. Er ließ die weißen Mäuse ihren Drahtkäfig benagen, ohne sie zu füttern. Er versah seine Obliegenheiten tadellos. Er balgte sich nicht mit den Gassenjungen. Konnte Peter Nord es vielleicht nicht vertragen, daß das Wetter umgeschlagen hatte?

Ach nein, die Sache war die, daß er einen Fünfzigkronenschein oben auf einem der Wandbretter gefunden hatte. Er hatte geglaubt, daß er mit einem Stoffballen hinaufgeschleudert worden war, und ganz unbemerkt hatte er ihn unter einen Pack gestreiften Kattun geschoben, der damals unmodern war und nie von den Wandbrettern heruntergenommen wurde.

6

Der Knabe hegte in seinem Herzen einen unbändigen Groll gegen Halfvorson, der ihm eine ganze Mäusefamilie totgeschlagen hatte, und nun wollte er sich rächen. Noch sah er die weiße Mutter mitten unter ihren hilflosen Jungen vor sich. Sie hatte keinen einzigen Versuch gemacht zu fliehen, sondern war in unerschütterlichem Heldenmut auf ihrem Platz liegen geblieben und hatte den herzlosen Mörder aus roten brennenden Augen angestarrt. Verdiente dieser nicht auch eine angstvolle Stunde? Peter Nord wollte sehen, wie er totenbleich aus dem Kontor stürzte und nach dem Fünfzigkronenschein suchte. Er wollte dieselbe Angst in seinen wasserklaren Augen sehen, die er in den granatroten der weißen Maus erblickt hatte. Der Krämer sollte nur suchen, er sollte den ganzen Laden umkehren, bevor Peter Nord ihn die Banknote finden ließ.

Aber der Fünfzigkronenschein blieb den ganzen Tag in seinem Versteck liegen, ohne daß jemand danach fragte. Er war ganz neu, bunt und leuchtend und hatte die Zahl Fünfzig groß in allen Ecken. Wenn Peter Nord allein im Laden war, lehnte er eine Leiter an die Regale und kletterte zu dem Kattunballen hinauf. Dann zog er den Fünfzigkronenschein hervor, entfaltete ihn und bewunderte seine Schönheit. Mitten im eifrigsten Handeln konnte er Angst bekommen, daß dem Fünfzigkronenschein etwas zugestoßen sei. Dann tat er, als suchte er etwas auf dem Wandbrett und tastete unter dem Kattunballen herum, bis er den glatten Schein unter seinen Fingern rascheln fühlte.

Dieser Schein hatte mit einem Male eine übernatürliche Gewalt über ihn erlangt. Ob wohl etwas Lebendiges darin war? Die von breiten Ringen umgebenen Zahlen waren wie saugende Augen. Der Knabe küßte sie alle und flüsterte. „Solche wie du möchte ich viele haben, furchtbar viele."

Er begann sich allerlei Gedanken über den Schein zu

machen, und darüber, daß Halfvorson nicht danach fragte. Vielleicht gehörte er gar nicht Halfvorson? Vielleicht lag er schon lange im Laden? Vielleicht hatte er überhaupt keinen Besitzer mehr?

Gedanken sind ansteckend. – Beim Abendbrot hatte Halfvorson angefangen, von Geld und Geldmenschen zu sprechen. Er erzählte Peter Nord von allen den armen Jungen, die Reichtümer gesammelt hatten. Er begann mit Whittington und schloß mit Astor und Jay Gould. Halfvorson kannte ihre ganze Geschichte, er wußte, wie sie gestrebt und entbehrt, was sie erfunden und gewagt hatten. Er wurde ganz beredt, als er auf alles dies kam. Er durchlebte die Leiden der jungen Geldmenschen, er begleitete sie bei ihren Erfolgen, er jubelte bei ihrem Sieg. Peter Nord hörte ganz gespannt zu.

Halfvorson war vollkommen taub, aber dies war kein Hindernis für ein Gespräch, denn er las einem alles, was man sagte, von den Lippen ab. Hingegen konnte er seine eigne Stimme nicht hören. Die rollte darum so wunderlich eintönig dahin, wie das Tosen eines fernen Wasserfalls. Aber diese wunderliche Art zu sprechen bewirkte es, daß alles, was er sagte, einem im Ohr nachhallte, so daß man es viele Tage nicht abschütteln konnte. Armer Peter Nord!

„Was unumgänglich notwendig ist, um reich zu werden," sagte Halfvorson, „das ist der Heckepfennig. Aber den kann man nicht verdienen. Merke dir, den haben alle auf der Straße gefunden, oder zwischen dem Futter und dem Oberstoff eines Rockes, den sie auf einer Auktion gekauft haben, oder sie haben ihn im Spiel gewonnen, oder von einer schönen und barmherzigen Dame als Almosen bekommen. Aber nachdem sie im Besitze dieser gesegneten Münze waren, ist ihnen alles geglückt. Der Geldstrom sprudelte daraus hervor wie aus einer Quelle. Das erste, was nottut, Peter Nord, das ist der Heckepfennig."

Halfvorsons Stimme klang immer dumpfer und dumpfer. Der junge Peter Nord saß wie betäubt da und sah eitel Gold vor sich. Auf dem Tuche des Eßtisches stapelten sich Haufen von Dukaten auf, auf dem Fußboden wogte es weiß von Silber, und die wirren Muster der schmutzigen Tapeten verwandelten sich in Bankscheine, groß wie Tischtücher. Aber gerade vor seinen Augen flatterte die Zahl Fünfzig, von breiten Ringen umgeben, und lockte ihn wie die schönsten Augen. „Wer weiß," lächelten die Augen, „vielleicht ist der Fünfzigkronenschein droben auf dem Wandbrett solch ein Heckepfennig?"

„Merke nun wohl," sagte Halfvorson, „nächst dem Heckepfennig sind noch zwei Dinge für den notwendig, der es weit bringen will. Arbeit, eisenharte Arbeit, Peter Nord, heißt das eine Ding; und das andre heißt Verzicht. Verzicht auf Liebe und Spiel, auf Plaudern und Lachen, auf den Morgenschlummer und den Abendspaziergang. Wahrlich, wahrlich, zwei Dinge sind notwendig für den, der das Glück erobern will. Arbeit heißt das eine, und das andre Verzicht."

Peter Nord sah aus, als wenn er weinen wollte. Freilich wollte er reich, freilich wollte er glücklich werden, aber das Glück sollte nicht so ängstlich kommen, nicht so sauer erworben sein. Ganz von selbst sollte sie sich einstellen, Frau Fortuna. Wenn Peter Nord sich gerade mit den Gassenjungen balgte, dann sollte die edle Dame ihre Sänfte an der Ladentür halten lassen und dem Wermlandjungen den Platz an ihrer Seite anbieten. Aber jetzt grollte Halfvorsons Stimme noch immer in seinen Ohren. Sein ganzes Hirn ward davon erfüllt. Er glaubte nichts andres, wußte nichts andres. Arbeit und Verzicht, Arbeit und Verzicht, das war das Leben und des Lebens Ziel. Er begehrte nichts andres, er wagte nicht zu glauben, daß er sich je etwas andres gewünscht hatte.

Am nächsten Tage getraute er sich gar nicht, den Fünfzigkronenschein zu küssen, er wagte es nicht einmal, ihn anzusehen. Er war still und gedrückt, ordentlich und fleißig. Alle seine Obliegenheiten versah er so tadellos, daß jeder merken konnte, daß etwas mit ihm los sein mußte. Der alte Ratsherr hatte Mitleid mit dem Jungen und tat, was er konnte, um ihn zu trösten.

„Gehst du heute abend auf den Fastnachtsball?" fragte der Alte. „So, so, nein? Ja, dann will ich dich einladen, Peter Nord. Und laß mich sehen, daß du hinkommst, sonst erzähle ich Halfvorson, wo du deinen Mäusekäfig hast."

Peter Nord seufzte und versprach, auf den Ball zu gehen.

Fastnachtsball, man denke, daß Peter Nord auf den Fastnachtsball sollte. Peter Nord sollte alle schönen Damen der Stadt sehen, fein, weiß gekleidet, blumengeschmückt. Aber Peter Nord durfte natürlich mit keiner einzigen von ihnen tanzen. Nun, das war ihm auch einerlei. Er war nicht in der Laune zu tanzen.

Auf dem Balle lehnte er in einer Tür und machte nicht einen Schritt zum Tanze. Einige hatten ihn zu überreden versucht, aber er war standhaft gewesen und hatte nein gesagt. Er könne diese Tänze nicht. Auch würde keine von diesen feinen Damen mit ihm tanzen wollen. Er war allzu gering für sie.

Aber wie er so dastand, begann es in seinen Augen zu funkeln und zu leuchten, und er fühlte, wie die Freude durch alle Glieder zuckte. Es kam von der Tanzmusik, es kam vom Blumenduft, es kam von allen den schönen Gesichtern, die er vor sich hatte. Nach einem kleinen

Weilchen schon war er so strahlend froh, daß, wenn Freude Feuer wäre, die Flammen lichterloh um ihn aufgelodert wären. Und wenn die Liebe es wäre, wie so viele behaupten, dann wäre es ihm auch nicht besser ergangen. Er war immer in irgendein schönes Mädchen verliebt, aber bis jetzt immer nur in eine zugleich. Doch als er jetzt alle diese schönen Damen auf einmal sah, da verheerte nicht mehr eine einzige Flamme das sechzehnjährige Herz, sondern es war ein ganzer Waldbrand.

Von Zeit zu Zeit sah er auf seine Stiefel herab, die nichts weniger als Ballschuhe waren. Aber wie hätte er mit den breiten Absätzen den Takt stampfen und sich auf den dicken Sohlen im Kreise drehen können! In seinem Innern war etwas, was an ihm riß und zerrte, ihn wie einen geschlagnen Ball in den Tanzsaal schleudern wollte. Er widerstand noch ein Weilchen, obgleich die Bewegung in ihm immer stärker wurde, je weiter die Nacht fortschritt. Er wurde ganz schwindlig und lebenswarm. Heißa, er war nicht mehr der arme Peter Nord! Er war der junge Wirbelwind, der das Meer aufpeitscht und den Wald umreißt.

Ganz plötzlich wurde eine Hambopolka gespielt. Da geriet der Bauernjunge ganz außer sich. Er fand, daß diese wie seine eigne Wermländer Polka klang.

In einem Nu stand Peter Nord mitten im Saale. Alle feinen Herrenmanieren waren von ihm abgeglitten. Er war nicht mehr auf dem Rathausballe, sondern daheim in der Scheune, beim Mittsommernachtstanz. Er ging mit krummen Knien und zog den Kopf zwischen die Schultern. Ohne aufzufordern, schlang er einer Dame den Arm um den Leib und riß sie mit sich. Und dann begann er Polka zu tanzen. Das Mädchen folgte ihm halb widerwillig, beinahe geschleift. Sie war nicht im Takt, sie wußte gar nicht, was dies für ein Tanz war. Aber plötzlich ging alles wie von selbst. Das Geheimnis des Tanzes offenbarte sich ihr. Die Polka trug sie, hob sie empor, sie hatte Flügel an den Füßen, sie wurde so leicht wie Luft. Es war ihr, als flöge sie dahin. Denn die Wermlandpolka ist der wunderbarste Tanz. Sie verwandelt die schwerfüßigen Söhne der Erde. Lautlos schweben sie auf zolldicken Sohlen über ungehobelte Scheunendielen. Sie wirbeln umher, so leicht wie das Laub im Herbststurm. Diese Polka ist weich, hurtig, still, gleitend. Ihre edlen, maßvollen Bewegungen befreien die Körper, so daß sie sich leicht, elastisch schwebend fühlen.

Während Peter Nord seinen heimatlichen Tanz tanzte, wurde es still im Ballsaal. Anfangs lachte man, aber allmählich dämmerte es allen auf, daß dies Tanz war, dieses Dahinschweben in gleichmäßigen raschen Wirbeln, ja wahrlich, wenn irgendetwas Tanz war, so war es dies.

Plötzlich bemerkte Peter Nord mitten in seinem Taumel, daß rings um ihn eine wunderliche Stille herrschte. Er blieb plötzlich stehen und fuhr sich mit der Hand über die Stirne. Keine schwarze Scheunendiele, keine laubgeschmückten Wände, keine hellblaue Sommernacht, keine muntre Bauerndirne war in der Wirklichkeit zu erblicken, in die er jetzt schaute. Er schämte sich und wollte sich fortschleichen.

Aber schon war er umringt und bestürmt. Die jungen Damen drängten sich um den Ladenjungen und riefen: „Ach tanzen Sie mit uns, tanzen Sie mit uns!"

Sie wollten diese Polka lernen. Alle wollten sie sie lernen. Der Ball kam ganz aus dem Geleise und war jetzt wie eine Tanzschule. Alle versicherten, daß sie bisher gar nicht gewußt hätten, was tanzen heiße. Und Peter Nord ward ein großer Mann an diesem Abend.

Er mußte mit allen den feinen Damen tanzen, und sie waren

über die Maßen freundlich gegen ihn. Er war ja nur ein Junge und übrigens solch ein fröhlicher Tollkopf. Man konnte nicht anders als ihn verziehen.

Da fühlte Peter Nord, daß dies das Glück war. Der Günstling der Damen zu sein, es wagen, mit ihnen zu sprechen, sich mitten in dem strahlenden Lichte zu bewegen, gefeiert und verhätschelt zu werden, ja gewiß, das war das Glück.

Und als der Ball zu Ende war, war er zu glücklich, um selbst darüber betrübt zu sein. Er hatte das Bedürfnis, heimzukommen, um in Ruhe alles das zu überdenken, was ihm an diesem Abend widerfahren war.

Halfvorson war unverheiratet, aber er hatte eine Nichte im Hause, die im Kontor arbeitete. Sie war arm und von Halfvorson abhängig, aber sie benahm sich recht hochmütig gegen ihn und gegen Peter Nord. Sie hatte viele Freunde unter den angeseheneren Leuten der Stadt und wurde in Familien eingeladen, in die Halfvorson nie kommen konnte. Sie und Peter Nord gingen zusammen von dem Balle nach Hause.

„Wissen Sie, Nord," fragte Edith Halfvorson, „daß Halfvorson wegen verbotnen Branntweinhandels angeklagt werden wird? Sie könnten mir wirklich sagen, Nord, wie es sich mit dieser Sache verhält."

„Ach, das ist gar nicht der Mühe wert, solch ein Aufhebens davon zu machen," sagte Peter Nord.

Edith seufzte. „Natürlich wird etwas daran sein. Und dann gibt es Prozeß und Geldstrafen und Schande ohne Ende. Ich möchte so gerne wissen, wie die Sache steht."

„Es ist wohl am besten, nichts zu wissen," sagte Peter Nord.

„Sehen Sie, Nord, ich will in die Höhe kommen," fuhr Edith fort, „und Halfvorson mit hinaufziehen, aber er plumpst mir immer wieder hinunter. Ganz unversehens tut er etwas, was auch mich unmöglich macht. Ich sehe ihm jetzt an, daß er etwas im Schilde führt. Wissen Sie nicht, Peter, was es ist? Es wäre gut, es zu wissen."

„Nein," sagte Peter Nord, nicht ein Wort mehr konnte er sagen. War es menschlich, mit ihm, der von seinem ersten Balle kam, von derlei zu sprechen?

Hinter dem Laden befand sich ein kleiner Verschlag für den Ladenjungen. Da saß Peter Nord von heute und ging mit Peter Nord von gestern ins Gericht. Wie blaß und feige der Kerl aussah. Jetzt sollte er hören, was er war. Ein Dieb und ein Geizhals. Kannte er das siebente Gebot? Von Rechts wegen sollte er eine Tracht Prügel haben. Ja, das sollte er.

Gott sei gedankt und gelobt, daß er ihn auf den Ball geführt und seinen Sinn geändert hatte. Pfui, wie häßlich es in ihm ausgesehen hatte, aber jetzt war alles anders. Als ob der Reichtum es wert wäre, daß man ihm Gewissen und Seelenruhe opferte?! Als ob er soviel wert wäre wie eine weiße Maus, wenn man dabei nicht vergnügt sein durfte! Er klaschte in die Hände und rief jubelnd: „Frei, frei, frei!" Nicht die leiseste Sehnsucht, den Fünfzigkronenschein zu besitzen, war mehr in seiner Seele. Wie gut war es doch, glücklich zu sein.

Als er sich niedergelegt hatte, nahm er sich vor, Halfvorson zeitig am nächsten Morgen die fünfzig Kronen zu zeigen. Dann aber bekam er Angst, daß der Krämer am nächsten Tag vor ihm in den Laden kommen, den Schein suchen und ihn finden könnte. Dann würde er wohl glauben, daß Peter Nord ihn versteckt hatte, um ihn zu behalten. Dieser Gedanke ließ ihm keine Ruhe. Er versuchte sich ihn aus dem

Sinne zu schlagen, aber es gelang ihm nicht. Er konnte nicht einschlafen. Da stand er auf, schlich sich leise in den Laden und tastete nach dem Fünfzigkronenschein. Dann schlummerte er süß ein mit der Banknote unter dem Kopfkissen.

Eine Stunde später wurde er geweckt. Ein greller Lichtschein fiel ihm blendend in die Augen, eine Hand griff suchend unter sein Kopfkissen und eine grollende Stimme zankte und fluchte.

Ehe noch der Knabe recht wach war, hatte Halfvorson schon die Banknote in der Hand und zeigte sie zwei Frauen, die in der Tür zum Verschlage standen. „Seht ihr, daß ich recht hatte," sagte Halfvorson, „seht ihr, daß es der Mühe wert war, euch zu wecken und als Zeuginnen mitzunehmen. Seht ihr, daß er ein Dieb ist!"

„Nein, nein, nein," schrie der arme Peter Nord. „Ich wollte nicht fehlen. Ich habe den Schein ja n u r aufgehoben."

Halfvorson hörte ja nichts. Die beiden Frauen standen mit dem Rücken zum Verschlage, wie fest entschlossen, weder zu hören noch zu sehen.

Peter Nord hatte sich im Bette aufgesetzt. Er sah mit einem Male jämmerlich schwach und klein aus. Seine Tränen strömten. Er jammerte laut.

„Onkel," sagte Edith, „er heult."

„Laß ihn heulen!" sagte Halfvorson, „laß ihn nur heulen!" Und er trat näher und sah den Knaben an. „Kann mir schon denken, daß du heulst, mein Lieber," sagte er. „Aber das verfängt bei mir nicht."

„Oh, oh!" rief Peter Nord, „ich bin kein Dieb. Ich habe den

Schein nur zum Spaß versteckt – um Sie zu ärgern. Ich wollte Sie wegen der Mäuse strafen. Ich bin kein Dieb. Kann niemand mich hören? Ich bin kein Dieb."

„Onkel," sagte Edith, „hast du ihn jetzt genug gequält, können wir vielleicht gehen und uns niederlegen?"

„Ich kann mir schon denken, daß sich das greulich anhört," sagte Halfvorson, „aber da läßt sich nichts machen." Er war ganz munter, förmlich ausgelassen. „Ich habe lange ein Auge auf dich gehabt, mein Lieber," sagte er zu dem Knaben. „Immer hattest du irgend etwas wegzustecken, wenn ich in den Laden kam. Aber jetzt bist du ertappt. Jetzt habe ich Zeugen gegen dich, und jetzt hole ich die Polizei."

Der Junge stieß einen gellenden Schrei aus. „Kann mir denn niemand helfen, kann mir denn niemand helfen?" rief er. Aber nun war Halfvorson schon verschwunden, und die Frau, die dem Haushalt vorstand, kam auf ihn zu.

„Geschwind, aufgestanden und in die Kleider, Peter Nord! Halfvorson holt die Polizei und indessen kannst du dich davonmachen. Das Fräulein geht wohl in die Küche und packt dir ein bißchen Proviant ein. Ich will unterdessen deine Sachen zusammensuchen."

Das furchtbare Weinen hörte sogleich auf. Nach einem kleinen Weilchen war der Junge fertig. Er küßte den beiden Frauen die Hand, demütig wie ein geschlagner Hund. Und dann eilte er fort.

Sie blieben in der Tür stehen und sahen ihm nach. Als er verschwunden war, seufzten sie erleichtert auf.

„Was wird Halfvorson jetzt sagen?" sagte Edith.

„Er wird ganz froh sein," antwortete die Haushälterin. „Er

hat das Geld dem Knaben absichtlich hingelegt, glaube ich. Er wollte ihn nur los sein."

„Warum denn? Der Junge war doch der beste, den wir seit Jahr und Tag im Laden gehabt haben."

„Er wollte ihn wohl bei der Branntweingeschichte nicht zum Zeugen haben."

Edith stand stumm da und atmete heftig. „Wie gemein, wie gemein," murmelte sie. Sie ballte die Fäuste gegen das Kontor und gegen das kleine Guckloch in der Tür, durch das Halfvorson in den Laden sehen konnte. Sie hatte selber nicht übel Lust, von all dieser Niedrigkeit fort in die Welt zu fliehen.

Ganz rückwärts im Laden hörte sie ein Geräusch. Sie lauschte, trat näher, ging dem Tone nach und fand endlich hinter einer Heringstonne den Käfig mit Peter Nords weißen Mäusen.

Sie hob ihn auf, stellte ihn auf den Ladentisch und öffnete das Türchen. Maus um Maus eilte heraus und verschwand hinter Kisten und Tonnen.

„Möget ihr gedeihen und euch vermehren," sagte Edith, „laßt mich sehen, daß ihr Schaden anrichtet und euern Herrn rächt."

II

Freundlich und zufrieden lag das kleine Städtchen unter seinem roten Berg da. Es war so in Grün eingebettet, daß der Kirchturm noch gerade daraus hervorragte. Garten an Garten kletterte auf schmalen Terrassen die Anhöhen hinan, und wenn sie nach dieser Richtung nicht weiter konnten, stürzten sie sich mit Sträuchern und Bäumen quer über die Straße und breiteten sich zwischen den zerstreuten Häusern und dem schmalen Erdstreif darunter aus, bis der breite Fluß ihnen Halt gebot.

In der Stadt war es ganz still und stumm. Kein Mensch war zu sehen, nur Bäume und Sträucher und hie und da ein Haus. Das einzige Geräusch, das man hörte, war das Rollen der Kugel über die Kegelbahn, und das klang wie ferner Donner an einem Sommertag. Es gehörte mit zu der Stille.

Doch jetzt knirschte das holprige Steinpflaster des Marktes unter genagelten Absätzen. Der Laut grober Stimmen schlug an die Wand des Rathauses und der Kirche, hallte vom Berg wider und eilte unbehindert die lange Straße hinab. Vier Wanderer störten die Vormittagsruhe.

Ach, die süße Stille, der jahrelange Feierfriede! Wie erschraken sie! Man konnte förmlich sehen, wie sie die Bergpfade hinaufflüchteten.

Einer der Lärmenden, die in das Städtchen einbrachen, war Peter Nord, der Junge aus Wermland, der vor sechs Jahren des Diebstahls bezichtigt aus der Stadt geflohen war. Die mit ihm gingen, waren drei Tagediebe aus der großen Handelsstadt, die nur ein paar Meilen entfernt lag.

Wie war es dem kleinen Peter Nord ergangen? Gut war es ihm ergangen. Er hatte den allervernünftigsten Freund und Begleiter gefunden.

Als er an jenem dunklen, regenschweren Februarmorgen aus dem Städtchen fortlief, da sangen und klangen die Polkamelodien ihm im Ohre. Und eine von ihnen war hartnäckiger als alle andern.

Es war die, die sie alle beim großen Rundtanz gesungen

hatten:

Nun ist es wieder Weihnachtsfest,
Ja, ja, Weihnachtsfest.
Und dann ist Ostern nicht mehr weit,
Doch leider, leider ists nicht so,
Nein, nein, ists nicht so,
Nach Weihnacht kommt die Fastenzeit.

Das hörte der kleine Flüchtling so deutlich, so deutlich. Und
damit drang die Weisheit, die in dem alten Reigen verborgen
liegt, in den kleinen genußsüchtigen Wermländerjungen ein,
drang in jede Fiber, vermischte sich mit jedem Blutstropfen,
nistete sich in Hirn und Mark ein. So ist es, so ist es
gemeint ... Zwischen Weihnachten und Ostern, zwischen
den Festen der Geburt und des Todes kommt die Fastenzeit
des Lebens. Vom Leben soll man nichts verlangen. Es ist
eine arme kalte Fastenzeit. Man darf ihm nie glauben, wie es
sich auch verstellen mag. Im nächsten Augenblick ist es
wieder grau und häßlich. Kann nichts dafür, das arme Ding,
versteht es nicht besser!

Und Peter Nord war beinahe stolz, daß er dem Leben sein
tiefstes Geheimnis abgelauscht hatte.

Und er glaubte, die gelbe, bleiche Frau Fastenzeit in
Bettlergestalt, die Aschenrute in der Hand, über die Erde
schleichen zu sehen. Und er hörte, wie sie ihn anknurrte:
„Du wolltest das Fest der Freude und der fröhlichen Laune
mitten in jener Fastenzeit feiern, die man Leben nennt.
Darum soll Schimpf und Schande dein Los sein, bis du dich
besserst."

Aber er hatte sich gebessert, und Frau Fastenzeit hatte ihn
beschützt. Er hatte nicht weiter als bis in die große
Handelsstadt fliehen müssen, denn er wurde gar nicht
verfolgt. Und dort im Arbeiterviertel hatte Frau Fastenzeit

ihre sichre Wohnstatt. Peter Nord wurde Arbeiter in einer Fabrik. Er wurde stark und energisch. Er wurde ernst und sparsam. Er hatte schmucke Sonntagskleider, er erwarb sich einige Kenntnisse, er lieh sich Bücher aus und ging zu Vorträgen. Eigentlich war von dem kleinen Peter Nord nichts mehr übrig als das flachsblonde Haar und die braunen Augen.

Diese Nacht hatte etwas in ihm geknickt, und die schwere Arbeit in der Fabrik machte den Riß immer größer, so daß der närrische Wermländer dadurch ganz herausschlüpfen konnte. Er schwätzte kein dummes Zeug mehr, denn in der Fabrik war das Sprechen verboten, und dadurch gewöhnte er sich das Schweigen an. Er machte keine Erfindungen mehr, denn seit er im Ernst Federn und Räder zu bedienen hatte, machten sie ihm keinen Spaß mehr. Er verliebte sich nicht, denn die Frauen des Arbeiterviertels konnten ihn nicht mehr fesseln, seit er die Schönheiten des Städtchens kennen gelernt hatte. Er hatte keine Mäuse, keine Eichhörnchen mehr und nichts, womit er spielen konnte. Er hatte keine Zeit, er sah ein, daß derlei nur unnütz war, und er dachte mit Entsetzen an die Zeit, wo er sich noch mit Gassenjungen gebalgt hatte.

Peter Nord glaubte nicht, daß das Leben anders sein könnte als grau, grau, grau. Peter Nord langweilte sich immer, aber er war selbst so sehr daran gewöhnt, daß er es gar nicht merkte. Peter Nord war stolz auf sich selbst, weil er so tugendhaft geworden war. Er datierte seine Einkehr von der Nacht, da der Frohsinn ihn verließ und Frau Fastenzeit seine Begleiterin und Freundin ward.

Doch wie konnte der tugendhafte Peter Nord mitten an einem Arbeitstag in das Städtchen kommen, begleitet von drei Strolchen, die schmutzig und versoffen aussahen?

Er war doch immer ein guter Junge gewesen, der arme Peter Nord. Und diesen drei Strolchen hatte er immer zu helfen versucht, so gut er es konnte, obwohl er sie verachtete. Er hatte ihnen Holz in ihre elende Baracke gebracht, wenn der Winter sehr hart war, und er hatte ihre Kleider gestopft und geflickt. Diese Kerle hielten wie Brüder zusammen, hauptsächlich weil sie alle drei Peter hießen. Dieser Name vereinte sie fester, als wenn sie wirklich Geschwister gewesen wären. Und nun litten sie es um dieses Namens willen, daß der Knabe ihnen Freundschaftsdienste erwies, und wenn sie am Abend ihren Grog in Ordnung hatten und bequeme Stellungen auf den Holzstühlen einnahmen, warteten sie ihm, der dasaß und die grinsenden Löcher ihrer Strümpfe stopfte, mit Galgenhumor und abenteuerlichen Lügen auf. Das schien Peter Nord Vergnügen zu machen, obgleich er es nicht zugestehen wollte. Diese Kerle waren jetzt für ihn beinahe dasselbe, was einstmals in der Welt die Mäuse gewesen waren.

Nun geschah es, daß diesen Strolchen allerlei Klatsch aus der kleinen Stadt zu Ohren kam. Und nun nach sechs Jahren brachten sie Peter Nord die Nachricht, daß Halfvorson ihm die fünfzig Kronen absichtlich hingelegt hatte, um ihn als Zeugen unmöglich zu machen. Und ihre Meinung war, daß Peter in das Städtchen ziehen und Halfvorson eine Tracht Prügel geben sollte.

Aber Peter Nord war klug und besonnen und mit der Weisheit dieser Welt ausgerüstet. Er wollte sich durchaus nicht auf so etwas einlassen.

Die drei Peter verbreiteten die Geschichte im ganzen Arbeiterviertel. Alle Leute sagten zu Peter Nord: „Geh hin und prügle Halfvorson durch, dann wirst du ins Loch gesteckt, und es gibt einen Prozeß und die Sache kommt in die Zeitungen, und der Kerl ist vor dem ganzen Lande blamiert."

Aber Peter Nord wollte nicht. Es konnte ja recht vergnüglich sein, aber Rache ist ein teurer Spaß, und Peter Nord wußte, wie arm das Leben ist. Das Leben gestattet solche Belustigungen nicht.

Da waren die drei Strolche eines Morgens in aller Frühe zu ihm gekommen und hatten gesagt, jetzt wollten sie an seiner Statt gehen und Halfvorson durchbläuen, denn „Recht müsse Recht bleiben", sagten sie.

Und Peter Nord hatte versprochen, sie alle drei totzuschlagen, wenn sie auch nur einen Schritt nach dem Städtchen gingen.

Da hielt der eine von ihnen, der klein und untersetzt war und der lange Peter hieß, Peter Nord eine Rede.

„Diese Erde," sagte er, „ist ein Apfel, der an einem Faden über einem Feuer hängt, um gebraten zu werden. Mit dem Feuer meine ich die Hölle, Peter Nord. Und der Apfel muß nahe am Feuer hängen, um süß und weich zu werden, aber wenn der Faden reißt und der Apfel in das Feuer fällt, so ist er verdorben. Darum ist der Faden eine sehr wichtige Sache, Peter Nord. Weißt du, was mit dem Faden gemeint ist?"

„Ich denke, es muß ein Drahtseil sein," sagte Peter Nord.

„Mit dem Faden meine ich die Gerechtigkeit," sagte der lange Peter mit düsterm Ernst. „Wenn auf der Erde nicht Gerechtigkeit geschieht, so purzelt alles in das Feuer. Darum darf sich der Rächer der Pflicht zu strafen nicht entziehen, oder, wenn er nicht will, müssen andre gehen."

„Es ist das letzte Mal, daß ich euch einen Grog spendiert habe," sagte Peter Nord, gänzlich unberührt von der Rede.

„Ja, da hilft nichts," sagte der lange Peter, „Gerechtigkeit muß sein."

„Wir tun es nicht, um Dank von dir zu ernten, sondern damit der ehrliche Name Peter nicht in Verruf kommt," sagte der eine, der Rollpeter hieß und lang und mürrisch war.

„So, so, ist der Name so hochgeachtet?" sagte Peter Nord wegwerfend.

„Ja, und es ist eine kitzlige Sache, daß sie nun überall in den Gasthäusern sagen, du hättest die fünfzig Kronen doch wohl stehlen wollen, da du nun nicht haben willst, daß der Kaufmann bestraft wird."

Dieses Wort traf tief. Peter Nord sprang auf und sagte, nun wolle er gehen und den Kaufmann durchpeitschen.

„Ja, und wir kommen mit und helfen dir," sagten die Strolche.

Und so zogen sie vier Mann hoch in das Städtchen. Anfangs war Peter Nord mürrisch und grämlich und zorniger über seine Freunde, als über seinen Feind. Doch als er zu der Flußbrücke kam und die Stadt sah, war er ganz verwandelt. Es war, als wäre er dort einem kleinen weinenden Flüchtling begegnet und in diesen hineingeschlüpft. Und je heimischer er in dem alten Peter Nord wurde, desto mehr ward es ihm bewußt, welches blutige Unrecht der Kaufmann ihm angetan hatte. Nicht genug damit, daß er ihn hatte verlocken und ins Unglück stürzen wollen, nein, noch schlimmer, er hatte ihn aus dieser Stadt vertrieben, wo Peter Nord all sein Lebtag hätte Peter Nord bleiben können. Ach, wie fröhlich hatte er es doch damals gehabt. Wie lustig und vergnügt war er gewesen, wie hatte doch sein Herz offengestanden und wie schön war die Welt gewesen! Herrgott, wenn er doch nur hier hätte weiterleben können! Und er dachte an sich selbst, so wie er jetzt war – schweigsam und langweilig, ernst und arbeitsam –, ganz wie an einen verlornen Menschen.

Nun packte ihn ein wahnsinniger Groll gegen Halfvorson, und statt wie früher hinter den Kameraden einherzugehen, schoß er an ihnen vorbei.

Aber die Strolche, die nicht nur gekommen waren, um Halfvorson zu strafen, sondern um überhaupt ihrer Wut Luft zu machen, wußten kaum, was sie beginnen sollten. Hier war für einen gereizten Mann nichts zu tun. Es gab keinen Hund, den man hetzen, keinen Straßenkehrer, mit dem man Krakeel anfangen, keinen feinen Herrn, dem man ein Schimpfwort nachschleudern konnte.

Das Jahr war noch nicht weit vorgeschritten, gerade so weit, daß der Frühling eben in den Sommer überging. Es war die weiße Zeit der Kirschblüten, wo Fliedertrauben hohe, rundbeschnittene Büsche schmücken und die Apfelblüten duften. Diese Männer, die unmittelbar von der Straße und vom Hafen in das Reich der Blumen gekommen waren, fühlten sich wunderlich davon berührt. Drei Paar Fäuste, die bisher entschlossen geballt waren, lösten sich, und drei Paar Absätze donnerten weniger hart gegen das Pflaster.

Vom Markte aus sahen sie einen Fußpfad, der sich die Hügel hinanschlängelte. Ihm entlang wuchsen junge Kirschbäume, die mit ihren weißen Kronen Bogen und Wölbungen bildeten. Die Wölbungen waren schwebend leicht, und die Zweige unsagbar schwach, alles zart, fein und kindlich.

Dieser Kirschenweg zog die Blicke der Männer auf sich. Was

war dies doch für ein unpraktisches Nest, wo man Kirschbäume dahin pflanzte, wo jedweder die Kirschen nehmen konnte. Die drei Peter hatten die Stadt bisher als einen Herd der Ungerechtigkeit betrachtet, voll Grausamkeit und Tyrannei. Jetzt begannen sie sie auszulachen und ein wenig zu verachten.

Aber der vierte im Bunde lachte nicht. Seine Rachsucht loderte immer wilder auf, denn er fühlte es, dies war die Stadt, wo er hätte wohnen und wirken sollen. Dies war sein verlornes Paradies. Und ohne nach den andern zu fragen, ging er rasch die Straße hinauf.

Sie folgten nach, und als sie merkten, daß es hier nur eine Straße gab, und als sie dieser entlang nur Blumen und wieder Blumen sahen, steigerte sich ihre Verachtung und ihre Heiterkeit. Es geschah vielleicht zum erstenmal in ihrem Leben, daß sie Blumen Aufmerksamkeit schenkten, aber hier konnten sie nicht anders, denn die Fliedertrauben fegten ihnen die Mützen vom Kopf, und die Blätter der Kirschblüten regneten auf sie herab.

„Was glaubt ihr, was mögen wohl in dieser Stadt für Leute wohnen?" fragte der lange Peter nachdenklich.

„Bienen," antwortete sogleich der Holzschuhpeter, der seinen Namen daher hatte, daß er einmal mit einem Holzschuhmacher in demselben Hause gewohnt hatte.

Natürlich bekamen sie allmählich einige Menschen zu Gesicht. An den Fenstern, hinter blanken Scheiben und weißen Gardinen, zeigten sich ein paar schöne junge Gesichter, und sie sahen Kinder auf den Terrassen spielen. Aber kein Lärm störte die Stille. Es kam ihnen vor, als könnte selbst die Posaune des Jüngsten Gerichts diese Stadt nicht wecken. Was sollten sie hier anfangen!

Sie gingen in einen Laden und kauften Bier. Da stellten sie mit rauher Stimme mehrere Fragen an den Kaufmann. Sie fragten, ob die Feuerwehr ihre Spritze in Ordnung habe und wie es wohl mit dem Schwengel der Kirchenglocke stände für den Fall, daß es zum Sturmläuten kommen sollte.

Dann tranken sie das Bier auf der Straße aus und warfen die Flaschen fort. Eins, zwei, drei, alle Flaschen an denselben Eckstein, ein Krachen und Klirren, und alle Scherben flogen ihnen um die Ohren. Es tat ihnen förmlich wohl, wieder ein bißchen Lärm zu machen.

Da hörten sie hinter sich Schritte, wirkliche Schritte, Stimmen, harte, deutliche Stimmen, Lachen, lautes Lachen und dazu ein Klirren wie von Metall. Sie stutzten und zogen sich in einen Torweg zurück. Das klang wie eine ganze Kompanie.

Das war es auch. Aber eine Kompanie von jungen Mädchen. Die Dienstmägde der Stadt zogen in gesammeltem Trupp auf die Stadtweiden, um die Kühe zu melken.

Das machte auf diese Großstädter, diese Weltbürger, den stärksten Eindruck. Dienstmädchen mit Milcheimern. Das war beinahe rührend!

Urplötzlich traten sie aus dem Tor hervor und riefen: „Buh!"

Die ganze Mädchenschar zerstob augenblicklich. Die Mägde kreischten und liefen davon. Die Röcke flatterten, die Kopftücher lösten sich, die Milchkübel rasselten auf die Straße.

Und zugleich vernahm man die ganze Straße entlang dumpfe Laute von Toren und Türen, die zugeworfen wurden, von Klinken und Riegeln und Schlössern.

Ein Stück weiter unten auf der Straße stand eine große Linde. Und darunter saß eine alte Frau an einem Tisch mit Karamels und Backwerk. Sie rührte sich nicht, sie sah sich nicht um, sie saß ganz mäuschenstill. Schlafen tat sie auch nicht.

„Die ist aus Holz," sagte der Holzschuhpeter.

„Nein, aus Ton," meinte der Rollpeter.

Sie gingen alle drei in einer Reihe. Gerade vor der Alten kamen sie ins Schwanken. Sie gingen gegen sie los. Der Tisch bekam einen Puff. Und die Alte fing zu zanken an.

„Weder Holz noch Ton," sagten sie, „lauter Gift und Galle."

Die ganze Zeit hatte Peter Nord sich gar nicht um sie gekümmert, aber jetzt waren sie endlich bei Halfvorsons Haus angelangt und da erwartete er sie.

„Es läßt sich wohl nicht in Abrede stellen, daß das meine Angelegenheit ist," sagte er stolz, und wies auf den Laden. „Ich will allein hineingehen und die Sache abmachen. Bringe ich es nicht zuwege, so könnt ihr euer Glück versuchen."

Sie nickten. „Geh du nur, Peter Nord! Wir warten hier draußen."

Peter Nord trat in den Laden, fand dort einen jungen Mann allein und fragte nach Halfvorson. Er bekam sogleich den Bescheid, daß dieser verreist war. Da fing er ein Gespräch mit dem Ladendiener an und erfuhr so mancherlei über seinen Herrn.

Halfvorson war wegen des Branntweinhandels gar nicht angeklagt worden. Wie er sich gegen Peter Nord benommen hatte, das wußte die ganze Stadt. Aber niemand sprach jetzt mehr von der Geschichte. Halfvorson hatte es weit gebracht, und jetzt war er nicht mehr so bösartig. Er war nicht mehr unbarmherzig gegen seine Schuldner und hatte aufgehört, dem Ladenjungen aufzulauern. In den allerletzten Jahren hatte er sich auf die Gärtnerei geworfen. Er hatte rings um das Haus in der Stadt einen Blumengarten angelegt und einen Küchengarten draußen vor dem Stadttor. Jetzt arbeitete er so eifrig in seinen Gärten, daß er kaum mehr daran dachte, Geld zu sammeln.

Peter Nord gab es einen Stich ins Herz. Natürlich war der Mann gut. Er hatte im Paradies bleiben dürfen. Natürlich wurde man gut, wenn man hier wohnte.

Edith Halfvorson lebte noch beim Onkel, aber sie war jetzt krank. Seit sie im Winter die Lungenentzündung gehabt hatte, war ihre Brust schwach.

Während Peter Nord sich dies und noch mehr erzählen ließ, standen die drei Männer draußen und warteten.

In Halfvorsons schattenlosem Garten hatte man eine Birkenlaube errichtet, damit Edith sich dort an den schönen, warmen Frühlingstagen aufhalten konnte. Sie kam nur langsam wieder zu Kräften, aber für ihr Leben bestand keine Gefahr mehr.

Bei einigen ist es so, daß man glauben muß, sie wollen nicht leben. Bei der ersten Krankheit, die sie befällt, legen sie sich hin, um zu sterben. Halfvorsons Nichte war schon längst aller Dinge müde, des Kontors, des kleinen trüben Ladens, des Gelderwerbes. Als sie siebzehn Jahre alt war, reizte es sie, sich einen vornehmen Verkehr und einen guten Freundeskreis zu erkämpfen. Dann setzte sie sich das Ziel, Halfvorson auf den Weg der Tugend zu bringen, aber jetzt war alles erreicht. Sie sah keine Möglichkeit, aus dem Einerlei des Kleinstadtlebens herauszukommen. Sie wollte gerne sterben.

Sie war eine der elastischen, eine der Stahlfedernaturen. Nichts als Nerven und Lebendigkeit, wenn etwas sie drückte und quälte. Wie hatte sie sich doch mit List und Verstellung, mit weiblicher Güte und weiblichem Trotz gemüht, bis sie ihren Oheim dahin gebracht hatte, einzusehen, daß weitere Peter Nord-Geschichten nicht mehr vorkommen dürften! Aber jetzt war er zahm und gebändigt, und sie hatte nichts mehr, was sie fesselte. Ja, und nun sollte sie doch nicht sterben! Sie lag da und dachte nach, was sie anfangen sollte, wenn sie gesund wurde.

Plötzlich fuhr sie zusammen. Jemand hatte sehr laut gesagt, er wolle allein zu Halfvorson gehen und seine Angelegenheit mit ihm abmachen. Und dann antwortete ein andrer: „Geh du nur, Peter Nord!"

Aber Peter Nord war ja der furchtbarste, der unglückseligste Name auf der Welt. Er bedeutete ja ein Wiedererwachen aller der alten Abscheulichkeiten. Edith richtete sich bebend auf, und gerade da kamen drei unheimliche Gestalten um die Ecke und stellten sich vor sie hin und starrten sie an. Nur ein niedriges Staket und eine dünne Hecke lag zwischen ihr und der Straße.

Edith war allein. Die Mägde waren zum Melken gegangen, und Halfvorson arbeitete in seinem Garten vor der Stadt, obgleich er dem Ladenjungen aufgetragen hatte, zu sagen, daß er verreist sei, denn er schämte sich seiner Gärtnermarotte. Edith fürchtete sich schrecklich vor den drei Männern sowie vor dem, der in den Laden gegangen war. Sie war überzeugt, daß sie ihr etwas zuleide tun wollten, und darum begann sie über die schlüpfrigen, steilen Pfade und die kleinen, morschen Holzstufen, die von Terrasse zu Terrasse führten, den Berg hinaufzulaufen.

Den fremden Männern war es ein Hauptspaß, daß sie vor ihnen davonlief. Sie konnten es sich nicht versagen, sich so zu stellen, als wenn sie sie einholen wollten. Einer von ihnen kletterte auf das Staket, und alle drei brüllten mit furchtbarer Stimme.

Edith lief, so wie man im Traume läuft, keuchend, strauchelnd, in Todesangst, mit der entsetzlichen Empfindung, nicht von der Stelle zu kommen. Alle erdenklichen Gefühle stürmten auf sie ein und erschütterten sie so sehr, daß sie glaubte sterben zu müssen. Ja, wenn einer dieser Kerle sie nur mit der Hand berührte, wußte sie, daß sie sterben mußte. Als sie die oberste Terrasse erreicht hatte und es wagte, sich umzusehen, merkte sie, daß die Männer unten auf der Straße standen und gar nicht mehr nach ihr hinsahen. Da ließ sie sich ganz ohnmächtig zu Boden sinken. Aber die Anstrengung war zu groß gewesen, sie hatte sie nicht ertragen können. Sie fühlte, wie etwas in ihr riß. Gleich darauf strömte Blut über ihre Lippen.

Die Mägde fanden sie, als sie vom Melken heimkamen. Für diesmal wurde sie ins Leben zurückgerufen. Aber dennoch wagte niemand zu hoffen, daß sie lange am Leben bleiben würde.

Sie konnte an diesem Tage nicht soviel sprechen, um zu erzählen, in welcher Weise sie erschreckt worden war. Hätte sie es getan, wer weiß, ob die fremden Männer lebendig aus der Stadt gekommen wären. Es erging ihnen ohnehin schlimm genug. Denn nachdem Peter Nord wieder zu ihnen herausgekommen war und erzählt hatte, daß Halfvorson nicht daheim sei, gingen sie alle vier im besten Einvernehmen durch das Stadttor und suchten sich einen sonnigen Abhang, wo sie die Zeit, bis der Kaufmann zurückkehrte, verschlafen konnten.

Aber als am Nachmittag alle Männer der Stadt, die draußen auf dem Felde gearbeitet hatten, wieder heimkamen, erzählten ihnen die Frauen von dem Besuch der Landstreicher, von ihren drohenden Fragen im Laden, wo sie Bier gekauft hatten, und ihrem ganzen herausfordernden Auftreten. Die Frauen vergrößerten und übertrieben die Sache, denn sie hatten den ganzen Nachmittag daheim gesessen und sich gegenseitig Angst gemacht. Die Männer glaubten Haus und Heim bedroht. Sie beschlossen, die Friedensstörer zu greifen, wählten einen beherzten Mann zum Anführer, nahmen tüchtige Knüttel mit und zogen von dannen.

Nun kam Leben in die Stadt. Die Frauen traten vor die Haustüren und machten einander bange. Die Stimmung war zugleich unheimlich und erwartungsvoll.

Es dauerte nicht lange, so kamen die Jäger mit ihrer Beute zurück. Sie hatten alle vier. Sie hatten sie im Schlafe umzingelt und sie gefangen. Das Kunststück hatte gerade keinen besondern Heldenmut erfordert.

Jetzt kehrten sie mit ihnen in die Stadt zurück, indem sie sie wie Vieh vor sich hertrieben. Der Taumel des Rachedurstes hatte sich der Sieger bemächtigt. Sie schlugen, um zu schlagen. Wenn einer von den Gefangenen die Faust gegen sie ballte, bekam er einen Schlag auf den Kopf, der ihn umwarf, und dann hagelten die Schläge auf ihn nieder, bis er sich erhob und weiterging. Die vier Männer waren dem Tode nahe.

Es ist so schön in den alten Liedern. Da muß zuweilen der gefangne Held in Fesseln im Triumphzug des siegreichen

Feindes schreiten. Aber er ist auch im Unglück noch stolz und schön, und die Blicke suchen ihn ebenso wie den Glücklichen, der ihn besiegt hat. Die Kränze und die Tränen der Schönheit gehören dem noch im Unglück Beneidenswerten.

Aber wer wollte wohl für den armen Peter Nord schwärmen? Sein Rock war zerrissen und sein flachsblondes Haar klebrig von Blut. Er bekam die meisten Schläge, denn er leistete am meisten Widerstand. Ganz schrecklich sah er aus, wie er da einherging. Er brüllte, ohne es zu wissen. Jungens hängten sich an ihn fest, und er schleppte sie lange Strecken weit mit. Einmal blieb er stehen und schleuderte all das Kleinzeug auf die Straße. Gerade als er im Begriff war zu entfliehen, bekam er mit einem Knüttel einen Schlag auf den Kopf und fiel zu Boden. Er fuhr wieder in die Höhe, halb betäubt, und schwankte weiter, während Peitschenhiebe auf ihn herabhagelten und die Jungen sich ihm wie Blutegel an Arme und Beine hängten.

So begegneten sie dem alten Ratsherrn, der von seiner Whistpartie im Wirtshausgarten kam. „So, so," sagte er zum Vortrab, „ihr wollt die in den Kotter bringen?"

Und er stellte sich an die Spitze des Zugs und ordnete ihn. Augenblicklich sah alles anständig aus. Gefangne und Gefangnenwächter marschierten in Frieden und Ordnung weiter. Doch die Wangen der Städter glühten, einige stießen mit den Knütteln auf das Pflaster, andre schulterten sie wie Gewehre. Und dann wurden die Gefangnen der Stadt der Polizei in Gewahrsam gegeben und in das Arrestlokal auf dem Marktplatz geführt.

Die Retter der Stadt blieben noch lange auf dem Markte stehen und sprachen von ihrem Mute und von der großen Heldentat. Und in der kleinen Gaststube, wo der Rauch so dicht wie eine Wolke steht und gewichtige Männer ihren Mitternachtstoddy brauen, da taucht die Heldentat vergrößert wieder auf. Da wachsen die in den Schaukelstühlen, da blähen sich die in den Sofaecken, da sind sie alle Helden. Welche Tatkraft schlummert doch in der kleinen Stadt der großen Erinnerungen! Du furchtbares Erbteil, du altes Wikingerblut!

Doch dem alten Ratsherrn wollte die Sache nicht recht gefallen. Er konnte sich nicht recht damit befreunden, daß das Wikingerblut wieder in Wallung geraten war. Und dieser Gedanke ließ ihn nicht schlafen, er ging wieder auf die Straße und schlenderte gemächlich dem Marktplatze zu.

Das kleine Städtchen lag in dem sanften Licht der Frühlingsnacht da. Der einzige Zeiger der Turmuhr wies auf elf. Über die Kegelbahn rollten keine Kugeln mehr. Die Rollgardinen waren herabgelassen. Es war, als wenn die Häuser mit gesenkten Lidern schliefen. Die lotrecht aufsteigenden Berge standen schwarz, wie in tiefer Trauer da. Aber mitten in all dem Schlummer wachte jemand – der Blumenduft schlief nicht! Der schlich sich über die Lindenhecken, stürmte aus den Gärten, jagte die Straße hinauf und hinab, kletterte zu jedem Fenster empor, das angelehnt stand, zu jeder Dachluke, die frische Luft einließ.

Jeder, zu dem der Blumenduft drang, sah alsogleich seine ganze kleine Stadt vor sich, obgleich die Dunkelheit sich leise auf sie herabgesenkt hatte. Er sah sie als die Stadt der Blumen, wo nicht Haus an Haus lag, sondern Garten an Garten. Er sah die Kirschbäume, die weiße Bogen über den steilen Waldweg spannten, die Fliederbüsche, die Knospen, die zu prächtigen Rosen schwollen, die stolzen Päonien, und die Haufen von Blütenblättern auf dem Boden unter den Faulbäumen.

Der alte Ratsherr ging in tiefe Gedanken versunken. Er war so weise und so alt. Das siebzigste Jahr hatte er erreicht, und fünfzig Jahre hatte er die Geschicke der Stadt gelenkt. Aber in dieser Nacht fragte er sich, ob er recht getan habe, wenn er immer gedämpft und beschwichtigt hatte. „Ich hatte die Stadt in meiner Hand," dachte er, „aber ich habe sie nicht zu etwas Großem gemacht." Und er gedachte ihrer großen Vergangenheit und zweifelte immer mehr, ob er auch recht getan habe.

Er stand unten auf dem Markt, da, wo die Aussicht sich über den Fluß eröffnet. Ein Boot kam herangerudert. Ein paar Städter kehrten von einer Ausfahrt zurück. Lichtgekleidete Mädchen führten die Ruder. Sie steuerten unter die Brückenwölbung, aber da war die Strömung so stark, daß sie sie zurücktrieb. Es gab einen heftigen Kampf. Ihre schlanken Körper bogen sich nach rückwärts, bis sie in einer Linie mit dem Bootrande lagen. Weiche Armmuskeln spannten sich. Die Ruder krümmten sich wie Bogen. Lachen und Rufe erfüllten die Luft. Einmal ums andre siegte die Strömung. Schmählich wurde das Boot zurückgetrieben. Und als die Mädchen schließlich am Marktkai landen und es den Männern überlassen mußten, das Boot heimzubringen, wie waren sie rot und ärgerlich und wie lachten sie! Und wie klang ihr Lachen die Straße hinab! Wie belebten ihre breitrandigen, lichten Hüte, ihre leichten, flatternden Sommerkleider die stille Nacht.

Da tauchten vor den Gedanken des alten Ratsherrn, denn im Dunkel konnte er sie nicht klar sehen, ihre lieblichen, jungen Gesichtchen, ihre schönen, klaren Augen und ihre roten Lippen auf. Da richtete er sich stolz in die Höhe. Die kleine Stadt war doch nicht ohne allen Glanz. Andre Gemeinwesen konnten sich andrer Dinge rühmen, aber keinen Ort kannte er, der reicher an dem augenerquickenden

Reiz von Blumen und Frauen war.

Da dachte der Alte mit neuerwachtem Mut an sein Wirken. Nein, er brauchte nicht für die Zukunft der Stadt zu zittern. Eine solche Stadt brauchte sich nicht durch strenge Gesetze zu schützen.

Und so erbarmte er sich der armen Gefangnen. Er ging und weckte den Polizeimeister und sprach mit ihm. Und dieser dachte wie er. Sie gingen selbander zum Gefängnis und öffneten Peter Nord und seinen Kameraden die Tür.

Und daran tat die Obrigkeit recht. Denn die kleine Stadt ist wie die Venus von Milo. Sie hat lockenden Reiz, und ihr fehlen die festhaltenden Arme.

III

Es ist, als müßte ich die Wirklichkeit verlassen und in die Welt des Märchens und der Unwahrscheinlichkeit fliehen, um zu erzählen, was sich jetzt begab. Wäre der junge Peter Nord ein Peter Schweinehirt gewesen, mit einer goldnen Krone unter dem Hut, dann würde alles ganz einfach und natürlich erscheinen. Aber jetzt will mir wohl niemand glauben, wenn ich sage, daß auch Peter Nord einen Königsreif um sein flachsblondes Haar trug. Niemand kann ja wissen, wie viel merkwürdige Dinge sich in dem kleinen Städtchen zutragen. Niemand kann ahnen, wieviel verzauberte Prinzessinnen da herumgehen und auf den Hirtenknaben des Märchens warten.

Zuerst sah es aus, als sollte es weiter zu keinen Abenteuern kommen. Denn als Peter Nord von dem alten Ratsherrn befreit worden war und zum zweitenmal mit Schimpf und Schande aus der Stadt fliehen mußte, da kamen ihm

dieselben Gedanken, wie als er das erstemal entfloh. Da
klangen ihm plötzlich wieder Polkamelodien im Ohre, und
am allerlautesten unter ihnen erklang der alte Reigen:

Nun ist es wieder Weihnachtsfest,
Ja, ja, Weihnachtsfest.
Und dann ist Ostern nicht mehr weit,
Doch leider, leider ists nicht so,
Nein, nein, ists nicht so,
Nach Weihnacht kommt die Fastenzeit.

Und er sah deutlich, wie die gelbe, blasse Frau Fastenzeit mit ihrem Rutenbündel im Arm über die Erde schlich. Und sie rief ihm zu: „Verschwender! Verschwender! Du wolltest das Fest der Rache und der Genugtuung in jener Fastenzeit feiern, die man Leben nennt. Kann man sich hier solche Ausgaben gestatten, du Dummkopf?"

Darauf hatte er ihr abermals Gehorsam gelobt und war ein stiller, sparsamer Arbeiter geworden. Wieder stand er friedlich und besonnen bei der Arbeit. Niemand hätte glauben können, daß er es war, der vor Zorn gebrüllt und die kleinen Kinder auf die Straße geschleudert hatte, so wie der verfolgte Elch die Hunde abschüttelt.

Doch einige Wochen später kam Halfvorson zu ihm in die Fabrik. Er suchte ihn auf den Wunsch seiner Nichte auf. Sie wollte, wenn möglich, noch an demselben Tag mit ihm sprechen.

Peter Nord begann zu zittern und zu beben, als er Halfvorson erblickte. Es war, als hätte er eine schlüpfrige Schlange gesehen. Er wußte nicht, was er lieber wollte, – ihn schlagen oder von ihm fortlaufen; aber plötzlich bemerkte er, daß Halfvorson sehr bekümmert aussah.

Der Kaufmann hatte ein Aussehen, wie man es hat, wenn man im starken Winde geht. Die Gesichtsmuskeln waren angespannt, der Mund zusammengekniffen, die Augen rot und voll Tränen. Er kämpfte sichtlich mit irgendeinem Leid. Das einzige, was unverändert war, das war die Stimme. Sie war ebenso unmenschlich ausdruckslos.

„Sie brauchen der alten Geschichte wegen nichts zu fürchten, und auch der neuen wegen nicht," sagte Halfvorson. „Es ist wohl bekannt geworden, daß Sie mit jenen Kerlen waren, die dieser Tage bei uns daheim so viel Aufstand machten. Und da wir annahmen, daß sie von hier seien, konnte ich Sie ausfindig machen. Edith wird bald sterben," fuhr er fort, und sein Gesicht zuckte krampfhaft. „Sie will mit Ihnen sprechen, ehe sie stirbt. Aber wir führen nichts Böses gegen Sie im Schilde."

„Gewiß komme ich," sagte Peter Nord.

Bald waren sie beide an Bord des Dampfers. Peter Nord saß da, fein geputzt in seinem Sonntagsstaat. Und unter dem Hut spielten und gaukelten alle seine Knabenträume, einen richtigen Königsreif schlossen sie um sein blondes Haar. Ediths Botschaft raubte ihm förmlich die Besinnung. Hatte er nicht immer gedacht, daß feine Damen ihn lieben würden? Und nun war da eine, die ihn sehen wollte, bevor sie starb. Das Wunderbarste alles Wunderbaren! – Nun saß er da und dachte an sie, wie sie einst gewesen war. Wie stolz, wie lebensfrisch! Und jetzt sollte sie sterben. Sie tat ihm so innig leid. Aber daß sie alle die Jahre seiner gedacht hatte! Eine warme, süße Wehmut kam über ihn.

Nun war er wieder ganz heraus, der alte, närrische Peter Nord. Sobald er sich dem Städtchen näherte, verließ ihn Frau Fastenzeit mit Unmut und Verachtung.

Halfvorson konnte keinen Augenblick stillstehen. Der heftige Sturm, den er allein bemerkte, trieb ihn auf dem Verdeck hin und her. Wenn er an Peter vorbeikam, brummte er ein paar Worte, so daß dieser erfuhr, welche Pfade seine betrübten Gedanken wandelten. „Sie fanden sie auf dem

Boden, halbtot – und rings um sie lauter Blut," sagte er einmal. Und ein andermal: „War sie nicht gut? War sie nicht schön? Wie konnte es ihr so schlecht ergehen?" Und ein andermal: „Sie hat mich auch gut gemacht. Konnte es nicht mit ansehen, daß sie den ganzen langen Tag betrübt dasaß und mit ihren Tränen das Kassabuch ruinierte." – Dann kam dies: „Ein schlaues Ding übrigens. Schmeichelte sich bei mir ein. Machte es mir behaglich daheim, verschaffte mir Verkehr mit den Vornehmen. Durchschaute sie freilich, aber konnte nicht widerstehen." Er wanderte bis zum Vorderdeck. Als er zurückkam, sagte er: „Ich kann es nicht ertragen, daß sie sterben soll."

Und alles das sagte er mit dieser hilflosen Stimme, die er weder dämpfen noch modulieren konnte. Peter Nord hatte die stolze Empfindung, daß ein solcher Mann wie er, der einen Königsreif um die Stirn trug, gar nicht das Recht hatte, Halfvorson zu zürnen. Dieser war ja durch sein Gebrechen von den Menschen getrennt und konnte ihre Liebe nicht erringen. Darum mußte er sie alle als Feinde behandeln. Es ging nicht an, ihn mit demselben Maßstab zu messen wie andre Menschen.

Aber dann versank Peter Nord wieder in seine Träume. Sie hatte sich also seiner alle diese Jahre erinnert, und jetzt konnte sie nicht sterben, ohne ihn gesehen zu haben. Ach, man denke, daß ein junges Mädchen alle die Jahre herumgegangen war und an ihn gedacht, ihn geliebt und vermißt hatte.

Sobald er ans Land gekommen war und das Haus des Kaufmanns erreicht hatte, wurde er zu Edith geführt, die ihn draußen in der Laube erwartete.

Der glückliche Peter Nord wurde nicht aus seinen Träumen gerissen, als er sie erblickte. Sie war ein liebliches

Traumwesen, dieses Mädchen, das um die Wette mit den wurzellosen Birken, die sie umgaben, dahinwelkte. Ihre großen Augen waren dunkler und klarer geworden. Ihre Hände waren so dünn und durchsichtig, daß man fürchtete, diese vergeistigte Materie zu berühren.

Und sie liebte ihn. Natürlich mußte er sie sogleich wiederlieben, heiß, innig, glühend. Als sie sah, wie er dastand und sie anstarrte, begann sie zu lächeln, mit dem verzweifeltesten Lächeln der Welt, diesem Lächeln der Kranken, das sagt: „Sieh, so bin ich geworden. Zähle nicht auf mich. Ich kann nicht mehr schön und reizend sein. Ich muß bald sterben."

Das rief ihn zur Wirklichkeit zurück. Er sah, daß er es nicht mit einem Traumbilde zu tun hatte, sondern mit einer Seele, die im Entfliehen war und darum die Wände ihres Kerkers so dünn und durchsichtig gemacht hatte. Nun war es so deutlich in seinem Gesicht und in der Art, wie er Ediths Hand faßte, zu sehen, wie er mit einemmal ihre Leiden litt, wie er alles andre über dem Schmerze, daß sie sterben mußte, vergaß, daß die Kranke dasselbe Mitleid mit sich selbst fühlte und Tränen in ihre Augen traten.

O, welches Mitgefühl hatte er vom ersten Augenblick an für sie. Er begriff gleich, daß sie ihre Bewegung nicht zeigen wollte. Natürlich war es ergreifend für sie, ihn, den sie so lange entbehrt hatte, wiederzusehen. Aber nur ihre Schwäche war daran schuld, daß sie sich jetzt verriet. Sie wollte natürlich nicht, daß er es bemerkte. Und darum brachte er ein unverfängliches Gesprächsthema aufs Tapet.

„Wissen Sie, wie es meinen weißen Mäusen ergangen ist?" fragte er.

Sie sah bewundernd zu ihm auf. Es war, als wollte er ihr

40

den Weg ebnen. „Ich habe sie in den Laden gelassen," sagte sie, „sie haben sich gut gehalten."

„Ach nein, wirklich! Sind noch welche von ihnen da?"

„Halfvorson sagt, daß er Peter Nords Mäuse niemals loswerden kann. Sie haben Sie gerächt, verstehen Sie?" sagte sie bedeutungsvoll.

„Es war eine ausgezeichnete Rasse," antwortete Peter Nord stolz.

Das Gespräch stockte einen Augenblick. Edith schloß die Augen, wie um zu ruhen, und er schwieg ehrfurchtsvoll. Seine letzte Antwort verstand sie nicht. Er hatte gar nichts auf ihre Bemerkung von der Rache erwidert. Als er angefangen hatte, von den Mäusen zu sprechen, hatte sie geglaubt, er verstünde, was sie damit sagen wolle.

Sie wußte ja, daß er vor ein paar Wochen hergekommen war, um sich zu rächen. Der arme Peter Nord! Oftmals hatte sie gedacht, wie es ihm wohl ergehen mochte. So manche Nacht war das Heulen des erschreckten Jungen in ihren Träumen ertönt. Zum Teil um seinetwillen, um nie mehr eine solche Nacht zu erleben, hatte sie angefangen, ihren Onkel zu bessern, hatte das Haus zu einem Heim für ihn gemacht, hatte den Einsamen es schätzen gelehrt, einen teilnehmenden Freund in seiner Nähe zu haben. Jetzt war ihr Schicksal wieder mit Peter Nord verknüpft. Sein Rachezug hatte sie zu Tode erschreckt. Als sie sich nach dem schweren Anfall ein wenig erholt hatte, hatte sie Halfvorson gebeten, ihn auszukundschaften.

Und nun saß Peter Nord da und glaubte, daß sie ihn aus Liebe gerufen habe. Er konnte ja nicht wissen, daß sie ihn für rachsüchtig, roh und verkommen hielt, für einen

Trinker und Raufbold. Er, der seinen Kameraden im Arbeiterviertel ein leuchtendes Vorbild war, konnte nicht ahnen, daß sie ihn herbeschieden hatte, um ihm Tugend und gute Sitte zu predigen, um, wenn nichts andres half, ihm zu sagen: „Sieh mich an, Peter Nord! Dein Unverstand, deine Rachgier ist die Ursache meines Todes. Denke daran und beginne ein andres Leben."

Er war voll Lebenslust und Träumerei gekommen, um das Fest der Liebe zu feiern, und sie lag da und dachte daran, ihn in die schwarzen Tiefen der Reue zu versenken.

Aber es mußte ihr wohl etwas von dem Glanz des Königsreifens entgegenstrahlen und sie nachdenklich stimmen, so daß sie beschloß, ihn zuerst ins Verhör zu nehmen.

„Aber Peter Nord, waren Sie wirklich mit diesen drei furchtbaren Kerlen da?"

Er errötete und sah zu Boden. Dann mußte er ihr die ganze Geschichte von dem Rachezug mit all seiner Schmach erzählen. Fürs erste, wie unmännlich lange er gezögert hatte, sich Gerechtigkeit zu verschaffen, und wie er nur gezwungen gegangen war, und wie er dann anstatt selbst zu schlagen, geprügelt und gepeitscht worden war. Er wagte nicht aufzusehen, während er sprach; er wagte nicht zu hoffen, selbst von diesen milden Augen mit Nachsicht beurteilt zu werden. Wie er dasaß, fühlte er, daß er sich all des Glanzes entkleidete, mit dem sie ihn in ihren Träumen umgeben haben mußte.

„Aber Peter Nord, wie wäre es denn gegangen, wenn Sie Halfvorson angetroffen hätten?" fragte Edith, als er zu Ende gesprochen hatte.

Er ließ den Kopf immer tiefer hängen. „Ich sah ihn ja ohnehin," sagte er. „Er war gar nicht verreist. Er arbeitete in seinem Garten vor dem Stadttor. Der Junge im Laden hatte mir alles erzählt."

„Nun, warum haben Sie sich dann nicht gerächt?" fragte Edith.

Nichts sollte ihm erspart bleiben. Aber er fühlte, daß ihre Blicke sich forschend auf ihn hefteten, und er begann gehorsam: „Als die Männer sich auf einem Abhang schlafen gelegt hatten, ging ich und suchte Halfvorson auf, denn ich wollte ihn allein für mich haben. Er ging da herum und richtete Stäbchen in einem Erbsenbeet auf. Es mußte am Tage vorher einen Platzregen gegeben haben, denn die Erbsen waren zu Boden gefallen, einige Blätter waren ganz zerfetzt, andre voll Erde. Es sah aus wie ein Krankenhaus. Und Halfvorson war der Doktor. Er richtete sie so zart in die Höhe, streifte die Erde ab und half den armen, kleinen Dingern die Stäbchen umfassen. Ich stand da und sah zu. Er hörte mich ja nicht und er hatte keine Zeit aufzublicken. Ich versuchte zornig zu bleiben, aber was sollte ich tun? Ich konnte doch nicht auf ihn losstürzen, solange er mit den Erbsen beschäftigt war. Meine Zeit kommt wohl noch, dachte ich.

Aber plötzlich sprang er auf, schlug sich vor die Stirn und stürzte zum Treibbeete. Da hob er die Glasfenster ab und guckte hinein, und ich guckte auch, denn er sah aus, als wenn er in der bittersten Verzweiflung wäre. Ja freilich, da sah es schlimm aus. Er hatte vergessen, die Pflanzen vor der Sonne zu schützen und es war wohl unter den Glasfenstern furchtbar heiß gewesen. Die Gurken lagen wie halbtot da und rangen nach Atem; einige Blätter waren versengt und andre hingen schlaff herab. Ich war auch ganz erschrocken, so daß ich alle Vorsicht vergaß, und da erblickte Halfvorson

43

meinen Schatten. ‚Du hör' einmal, nimm die Gießkanne, die beim Spargelbeet steht, laufe zum Fluß herunter und hole Wasser,' sagte er, ohne aufzusehen; er glaubte wohl, es sei der Gärtnerjunge. Und so lief ich."

„Taten Sie das, Peter Nord?"

„Ja, sehen Sie, die Gurken brauchten doch nicht unter unsrer Feindschaft zu leiden. Es kam mir wohl auch vor, daß das charakterlos sei, aber ich konnte nicht anders. Ich wollte doch sehen, ob sie sich erholen könnten. Als ich zurückkam, hatte er die Fenster ausgehoben und starrte noch ebenso verzweifelt vor sich hin. Ich gab ihm die Kanne in die Hand, und er begann zu gießen. Ja, man konnte sehen, wie gut das den Gurken im Beete tat. Es war mir fast, als richteten sie sich in die Höhe, und ihm schien es wohl auch so, denn er fing zu lachen an. Da lief ich fort."

„Sie liefen fort, Peter Nord, Sie liefen fort?" Edith hatte sich in ihrem Ruhesessel aufgerichtet.

„Ich konnte ihn nicht schlagen," sagte Peter Nord.

Immer deutlicher merkte Edith den Strahlenkranz um den Kopf des armen Peter Nord. So, sie brauchte ihn also nicht mit der schweren Last der Sünde um den Hals in die Tiefen der Reue zu versenken. Ein solcher Mann war er also! Ein so weichherziger und feinfühliger Mann! Sie sank zurück, schloß die Augen wieder und dachte nach. Sie brauchte es ihm nicht zu sagen. Es wunderte sie selbst, welch große Erleichterung es ihr gewährte, ihn nicht betrüben zu müssen.

„Ich bin so froh, daß Sie sich die Rachegedanken aus dem Kopfe geschlagen haben, Peter Nord," begann sie freundlich. „Gerade darum wollte ich Sie bitten. Jetzt kann ich ruhig sterben."

Sie rang nach Atem. Sie war nicht unfreundlich. Sie sah nicht aus, als hätte sie sich in ihm getäuscht. Sie mußte ihn doch sehr lieb haben, wenn sie alle diese Feigheit entschuldigen konnte. – Denn wenn sie sagte, daß sie ihn hergerufen habe, um ihn zu bitten, von seinen Racheplänen abzustehen, geschah dies wohl nur aus Schüchternheit, um ihm nicht den wirklichen Grund des Rufes gestehen zu müssen. Darin hatte sie ganz recht. Ihm, dem Manne, kam es zu, das erste Wort zu sagen.

„Wie können sie Sie sterben lassen?" rief er aus. „Halfvorson und alle die andern, wie können sie es? Wenn ich hier wäre, ich wollte es Ihnen verwehren, zu sterben. Ich würde Ihnen alle meine Kraft geben. Ich würde alle Ihre Leiden auf mich nehmen."

„Ich habe keine großen Schmerzen," sagte sie, über diese kühnen Versprechungen lächelnd.

„Ich stelle mir vor, daß ich Sie forttragen möchte wie ein erfrorenes Vögelchen, Sie unter die Weste stecken wie ein Eichhörnchen. O Gott, wie schön wäre es doch zu arbeiten, wenn etwas so Warmes und Weiches daheim auf einen wartete. Aber wenn Sie gesund wären, so würden wohl viele ..."

Sie sah ihn mit müdem Staunen an, bereit, ihn in seine Schranken zu weisen. Aber sie mußte wohl wieder etwas von dem Zauberkranze der Träume um das Haupt des Knaben gesehen haben, denn sie übte Nachsicht gegen ihn. Er meinte wohl nichts damit. Er mußte wohl so sprechen wie er sprach. Er war ja nicht wie andre.

„Ach," sagte sie gleichgültig. „Nicht so viele, Peter Nord.

Wohl kaum einer, der es ernst meinte."

Aber nun trat wieder eine Wendung zu seinen Gunsten ein. In ihr erwachte plötzlich der Heißhunger der Kranken nach Mitleid. Sie wollte das Mitgefühl, die Zärtlichkeit haben, die der arme Arbeiter ihr schenken konnte, es war ihr ein Bedürfnis, lange in der Nähe dieser tiefen, uneigennützigen Teilnahme zu weilen. Die Kranken können ja an derlei nie genug haben. Sie wollte sie in seinen Blicken und in seinem ganzen Wesen lesen. Worte waren ihr gleichgültig.

„Es macht mir Freude, Sie hier zu sehen," sagte sie. „Bleiben Sie noch ein Weilchen sitzen und erzählen Sie, wie es Ihnen in diesen sechs Jahren ergangen ist."

Während er sprach, lag sie da und schlürfte dieses Unsagbare ein, was von ihm zu ihr strömte. Sie hörte und hörte nicht. Aber durch irgendeine wunderbare Sympathie fühlte sie sich gestärkt und belebt.

Übrigens machten ihr auch seine Erzählungen Eindruck. Sie führten sie in die Arbeiterviertel, in eine neue Welt voll gärender Hoffnungen und Kräfte. Wie man dort glaubte und sich sehnte! Wie man haßte und litt!

„Wie glücklich sind doch die Unterdrückten," sagte sie.

In einem Anfall von Lebenslust kam es ihr in den Sinn, daß dies etwas für sie sein könnte, die immer Druck und Zwang brauchte, um das Leben lebenswert zu finden.

„Wenn ich gesund wäre," sagte sie, „wäre ich vielleicht mit dahin gegangen. Es wäre schön gewesen, sich zusammen mit jemandem, dem man gut ist, in die Höhe zu arbeiten."

Peter Nord zuckte zusammen. Hier war ja das Geständnis, auf das er die ganze Zeit gewartet hatte. „Ach, können Sie nicht leben!" bat er, und er strahlte vor Glück.

Sie wurde aufmerksam. „Das ist ja Liebe," sagte sie zu sich selbst. „Und jetzt glaubt er, daß ich auch verliebt bin. Solch ein närrischer Kauz, dieser Wermlandjunge!"

Sie wollte ihn sogleich wieder zur Vernunft bringen, aber etwas lag über Peter Nord an diesem siegreichen Tage, das sie zurückhielt. Sie brachte es nicht übers Herz, seine frohe Stimmung zu zerstören. Sie fühlte Mitleid mit seiner Torheit und ließ ihn weiter darin leben. „Es macht ja nichts, da ich ja doch bald sterben muß," sagte sie zu sich selbst.

Aber gleich darauf verabschiedete sie ihn, und als er fragte, ob er wiederkommen dürfe, verbot sie es ihm ganz. „Aber," sagte sie, „vergessen Sie den Kirchhof hier oben auf dem Hügel nicht, Peter Nord. Dorthin können Sie in ein paar Wochen gehen und dem Tode für diesen Tag danken."

Als Peter Nord aus dem Garten kam, begegnete er Halfvorson. Dieser ging verzweifelt auf und ab und fand seinen einzigen Trost in dem Gedanken, daß Edith dem Schuldigen jetzt die Last der Reue aufbürdete. Um ihn überwältigt von Gewissensbissen zu sehen, einzig und allein darum hatte er ihn geholt. Doch als er den jungen Arbeiter traf, sah er, daß Edith ihm nicht alles gesagt haben konnte. Wohl sah er ernst aus, aber zugleich schien er schwindelnd glückselig.

„Hat Edith Ihnen jetzt gesagt, warum sie sterben muß?" fragte Halfvorson.

„Nein," antwortete Peter Nord.

Halfvorson legte ihm die Hand auf die Schulter, wie um ihn nicht entkommen zu lassen.

„Ihretwegen stirbt sie, Ihrer verdammten Streiche wegen. Sie war wohl vorher ein bißchen krank, aber das hatte nichts zu bedeuten. Niemand glaubte, daß sie sterben würde. Aber dann kamen Sie mit diesen drei unglückseligen Schurken her, und sie erschreckten sie, während Sie in meinem Laden waren. Sie verfolgten sie, und sie lief vor ihnen fort, lief so, daß sie einen Blutsturz bekam. Aber das war es ja, was Sie wollten, Sie wollten sich an mir rächen, dadurch, daß Sie sie töteten. Wollten mich einsam und unglücklich sehen, ohne einen einzigen Menschen um mich, der mir gut ist. Alle meine Freude wollten Sie mir nehmen, alle meine Freude."

Er wollte noch lange weitersprechen, Peter Nord mit Vorwürfen überschütten, ihn mit Flüchen morden; aber dieser riß sich los und lief davon, als ob ein Erdbeben die ganze Stadt erschüttere und alle Häuser im Begriffe wären einzustürzen.

IV

Hinter der Stadt erhebt sich die Bergwand lotrecht, aber wenn man auf steilen Steinstufen und nadelbedeckten, glatten Pfaden hinaufgeklettert ist, so findet man, daß der Berg sich zu einem großen welligen Plateau ausbreitet. Und dort oben findet man einen Märchenwald.

Auf der ganzen Breite des Berges steht ein Nadelwald ohne Nadeln, ein Wald, der im Frühling stirbt und im Herbst grünt, ein lebloser Wald, der in Lebensfreude aufflackert, wenn andre Bäume das grüne Kleid des Lebens ablegen, ein Wald, der wächst, ohne daß jemand wissen kann wie, der grün im Frost und braun im Tau dasteht.

Es ist ein frisch angepflanzter Wald. Junge Fichten sind

gezwungen worden, in den Rissen zwischen Felsblöcken Wurzel zu schlagen. Ihre zähen Wurzeln haben sich wie scharfe Keile in Spalten und Ritzen eingebohrt. Eine Zeitlang ging es gut, die jungen Bäume schossen in die Höhe, und die Wurzeln bohrten sich frohgemut in den grauen Stein. Aber endlich konnten sie nicht weiterkommen, und da bemächtigte sich des Waldes eine nur schlecht verhehlte üble Laune. Er wollte hoch hinaus, aber auch in die Tiefe. Da ihm der Weg nach unten versperrt war, schien ihn das Leben nicht mehr zu freuen. Jeden Frühling war er bereit, mißmutig die Lebensbürde abzuwerfen. In dem Sommer, als Edith sterben sollte, stand der junge Wald ganz braun da. Hoch über der Stadt der Blumen sah man auf dem Bergkamm einen düstern Rand sterbender Bäume.

Aber dort oben auf dem Berge ist nicht alles Düsterkeit und Todeskampf. Wenn man so unter den braunen Bäumen einhergeht und sich so bedrückt fühlt, daß man am liebsten sterben wollte, sieht man grüne Bäume schimmern, Blumenduft schlägt einem entgegen; Vogelgesang jubelt und lockt. Da denkt man an das Schloß im schlummernden Wald, an das Paradies des Märchens, das von einer stechenden Dornenhecke umgeben ist. Und wenn man dann zu dem Grün, dem Blumenduft, dem Vogelgezwitscher kommt, sieht man, daß man sich auf dem versteckten Kirchhof des kleinen Städtchens befindet.

Das Heim der Toten liegt in einer mit Erde angefüllten Vertiefung des Bergplateaus. Und da innerhalb der grauen Steinmauern hat alles Welken und aller Lebensüberdruß ein Ende. Im Tore stehen Fliederbüsche, die sich unter schweren Blütentrauben neigen. Linden und Ahornbäume spannen mit überraschender Kraft einen himmelhohen Bogen über den ganzen Platz. Jasmin und Rosen entblühen freundlich der geweihten Erde. Um große alte Grabsteine schlingen sich Ranken von Immergrün und Efeu.

Hier ist eine Ecke, wo die Nadelbäume die Höhe eines Mastbaumes erreichen. Müßte sich nicht eigentlich der junge Wald draußen schämen, wenn er sie sieht? Und da sind Hecken, die den Händen ihrer Pfleger ganz entwachsen sind, die ohne an Schere und Messer zu denken, blühen und sprießen.

Die Stadt hat jetzt auch einen andern, neuen Friedhof, zu dem die Toten ohne sonderliche Mühe gelangen können. Es war recht beschwerlich für sie, im Winter hier heraufzuwandern, wo die steilen Waldpfade mit Glatteis überzogen sind, und die Stufen schlüpfrig und schneebedeckt. Der Sarg knackte, die Träger keuchten, der alte Propst stützte sich schwer auf den Küster und den Totengräber. Jetzt braucht niemand dort oben begraben zu werden, der es nicht selbst gewünscht hat.

Schön sind die Gräber dort nicht. Die wenigsten verstehen es, den Toten eine schöne Wohnstatt zu bereiten. Aber das frische Grün ergießt seinen Frieden und seine Schönheit auf sie alle. Seltsam feierlich ist es, zu wissen, daß alle, die hier ruhen, gerne da liegen. Der Lebende, der nach einem heißen Arbeitstage hinaufflüchtet, geht wie unter Freunden einher. Die hier schlummern, haben ja auch die hohen Bäume und die Stille geliebt.

Kommt ein Fremder herauf, so erzählt man ihm nicht von Tod und Trauer, sondern auf den großen Steinplatten, auf den breiten Bürgermeistergräbern sitzt man und erzählt ihm von Peter Nord, dem Wermlandjungen, und seiner Liebe. Es ist, als eignete sich die Geschichte am besten dazu, hier oben erzählt zu werden, wo der Tod seine Schrecken verloren hat. Es ist, als müßte die geweihte Erde jubeln, daß sie auch einmal der Schauplatz erwachenden Glücks und neuerweckten Lebens sein durfte.

Denn es kam so, daß Peter Nord, als er von Halfvorson fortlief, seine Zuflucht oben auf dem Kirchhofe suchte.

Zuerst lief er auf die Flußbrücke zu und schlug den Weg zur großen Fabrikstadt ein. Doch auf der Brücke machte der arme Flüchtling halt. Mit dem Königsreif um seine Stirn war es nun ganz vorbei. Er war verschwunden, als wäre er aus Sonnenstrahlen gesponnen gewesen. Peter Nord war von Kummer tief gebeugt, sein ganzer Körper zitterte, das Herz tat ihm weh, das Hirn brannte wie Feuer.

Da glaubte er zu sehen, wie Frau Fastenzeit ihm zum drittenmal entgegenkam. Sie war viel freundlicher, viel milder als einst, aber sie erschien ihm darum nur um so furchtbarer.

„Ach, du Armer," sagte sie, „jetzt mußt du aber mit deinen Streichen doch endlich aufhören! Du wolltest das Fest der Liebe in der Fastenzeit feiern, die man Leben nennt, aber du siehst, wie es dir ergeht. Komm jetzt und bleibe mir treu. Jetzt hast du alles versucht, jetzt kannst du dich nur mehr an mich wenden."

Aber er streckte ihr abwehrend die Arme entgegen. „Ich weiß, was du von mir willst. Du willst mich zur Arbeit und Entbehrung führen, aber ich kann nicht! Nicht jetzt, Frau Fastenzeit, nicht jetzt."

Die gelbe, bleiche Frau Fastenzeit lächelte immer milder. „Du bist ja unschuldig, Peter Nord! Nimm dir das doch nicht so zu Herzen, wofür du nichts kannst. War Edith nicht gut gegen dich? Sahst du nicht, daß sie dir vergeben hat? Komm mit zur Arbeit! Lebe, wie du gelebt hast!"

Der Knabe wurde immer heftiger. „Meinst du, es ist besser für mich, daß ich gerade die getötet habe, die gut gegen mich war, sie, die mich liebte? Wäre es nicht besser gewesen, wenn ich jemanden ermordet hätte, den ich ermorden wollte? Ich muß es sühnen. Ich muß ihr das Leben retten. Jetzt kann ich nicht an Arbeit denken."

„O du Narr," sagte Frau Fastenzeit, „das Fest der Sühne, das du feiern willst, das ist die allergrößte Vermessenheit."

Da empörte sich Peter Nord vollends gegen seine langjährige Freundin. Er hohnlachte förmlich. „Was hast du mir eingeredet," sagte er, „daß du eine brave, brummige Alte seiest, den Arm voll netter, kleiner Ruten. Du bist eine Hexe, Leben, du bist ein Ungeheuer. Du bist schön, und du bist entsetzlich. Du weißt selbst nichts von Maß und Ziel. Warum sollte ich es denn? Wie kannst du Fasten predigen, du, die du ein solches Übermaß von Schmerz auf mich wälzen wolltest? Was sind die Feste, die ich gefeiert habe, gegen die, die du dir unaufhörlich bereitest! Bleib mir vom Leibe mit deiner gelben, bleichen Mäßigkeit. Jetzt will ich es ebenso toll treiben, wie du selbst."

Nicht einen Schritt konnte er nach der großen Fabrikstadt machen. Ebensowenig konnte er umkehren und wieder über die lange Straße in das Städtchen wandern, nein, er schlug den Weg in die Berge ein, kletterte zum verhexten Tannenwald hinauf und irrte zwischen den steifen, stechenden jungen Bäumen umher, bis ein freundlicher Pfad ihn zum Kirchhof führte. Dort suchte er sich ein Versteck in der Ecke, wo die Tannen die Höhe eines Mastbaumes erreichen, und da warf er sich todmüde zu Boden.

Er wußte nichts von sich. Er ahnte nicht, ob die Zeit verging, oder ob alles jetzt stille stand. Aber nach einem Weilchen ertönten Schritte, und er erwachte zu halbem

Bewußtsein. Es war ihm, als wäre er lange, lange fort gewesen! Nun sah er einen Leichenzug herankommen, und sogleich tauchte ein verwirrter Gedanke in ihm auf. Wie lange lag er schon da? War Edith schon tot? Suchte sie ihn hier auf? War die Tote im Sarge auf der Jagd nach ihrem Mörder? Er zitterte und bebte. Freilich lag er in dem dunkeln Tannendickicht verborgen, aber er zitterte vor dem, was geschehen wäre, wenn die Leiche ihn gefunden hätte. Er bog ein paar Zweige zurück und blickte hinaus. Ein gehetzter Flüchtling kann nicht wilder nach seinen Verfolgern ausblicken.

Der Leichenzug war der eines armen Mannes. Armselig und spärlich war das Geleit. Unbekränzt wurde der Sarg in die Gruft gesenkt. Keines der Gesichter zeigte Tränenspuren. Peter Nord hatte noch Verstand genug, um einzusehen, daß dies unmöglich Edith Halfvorsons Begräbnis sein konnte.

Aber wenn sie es auch nicht selbst war, wer weiß, vielleicht war es ein Gruß von ihr. Peter Nord fühlte, daß er nicht das Recht hatte, zu entfliehen. Sie hatte gesagt, er möge hinauf zum Friedhof gehen. Sie meinte wohl, daß er sie dort erwarten solle, damit sie ihm seine Strafe zuteil werden lassen konnte. Dieser Leichenzug war ein Gruß, ein Zeichen. Sie wollte, daß er sie dort erwartete.

Vor seinem kranken Hirn türmte sich jetzt die niedre Kirchhofsmauer so hoch wie ein Festungswall auf. Er starrte ängstlich auf das schwache Gitterpförtchen, es war wie die festeste Eichentür. Er war hier oben gefangen. Nie konnte er von hier fort, bis sie selbst kam und ihn seiner Strafe zuführte.

Was sie dann mit ihm beginnnen würde, das wußte er nicht. Nur eines war deutlich und klar. Er mußte hier warten, bis sie kam und ihn holte. Vielleicht wird sie ihn mit sich ins

Grab nehmen, vielleicht wird sie ihm gebieten, sich vom Berge herunterzustürzen. Er konnte es nicht wissen – vorderhand mußte er warten.

Die Vernunft kämpfte einen verzweifelten Kampf: Du bist ja unschuldig, Peter Nord. Mache dir doch kein Herzeleid über das, was du nicht verschuldet hast. Sie hat dir keine Botschaft geschickt. Gehe hinaus zu deiner Arbeit! Erhebe den Fuß, und du bist über die Mauer, stoße mit einem Finger zu, und das Tor ist offen.

Nein, er konnte nicht. Meistens war er wie in einem Nebel, einer Betäubung. Die Gedanken kamen unklar, so wie wenn man eben im Einschlafen ist. Eines nur wußte er, er mußte bleiben, wo er war.

Nun kam die Nachricht zu ihr, die dalag und um die Wette mit den wurzellosen Birken dahinwelkte. Peter Nord, mit dem du an einem Sommertag gespielt, geht oben auf dem Kirchhof einher und wartet auf dich. Peter Nord, den dein Oheim zu Tode erschreckt hat, kann den Kirchhof nicht verlassen, bis dein blumengeschmückter Sarg heraufkommt, um ihn zu holen.

Das Mädchen schlug die Augen auf, gleichsam wie um noch einmal die Welt zu sehen. Sie schickte nach Peter Nord. Sie zürnte ihm wegen seines tollen Streiches. Warum konnte sie nicht in Ruhe sterben? Sie hatte nie gewünscht, daß er sich ihrethalben Gewissensbisse mache.

Der Bote kam ohne Peter Nord zurück. Er könne nicht kommen. Die Mauer sei zu hoch und das Tor zu stark. Nur eine könne ihn von dort fortbringen.

In diesen Tagen dachte man in der kleinen Stadt an nichts andres. „Er geht noch immer dort herum, noch immer," erzählte man einander jeden Tag. „Ist er verrückt?" fragten die Leute häufig, und einige, die mit ihm gesprochen hatten, antworteten, daß er es ganz gewiß werden würde, wenn „sie" kam. Aber sie waren sehr stolz auf diesen Märtyrer der Liebe, der ihrer Stadt Glanz verlieh. Arme Leute brachten ihm Essen. Die Reichen schlichen den Berg hinauf, um ihn wenigstens aus der Ferne zu sehen.

Aber Edith, die sich nicht vom Fleck rühren konnte, die machtlos dalag und sterben sollte, sie, die so viel Zeit zu denken hatte, womit beschäftigte sie sich wohl? Welche Gedanken wälzte sie Tag und Nacht in ihrem Hirn? Oh, Peter Nord, Peter Nord! Mußte sie nicht stets den Mann vor sich sehen, der sie liebte, der nahe daran war, um ihretwillen den Verstand zu verlieren, der wirklich, wirklich oben auf dem Kirchhof einherging und auf ihren Sarg wartete.

Sieh da, das war etwas für die Stahlfedernatur in ihr. Das war etwas für die Phantasie, etwas für entschlummernde Gefühle. Sich vorzustellen, was er anfangen würde, wenn sie hinaufkam! Sich auszumalen, was er beginnen würde, wenn sie nicht als Tote hinkam.

Sie sprachen davon in der ganzen Stadt, sprachen davon und von nichts anderm. So wie die alten Städte ihre Säulenheiligen geliebt hatten, so liebte das Städtchen den armen Peter Nord. Doch niemand ging gerne auf den Kirchhof, um mit ihm zu sprechen. Er sah immer wilder und wilder aus. Immer dichter senkte sich die Dunkelheit des Wahnsinns auf ihn herab. „Warum beeilt sie sich nicht, gesund zu werden," sagten sie von Edith. „Es wäre unrecht von ihr, zu sterben."

Edith fühlte beinahe Zorn. Sie, die so fertig mit dem Leben war, sollte nun wieder die schwere Bürde auf sich nehmen müssen? Aber auf jeden Fall begann sie sich redlich zu

mühen. In ihrem Körper wurde in diesen Wochen mit
fieberhafter Kraft ausgebessert und instandgesetzt. Und es
wurde nicht an Material gespart. In ungeheuren Massen
wurde alles verbraucht, was Lebenskraft gibt, wie es auch
heißen mochte: Malzextrakt oder Lebertran, frische Luft
oder Sonnenschein, Träume oder Liebe.

Und was für herrliche Tage waren dies doch, lang, warm,
regenlos!

Endlich erlaubte ihr der Arzt, sich hinauftragen zu lassen.
Die ganze Stadt war in Angst, als sie den Weg antrat. Würde
sie mit einem Wahnsinnigen zurückkommen? Konnten diese
Wochen des Elends aus seinem Hirn ausgetilgt werden?
Würde die Anstrengung, die sie gemacht hatte, um wieder
zu leben, fruchtlos sein? Und wenn, wie würde es dann ihr
selbst ergehen?

Wie sie dahinzog, blaß vor Spannung, aber doch voll
Hoffnung, gab es Anlaß zur Unruhe genug. Niemand
verhehlte sich, daß Peter Nord einen zu großen Raum in
ihrer Phantasie eingenommen hatte. Sie war die
Allereifrigste in der Anbetung dieses wunderlichen Heiligen.
Alle Schranken waren für sie gefallen, als sie hörte, was er
um ihretwillen litt. Doch was sollte aus ihrer Schwärmerei
werden, wenn sie ihn wirklich sah? An einem
Wahnsinnigen ist nichts Romantisches.

Als man sie bis an das Friedhofspförtchen getragen hatte,
verließ sie die Träger und ging allein über den breiten
Mittelgang. Ihre Blicke wanderten rund um den grünenden
Platz, aber sie sah niemanden.

Plötzlich hörte sie ein leises Rascheln im Tannendickicht,
und von dort sah sie ein wildes, verzerrtes Gesicht starren.
Nie hatte sie ein Antlitz gesehen, das so deutlich den

Stempel des Grauens trug. Sie erschrak selbst darüber, erschrak tödlich. Es fehlte nicht viel, so wäre sie geflohen.

Aber dann loderte ein großes, heiliges Gefühl in ihr auf. Jetzt konnte nicht mehr von Liebe und Schwärmerei die Rede sein, nur von Angst, daß ein Mitmensch, einer der Armen, die mit ihr das Jammertal der Erde durchwanderten, verloren gehen sollte!

Das Mädchen blieb stehen. Sie wich nicht einen Schritt zurück, sondern ließ ihn sich langsam an ihren Anblick gewöhnen. Aber alle Macht, die sie besaß, legte sie in den Blick. Sie zog den Mann dort an sich mit der ganzen Kraft des Willens, der die Krankheit in ihr selbst besiegt hatte.

Und er kam aus seinem Winkel, bleich, verwildert, ungepflegt. Er ging auf sie zu, ohne daß das Grauen aus seinen Zügen wich. Er sah aus, als wäre er von einem wilden Tier behext, das gekommen war, um ihn zu zerreißen. Als er dicht neben ihr stand, legte sie ihm ihre beiden Hände auf die Schultern und sah ihm lächelnd ins Gesicht.

„Sieh da, Peter Nord. Wie ist es mit Ihnen? Sie müssen von hier fort! Was meinen Sie damit, daß Sie so lange hier oben auf dem Kirchhof bleiben, Peter Nord?"

Er zitterte und sank zusammen. Aber sie fühlte, daß sie ihn mit ihren Blicken unterjochte. Ihre Worte schienen hingegen gar keine Bedeutung für ihn zu haben.

Sie schlug einen etwas andern Ton an. „Höre, was ich sage, Peter Nord. Ich bin nicht tot. Ich werde nicht sterben. Ich bin gesund geworden, um hier heraufzukommen und dich zu retten."

Er stand noch immer in demselben stumpfen Entsetzen da.

Wieder veränderte sich ihre Stimme. „Du hast mir nicht den Tod gebracht," sagte sie immer inniger, „du hast mir das Leben gegeben."

Dies wiederholte sie einmal ums andre. Und ihre Stimme ward zuletzt bebend vor Bewegung, trübe von Tränen. Aber er verstand nichts von dem, was sie sagte.

„Peter Nord, ich habe dich so lieb, so lieb," rief sie aus.

Er blieb ebenso gleichgültig.

Nun wußte sie nichts mehr mit ihm anzufangen. Sie mußte ihn wohl mit in die Stadt hinabnehmen und gute Pflege und die Zeit walten lassen.

Doch wer weiß, mit welchen Träumen sie heraufgekommen war und was sie sich von dieser Begegnung mit dem, der sie liebte, versprochen hatte. Nun, wo sie alles das aufgeben und ihn nur als einen Wahnsinnigen behandeln mußte, erfüllte sie ein Schmerz, als müßte sie das Kostbarste von sich lassen, was das Leben ihr geschenkt hatte. Und in der Bitterkeit dieses Verzichtes zog sie ihn an sich und küßte ihn auf die Stirn.

Dies sollte ein Abschied von Leben und Glück sein. Sie fühlte, wie ihre Kräfte versagten. Tödliche Mattigkeit kam über sie.

Doch da glaubte sie bei ihm etwas wie ein schwaches Lebenszeichen zu merken, er war nicht mehr ganz so schlaff und stumpf. Es zuckte in seinen Gesichtszügen. Er zitterte immer heftiger, sie beobachtete alles mit immer größrer Angst. Er erwachte, aber wozu? Endlich begann er zu weinen.

Sie führte ihn zu einem Grabstein. Sie ließ sich darauf

nieder, zog ihn zu sich herab und bettete sein Haupt in ihrem Schoß. So saß sie da und streichelte ihn, während er weinte.

Mit ihm ging etwas Ähnliches vor, wie wenn man aus einem bösen Traum erwacht. „Warum weine ich," fragte er sich. „Ach, ich weiß, ich habe so furchtbar geträumt. Aber es ist nicht wahr, sie lebt. Ich habe sie nicht gemordet. Wie töricht, über einen Traum zu weinen."

Und so allmählich wurde ihm alles klar; doch seine Tränen flossen weiter. Sie saß da und liebkoste ihn, aber seine Tränen strömten noch lange.

„Das Weinen tut mir so wohl," sagte er.

Dann sah er auf und lächelte. „Ist jetzt Ostern?" fragte er.

„Was meinst du damit?"

„Man kann es ja Ostern nennen, da die Toten auferstehen," fuhr er fort. Dann, als wären sie langjährige Vertraute, begann er, ihr von Frau Fastenzeit zu erzählen und von seiner Empörung gegen ihr Regiment.

„Es ist jetzt Ostern, und ihre Regierungszeit hat ein Ende," sagte sie.

Aber als er daran dachte, daß Edith dasaß und ihn liebkoste, mußte er wieder weinen. Es war ihm solch ein Bedürfnis zu weinen. Alles Mißtrauen gegen das Leben, das das Unglück dem kleinen Wermländer eingeflößt hatte, bedurfte der Tränen, um fortzuschmelzen. Das Mißtrauen, daß Liebe und Freude, Schönheit und Kraft nicht auf Erden blühen könnten, das Mißtrauen gegen sich selbst, alles das mußte fort. Alles das ging fort, denn es war Ostern: Die Tote lebte, und Frau Fastenzeit konnte nie mehr Macht erlangen.

Die Legende vom Vogelnest

Hatto, der Eremit, stand in der Einöde und betete zu Gott. Es stürmte, und sein langer Bart und sein zottiges Haar flatterte um ihn, so wie die windgepeitschten Grasbüschel die Zinnen einer alten Ruine umflattern. Doch er strich sich nicht das Haar aus den Augen, noch steckte er den Bart in den Gürtel, denn er hielt die Arme zum Gebet erhoben. Seit Sonnenaufgang streckte er seine knochigen behaarten Arme zum Himmel empor, ebenso unermüdlich wie ein Baum seine Zweige ausstreckt, und so wollte er bis zum Abend stehen bleiben. Er hatte etwas Großes zu erbitten.

Er war ein Mann, der viel von der Arglist und Bosheit der Welt erfahren hatte. Er hatte selbst verfolgt und gequält, und Verfolgung und Qualen andrer waren ihm zuteil geworden, mehr als sein Herz ertragen konnte. Darum zog er hinaus auf die große Heide, grub sich eine Höhle am Flußufer und wurde ein heiliger Mann, dessen Gebete an Gottes Thron Gehör fanden.

Hatto, der Eremit, stand am Flußgestade vor seiner Höhle und betete das große Gebet seines Lebens. Er betete zu Gott, den Tag des Jüngsten Gerichts über diese böse Welt hereinbrechen zu lassen. Er rief die posaunenblasenden Engel an, die das Ende der Herrschaft der Sünde verkünden sollten. Er rief nach den Wellen des Blutmeeres, um die Ungerechtigkeit zu ertränken. Er rief nach der Pest, auf daß sie die Kirchhöfe mit Leichenhaufen erfülle.

Rings um ihn war die öde Heide. Aber eine kleine Strecke weiter oben am Flußufer stand eine alte Weide mit kurzem Stamm, der oben zu einem großen, kopfähnlichen Knollen anschwoll, aus dem neue, frischgrüne Zweige hervorwuchsen. Jeden Herbst wurden ihr von den Bewohnern des holzarmen Flachlandes diese frischen Jahresschößlinge geraubt. Jeden Frühling trieb der Baum neue geschmeidige Zweige, und an stürmischen Tagen sah man sie um den Baum flattern und wehen, so wie Haar und Bart um Hatto, den Eremiten, flatterten.

Das Bachstelzchenpaar, das sein Nest oben auf dem Stamm der Weide zwischen den emporsprießenden Zweigen zu bauen pflegte, hatte gerade an diesem Tage mit seiner Arbeit beginnen wollen. Aber zwischen den heftig peitschenden Zweigen fanden die Vögel keine Ruhe. Sie kamen mit Binsenhalmen und Wurzelfäserchen und vorjährigem Riedgras geflogen, aber sie mußten unverrichteter Dinge umkehren. Da bemerkten sie den alten Hatto, der eben Gott anflehte, den Sturm siebenmal heftiger werden zu lassen, damit das Nest der kleinen Vöglein fortgefegt und der Adlerhorst zerstört werde.

Natürlich kann kein heute Lebender sich vorstellen, wie bemoost und vertrocknet und knorrig und schwarz und menschenunähnlich solch ein alter Heidebewohner sein konnte. Die Haut lag so stramm über Stirn und Wangen, daß sein Kopf fast einem Totenschädel glich, und nur an einem kleinen Aufleuchten tief in den Augenhöhlen sah man, daß er Leben besaß. Und die vertrockneten Muskeln gaben dem Körper keine Rundung, der emporgestreckte nackte Arm bestand vielmehr nur aus ein paar schmalen Knochen, die mit verrunzelter, harter, rindenähnlicher Haut überzogen waren. Er trug einen alten, eng anliegenden schwarzen Mantel. Er war braungebrannt von der Sonne und schwarz von Schmutz. Nur sein Haar und sein Bart waren licht, hatten sie doch Regen und Sonnenschein bearbeitet, bis sie dieselbe graugrüne Farbe angenommen hatten, wie die Unterseite der Weidenblätter.

Die Vögel, die umherflatterten und einen Platz für ihr Nest suchten, hielten Hatto, den Eremiten, auch für eine alte Weide, die ebenso wie die andre durch Axt und Säge in ihrem Himmelsstreben gehemmt worden war. Sie umkreisten ihn viele Male, flogen weg und kamen zurück, merkten sich den Weg zu ihm, berechneten seine Lage im Hinblick auf Raubvögel und Stürme, fanden sie recht unvorteilhaft, aber entschieden sich doch für ihn, wegen seiner Nähe zum Flusse und dem Riedgras, ihrer Vorratskammer und ihrem Speicher. Eines der Vögelchen schoß pfeilschnell herab und legte sein Wurzelfäserchen in die ausgestreckte Hand des Eremiten.

Der Sturm hatte gerade aufgehört, so daß das Wurzelfäserchen ihm nicht sogleich aus der Hand gerissen wurde, aber in den Gebeten des Eremiten gab es kein Aufhören. „Mögest du bald kommen, o Herr, und diese Welt des Verderbens vernichten, auf daß die Menschen sich nicht mit noch mehr Sünden beladen. Möchtest du die Ungebornen vom Leben erlösen! Für die Lebenden gibt es keine Erlösung."

Nun setzte der Sturm wieder ein, und das Wurzelfäserchen flatterte aus der großen, knochigen Hand des Eremiten fort. Aber die Vögel kamen wieder und versuchten die Grundpfeiler des neuen Heims zwischen seine Finger einzukeilen. Da legte sich plötzlich ein plumper, schmutziger Daumen über die Halme und hielt sie fest, und vier Finger wölbten sich über die Handfläche, so daß eine friedliche Nische entstand, in der man bauen konnte. Doch der Eremit fuhr in seinen Gebeten fort.

„Herr, wo sind die Feuerwolken, die Sodom verheerten? Wann öffnest du des Himmels Schleusen, die die Arche zum Berge Ararat erhoben? Ist das Maß deiner Geduld nicht erschöpft und die Schale deiner Gnade leer? O Herr, wann kommst du aus deinem sich spaltenden Himmel?"

Und vor Hatto, dem Eremiten, tauchten die Fiebervisionen vom Tag des Jüngsten Gerichtes auf. Der Boden erbebte, der Himmel glühte. Unter dem roten Firmament sah er schwarze Wolken fliehender Vögel; über den Boden wälzte sich eine Schar flüchtender Tiere. Doch während seine Seele von diesen Fiebervisionen erfüllt war, begannen seine Augen dem Flug der kleinen Vögel zu folgen, die blitzschnell hin und her flogen und mit einem vergnügten kleinen Piepsen ein neues Hälmchen in das Nest fügten.

Der Alte ließ es sich nicht einfallen, sich zu rühren. Er hatte das Gelübde getan, den ganzen Tag stillstehend mit emporgestreckten Händen zu beten, um so unsern Herrn zu zwingen, ihn zu erhören. Je matter sein Körper wurde, desto lebendiger wurden die Gesichte, die sein Hirn erfüllten. Er hörte die Mauern der Städte zusammenbrechen und die Wohnungen der Menschen einstürzen. Schreiende, entsetzte Volkshaufen eilten an ihm vorbei, und ihnen nach jagten die Engel der Rache und der Vernichtung, hohe, silbergepanzerte Gestalten mit strengem, schönem Antlitz, auf schwarzen Rossen reitend und Geißeln schwingend, die aus weißen Blitzen geflochten waren.

Die kleinen Bachstelzchen bauten und zimmerten fleißig den ganzen Tag, und die Arbeit machte große Fortschritte. Auf dieser hügeligen Heide mit ihrem steifen Riedgras und an diesem Flußufer mit seinem Schilf und seinen Binsen war kein Mangel an Baustoff. Sie fanden weder Zeit zur Mittagsrast noch zur Vesperruhe. Glühend vor Eifer und Vergnügen flogen sie hin und her, und ehe der Abend anbrach, waren sie schon beim Dachfirst angelangt.

Aber ehe der Abend anbrach, hatten sich die Blicke des Eremiten mehr und mehr auf sie geheftet. Er folgte ihnen auf ihrer Fahrt, er schalt sie aus, wenn sie sich dumm anstellten, er ärgerte sich, wenn der Wind ihnen Schaden tat, und am allerwenigsten konnte er es vertragen, wenn sie sich ein bißchen ausruhten.

So sank die Sonne, und die Vögel suchten ihre vertrauten Ruhestätten im Schilf auf.

Wer abends über die Heide geht, muß sich herabbeugen, so daß sein Gesicht in gleicher Höhe mit den Erdhügelchen ist, dann wird er sehen, wie sich ein wunderliches Bild vor dem lichten Abendhimmel abzeichnet. Eulen mit großen, runden Flügeln huschen über das Feld, unsichtbar für den, der aufrecht steht. Nattern ringeln sich heran, geschmeidig, behend, die schmalen Köpfchen auf schwanähnlich gebognen Hälsen erhoben. Große Kröten kriechen träge vorbei. Hasen und Wasserratten fliehen vor den Raubtieren, und der Fuchs springt nach einer Fledermaus, die Mücken über dem Fluß jagt. Es ist, als hätte jedes Erdhügelchen Leben bekommen. Doch unterdessen schlafen die kleinen Vögelchen auf dem schwanken Schilf, geborgen vor allem Bösen auf diesen Ruhestätten, denen kein Feind nahen kann, ohne daß das Wasser aufplätschert oder das Schilf zittert und sie aufweckt.

Als der Morgen kam, glaubten die Bachstelzchen zuerst, die Ereignisse des gestrigen Tages seien ein schöner Traum gewesen.

Sie hatten ihre Merkzeichen gemacht und flogen geradeswegs auf ihr Nest zu, aber das war verschwunden. Sie guckten suchend über die Heide hin und erhoben sich gerade in die Luft, um zu spähen. Keine Spur von einem Nest oder einem Baum. Schließlich setzten sie sich auf ein paar Steine am Flußufer und grübelten nach. Sie wippten mit dem langen Schwanz und drehten das Köpfchen. Wohin war Baum und Nest gekommen?

Doch kaum hatte sich die Sonne um eine Handbreit über den Waldgürtel auf dem jenseitigen Flußufer erhoben, als ihr Baum gewandert kam und sich auf denselben Platz stellte, den er am vorigen Tage eingenommen. Er war ebenso schwarz und knorrig wie damals und trug ihr Nest auf der Spitze von etwas, was wohl ein dürrer, aufrecht ragender Ast sein mußte.

Da begannen die Bachstelzchen wieder zu bauen, ohne weiter über die vielen Wunder der Natur nachzugrübeln.

Hatto, der Eremit, der die kleinen Kinder von seiner Höhle fortscheuchte und ihnen sagte, es wäre besser für sie, wenn sie niemals das Licht der Sonne gesehen hätten, er, der in den Schlamm hinausstürzte, um den fröhlichen jungen Menschen, die in bewimpelten Booten den Fluß hinaufruderten, Verwünschungen nachzuschleudern; er, vor dessen bösem Blick die Hirten der Heide ihre Herden behüteten, kehrte nicht zu seinem Platz am Fluß zurück, den kleinen Vögeln zuliebe. Aber er wußte, daß nicht nur jeder Buchstabe in den heiligen Büchern seine verborgne mystische Bedeutung hat, sondern auch alles, was Gott in der Natur geschehen läßt. Jetzt hatte er herausgefunden, was es bedeuten konnte, daß die Bachstelzchen ihr Nest in seiner Hand bauten; Gott wollte, daß er mit erhobnen Armen betend dastehen sollte, bis die Vögel ihre Jungen aufgezogen hatten, und vermochte er dies, so sollte er erhört werden.

Doch an diesem Tage sah er immer weniger Visionen des

Jüngsten Gerichtes. Anstatt dessen folgte er immer eifriger mit seinen Blicken den Vögeln. Er sah das Nest rasch vollendet. Die kleinen Baumeister flatterten rund herum und besichtigten es. Sie holten ein paar kleine Moosflechten von der wirklichen Weide und klebten sie außen an, das sollte anstatt Tünche oder Farbe sein. Sie holten das feinste Wollgras, und das Weibchen nahm Flaum von seiner eignen Brust und bekleidete das Nest innen damit, das war die Einrichtung und Möblierung.

Die Bauern, die die verderbliche Macht fürchteten, die die Gebete des Eremiten an Gottes Thron haben konnten, pflegten ihm Brot und Milch zu bringen, um seinen Groll zu besänftigen. Sie kamen auch jetzt und fanden ihn regungslos dastehen, das Vogelnest in der Hand.

„Seht, wie der fromme Mann die kleinen Tiere liebt," sagten sie und fürchteten sich nicht mehr vor ihm, sondern hoben den Milcheimer an seine Lippen und führten ihm das Brot zum Munde. Als er gegessen und getrunken hatte, verjagte er die Menschen mit bösen Worten, aber sie lächelten nur über seine Verwünschungen.

Sein Körper war schon lange seines Willens Diener geworden. Durch Hunger und Schläge, durch tagelanges Knien und wochenlange Nachtwachen hatte er ihn Gehorsam gelehrt. Nun hielten stahlharte Muskeln seine Arme tage- und wochenlang emporgestreckt, und während das Bachstelzenweibchen auf den Eiern lag und das Nest nicht mehr verließ, suchte er nicht einmal nachts seine Höhle auf. Er lernte es, sitzend mit emporgestreckten Armen zu schlafen. Unter den Freunden der Wüste gibt es so manche, die noch größre Dinge vollbracht haben.

Er gewöhnte sich an die zwei kleinen unruhigen Vogelaugen, die über den Rand des Nestes zu ihm hinabblickten. Er achtete auf Hagel und Regen und schützte das Nest so gut er konnte.

Eines Tages kann das Weibchen seinen Wachtposten verlassen. Beide Bachstelzchen sitzen auf dem Rand des Nestes, wippen mit den Schwänzchen und beratschlagen und sehen seelenvergnügt aus, obgleich das ganze Nest von einem ängstlichen Piepsen erfüllt scheint. Nach einem kleinen Weilchen ziehen sie auf die allerverwegenste Mückenjagd aus.

Eine Mücke nach der andern wird gefangen und heimgebracht für das, was oben in seiner Hand piepst. Und als das Futter kommt, da piepsen sie am allerärgsten. Den frommen Mann stört das Piepsen in seinen Gebeten.

Und sachte, sachte sinkt sein Arm auf Gelenken herab, die beinahe die Gabe, sich zu rühren, verloren haben, und seine kleinen Glutaugen starren in das Nest herab.

Niemals hatte er etwas so hilflos Häßliches und Armseliges gesehen: kleine, nackte Körperchen mit ein paar spärlichen Fläumchen, keine Augen, keine Flugkraft, eigentlich nur sechs große, aufgerissene Schnäbel.

Es kam ihm selbst wunderlich vor, aber er mochte sie gerade so leiden wie sie waren. Die Alten hatte er ja niemals von dem großen Untergang ausgenommen, aber wenn er von nun ab Gott anflehte, die Welt durch Vernichtung zu erlösen, da machte er eine stillschweigende Ausnahme für diese sechs Schutzlosen.

Wenn die Bäuerinnen ihm jetzt Essen brachten, dann dankte er ihnen nicht mit Verwünschungen. Da er für die Kleinen dort oben notwendig war, freute er sich, daß die Leute ihn nicht verhungern ließen.

Bald guckten den ganzen Tag sechs runde Köpfchen über den Nestrand. Des alten Hatto Arm sank immer häufiger zu seinen Augen hernieder. Er sah die Federn aus der roten Haut sprießen, die Augen sich öffnen, die Körperformen sich runden. Glückliche Erben der Schönheit, die die Natur den beflügelten Bewohnern der Luft geschenkt, entwickelten sie bald ihre Anmut.

Und unterdessen kamen die Gebete um die große Vernichtung immer zögernder über Hattos Lippen. Er glaubte Gottes Zusicherung zu haben, daß sie hereinbrechen würde, wenn die kleinen Vögelchen flügge waren. Nun stand er da und suchte gleichsam nach einer Ausflucht vor Gottvater. Denn diese sechs Kleinen, die er beschützt und behütet hatte, konnte er nicht opfern.

Früher war es etwas andres gewesen, als er noch nichts hatte, was sein Eigen war. Die Liebe zu den Kleinen und Schutzlosen, die jedes kleine Kind die großen, gefährlichen Menschen lehren muß, kam über ihn und machte ihn unschlüssig.

Manchmal wollte er das ganze Nest in den Fluß schleudern, denn er meinte, daß die beneidenswert sind, die ohne Sorgen und Sünden sterben dürfen. Mußte er die Kleinen nicht vor Raubtieren und Kälte, vor Hunger und den mannigfaltigen Heimsuchungen des Lebens bewahren? Aber gerade als er noch so dachte, kam der Sperber auf das Nest herabgesaust, um die Jungen zu töten. Da ergriff Hatto den Kühnen mit seiner linken Hand, schwang ihn im Kreise über seinem Kopf und schleuderte ihn mit der Kraft des Zornes in den Fluß.

Und der Tag kam, an dem die Kleinen flügge waren. Eines der Bachstelzchen mühte sich drinnen im Nest, die Jungen auf den Rand hinauszuschieben, während das andre herumflog und ihnen zeigte, wie leicht es war, wenn sie es nur zu versuchen wagten. Und als die Jungen sich hartnäckig fürchteten, da flogen die beiden Alten fort und zeigten ihnen ihre allerschönste Fliegekunst. Mit den Flügeln schlagend, beschrieben sie verschiedene Windungen, oder sie stiegen auch gerade in die Höhe wie Lerchen oder hielten sich mit heftig zitternden Schwingen still in der Luft.

Aber als die Jungen noch immer eigensinnig bleiben, kann Hatto es nicht lassen, sich in die Sache einzumischen. Er gibt ihnen einen behutsamen Puff mit dem Finger, und damit ist alles entschieden. Heraus fliegen sie, zitternd und unsicher, die Luft peitschend wie Fledermäuse, sie sinken, aber erheben sich wieder, begreifen, worin die Kunst besteht, und verwenden sie dazu, so rasch als möglich das Nest wieder zu erreichen. Die Alten kommen stolz und jubelnd zu ihnen zurück, und der alte Hatto schmunzelt.

Er hatte doch in der Sache den Ausschlag gegeben.

Er grübelte nun in vollem Ernst nach, ob es für unsern Herrgott nicht auch einen Ausweg geben konnte.

Vielleicht, wenn man es so recht bedachte, hielt Gottvater diese Erde wie ein großes Vogelnest in seiner Rechten, und vielleicht hatte er Liebe zu denen gefaßt, die dort wohnen und hausen, zu allen schutzlosen Kindern der Erde. Vielleicht erbarmte er sich ihrer, die er zu vernichten gelobt hatte, so wie sich der Eremit der kleinen Vögel erbarmte.

Freilich waren die Vögel des Eremiten um vieles besser als unsers Herrgotts Menschen, aber er konnte doch begreifen, daß Gottvater dennoch ein Herz für sie hatte.

Am nächsten Tage stand das Vogelnest leer, und die

Bitterkeit der Einsamkeit bemächtigte sich des Eremiten. Langsam sank sein Arm an seiner Seite herab, und es deuchte ihn, daß die ganze Natur den Atem anhielt, um dem Dröhnen der Posaune des Jüngsten Gerichts zu lauschen. Doch in demselben Augenblick kamen alle Bachstelzen zurück und setzten sich ihm auf Haupt und Schultern, denn sie hatten gar keine Angst vor ihm. Da zuckte ein Lichtstrahl durch das verwirrte Hirn des alten Hatto. Er hatte ja den Arm gesenkt, ihn jeden Tag gesenkt, um die Vögel anzusehen.

Und wie er da stand, von allen sechs Jungen umflattert und umgaukelt, nickte er jemandem, den er nicht sah, vergnügt zu. „Du bist frei," sagte er, „du bist frei. Ich hielt mein Wort nicht, und so brauchst du auch deines nicht zu halten."

Und es war ihm, als hörten die Berge zu zittern auf und als legte sich der Fluß gemächlich in seinem Bett zur Ruhe.

Das Hünengrab

Es war um die Jahreszeit, wo das Heidekraut rot blüht. Auf der Sandhalde wuchs es in dichten Büscheln. Von niedrigen, baumähnlichen Stämmchen erhoben sich dicht sitzende grüne Zweige mit nadelharten, festen Blättern und kleinen, spät welkenden Blüten. Diese schienen nicht aus dem gewöhnlichen saftreichen Blumengewebe zu bestehen, sondern aus trocknen, harten Schuppen. Sie waren sehr unansehnlich von Größe und Gestalt; auch war ihr Geruch nicht sonderlich. Als Kinder der offnen Heide hatten sie sich nicht in der windgeschützten Luft entwickelt, in der die Lilien ihre Kelchblätter entfalten, auch nicht in dem üppigen Erdreich, aus dem die Rosen die Nahrung für ihre schwellenden Kronen schöpfen. Was sie zu Blumen machte, war eigentlich die Farbe; denn leuchtend rot waren sie. Den Farbe schenkenden Sonnenschein hatten sie reichlich gehabt. Sie waren keine bleichen Kellergewächse, keine schattenfrohen Stubenhocker. Die gesegnete Fröhlichkeit und Stärke der Gesundheit lag über der ganzen blühenden Heide.

Das Heidekraut deckte das karge Feld mit seinem roten Mantel bis hinauf zum Waldessaum. Da erhoben sich auf einem sanft ansteigenden Bergfirst ein paar uralte, halb zusammengestürzte Grabhügel; und wie innig das Heidekraut sich auch an sie zu schmiegen suchte: es gab doch dort oben Risse, durch die große flache Felsenplatten durchschimmerten, Fetzen der rauhen Haut des Berges selbst. Unter dem größten Grabhügel ruhte ein alter König,

Atle genannt. Unter den andern schlummerten die seiner Mannen, die gefallen waren, als die große Schlacht dort auf der Halde geschlagen ward. Nun hatten sie schon so lange dagelegen, daß die Angst und die Ehrfurcht vor dem Tode von ihren Gräbern gewichen war. Der Weg ging zwischen ihren Ruhestätten hindurch. Wer nachts hier wanderte, dem kam es nie in den Sinn, sich umzusehen, ob wohl zu mitternächtiger Stunde nebelumhüllte Gestalten auf der Spitze der Grabhügel säßen und in stummer Sehnsucht zu den Sternen emporblickten.

Es war ein glitzernder Morgen, taufrisch und sonnenwarm. Der Schütze, der seit dem Morgengrauen auf der Jagd gewesen war, hatte sich in das Heidekraut hinter König Atles Hügel geworfen. Er lag auf dem Rücken und schlief. Den Hut hatte er über die Augen gezogen und die Jagdtasche aus Fell, aus der die langen Ohren des Hasen und die gekrümmten Schwanzfedern des Auerhahns lugten, lag unter seinem Kopf. Pfeile und Bogen hatte er neben sich.

Aus dem Walde kam ein Mädchen, ein Bündelchen mit Essen in der Hand. Als sie auf die flachen Platten zwischen den Grabhügeln kam, dachte sie, was für ein guter Tanzplatz hier sei. Und sie bekam große Lust, ihn zu probieren. Sie warf das Bündelchen ins Heidekraut und begann ganz mutterseelenallein zu tanzen. Sie wußte nicht darum, daß hinter dem Königshügel ein Mann lag und schlief.

Der Schütze schlief noch immer. Brennend rot stand das Heidekraut gegen den tiefblauen Himmel. Der Ameisenlöwe hatte seinen Graben dicht neben dem Schlummernden aufgeworfen. Darin lag ein Stück Katzengold und funkelte, als wollte es alle alten Stoppeln der Sandhalde in Brand setzen. Über dem Kopf des Schützen breiteten sich die Auerhahnfedern wie ein Federbusch aus und ihre

Metallfarben schillerten vom tiefsten Purpur bis ins Stahlblau. Auf den unbeschatteten Teil seines Gesichtes brannte glühender Sonnenschein. Aber er schlug die Augen nicht auf, um den Morgenglanz zu schauen.

Unterdessen fuhr das Mädchen fort, zu tanzen, und es drehte sich so eifrig, daß die geschwärzte Mooserde, die sich in den Unebenheiten der Blöcke angesammelt hatte, um sie schwirrte. Eine alte, trockne Fichtenwurzel, blank und grau vom Alter, lag ausgerissen im Heidekraut. Die nahm sie und drehte sich mit ihr herum. Späne lösten sich aus dem modernden Baume. Tausendfüßler und Ohrwürmer, die in den Ritzen genistet hatten, stürzten sich schwindlig in die lichte Luft und verbohrten sich in die Wurzeln des Heidekrautes.

Wenn die fliegenden Röcke die Heide streiften, flatterten daraus Scharen von kleinen grauen Schmetterlingen auf. Die Unterseite ihrer Flügel war weiß und glänzte wie Silber; sie wirbelten wie trocknes Laub im Sturm auf und ab. Sie schienen nun ganz weiß, und es war, als ob das rote Heidemeer weißen Schaum emporspritzte. Die Schmetterlinge hielten sich ein kurzes Weilchen schwebend in der Luft. Ihre zarten Flügel zitterten so heftig, daß der Farbenstaub sich löste und als dünner, silberweißer Flaum auf das Heidekraut fiel. Da war es, als würde die Luft von einem sonnig glitzernden Tauregen durchrieselt.

Ringsum im Heidekraut saßen Heuschrecken und rieben ihre Hinterbeine gegen die Flügel, so daß es wie Harfensaiten klang. Sie hielten guten Takt und waren so eingespielt, daß jeder, der über die Heide ging, dieselbe Heuschrecke auf seiner Wanderung zu hören meinte, obgleich er sie bald zur Rechten, bald zur Linken hatte, bald vor, bald hinter sich. Aber die Tanzende war nicht zufrieden mit ihrem Spiel, sondern begann nach einem kleinen

Weilchen selbst den Takt zu einem Tanzspiel zu trällern. Ihre Stimme war schrill und spröde. Der Schütze erwachte von dem Gesang. Er wendete sich seitwärts, richtete sich auf dem Ellbogen auf und sah über das Hünengrab hinweg zu ihr, die tanzte.

Er hatte geträumt, daß der Hase, den er soeben getötet hatte, aus der Jagdtasche gesprungen sei und seine eignen Pfeile genommen habe, um auf ihn zu schießen. Nun sah er zu dem Mädchen hinüber, schlaftrunken, wirr von Träumen; nach dem Schlummer brannte sein Kopf in der Sonne.

Sie war groß und von grobem Gliederbau; nicht hold von Angesicht, nicht leicht im Tanz, nicht taktfest im Gesang. Sie hatte breite Wangen, dicke Lippen und eine platte Nase. Sie war sehr rot im Gesicht, sehr dunkel von Haar, üppig von Gestalt, kräftig in den Bewegungen. Ihre Kleider waren dürftig, aber grell. Rote Borten faßten den gestreiften Rock ein, und bunte Wollgarnlitzen folgten den Nähten des Leibchens. Andre Jungfrauen gleichen Rosen und Lilien. Diese war wie das Heidekraut, stark, fröhlich, leuchtend.

Mit Freude sah der Schütze das große, prächtige Weib auf der roten Halde tanzen, mitten unter zirpenden Grashüpfern und flatternden Schmetterlingen. Und wie er sie so ansah, lachte er, daß der Mund sich von einem Ohr zum anderen zog. Aber da erblickte sie ihn plötzlich und blieb unbeweglich stehen.

„Du meinst wohl, ich sei von Sinnen," war das erste, was sie hervorbrachte. Zugleich erwog sie, wie sie ihn bewegen könne, über das zu schweigen, was er gesehen hatte. Sie wollte nicht unten im Dorf erzählen hören, daß sie mit einer Fichtenwurzel getanzt habe.

Er war ein wortkarger Mann. Nicht eine Silbe brachte er

über die Lippen. Er war so scheu, daß er nichts Besseres anzufangen wußte, als zu fliehen, obwohl er gern geblieben wäre. Hastig kam der Hut auf den Kopf und die Jagdtasche auf den Rücken. Dann lief er zwischen den Heidekrauthügeln fort.

Sie packte das Eßbündel und eilte ihm nach. Er war klein, steif von Bewegungen und hatte sichtlich geringe Kräfte. Sie holte ihn bald ein und schlug ihm den Hut vom Kopfe, um ihn zu zwingen, stehen zu bleiben. Eigentlich hatte er die größte Lust, zu bleiben, aber er war ganz wirr vor Schüchternheit und floh in noch größrer Hast. Sie lief nach und begann, an seiner Tasche zu zerren. Da mußte er stehenbleiben, um die Tasche zu verteidigen. Das Mädchen fiel ihn mit aller Macht an. Sie rangen und sie warf ihn zu Boden. „Jetzt wird er's keinem erzählen," dachte sie und war froh.

In demselben Augenblick erschrak sie doch sehr; denn er, der auf der Erde lag, schien ganz bleich und die Augen drehten sich in ihren Höhlen. Er hatte sich aber nicht verletzt. Es war die Gemütsbewegung, die er nicht vertragen hatte. Nie zuvor hatten sich so strittige und starke Gefühle in diesem einsamen Waldbewohner geregt. Er war froh über das Mädchen und zornig und scheu und dennoch stolz, daß sie so stark war. Er war ganz betäubt von alledem.

Die große, starke Jungfrau legte den Arm um seinen Rücken und richtete ihn auf. Sie brach Heidekraut und peitschte sein Gesicht mit den steifen Zweigen, bis das Blut in Bewegung kam. Als seine kleinen Augen sich wieder dem Tageslicht zuwendeten, leuchteten sie vor Freude beim Anblick des Mädchens. Noch immer schwieg er; aber die Hand, die sie um seinen Leib gelegt hatte, zog er an sich und streichelte sie sanft.

Er war ein Kind des Hungers und der zeitigen Mühsal. Trocken und bleichgelb, fleischlos und blutarm war er. Es rührte sie, daß er so verzagt war, er, der doch um die Dreißig sein mochte. Sie dachte, daß er wohl ganz mutterseelenallein tief im Walde leben müsse, da er so kläglich und so schlecht gekleidet war. Keinen hatte er wohl, der nach ihm sah, nicht Mutter noch Schwester oder Liebste.

Der große barmherzige Wald breitete sich über die Wildnis aus. Verbergend und schützend nahm er in seinen Schoß alles auf, was bei ihm Hilfe suchte. Mit hohen Stämmen hielt er Wacht um die Höhle des Bären, und in der Dämmerung dichter Gebüsche hegte er das mit Eiern gefüllte Nest der kleinen Vöglein.

Zu dieser Zeit, da man noch Leibeigene hielt, flüchteten viele von ihnen in den Wald und fanden Schutz hinter seinen grünen Mauern. Er ward für sie ein großer Kerker, den sie nicht zu verlassen wagten. Der Wald hielt diese seine Gefangnen in strenger Zucht. Er zwang die Stumpfen zum Nachdenken und erzog die in der Knechtschaft Verkommenen zu Ordnung und Ehrlichkeit. Nur dem Fleißigen schenkte er die Gnade des Lebens.

Die beiden, die sich auf der Heide getroffen hatten, waren Abkömmlinge solcher Gefangnen des Waldes. Sie gingen manchmal hinunter in die bebauten, bewohnten Täler, denn sie brauchten nicht mehr zu befürchten, in die Knechtschaft zurückgeführt zu werden, aus der ihre Väter geflohen waren; doch am liebsten nahmen sie den Weg durch das Waldesdunkel. Der Name des Schützen war Tönne. Sein eigentliches Handwerk war, den Boden urbar zu machen, aber er verstand sich auch auf andre Dinge. Er sammelte Reisig, kochte Teer, trocknete Schwämme und ging oft auf die Jagd. Sie, die tanzte, hieß Jofrid. Ihr Vater war Köhler. Sie band Besen, pflückte Wacholderbeeren und braute Bier aus dem weißblumigen Porsch. Beide waren sehr arm.

Früher hatten sie einander in dem großen Walde nie getroffen, aber jetzt deuchte sie, daß alle Wege des Waldes sich zu einem Netz verschlängen, in dem sie hin und wieder liefen und einander unmöglich vermeiden konnten. Nie wußten sie nun einen Pfad zu wählen, auf dem sie einander nicht begegneten.

Tönne hatte einmal einen großen Kummer gehabt. Er hatte lange mit seiner Mutter in einer elenden Reisigkoje gehaust; aber als er heranwuchs, faßte er den Plan, ihr ein warmes Häuschen zu bauen. In allen seinen Mußestunden ging er in den Holzschlag, fällte Bäume und spaltete sie in angemessene Stücke. Dann verbarg er das aufgehäufte Bauholz in dunklen Klüften unter Moos und Reisig. Er hatte im Sinn, daß seine Mutter nicht früher von all der Arbeit etwas erfahren sollte, als bis er so weit war, die Hütte aufzubauen. Aber seine Mutter starb, ehe er ihr zeigen konnte, was er gesammelt hatte, ehe er ihr auch nur zu sagen vermochte, was er tun wollte. Er, der mit demselben Eifer gearbeitet hatte wie David, Israels König, als er Schätze für Gottes Tempel sammelte, trauerte bitterlich. Er verlor alle Lust an dem Bau. Für ihn war die Reisigkoje gut genug. Und doch hatte er's nicht viel besser in seinem Heim als ein Tier in seiner Höhle.

Als nun er, der bisher immer allein umhergeschlichen war, Lust bekam, Jofrids Gesellschaft zu suchen, bedeutete dieser Wunsch wohl sicherlich, daß er sie gern zur Liebsten und Braut haben wollte. Jofrid erwartete auch täglich, daß er mit ihrem Vater oder mit ihr selbst von der Sache sprechen werde. Aber Tönne brachte es nicht über sich. Man merkte ihm an, daß er von unfreier Abkunft war. Die Gedanken bewegten sich langsam in seinem Kopf, wie die Sonne, wenn sie über das Himmelszelt zieht. Und schwerer war es für ihn, diese Gedanken zu zusammenhängender Rede zu formen, als für einen Schmied, einen Armreif aus rollenden Sandkörnern zu schmieden.

Eines Tages führte Tönne Jofrid zu einer der Schluchten, wo er sein Bauholz verborgen hatte. Er riß Zweige und Moos fort und zeigte ihr die abgehauenen Stämme. „Das hätte Mutter haben sollen," sagte er. Und sah Jofrid erwartungsvoll an. „Dies hätte Mutters Hütte werden sollen," wiederholte er. Merkwürdig schwer fiel es dieser Jungfrau, die Gedanken eines jungen Gesellen zu fassen. Da er ihr Mutters Bauholz zeigte, hätte sie doch verstehen müssen; aber sie verstand nicht.

Da beschloß er, ihr seine Absicht noch deutlicher zu erklären. Ein paar Tage später begann er, die Stämme zu der Stelle zwischen den Grabhügeln zu schleppen, wo er Jofrid zum ersten Male gesehen hatte. Sie kam, wie gewöhnlich, heran und sah ihn arbeiten. Sie ging jedoch weiter, ohne etwas zu sagen. Seit sie Freunde geworden waren, war sie ihm oft an die Hand gegangen, aber bei dieser schweren Arbeit schien sie ihm nicht helfen zu wollen. Tönne meinte doch, sie hätte verstehen müssen, daß es ihre Hütte war, die er jetzt zimmern wollte.

Sie verstand es ganz wohl, aber sie spürte keine Lust, sich einem Mann von Tönnes Art zu schenken. Sie wollte einen starken, gesunden Mann haben. Es schien ihr ein schlechtes Auskommen zu versprechen, wenn sie sich mit einem verheiratete, der so schwach und wenig begabt war. Und doch zog viel sie zu diesem stillen, scheuen Mann. Man denke doch, daß er sich so hart geplagt hatte, um seine Mutter zu erfreuen, und nicht das Glück genossen hatte, zur Zeit fertig zu werden. Sie hätte über sein Schicksal weinen können. Und nun baute er die Hütte gerade da, wo er sie tanzen gesehen hatte. Er hatte ein gutes Herz. Und das lockte sie und band ihre Gedanken an ihn; aber sie wollte durchaus nicht seine Frau werden.

Jeden Tag ging sie über die Heide und sah die Hütte aufragen, dürftig und ohne Fenster; der Sonnenschein rieselte durch die undichten Wände.

Tönnes Arbeit ging sehr rasch vorwärts; aber er arbeitete nicht sorgfältig, sein Bauholz war nicht in Kanten behauen, kaum abgerindet. In die Diele legte er gespaltne junge Bäume. Sie wurde sehr uneben und schwankend. Das Heidekraut, das darunter blühte, – denn es war nun ein Jahr seit dem Tage vergangen, an dem Tönne hinter König Atles Hügel gelegen und geschlafen hatte –, steckte ganz verwegen seine roten Trauben durch die Ritzen, und die Ameisen wanderten unbehindert aus und ein und musterten dies gebrechliche Menschenwerk.

Wohin Jofrid auch in diesen Tagen ihre Schritte lenken mochte: immer schwebte ihr der Gedanke vor, daß dort eine Hütte für sie erbaut würde. Ein eignes Heim ward ihr bereitet, dort oben auf der Heide. Und sie wußte, daß, wenn sie nicht als Hausmutter einzog, der Bär oder der Fuchs dort hausen mochte. Denn so gut kannte sie Tönne, daß sie begriff: wenn es sich zeigte, daß er vergeblich gearbeitet hatte, würde er niemals in die neue Hütte einziehen. Er würde weinen, der Arme, wenn er hörte, daß sie nicht dort hausen wolle. Es würde ein neuer Kummer für ihn sein, ebenso groß wie damals, als seine Mutter starb. Aber er mußte wohl sich selbst die Schuld geben; warum hatte er sie nicht rechtzeitig gefragt.

Sie glaubte, daß sie ihm schon dadurch ein Zeichen gab, daß sie ihm nie bei der Hütte half. Dazu hatte sie doch große Lust. Jedesmal, wenn sie weiches weißes Moos sah, wollte sie es ausraufen, um es in die lecken Wände zu stopfen. Sie war auch geneigt, Tönne beim Mauern des Herdes zu helfen.

Wie er dabei verfuhr, mußte sich ja aller Rauch in der Hütte sammeln. Aber es war ja gleichgültig, wie es da wurde. Da würde keine Speise kochen, kein Trank sieden. Dumm war's doch, daß diese Hütte niemals aus ihren Gedanken weichen wollte.

Tönne arbeitete mit glühendem Eifer; er war gewiß, daß Jofrid die Absicht verstehen mußte, sobald nur die Hütte fertig war. Er grübelte nicht viel über sie nach. Er hatte vollauf mit Holzspalten und Zimmern zu tun. Die Zeit verging ihm rasch.

Eines Nachmittags, als Jofrid über die Heide ging, sah sie, daß eine Tür an die Hütte gekommen war und eine Steinplatte als Schwelle dalag. Da begriff sie, daß alles nun fertig sei, und sie ward sehr erregt. Tönne hatte das Dach mit Büschen und blühendem Heidekraut gedeckt; und eine starke Sehnsucht ergriff sie, unter dieses rote Dach zu treten. Er selbst war nicht bei dem Neubau, und sie entschloß sich, hineinzugehen. Diese Hütte war ja für sie gezimmert. Sie war ihr Heim. Jofrid konnte der Lust nicht widerstehen, es anzusehen.

Drinnen sah es traulicher aus, als sie erwartet hatte. Wacholder war über den Boden gestreut. Frischer Duft von Nadeln und Harz füllte den Raum. Die Sonnenstrahlen, die durch Luken und Spalten hereinspielten, spannen goldne Bänder durch die Luft. Es sah da aus, als würde sie erwartet; in die Mauerspalten waren grüne Zweige gesteckt, und auf dem Herd stand eine frischgefällte Tanne. Tönne hatte nicht sein altes Hausgerät hineingestellt. Da war nur ein neuer Tisch und eine Bank, über die eine Elenhaut geworfen war.

Kaum war Jofrid über die Schwelle getreten, fühlte sie sich schon von dem fröhlichen Behagen eines Heims umgeben. Friedlich und ruhig ward ihr zumute, als sie so stand: von dort zu scheiden, schien ihr ebenso schwer, wie fortzugehen und bei Fremden zu dienen. Jofrid hatte vielen Fleiß darauf gewandt, sich eine Art Aussteuer zu schaffen. Sie hatte mit kunstfertigen Händen Tücher gewebt, wie man sie braucht, um eine Stube zu schmücken; die wollte sie in ihrem eignen Heim aufhängen, wenn sie eins bekam. Nun mußte sie denken, wie sich diese Tücher wohl hier ausnehmen würden. Sie hätte sie gern in der neuen Hütte probiert.

Rasch eilte sie heimwärts, holte ihren Leinwandschatz und begann, die farbenprächtigen Stoffstücke unter der Decke aufzuhängen. Sie stieß die Tür auf, so daß die helle Abendsonne auf sie und ihre Arbeit fiel. Sie regte sich eifrig in der Stube, geschäftig und munter, ein Heldenliedchen trällernd. Von Herzen froh war sie. Es wurde gar prächtig da drinnen. Die gewebten Rosen und Sterne leuchteten wie nie zuvor.

Während sie arbeitete, hielt sie gute Ausschau über die Heide und die Hünengräber. Vielleicht kauerte Tönne jetzt hinter einem der Grabhügel und lachte sie aus. Der Königshügel lag gerade vor der Tür, und dahinter sah sie eben die Sonne versinken. Immer wieder blickte sie hin. Ihr war, als müsse dort jemand sitzen und sie betrachten.

Gerade als die Sonne so tief unten war, daß nur noch ein paar blutrote Strahlen über die alte Steinhalde spielten, sah sie, wer es war, der sie betrachtete. Der ganze Hügel war kein Hügel mehr, sondern ein großer, alter Kämpe, der narbig und ergraut dasaß und sie anstarrte. Rings um sein Haupt bildeten die Sonnenstrahlen eine Krone, und sein roter Mantel war so weit, daß er sich über die ganze Heide ausbreitete. Sein Haupt war groß und schwer, das Antlitz grau wie Stein. Seine Kleider und Waffen waren auch steinfarbig und ahmten so genau die Tönung und das Moosflechtenkleid der Steine nach, daß man sehr scharf hinsehen mußte, um zu merken, daß es ein Kämpe und kein Steinhaufen war. Es war wie mit jenen Würmern, die Baumzweigen gleichen. Man kann zehnmal an ihnen vorbeigehen, ehe man merkt, daß, was man für hartes Holz gehalten hat, ein weicher Tierkörper ist.

Aber Jofrid konnte sich nicht länger darüber täuschen, daß es der alte König Atle selbst war, der da saß. Sie stand in der Tür, hielt die Hand beschattend über die Augen und sah ihm gerade in sein Steingesicht. Er hatte sehr kleine, schräge Augen unter seiner hochgewölbten Stirn, eine breite Nase und einen zottigen Bart. Und er lebte, dieser steinerne Mann. Er lächelte und blinzelte ihr zu. Angst und bang wurde ihr; und am meisten erschreckten sie seine dicken Arme mit den steifen Muskeln und die haarigen Hände. Je länger sie ihn ansah, desto breiter wurde sein Lächeln; und endlich hob er einen seiner mächtigen Arme, um sie zu sich zu winken. Da floh Jofrid heimwärts.

Aber als Tönne nach Haus kam und die Hütte mit bunten Tüchern geschmückt fand, faßte er so großen Mut, daß er seinen Fürbitter zu Jofrids Vater schickte. Der fragte Jofrid um ihre Meinung, und sie willigte ein. Sie war sehr zufrieden um der Wendung, die die Sache genommen hatte, wenn sie ihre Hand auch halb gezwungen schenkte. Sie konnte dem Mann doch nicht nein sagen, in dessen Hütte sie schon ihre Aussteuer getragen hatte. Doch sah sie zuerst nach, ob der alte König Atle wieder ein Grabhügel geworden sei.

⊢━━━━━━━━━━━⊣

Tönne und Jofrid lebten viele Jahre glücklich. Sie standen in gutem Ruf. „Das sind gute Menschen," sagte man. „Seht, wie sie einander beistehen, wie sie zusammen arbeiten, seht, wie eins nicht ohne das andre leben kann!"

Tönne wurde mit jedem Tage stärker, ausdauernder und weniger träge von Gedanken. Jofrid schien einen ganzen Mann aus ihm gemacht zu haben. Meist ließ er sie entscheiden; aber er verstand es auch, mit zäher Hartnäckigkeit seinen eignen Willen durchzusetzen.

Wo Jofrid sich auch zeigte, gab es Scherz und Fröhlichkeit. Ihre Kleider wurden immer bunter, je älter sie wurde. Das ganze Gesicht war grellrot. Aber in Tönnes Augen war sie lieblich.

Sie waren nicht so arm wie mancher andre ihres Standes. Sie aßen Butter zur Grütze und mengten weder Kleie noch Baumrinde ins Brot. Das Porschbier schäumte in ihren Humpen. Ihre Schaf- und Ziegenherden vermehrten sich so rasch, daß sie sich Fleischnahrung gönnen konnten.

Einmal machte Tönne für einen Bauern drunten im Tal den Boden urbar. Als der sah, wie Tönne und seine Frau in großer Fröhlichkeit zusammen arbeiteten, dachte auch er: „Das sind gute Menschen." Der Bauer hatte jüngst seine Ehefrau verloren, die ihm ein halbjähriges Kind hinterlassen hatte. Er bat Tönne und Jofrid, seinen Sohn in Pflege zu nehmen. „Das Kind ist mir sehr teuer," sagte er, „drum gebe ich es euch, denn ihr seid gute Menschen." Sie hatten keine eignen Kinder, so daß es sehr schicklich schien, dieses zu nehmen. Sie willigten auch ohne Zögern ein. Sie meinten, Vorteil davon zu haben, wenn sie das Kind eines Bauern aufzogen; auch erwarteten sie sich von einem Pflegesohn Freude für ihre alten Tage.

Aber das Kind wurde nicht alt bei ihnen. Ehe das Jahr um war, war es tot. Dies sei die Schuld der Pflegeeltern, sagten viele, denn das Kind war ganz frisch und gesund gewesen, bevor es zu ihnen kam. Damit wollte aber niemand sagen, sie hätten es vorsätzlich getötet; man meinte nur, daß sie etwas auf sich genommen hätten, was über ihr Vermögen gegangen war. Sie hatten nicht Verstand oder Liebe genug gehabt, um dem Kinde die Pflege angedeihen zu lassen, deren es bedurfte. Sie hatten sich gewöhnt, nur an sich selbst zu denken und für ihr eignes Wohl zu sorgen. Sie hatten nicht Zeit, ein Kind zu betreuen. Sie wollten am Tage zusammen an die Arbeit gehen und nachts einen ruhigen Schlummer schlafen. Sie fanden, daß der Kleine zu viel von der guten Milch trinke, und sie gönnten es ihm nicht so wie sich selbst. Sie wußten aber nicht etwa, daß sie den Knaben schlecht behandelten. Sie dachten, daß sie geradeso für ihn sorgten wie rechte Eltern. Eher kam es ihnen vor, daß der Pflegesohn eine Strafe und Plage für sie gewesen war. Sie trauerten nicht über seinen Tod.

Frauen pflegen ihre Lust und Herzensfreude daran zu haben, mit Kindern umzugehen; aber Jofrid hatte einen Mann, für den sie in vielen Stücken die Sorge einer Mutter tragen mußte, und begehrte deshalb nicht, noch andres zu betreuen. Gern sehen Frauen sonst auch die raschen Fortschritte der Kleinen; aber Jofrid hatte Freude genug, wenn sie sah, wie Tönne sich zu Verstand und Männlichkeit entwickelte; sie freute sich daran, ihre Hütte zu fegen und zu schmücken, freute sich an der Zunahme der Herden und an dem Anbau unten auf der Heide.

Jofrid ging auf den Hof des Bauern und sagte ihm, daß das Kind gestorben sei. Da sprach der Mann: „Nun ist es mir ergangen wie dem, der so weiche Kissen in sein Bett legt, daß er bis auf den harten Grund sinkt. Gar zu gut wollte ich meinen Sohn hüten; und siehe: nun ist er tot!“ Und er war betrübt.

Bei seinen Worten begann Jofrid bitterlich zu weinen. „Wollte Gott, daß du uns deinen Sohn nicht gegeben hättest!" sagte sie. „Wir waren zu arm. Er hat es nicht gut genug bei uns gehabt."

„Dies wollte ich nicht sagen," antwortete der Bauer. „Eher glaube ich, daß ihr das Kind verhätschelt habt. Doch ich will keinen Menschen anklagen; denn über Leben und Tod gebietet Gott allein. Nun ist es mein Wille, den Leichenschmaus meines einzigen Sohnes mit demselben Aufwand zu feiern, als wenn ein Erwachsener gestorben wäre; und zum Gastmahl lade ich Tönne und dich. Daraus mögt ihr sehen, daß ich keinen Groll gegen euch hege."

So wohnten Tönne und Jofrid dem Leichenschmaus bei. Sie wurden freundlich bewirtet, und niemand sagte ihnen ein böses Wort. Wohl hatten die Frauen, die die Leiche einkleideten, erzählt, daß sie jämmerlich abgefallen sei und Spuren schwerer Vernachlässigung gezeigt habe. Das konnte aber wohl auch von der Krankheit herkommen. Niemand wollte Schlechtes von den Pflegeeltern glauben, denn man wußte, daß sie gute Menschen waren.

Jofrid weinte viel in diesen Tagen; namentlich, als sie die Frauen erzählen hörte, wie sie bei ihren kleinen Kindern wachen und sich für sie plagen müßten. Sie merkte auch, daß bei dem Leichenschmaus unter den Weibern beständig von Kindern gesprochen wurde. Einige hatten solche Freude an ihnen, daß sie gar nie aufhören konnten, von ihren Fragen und Spielen zu erzählen. Jofrid hätte gern von Tönne gesprochen; aber die meisten Frauen sprachen gar nicht von ihren Männern.

Spät abends kehrten Jofrid und Tönne von dem Leichenschmaus heim. Sie gingen sogleich zu Bett. Aber kaum waren sie eingeschlafen, als sie von einem leisen

Wimmern geweckt wurden. Das ist das Kind, dachten sie, noch halb schlafend, und waren unwillig über die Störung. Aber plötzlich setzten sie sich beide im Bett auf. Das Kind war doch tot. Woher kam dann dieses Wimmern? Wenn sie ganz wach waren, hörten sie nichts; aber sobald sie einzuschlummern begannen, vernahmen sie es wieder. Kleine, schwache Füßchen hörten sie über die Steinplatte vor der Hütte gehen, ein kleines Händchen tastete an der Tür, und da sie nicht offen war, wanderte das Kind wimmernd und tappend die Wand entlang, bis es vor ihrer Lagerstätte stehenblieb. Wenn sie sprachen oder sich im Bett aufsetzten, vernahmen sie nichts; aber wenn sie einschlummern wollten, hörten sie deutlich die unsichern Schritte und das erstickte Schluchzen.

Was sie nicht glauben wollten, was ihnen aber in den letzten Tagen als Möglichkeit vor Augen gestanden hatte: nun wurde es ihnen zur Gewißheit. Sie sahen ein, daß sie das Kind getötet hatten. Wie hätte es sonst umgehen können?

Von dieser Nacht an war alles Glück von ihnen gewichen. Sie lebten in steter Furcht vor dem Gespenst. Tagsüber hatten sie wohl einige Ruhe, aber in den Nächten wurden sie von dem Weinen und dem erstickten Schluchzen des Kindes so gestört, daß sie nicht wagten, allein zu liegen. Jofrid ging oft weit über Land, um einen Menschen zu holen, der über Nacht in ihrer Hütte bleiben konnte. Kam ein Fremder, so hatten sie Ruhe; aber sobald sie allein waren, hörten sie das Kind.

In einer Nacht, für die sie keinen Gast gefunden hatten und die sie, des Kindes wegen, wieder schlaflos verbrachten, stand Jofrid aus dem Bett auf.

„Schlaf du nur, Tönne," sagte sie. „Wenn ich mich wach erhalte, wird sich nichts hören lassen."

Sie ging aus dem Haus, setzte sich auf die Türschwelle und überlegte, was sie tun sollten, um Ruhe zu finden; denn so konnten sie nicht weiterleben. Sie fragte sich, ob Beichte und Buße, Demütigung und Reue sie von dieser schweren Heimsuchung befreien könnten.

Da begab es sich, daß sie die Augen aufschlug und dieselbe Erscheinung sah wie schon einmal zuvor von dieser Stelle. Der Grabhügel war zu einem Kämpen geworden. Es war eine dunkle Nacht; dennoch konnte sie deutlich sehen und vernehmen, daß der alte König Atle dasaß und sie betrachtete. Sie sah ihn so genau, daß sie die mit Moos bewachsenen Armringe an seinen Handgelenken unterschied und wahrnehmen konnte, daß seine Beine mit gekreuzten Bändern umwickelt waren, zwischen denen die Wadenmuskeln schwollen.

Diesmal hatte sie keine Angst vor dem Alten. Er schien ihr ein Freund und Tröster im Unglück. Er sah sie gleichsam mitleidig an, als wolle er ihr Mut einflößen. Da dachte sie, daß dieser gewaltige Held einst seinen Tag gehabt hatte, an dem er die Feinde in Scharen auf die Heide niederstreckte und in den Blutströmen watete, die zwischen den Hügeln brausten. Was hatte er da nach einem toten Manne mehr oder weniger gefragt? Wie tief hatte das Seufzen der Kinder, deren Väter er erschlagen hatte, sein Steinherz gerührt? Federleicht hätte die Bürde von eines Kindes Tod auf seinem Gewissen gelegen.

Und sie vernahm sein Flüstern, dieselbe Weise, die das alte, steinkalte Heidentum zu allen Zeiten geflüstert hat. „Warum bereuen? Die Götter lenken das Geschick. Die Nornen spinnen des Lebens Faden. Warum sollten die Kinder der Erde trauern, daß sie getan, was die Unsterblichen sie zu tun zwangen?"

Da ermannte sich Jofrid und sagte zu sich selbst: „Was konnte ich dafür, daß das Kind starb? Gott allein ist's, der alles lenkt. Nichts geschieht ohne seinen Willen." Und sie dachte, daß sie das Gespenst am besten abwehren werde, wenn sie alle Reue von sich fernhielt.

Aber da öffnete sich die Haustür, und Tönne kam zu ihr heraus. „Jofrid," sagte er, „es ist jetzt in der Hütte. Es kam heran und klopfte an den Bettrand und weckte mich. Was sollen wir tun, Jofrid?"

„Das Kind ist ja tot," sagte Jofrid. „Du weißt, daß es tief unter der Erde liegt. Das alles sind nur Träume und Hirngespinste." Sie sprach hart und abweisend, denn sie fürchtete, daß Tönne in dieser Sache zu weichherzig sein und sie dadurch ins Unglück stürzen könne.

„Wir müssen ein Ende machen," sagte Tönne.

Jofrid lachte grell auf. „Was willst du tun? Gott hat es uns auferlegt. Konnte er das Kind nicht am Leben erhalten, wenn er wollte? Er wollte es nicht; und jetzt verfolgt er uns um seines Todes willen. Sage mir, mit welchem Recht er uns verfolgt?"

Sie hatte ihre Worte von dem alten Steinkämpen, der finster und hart auf seinem Hügel saß. Es war, als habe er ihr alles eingegeben, was sie Tönne erwiderte.

„Wir müssen eingestehen, daß wir das Kind vernachlässigt haben, und müssen Buße tun," sagte Tönne.

„Niemals will ich für etwas leiden, das nicht meine Schuld ist," sagte Jofrid. „Wer wollte, daß das Kind sterbe? Ich nicht, ich nicht. Welche Art von Buße willst du denn tun? Willst du dich geißeln oder fasten wie die Mönche? Mich dünkt, du kannst deine Kräfte zur Arbeit brauchen."

„Mit dem Geißeln habe ich es schon probiert," sagte Tönne. „Es nützt nichts."

„Siehst du!" sagte sie und lachte wieder.

„Da tut andres not," fuhr Tönne mit beharrlicher Entschlossenheit fort. „Wir müssen gestehen."

„Was willst du Gott sagen, das er nicht schon wüßte?" höhnte Jofrid. „Lenkt nicht er deine Gedanken? Was willst du ihm sagen?" Sie fand jetzt, daß Tönne dumm und eigensinnig sei. So hatte sie ihn zu Beginn ihrer Bekanntschaft gefunden; aber dann hatte sie nicht mehr daran gedacht, sondern ihn lieb gehabt, seines guten Herzens wegen.

„Wir müssen dem Vater unsre Schuld gestehen, Jofrid, und ihm Buße bieten."

„Was willst du ihm bieten?" fragte sie.

„Die Hütte und die Ziegen."

„Sicherlich fordert er volle Mannesbuße für seinen einzigen Sohn. Die läßt sich mit allem, was wir besitzen, nicht bezahlen."

„Wir wollen uns selber als Knechte in seine Gewalt geben, wenn er sich nicht mit weniger zufrieden gibt."

Bei diesen Worten packte Jofrid kalte Verzweiflung, und sie haßte Tönne aus der Tiefe ihrer Seele. Alles, was sie verlieren mußte, stand klar vor ihr: die Freiheit, für die einst die Ahnen das Leben gewagt, die Hütte, den Wohlstand, Ehre und Glück.

„Merke meine Worte wohl, Tönne," sagte sie heiser, halberstickt von Schmerz, „der Tag, an dem du solches tust, ist mein Todestag."

Dann ward kein Wort mehr zwischen ihnen gewechselt; aber sie blieben auf der Türschwelle sitzen, bis der Tag anbrach. Keines fand ein Wort, um zu begütigen und zu versöhnen. Beide fürchteten und verachteten einander. Eins maß das andre mit dem Maß seines Zornes und fand es engherzig und böse.

Seit dieser Nacht ließ Jofrid Tönne oft ihre Überlegenheit fühlen. Sie gab ihm in der Gegenwart Fremder zu verstehen, daß er einfältig sei, und half ihm bei der Arbeit so, daß er ihre Kraft erkennen mußte. Sie wollte ihm offenbar die Hausherrngewalt nehmen. Manchmal stellte sie sich sehr froh, um ihn zu zerstreuen und von seinen Grübeleien abzulenken. Er hatte noch nichts getan, um seinen Plan ins Werk zu setzen, aber sie glaubte nicht, daß er ihn aufgegeben habe.

In dieser Zeit wurde Tönne mehr und mehr, wie er vor seiner Heirat gewesen war. Er wurde mager und bleich, wortkarg und träg von Gedanken. Jofrids Verzweiflung ward mit jedem Tage größer, denn es war, als sollte ihr nun alles genommen werden. Doch kam ihre Liebe zu Tönne wieder, als sie ihn unglücklich sah. „Was gilt mir alles, wenn Tönne zugrunde geht?" dachte sie. „Es ist besser, mit ihm in der Knechtschaft zu leben, als ihn als Freien sterben zu sehen."

Jofrid konnte sich jedoch nicht so plötzlich überwinden, Tönne zu gehorchen. Sie kämpfte einen langen und schweren Kampf. Aber eines Morgens, als sie erwachte, war ihr ungewöhnlich ruhig und mild zumute. Da war ihr, als könne sie nun tun, was er forderte. Und sie weckte ihn und sagte, daß es jetzt so werden solle, wie er wollte. Nur diesen einzigen Tag möge er ihr gönnen, damit sie von all dem Ihren Abschied nehmen könne.

Den ganzen Vormittag ging sie seltsam sanft umher. Leicht kamen ihr Tränen in die Augen, wie einem, der Abschied nimmt. Ihr schien, die Heide habe sich an diesem Tage, ihr zuliebe, besonders schön geschmückt. Der Frost war über sie hingezogen, die Blumen waren verschwunden und das ganze Feld trug ein braunes Kleid. Aber als die Sonne des Herbsttages ihre schrägen Strahlen darüber hingleiten ließ, war es, als erglühe das Heidekraut aufs neue rot. Und sie gedachte des Tages, an dem sie Tönne zum erstenmal gesehen hatte.

Sie wünschte, daß sie den alten König noch einmal schauen dürfe; denn er hatte ja mitgeholfen, ihr Glück zu schaffen. Sie hatte sich in der letzten Zeit ernstlich vor ihm gefürchtet. Es war, als lauerte er darauf, sie zu packen. Aber jetzt konnte er keine Macht mehr über sie haben, meinte sie. Sie wollte aufmerken, ob sie ihn nicht sehen konnte, abends, wenn der Mondschein kam.

Um die Mittagszeit kamen ein paar umherwandernde Spielleute vorbeigezogen. Da hatte Jofrid den Einfall, sie zu bitten, den ganzen Nachmittag in ihrem Hause zu bleiben; denn nun wollte sie ein Fest feiern. Tönne mußte schnell zu ihren Eltern gehen und sie bitten, zu kommen. Dann liefen ihre kleinen Geschwister weiter ins Dorf hinab, um Gäste zu holen. Bald waren viele Menschen versammelt.

Die Fröhlichkeit war groß. Tönne hielt sich abseits in einer Ecke der Hütte, wie es seine Gewohnheit war, wenn Besuch kam; aber Jofrid war beinahe wild in ihrer Fröhlichkeit. Mit gellender Stimme führte sie die Tanzspiele an und bot eifrig den Gästen das schäumende Bier. Eng war es in der Stube, aber die Spielleute waren flink und der Tanz hatte Leben und Lust. Es wurde erstickend heiß dort drinnen. Man stieß die Tür auf; und nun sah Jofrid erst, daß die Nacht angebrochen und der Mond aufgegangen war. Da trat sie in die Haustür und blickte in die weiße Welt des Mondscheins hinaus.

Es war starker Tau gefallen. Die ganze Heide war weiß, weil sich das Mondlicht in den zahllosen Tropfen spiegelte, die sich auf allen Zweiglein gesammelt hatten. Das kurze Moos, das ringsum auf Felsplatten und Steinen wuchs, war schon gefroren und von Reif bedeckt. Jofrid stieg hinab; wohlig schwankend war's unter dem Fuß. Sie ging ein paar Schritte über den Pfad, der ins Dorf hinabführte, gleichsam als wolle sie prüfen, welches Gefühl es sei, da zu gehen. Tönne und sie sollten am nächsten Tage Hand in Hand hier wandern, in tiefste Schmach hinein. Denn wie auch die Begegnung mit dem Bauern ablief, was er auch nahm und was er sie behalten ließ: sicherlich war Schmach ihr Los. Die an diesem Abend eine gute Hütte und viele Freunde hatten, würden am nächsten Tage von allen verabscheut sein, vielleicht auch alles dessen beraubt, was sie erworben hatten, vielleicht sogar ehrlose Knechte. Sie sagte zu sich selbst: „Dies ist der Weg des Todes." Und nun konnte sie nicht fassen, wie sie die Kraft haben sollte, ihn zu wandeln. Ihr war, als sei sie von Stein, eine schwere Steingestalt wie der alte König Atle. Trotzdem sie lebte, hatte sie das Gefühl, ihre schweren Steinglieder nicht regen zu können, um diesen Weg zu gehen.

Sie wendete ihre Blicke dem Königshügel zu und sah deutlich den alten Kämpen da sitzen. Aber in dieser Nacht war er wie zum Fest geschmückt. Er trug nicht mehr das graue, mit Moos bewachsene Steingewand, sondern weißes, schimmerndes Silber. Auch schmückte ihn wieder eine Krone von Strahlen, wie damals, als sie ihn zuerst sah; aber diese Krone war weiß. Und weiß leuchtete Brustplatte und Armring, glitzernd weiß war Schwertgriff und Schild. Er saß da und betrachtete sie in stummer Gleichgültigkeit. Das seltsam Unergründliche, das in großen Steingesichtern liegt, hatte sich nun auf ihn herabgesenkt. Da thronte er dunkel und mächtig; und Jofrid hatte die unklare Vorstellung, daß er ein Bild von etwas sei, was in ihr lag und in allen Menschen, etwas, das in fernen Jahrhunderten begraben war, von vielen Steinen bedeckt und dennoch nicht tot. Sie sah ihn, den alten König, mitten im Menschenherzen sitzen. Über dessen unfruchtbare Felder breitete er seinen weiten Königsmantel. Da tanzte die Genußsucht, da jubelte das Prachtverlangen. Er war der große Steinheld, der Not und Armut vorüberwandern sah, ohne daß sein Steinherz gerührt ward. „Die Götter wollen es so," sagte er. Er war der starke steinerne Mann, der ungesühnte Sünde tragen konnte, ohne zu wanken. Stets sagte er: „Warum trauern, da das, was du tatest, dir doch von den Unsterblichen aufgezwungen ward?"

Jofrids Brust hob sich in einem Seufzer, der tief wie ein Schluchzen war. In ihr lebte eine Ahnung, die sie sich nicht klarzumachen vermochte, eine Ahnung, daß sie mit dem steinernen Mann kämpfen müsse, wenn sie glücklich werden sollte. Aber zu gleicher Zeit fühlte sie sich so hilflos schwach. Ihre Unbußfertigkeit und der Steinheld auf der Heide schienen ihr ein und dasselbe, und konnte sie jene nicht besiegen, so würde dieser in irgendeiner Weise Macht über sie erlangen.

Sah sie nun wieder zu der Hütte hin, wo die Tücher unter den Dachbalken schimmerten, wo die Spielleute Fröhlichkeit verbreiteten, und wo alles war, was sie liebte, dann fühlte sie, daß sie nicht in die Knechtschaft gehen konnte. Nicht einmal Tönne zuliebe. Sie sah sein blasses Antlitz in der Hütte und fragte sich mit zusammengekrampftem Herzen, ob er verdiene, daß sie ihm alles opfere.

Aber drinnen in der Hütte hatten sich die Leute zu einem Reigentanz aufgestellt. Sie ordneten sich in einer langen Reihe, faßten einander bei den Händen und stürzten, mit einem wilden, starken, jungen Gesellen an der Spitze, in rasender Eile vorwärts. Der Anführer zog sie durch die offne Tür hinaus auf die im Mondschein glitzernde Heide. Sie stürmten an Jofrid vorbei, keuchend und wild; strauchelten über Steine, sanken ins Heidekraut, zogen weite Kreise rings um die Hütte. Der letzte in der Reihe rief Jofrid an und streckte ihr die Hand entgegen. Sie faßte sie und lief mit.

Das war kein Tanz, nur ein wahnsinniges Hinstürmen. Doch Fröhlichkeit war darin, Lebenslust und Übermut. Immer kühner wurden die Schwenkungen, immer lauter tönten die Rufe, immer stürmischer ward das Lachen. Von Hünengrab zu Hünengrab, wie sie da über die Heide zerstreut lagen, schlang sich die Reihe der Tanzenden. Wer bei den heftigen Schwenkungen niederfiel, wurde wieder emporgerissen, der Langsame vorwärts gezogen. Die Spielleute standen in der Haustür und lockten zu immer wilderm Taumel. Da war keine Zeit, zu ruhen, zu denken, sich vorzusehen. In immer tollerer Hast ging der Tanz über schwankes Moos und glatte Felsplatten.

Bei alledem empfand Jofrid immer deutlicher, daß sie die Freiheit behalten mußte, daß sie lieber sterben, als sie verlieren wollte. Sie merkte, daß sie Tönne nicht folgen konnte. Sie dachte daran, zu fliehen, fort in den Wald zu eilen und niemals wiederzukommen.

Alle Hügel hatten sie jetzt umkreist, bis auf den König Atle. Jofrid sah, daß es jetzt zu diesem hinaufging, und sie hielt die Blicke scharf auf den mächtigen Mann geheftet. Da sah sie, wie sich seine Riesenarme nach den Hinstürmenden ausstreckten. Sie schrie laut auf; doch nur ein schallendes Gelächter antwortete ihr. Sie wollte stehenbleiben; aber eine starke Faust riß sie weiter. Sie sah ihn nach den Vorbeieilenden greifen, aber so hurtig waren sie, daß die schweren Arme keinen von ihnen erreichen konnten. Unfaßlich war ihr, daß niemand ihn sah. Todesangst kam über sie. Sie wußte, daß er sie erreichen werde. Auf sie hatte er gelauert, seit vielen Jahren. Mit den andern trieb er nur sein Spiel. Ihrer würde er sich nun endlich bemächtigen.

Jetzt kam an sie die Reihe, an König Atle vorbeizueilen. Sie sah, wie er sich erhob, sich dann zum Sprung duckte, um Ernst zu machen und sie zu fangen. In dieser höchsten Not fühlte sie: wenn sie sich jetzt entschloß, am nächsten Morgen die schwere Wanderung anzutreten, hatte er nicht die Macht, sie zu packen. Aber sie konnte nicht. Sie kam zuletzt und die Drehungen waren nun so heftig, daß sie mehr geschleppt und gezogen wurde als selbst lief und Mühe hatte, nicht zu Boden zu fallen. Doch obgleich sie in der rasendsten Eile dahinwirbelte, war der alte Kämpe noch rascher. Die schweren Arme senkten sich auf sie hinab, die steinernen Hände ergriffen sie, zogen sie an die mit silberblankem Harnisch bedeckte Brust. Immer schwerer legte sich die Todesangst auf sie; aber sie wußte noch bis zuletzt: nur weil sie den Steinkönig im eignen Herzen nicht zu besiegen vermocht hatte, war König Atle Gewalt über sie gegeben.

Nun war es zu Ende mit Tanz und Fröhlichkeit. Jofrid lag im Sterben. Sie war in dem rasenden Lauf an den Königshügel geschleudert worden und hatte von seinen

Steinen den Todesstoß empfangen.

Die Vogelfreien

Ein Bauer, der einen Mönch ermordet hatte, floh in den Wald und wurde geächtet. In der Wildnis fand er einen andern friedlosen Mann, einen Fischer von den äußersten Schären, der beschuldigt war, ein Heringsnetz gestohlen zu haben. Diese beiden taten sich zusammen, wohnten in einer Erdhöhle, legten Fallen, schnitzten Pfeile, buken Brot auf einem Stein und wachten gegenseitig über ihr Leben. Der Bauer verließ den Wald niemals, aber der Fischer, der kein so furchtbares Verbrechen begangen hatte, nahm zuweilen die erlegten Tiere über die Schulter und schlich sich zu den Menschen hinunter. Da bekam er für den schwarzen Auerhahn und das blauglänzende Birkhuhn, für den langohrigen Hasen und das feingliedrige Reh Milch und Butter, Pfeile und Kleider. So war es den Friedlosen möglich, ihr Leben zu fristen.

Die Höhle, in der sie hausten, war in einen Hügelabhang gegraben. Breite Steinplatten und dornige Schlehenbüsche deckten den Eingang. Auf dem Dach stand eine Tanne. An ihrer Wurzel war der Schornstein der Erdhöhle. Der emporsteigende Rauch wurde durch die dichten, nadelreichen Zweige des Baumes gesiebt und verschwand unmerklich im Raume.

Die Männer pflegten von und zu ihrer Wohnstatt zu gehen, indem sie den Waldbach durchwateten, der unter dem Bergabhang entsprang. Niemand suchte die Spur der Friedlosen unter dem rieselnden Wasser.

Anfangs wurden sie gejagt wie wilde Tiere. Die Bauern versammelten sich wie zur Treibjagd auf Bär und Wolf. Der Wald wurde von Bogenschützen umringt, Lanzenträger gingen dort umher und ließen keine dunkle Kluft, kein dichtes Gestrüpp unerforscht. Während die lärmende Treibjagd durch den Wald zog, lagen die Friedlosen in ihrer dunklen Höhle, atemlos lauschend, vor Angst keuchend. So hielt es der Fischer einen ganzen Tag aus; er aber, der gemordet hatte, wurde von unerträglicher Angst ins Freie getrieben, wo er seinen Feind sehen konnte. Da wurde er entdeckt und gejagt, aber dies schien ihm tausendmal besser, als in ohnmächtiger Untätigkeit still dazuliegen. Er entfloh seinen Verfolgern, rutschte über Abhänge, sprang über Ströme, erkletterte kerzengerade Felswände. Alle verborgne Kraft und Geschicklichkeit in ihm wurde von dem Ansporn der Gefahr hervorgelockt. Sein Körper ward elastisch wie eine Stahlfeder, der Fuß sprang nicht fehl, die Hand ließ nicht locker, Augen und Ohren beobachteten doppelt so scharf als einst. Er verstand das Flüstern des Laubes und die Warnungen der Steine. Wenn er eine Anhöhe erklettert hatte, wendete er sich gegen seine Verfolger und sandte ihnen Spottlieder mit beißenden Reimen nach. Wenn die sausenden Lanzen zischten, packte er sie plitzschnell und warf sie gegen die Feinde hinab. Wenn er sich zwischen peitschenden Zweigen durchdrängte, sang jemand in seinem Innern ein Loblied auf seine Großtaten.

Da lief der kahle Bergrücken durch den Wald, und einsam auf seiner Höhe stand die himmelhohe Föhre. Der braunrote Stamm war kahl, aber in der astreichen Krone wiegte sich der Raubvogelhorst. So tollkühn war jetzt der Fliehende, daß er dort hinaufkletterte, während die Verfolger ihn auf den bewaldeten Abhängen suchten. Da saß er und drehte den Jungen des Sperbers den Hals um, während tief unter ihm die Jagd dahinzog. Sperber und Sperberweibchen schossen voll Rachbegier auf den Räuber hinab. Sie flatterten um sein Gesicht, sie richteten die Schnäbel auf seine Augen, sie schlugen ihn mit den Flügeln und kratzten mit den Klauen blutige Streifen in seine wettergebräunte Haut. Lachend kämpfte er gegen sie an. In dem schwankenden Neste aufrechtstehend, hackte er mit seinem scharfen Messer nach ihnen und vergaß über der Lust des Spieles die Lebensgefahr und die Verfolger. Als er Zeit fand, sich nach ihnen umzusehen, hatten sie sich nach einer andern Richtung entfernt. Niemandem war es in den Sinn gekommen, die Jagdbeute auf dem kahlen Bergrücken zu suchen. Keiner hatte den Blick zu den Wolken erhoben, um ihn Knabenstreiche und Schlafwandlertaten vollbringen zu sehen, während sein Leben in äußerster Gefahr schwebte.

Der Mann erzitterte, als er sich gerettet sah. Mit bebender Hand griff er nach einer Stütze; schwindelnd maß er die Höhe, die er erklettert hatte. Und vor Angst zu fallen stöhnend, bange vor den Vögeln, bange, gesehen zu werden, bange vor allem, glitt er den Stamm hinab. Er legte sich auf den Berg nieder, um nicht gesehen zu werden und schleppte sich über das Geröll weiter, bis das Unterholz ihn verdeckte. Dann barg er sich unter den verschlungenen Zweigen der jungen Tannen, schwach und kraftlos sank er in das Moos. Ein einziger Mann hätte ihn leichtlich fangen können.

*   *

*

Tord war der Name des Fischers. Er zählte nicht mehr als sechzehn Jahre, aber er war stark und kühn. Er hatte schon

101

ein Jahr im Walde gelebt.

Der Bauer hieß Berg, mit dem Beinamen der Riese. Er war der größte und stärkste Mann in der Gegend und dazu schön und wohlgewachsen. Er war breit um die Schultern und schlank um die Mitte. Seine Hände waren so wohlgebildet, als hätten sie niemals harte Arbeit gekostet. Das Haar war braun und das Antlitz zartgefärbt. Nachdem er einige Zeit im Walde verbracht hatte, nahm er in allen Stücken ein furchtbareres Aussehen an als früher. Seine Blicke wurden stechend, die Augenbrauen wuchsen buschig, und die Muskeln, die sie runzelten, lagen fingerdick an der Nasenwurzel. Es trat auch deutlicher als früher hervor, wie der obere Teil seiner mächtigen Stirne über den untern vorragte. Die Lippen schlossen sich jetzt fester als einst, das ganze Gesicht wurde magrer, die Grübchen an der Stirn wurden sehr tief, und die gewaltigen Kinnladen traten merkbar hervor. Sein Körper wurde weniger voll, aber seine Muskeln ballten sich eisenhart. Das Haar ergraute rasch.

An diesem Mann konnte der junge Tord sich nicht sattsehen. Etwas so Schönes und Gewaltiges hatte er nie zuvor geschaut. Vor seiner Phantasie stand er hoch wie der Wald, stark wie die Meeresbrandung. Er diente ihm wie einem Herrn und betete ihn an wie einen Gott. Es verstand sich ganz von selbst, daß Tord den Jagdspeer trug, das Wildbret heimschleppte und das Feuer anmachte. Berg, der Riese, nahm alle seine Dienste an, gönnte ihm aber fast nie ein freundliches Wort. Er verachtete ihn, weil er ein Dieb war.

Die Friedlosen führten kein Räuber- oder Wegelagrerleben, sondern ernährten sich durch Jagd und Fischerei. Wenn Berg, der Riese, nicht einen heiligen Mann ermordet hätte, würden die Bauern wohl bald aufgehört haben, ihn zu verfolgen, und hätten ihn oben im Gebirge in Frieden gelassen. Aber nun fürchteten sie großes Unheil für die Gegend, weil der Mann, der Hand an einen Diener Gottes gelegt hatte, noch ungestraft umherging. Wenn Tord mit dem erlegten Wild ins Tal hinabkam, boten sie ihm große Belohnungen und Vergebung seines eignen Verbrechens, wenn er ihnen den Weg zu der Höhle Bergs zeigen wollte, damit sie diesen greifen konnten, während er schlief. Aber der Knabe weigerte sich immer, und wenn ihm jemand in den Wald nachschleichen wollte, dann führte er ihn so schlau auf falsche Fährte, daß er die Verfolgung aufgeben mußte.

Einmal fragte ihn Berg, ob die Bauern ihn nicht zum Verrat bewegen wollten, und als er hörte, welchen Lohn sie ihm boten, sagte er hohnvoll, daß Tord ein Einfaltspinsel wäre, wenn er solch ein Anerbieten nicht annähme.

Da sah ihn Tord mit einem Blicke an, wie Berg, der Riese, desgleichen nie zuvor gesehen hatte. Nie hatte ein schönes Weib in seiner Jugend, nie hatte seine Frau und seine Kinder ihn je so angesehen. „Du bist mein Herr, mein freigewählter Herrscher," sagte der Blick, „wisse, daß du mich schlagen und beschimpfen kannst, soviel du willst. Ich bleibe doch treu."

Von nun an achtete Berg, der Riese, mehr auf den Jungen und merkte, daß er mutig im Handeln, aber schüchtern im Reden war. Vor dem Tode hatte er keine Furcht. Wenn die Seen eben zugefroren waren, oder wenn das Moor im Frühling am gefährlichsten war, wenn die Moräste sich unter reichblühendem Wollgras und Sumpfbrombeeren verbargen, dann nahm er am liebsten den Weg darüber. Es schien ihm ein Bedürfnis zu sein, sich Gefahren auszusetzen, gleichsam zum Ersatz für die Stürme und Schrecknisse auf dem Meere, denen er nicht mehr begegnete.

Doch nachts fürchtete er sich im Walde, und selbst am hellichten Tage konnte ein dunkles Dickicht oder die weitausgestreckten Wurzeln einer umgestürzten Föhre ihn erschrecken. Aber wenn Berg ihn darüber befragte, war er zu scheu, um auch nur zu antworten.

Tord pflegte nicht auf dem hinten in der Höhle, nahe dem Feuer aufgeschlagnen Lager zu schlafen, das weich von Moos und warmen Fellen war, sondern er kroch jede Nacht, nachdem Berg eingeschlafen war, zum Eingang hin und legte sich dort auf eine Steinplatte. Berg entdeckte dies, und obgleich er den Grund erraten konnte, fragte er, was dies zu bedeuten habe. Tord erklärte es ihm nicht. Um allen Fragen auszuweichen, lag er zwei Nächte lang nicht mehr in der Türe, aber dann nahm er seinen Wachtposten wieder ein.

Eines Nachts, als der Schneesturm durch die Baumwipfel wehte und in das windgeschützte Dickicht wirbelte, drangen die tanzenden Schneeflöckchen auch in die Höhle der Friedlosen. Tord, der dicht an dem von Steinplatten verschlossenen Eingang lag, war, als er am Morgen erwachte, in eine schmelzende Schneewehe gebettet. Einige Tage später wurde er krank. Die Lungen pfiffen, und wenn sie sich dehnten, um Luft einzuatmen, fühlte er stechende Schmerzen. Er hielt sich solange auf den Beinen, als die Kräfte reichten. Aber als er sich eines Abends bückte, um das Feuer anzufachen, fiel er um und blieb liegen.

Berg, der Riese, kam zu ihm und sagte ihm, er möge sich in sein Bett legen. Tord stöhnte vor Schmerz und vermochte sich nicht zu erheben. Da schob Berg die Arme unter ihn und trug ihn zu seinem Lager. Aber es war ihm, als hätte er eine schlüpfrige Schlange berührt, und auf der Zunge hatte er einen Geschmack, als hätte er von dem unheiligen Pferdefleisch gegessen, so ekelte es ihn, diesen elenden Dieb anzurühren.

Er breitete sein eignes, großes Bärenfell über ihn und reichte ihm Wasser, mehr konnte er nicht tun. Es war auch nicht gefährlich. Tord wurde bald gesund. Aber dadurch, daß Berg seine Obliegenheiten verrichtete und sein Diener sein mußte, waren sie einander näher gekommen. Tord wagte zu ihm zu sprechen, wenn er abends in der Höhle saß und Pfeile schnitzte.

„Du bist aus gutem Stamm, Berg," sagte Tord. „Die Reichsten im Tal sind deine Verwandten. Deine Vorfahren haben Königen gedient und in ihren Burgen gekämpft."

„Meistens haben sie in den Aufrührerscharen gekämpft und den Königen allen Schaden getan," erwiderte Berg, der Riese.

„Deine Väter gaben zu Weihnachten große Gelage, und das tatest auch du, als du auf deinem Hofe saßest. Hunderte von Männern und Frauen konnten auf den Bänken deiner großen Halle Platz finden, die schon erbaut war, ehe noch der heilige Olof hier in Viken taufte. Du hattest uralte Silberbecher und große Trinkhörner, die, mit Met gefüllt, von Mann zu Mann wanderten."

Wieder mußte Berg den Knaben ansehen. Er saß mit herabhängenden Beinen auf dem Bette, und der Kopf ruhte in den Händen, mit denen er zugleich die wilde Haarmasse zurückdrängte, die ihm in die Stirn fiel. Das Gesicht war durch die Krankheit bleich und fein geworden. In den Augen leuchtete noch das Fieber. Er lächelte die Bilder an, die er vor sich heraufbeschwor: die geschmückte Halle, die Silberbecher, die festlich gekleideten Gäste und Berg, den Riesen, der in seiner Väter Saal auf dem Hochsitze thronte. Der Bauer dachte, daß ihn noch niemand mit solchen vor Bewunderung leuchtenden Augen angesehen oder ihn in seinen Festkleidern so herrlich gefunden hatte, wie der

Knabe hier ihn in dem abgescheuerten Fellwams fand.

Er wurde gerührt und zornig zugleich. Dieser elende Dieb hatte kein Recht, ihn zu bewundern.

„Wurden denn in deinem Hause keine Gelage abgehalten?" fragte er.

Tord lachte. „Dort draußen auf der Schäre bei Vater und Mutter! Vater ist ja ein Wrackplünderer und Mutter eine Hexe! Zu uns will niemand kommen!"

„Deine Mutter ist eine Hexe?"

„Das ist sie," antwortete Tord ohne jede Befangenheit. „Bei stürmischem Wetter reitet sie auf einem Seehund zu den Schiffen, über die die Sturzwellen hinspülen, und wer dann in das Meer geschleudert wird, der gehört ihr."

„Was fängt sie mit ihnen an?" fragte Berg.

„Ach, eine Hexe braucht immer Leichen. Sie kocht wohl Salben aus ihnen, oder vielleicht ißt sie sie. In Mondscheinnächten sitzt sie draußen in der Brandung, wo sie am weißesten ist, und der Schaum sprüht über sie hin. Es heißt, daß sie da sitzt und nach den Fingern und Augen ertrunkner Kinder sieht."

„Das ist abscheulich," sagte Berg.

Der Knabe antwortete mit großer Zuversicht: „Es wäre abscheulich für andre, aber nicht für Hexen. Die müssen es so machen."

Berg schien es, daß dies eine neue Art war, Welt und Dinge zu betrachten.

„Müssen Diebe auch stehlen, ebenso wie Hexen zaubern

müssen?" fragte er scharf.

„Ja, gewiß," antwortete der Knabe, „jeder muß tun, wozu er bestimmt ist." Aber dann fügte er mit einem versteckten Lächeln hinzu: „Es gibt aber auch Diebe, die niemals gestohlen haben."

„Sag doch gerade heraus, was du meinst," sagte Berg.

Der Knabe lächelte geheimnisvoll, stolz, ein unlösbares Rätsel zu sein. „Es ist, als spräche man von Vögeln, die nicht fliegen, wenn man von Dieben spricht, die nicht stehlen."

Berg, der Riese, stellte sich dumm, um mehr zu erfahren. „Man kann doch niemanden einen Dieb nennen, der nicht gestohlen hat," sagte er.

„Nein, freilich nicht," sagte der Knabe und kniff die Lippen zusammen, wie um die Worte nicht durchzulassen. „Wenn einer aber einen Vater hätte, der stiehlt," warf er nach einem Weilchen hin.

„Geld und Gut erbt man," wandte Berg ein, „aber den Namen Dieb trägt keiner, der ihn nicht erworben hat."

Tord lachte leise. „Und wenn einer eine Mutter hat, die einen bittet und anfleht, des Vaters Verbrechen auf sich zu nehmen. Und wenn einer dann dem Henker ein Schnippchen schlägt und in den Wald flieht. Und wenn man dann für vogelfrei erklärt wird, eines Fischnetzes wegen, das man gar nie gesehen hat?"

Berg, der Riese, schlug mit geballter Faust auf den Tisch. Er war zornig. Da war nun dieses schöne junge Blut hingegangen und hatte sein ganzes Leben fortgeworfen. Nicht Liebe, nicht Reichtum, nicht Ansehen unter Männern konnte er fürderhin gewinnen. Die elende Sorge um Speise und Trank war alles, was ihm übrig blieb. Und dieser Tor hatte es geschehen lassen, daß er, Berg, umherging und einen Unschuldigen verachtete. Er schalt ihn mit strengen Worten, aber Tord hatte nicht einmal soviel Angst wie das kranke Kind vor der Mutter, wenn sie es schilt, weil es sich erkältet hat, als es durch den Frühlingsbach watete.

*   *

*

Auf einem der breiten, bewaldeten Berge lag ein dunkler See. Er war viereckig, mit so geraden Ufern und so scharfen Winkeln, als wäre er von Menschen gegraben. Auf drei Seiten war er von steilen Felswänden umgeben, an die die Tannen sich mit ihren dicken Wurzeln festklammerten. Unten am See, wo das Erdreich so allmählich weggeschwemmt worden war, ragten diese Wurzeln aus dem Wasser auf, nackt und gekrümmt, und wunderbar ineinander verschlungen. Es war wie eine ungeheure Menge Schlangen, die zugleich aus dem Sumpfsee kriechen wollten, aber sich ineinander verwickelt hatten und so stehen geblieben waren. Oder es war eine Menge dunkler Skelette ertrunkner Riesen, die der See ans Land hatte werfen wollen. Arme und Beine verschlangen sich ineinander, die langen Finger krallten sich in den harten Fels ein, die ungeheuren Rippen bildeten Rundbogen, die uralte Bäume trugen. Es war doch vorgekommen, daß die eisernen Arme, die stahlharten Riesenfinger, mit denen die Tannen sich festklammerten, nachgegeben hatten. Und ein gewaltiger Nordwind hatte eine Tanne in einem weiten Bogen vom Berghang bis in den Sumpfsee geschleudert. Mit dem Wipfel voran war sie tief in den Schlammgrund eingedrungen und dort hängen geblieben. Jetzt hatte die Fischbrut einen guten Zufluchtsort zwischen ihren Zweigen, aber die Wurzeln ragten über das Wasser hinaus, wie ein vielarmiges Ungeheuer, und die schwarzen Wurzelzweige trugen mit dazu bei, den Sumpfsee häßlich und erschreckend zu machen.

Auf der vierten Seite des Sees senkte sich das Gebirge. Da entführte ein kleiner, schäumender Bach sein Wasser. Ehe dieser Bach den einzig möglichen Weg finden konnte, mußte er zwischen Steinen und Erdhügeln suchen und bildete so eine kleine Welt von Inseln, einige nur eine Scholle groß, andre etwa zwanzig Bäume tragend.

Hier, wo die umgebenden Berge nicht alle Sonne ausschlossen, gediehen auch Laubbäume. Hier standen durstige graugrüne Erlen und glattblättrige Weiden. Die Birke war da, wie sie überall zur Stelle ist, wo es gilt, den Nadelwald zu verdrängen, und der Faulbaum und die Eberesche, diese beiden, die gewöhnlich die Waldwiesen besäumen, sie mit ihrem Duft erfüllen und mit ihrem Reiz umkränzen.

Hier beim Ausfluß war auch ein mannshoher Schilfwald, durch den das Sonnenlicht grün über das Wasser fiel, wie es im richtigen Walde über das Moos fällt. Im Schilfe gab es offne Stellen, kleine, runde Teiche, und da schwammen die Seerosen. Die hohen Halme sahen mit mildem Ernst auf diese zarten Schönheiten herab, die verdrießlich ihre weißen Blätter und gelben Stempel in lederharten Hüllen verwahrten, sowie die Sonne sich nicht zeigen wollte.

An einem sonnigen Tage kamen die Friedlosen an diesen See, um zu fischen. Sie wateten zu ein paar großen Steinen im Binsenwalde und saßen da und warfen den grüngestreiften Hechten, die im Wasser schliefen, Köder hin.

Diese Männer, die stets im Walde und im Gebirge umherstreiften, waren, ohne daß sie selbst darum wußten, ebensosehr unter die Herrschaft der Naturmächte geraten, wie Pflanzen und Tiere. Bei Sonnenschein wurden sie offenherzig und mutig, doch des Abends, sobald die Sonne verschwunden war, verstummten sie, und die Nacht, die ihnen viel größer und gewaltiger vorkam, als der Tag, machte sie ängstlich und ohnmächtig. Jetzt versetzte sie das grüne Sonnenlicht, das durch das Schilf einfiel und das Wasser goldgestreift, braun und schwarzgrün färbte, in eine Art Wunderstimmung. Die Aussicht war ganz versperrt. Zuweilen wogte das Schilf in einem unmerklichen Wind, die Halme raschelten und die langen, bandähnlichen Blätter flatterten ihnen ins Gesicht. Sie saßen in grauen Fellgewändern auf den grauen Steinen. Die Färbung des Felles ahmte die Tönung des verwitterten, bemoosten Steines nach. Jeder sah den Gefährten in seinem Schweigen und seiner Regungslosigkeit in ein Steinbild verwandelt. Aber drinnen durch das Schilf huschten Riesenfische mit regenbogenfarbenem Rücken. Als die Männer die Angelhaken auswarfen und sahen, wie sich die Ringe im Schilf fortpflanzten, wurde die Bewegung immer stärker und stärker, bis sie merkten, daß sie nicht nur von ihrem Wurf kam. Eine Nixe, halb Weib, halb glitzernder Fisch, lag in den Wellen und schlief. Sie lag auf dem Rücken mit dem ganzen Leibe unter dem Wasserspiegel. Die Wellen schlossen sich so eng an den Körper an, daß sie sie vorher nicht bemerkt hatten. Ihre Atemzüge ließen die Wellen nicht ruhen. Doch es war nichts Wunderliches darin, daß sie dalag, und als sie im nächsten Augenblick verschwunden war, wußten sie nicht recht, ob es nicht nur eine Sinnestäuschung gewesen war.

Das grüne Licht drang wie ein süßer Rausch durch die Augen in das Hirn. Die Männer saßen da und starrten stumm vor sich hin, im Schilf Gesichte sehend, die sie einander nicht anzuvertrauen wagten. Der Fang fiel schlecht aus, der Tag gehörte Träumen und Offenbarungen.

Da ertönten Ruderschläge im Schilf, und sie schreckten wie aus dem Schlummer auf. Im nächsten Augenblick zeigte sich ein Eichenstamm, schwer, ohne jede Kunstfertigkeit ausgehöhlt, moosbewachsen und mit Rudern, schmal wie Stäbchen. Ein junges Mädchen, das Seerosen geholt hatte, ruderte ihn. Sie hatte dunkelbraunes Haar, das in schwere Zöpfe geflochten war, und große dunkle Augen, und sie war seltsam bleich. Aber ihre Blässe schimmerte rosig und nicht grau. Die Wangen waren nicht lebhafter gefärbt als das übrige Gesicht, kaum die Lippen. Sie trug ein weißes Leinenleibchen und einen Ledergürtel mit goldner Schließe. Der Rock war blau mit rotem Saum. Sie ruderte dicht an den Friedlosen vorbei, ohne sie zu sehen. Sie verhielten sich atemlos still, doch nicht aus Furcht, gesehen zu werden, sondern nur um sie so recht sehen zu können. Sobald sie verschwunden war, verwandelten sie sich gleichsam wieder aus Steinbildern in Menschen. Sie sahen einander lächelnd an.

„Sie ist weiß wie die Seerosen," sagte der eine. „Sie ist dunkeläugig wie das Wasser drüben unter den Tannenwurzeln."

Sie waren so übermütig, daß sie lachen wollten, richtig lachen, wie man nie zuvor an diesem See gelacht hatte, lachen, so daß die Felswände von dem Echo erzitterten und die Wurzeln der Tannen sich vor Schrecken lösten.

„Schien sie dir schön?" fragte Berg, der Riese.

„Ach, ich weiß nicht, ich sah sie ja so kurz. Vielleicht."

„Du wagtest wohl nicht, sie anzusehen? Du dachtest wohl, sie sei die Seejungfrau?"

Und wieder schüttelte sie dieselbe törichte Lachlust.

Tord hatte einmal als Kind einen Ertrunkenen gesehen. Er hatte die Leiche am hellichten Tage am Strand gefunden und war gar nicht erschrocken, aber nachts hatte er furchtbare Träume geträumt. Er sah ein Meer, in dem jede Welle einen toten Mann zu seinen Füßen rollte. Er sah auch alle Inseln der Schären mit Ertrunknen bedeckt, die tot waren und dem Meere gehörten, aber dennoch sprechen und sich bewegen konnten und ihm drohen mit ihren welken, weißen Händen.

So ging es ihm auch jetzt. Das Mädchen, das er im Schilfe gesehen hatte, kam in seinen Träumen wieder. Er traf sie auf dem Grunde des Sumpfsees, wo das Sonnenlicht noch grüner war als im Schilf, und er hatte Zeit, zu sehen, daß sie schön war. Er träumte, daß er auf der großen Tannenwurzel mitten in dem dunklen See kauerte, aber die Tanne schwankte und wiegte sich so, daß er zuweilen ganz unter Wasser kam. Da erschien sie auf den kleinen Inselchen. Sie stand unter den roten Ebereschen und lachte ihn aus. Im letzten Traumbild brachte er es so weit, daß sie ihn küßte. Es ward früher Morgen, und er hörte, daß Berg aufgestanden war, aber er schloß hartnäckig die Augen, um weiter zu träumen. Als er erwachte, war er ganz wirr und betäubt von dem, was ihm in der Nacht widerfahren war. Er dachte jetzt viel mehr an das Mädchen, als am Tage vorher.

Gegen Abend fiel es ihm ein, Berg, den Riesen, zu fragen, ob er ihren Namen wisse.

Berg sah ihn prüfend an. „Vielleicht ist es am besten, wenn du es gleich erfährst," sagte er. „Es war Unn. Wir sind Verwandte."

Da wußte Tord, daß um dieser bleichen Maid willen Berg, der Riese, friedlos durch Wald und Gebirge zog. Tord versuchte sich in Erinnerung zu rufen, was er von ihr wußte.

Unn war eines reichen Bauern Tochter. Ihre Mutter war tot, so daß sie das Regiment auf ihres Vaters Hof führte. Dies gefiel ihr, denn sie war herrschsüchtig, und sie hatte keine Lust, einen Mann zu nehmen.

Unn und Berg, der Riese, waren Geschwisterkinder, und es hieß schon lange, daß Berg lieber bei Unn und ihren Mägden saß und mit ihnen scherzte, als daheim auf seinem Hof nach dem Rechten zu sehen. Als nun das große Weihnachtsgelage bei Berg gefeiert wurde, hatte seine Frau einen Mönch aus Draksmark eingeladen, denn sie wollte, daß dieser Berg Vorwürfe mache, weil er sie um einer andern Frau willen vernachlässigte. Dieser Mönch war Berg und auch vielen andern wegen seines Aussehens verhaßt. Er war sehr feist und ganz weiß. Das kurze Haar um seinen kahlen Scheitel, die Augenbrauen über seinen wässerigen Augen, die Gesichtsfarbe, die Hände und die Kutte, alles war weiß. Viele konnten seinen Anblick kaum ertragen.

Bei der Tafel nun, so daß alle Gäste es hören konnten, sagte dieser Mönch – denn er war unerschrocken und meinte, daß seine Worte besser wirken würden, wenn viele sie vernahmen –: „Man pflegt zu sagen, daß der Kuckuck der schlechteste der Vögel ist, weil er seine Jungen nicht im eignen Neste aufzieht, aber hier sitzt ein Mann, der nicht für Heim und Kinder sorgt, sondern seine Lust bei einem fremden Weibe sucht. Ihn will ich den schlechtesten der

Männer nennen." – Da stand Unn auf. „Dies, Berg, geht auf dich und mich," sagte sie. „Nie bin ich so beschimpft worden, aber freilich, mein Vater ist ja auch nicht mit beim Gelage." Sie wendete sich, um zu gehen, aber Berg eilte ihr nach. „Rühre mich nicht an," rief sie. „Nie mehr will ich dich sehen." Er erreichte sie in der Vorhalle und fragte sie, was er tun solle, damit sie bliebe. Da hatte sie mit flammenden Augen geantwortet, das müsse er selbst am besten wissen. Da ging Berg hin und erschlug den Mönch.

Jetzt waren Berg und Tord in dieselben Gedanken versunken, denn nach einem Weilchen sagte Berg: „Du hättest sie, Unn, sehen sollen, als der weiße Mönch gefallen war. Meine Frau versammelte die kleinen Kinder um sich und fluchte ihr. Sie wendeten ihre Gesichter Unn zu, damit sie sich auf ewige Zeiten die einprägten, die ihren Vater zum Mörder gemacht hatte. Aber Unn stand gelassen da und so schön, daß die Männer erbebten. Sie dankte mir für die Tat und hieß mich allsogleich in den Wald ziehen. Sie ermahnte mich, kein Räuber zu werden und nicht eher zum Messer zu greifen, als bis ich es für eine ebenso gerechte Sache brauchen könnte."

„Deine Tat hatte sie erhöht," sagte Tord.

Hier stand nun Berg vor demselben Rätsel, worüber er sich schon früher bei dem Knaben gewundert hatte. Er war wie ein Heide, schlimmer als ein Heide, er verurteilte niemals das, was unrecht war. Er kannte keine Verantwortlichkeit. Was geschehen mußte, das geschah. Gott, Christus und die Heiligen kannte er, aber nur dem Namen nach, so wie man die Götter fremder Länder kennt. Die Gespenster der Schären waren seine Götter. An die Geister der Toten hatte seine zauberkundige Mutter ihn glauben gelehrt.

Da machte sich Berg, der Riese, an ein Werk, das ebenso

töricht war, als wenn er einen Strick für seinen eignen Hals gedreht hätte. Er stellte dem Unwissenden den großen Gott vor Augen, den Herrn der Gerechtigkeit, den Rächer der Missetaten, der die Schuldigen in ewige Pein hinabstürzt. Und er lehrte ihn Christus und seine Mutter lieben, und die heiligen Männer und Frauen, die mit gefalteten Händen vor Gottes Thron liegen, um den Zorn des großen Rächers von den sündigen Scharen abzuwenden. Er lehrte ihn alles, was die Menschen tun, um Gottes Zorn zu versöhnen. Er zeigte ihm die Pilgerscharen, die zu heiligen Stätten ziehen, die selbstquälerischen Büßer und die Flucht der Mönche vom Weltleben.

Und während er sprach, wurde der Knabe eifriger und blasser, seine Augen öffneten sich weit wie vor furchtbaren Gesichten. Berg, der Riese, wollte aufhören, aber der Strom der Gedanken riß ihn fort, und er sprach weiter. Die Nacht senkte sich auf sie herab, die schwarze Waldesnacht, in der die Käuzchen schreien. Gott kam ihnen so nahe, daß sie sahen, wie sein Thron die Sterne verdeckte, und wie die strafenden Engel sich auf die Waldwipfel herabsenkten. Aber unter ihnen loderten die Flammen der Unterwelt zu der platten Scheibe der Erde empor und beleckten gierig diesen schwanken Zufluchtsort qualbedrückter Menschengeschlechter.

*   *

*

Der Herbst war gekommen, und ein scharfer Sturm wehte. Tord ging allein durch den Wald, um Schlingen und Fallen zu untersuchen. Berg, der Riese, saß daheim und besserte seine Kleider aus. Tords Weg führte hinauf zu einer bewaldeten Höhe. Der Pfad war breit.

Jeder Windstoß, der durch die dichten Bäume dringen konnte, fegte das trockne Laub in raschelnden Wirbeln den Pfad hinan. Tord kam es einmal ums andre vor, als ob jemand hinter ihm ginge. Er sah sich oft um. Zuweilen blieb er stehen, um zu lauschen, aber dann merkte er, daß es die Blätter und der Wind waren, und er ging weiter. Sobald er wieder zu gehen begann, hörte er jemanden auf leisen Sohlen den Hügel hinauftanzen. Kleine Kinderfüße kamen getrippelt. Elfen und Waldgeister spielten hinter ihm. Wenn er sich umwendete, war niemand da, gar niemand. Er ballte die Faust gegen die raschelnden Blätter und ging weiter. Sie verstummten nicht, aber sie nahmen einen andern Ton an. Sie begannen hinter ihm zu zischen und zu schnauben. Eine große Natter glitt heran, die gifttriefende Zunge hing ihr aus dem Munde, und der blanke Leib hob sich leuchtend von den verschrumpften Blättern ab. Neben der Schlange schlich ein Wolf, ein großer, magrer Geselle, der sich bereit hielt, ihm an den Nacken zu fahren, wenn die Natter sich zwischen seine Füße schlängelte und ihn in die Ferse stach. Manchmal waren sie beide ganz still, wie um ihm unbemerkt zu nahen, aber gleich darauf verriet sie das Zischen und Schnauben, und zuweilen schlugen die Wolfsklauen klirrend an einen Stein. Tord ging unwillkürlich immer rascher, aber die Tiere eilten ihm nach. Als er glaubte, daß sie nur zwei Schritte entfernt waren und zum Sprunge ansetzten, drehte er sich um. Es war niemand da, und das hatte er die ganze Zeit gewußt.

Er setzte sich auf einen Stein, um sich auszuruhen. Da gaukelten die trocknen Blätter zu seinen Füßen, wie um ihn zu ergötzen. Da waren sie, alle Blätter des Waldes: lichtgelbes, zartes Birkenlaub, rotgesprenkelte

Ebereschenblätter, die trocknen schwärzlichbraunen Blätter der Ulme, die zähen lichtroten der Espe, und die goldgrünen der Palmweide. Verwandelt und verschrumpft, narbig und abgestoßen waren sie, sehr verschieden von den daunenweichen, lichtgrünen feingeformten Blättchen, die sich vor ein paar Monaten aus den Knospen entrollt hatten.

„Sünder," sagte der Knabe, „Sünder, nichts ist rein vor Gott. Die Flammen seines Zornes haben euch schon erreicht."

Als er seine Wanderung fortsetzte, sah er den Wald unter sich wogen wie ein sturmgepeitschtes Meer, doch unten auf dem Pfade war es still und ruhig. Er hörte nun, was er nie vernommen hatte. Der Wald war voll Stimmen.

Es klang wie Flüstern, wie Klagelieder, wie barsche Drohungen, wie dröhnende Flüche. Es lachte, und es klagte, es war wie das Lärmen von vielen Menschen. Dieses, was hetzte und aufreizte, was raschelte und zischte, was etwas zu sein schien und doch nichts war, machte seine Gedanken wild. Er fühlte wieder Todesangst wie damals, als er auf dem Boden seiner Höhle lag und die Menschenjagd durch den Wald zog. Wieder hörte er das Knacken von Zweigen, die schweren Schritte der Volksmenge, das Klirren der Waffen, die dröhnenden Rufe, das wilde, blutdürstige Gemurmel, das aus der Menge aufstieg.

Doch nicht nur dies allein lag im Waldsturm. Etwas andres, noch Schrecklicheres, Stimmen, die er nicht deuten konnte, ein Gewirr von Stimmen, die eine fremde Sprache zu sprechen schienen. Er hatte gewaltigere Stürme als diesen durch das Takelwerk brausen gehört. Aber nie zuvor hatte er den Wind auf einer so vielstimmigen Harfe spielen hören. Jeder Baum hatte seine Stimme, die Tanne rauschte nicht wie die Espe, die Pappel nicht wie die Eberesche. Jede Kluft hatte ihren Ton, das Echo jeder Felswand seinen eignen Klang. Und das Rieseln der Bäche und der Schrei des Fuchses mischte sich in den wunderlichen Waldsturm. Doch alles das konnte er deuten, es ertönten andre, wunderbarere Laute. Und diese bewirkten es, daß es anfing, in ihm um die Wette mit dem Sturme zu schreien, hohnzulachen und zu jammern.

Er hatte sich immer gefürchtet, wenn er allein im Waldesdunkel war. Er liebte das offne Meer und die nackten Klippen. Zwischen den Bäumen schlichen Geister und Schatten einher.

Mit einem Male hörte er, wer es war, der im Sturme sprach. Gott war es, der große Rächer, der Gott der Gerechtigkeit. Er verfolgte ihn des Freundes wegen. Er verlangte, daß er den Mörder des Mönches seiner Rache ausliefere.

Da begann Tord mitten im Sturme zu sprechen. Er sagte Gott, was er hatte tun wollen, aber nicht vermocht hatte. Er hatte Berg, den Riesen, bitten wollen, sich mit Gott zu versöhnen, aber er war zu schüchtern gewesen. Die Scheu hatte ihn stumm gemacht. „Als ich erfuhr, daß die Erde von einem gerechten Gott gelenkt wird," rief er, „da erkannte ich, daß er ein verlorener Mann sei. Nächtelang habe ich dagelegen und über meinen Freund geweint. Ich wußte, daß Gott ihn finden muß, wo er sich auch verbergen mag. Aber ich vermochte nicht zu sprechen. Ich fand keine Worte, weil ich ihn zu sehr liebe. Verlange nicht, daß ich mit ihm spreche, verlange nicht, daß das Meer sich so hoch wie die Berge erhebe."

Er verstummte, und im Sturme verstummte die tiefe Stimme, die für ihn Gottes Stimme gewesen war. Mit einem Male kam Windstille und greller Sonnenschein und ein Plätschern wie von Rudern und ein leises Rascheln wie von steifen

Schilfblättern. Diese sanften Laute zauberten ihm Unns Bild vor die Seele. – Der Friedlose kann nichts gewinnen, nicht Hab und Gut, nicht Frauen, nicht Ansehen unter den Männern. – Wenn er Berg verriet, kam er wieder unter die Hut der Gesetze. – Aber Unn mußte Berg lieben, nach dem, was er für sie getan hatte. Aus alledem gab es keinen Ausweg.

Als der Sturm zunahm, hörte er wieder Schritte hinter sich und ab und zu ein atemloses Keuchen. Jetzt wagte er nicht, sich umzusehen, denn er wußte, daß der weiße Mönch hinter ihm war. Er kam von dem Feste in Bergs Hause, blutbespritzt mit einer klaffenden Wunde in der Stirn. Und er flüsterte: „Gib ihn an, verrate ihn, rette seine Seele. Überliefre seinen Leib dem Scheiterhaufen, auf daß seine Seele verschont werde. Überantworte ihn der langen Qual der Folterbank, auf daß seine Seele Zeit habe, zu bereuen."

Tord eilte weiter. All das Erschreckende, das an und für sich nichts war, wuchs, da es so unaufhörlich seine Seele verfolgte, zu etwas Großem, Entsetzlichem an. Er wollte ihm entfliehen, doch wie er zu laufen begann, ertönte wieder die tiefe, furchtbare Stimme, die die Stimme Gottes war. Gott selbst jagte ihn mit Schreckschüssen, damit er den Mörder ausliefre. Verabscheuungswürdiger denn je stand Bergs Verbrechen vor ihm. Ein waffenloser Mann war ermordet, ein Gottesmann mit blankem Stahl durchbohrt worden. Das hieß dem Herrn der Welten trotzen. Und der Mörder wagte, zu leben. Er freute sich des Sonnenlichtes und der Früchte der Erde, als ob der Arm des Allmächtigen zu kurz wäre, um ihn zu erreichen.

Er blieb stehen, ballte die Fäuste und schrie drohende Worte. Dann eilte er wie ein Wahnsinniger aus dem Walde, aus dem Schreckensreiche in das Tal hinab.

*　　　　　　　　　　*

*

Tord brauchte sein Anliegen nur auszusprechen, so waren sogleich zehn Männer bereit, ihm zu folgen. Es wurde beschlossen, daß Tord allein in die Höhle gehen sollte, damit Berg nicht mißtrauisch werde. Aber unterwegs sollte er Erbsen ausstreuen, damit die Männer den Weg finden konnten.

Als Tord in die Höhle trat, saß der Vogelfreie auf der Steinbank und nähte. Der Feuerschein war matt, und die Arbeit schien schlecht vonstatten zu gehen. Das Herz des Knaben schwoll von Mitleid. Der herrliche Berg deuchte ihm arm und unglücklich. Und das einzige, was er sein Eigen nannte, das Leben, sollte ihm nun genommen werden. Tord begann zu weinen.

„Was hast du?" fragte Berg. „Bist du krank? Bist du erschrocken?"

Zum ersten Male erzählte da Tord von seiner Angst. „Es war unheimlich im Walde. Ich hörte Geister und sah Gespenster. Ich sah weiße Mönche."

„Gottes Tod, Junge!"

„Sie lasen mir die ganze Zeit die Messe, den ganzen Weg zum Bredfelsen hinauf. Ich lief, so rasch ich konnte, aber sie kamen mit und sangen. Kann ich das Unwesen nicht loswerden? Was habe ich mit ihnen zu schaffen? Ich meine, sie könnten einem die Messe lesen, der es nötiger hat."

„Bist du heute abend ganz toll, Tord?"

Tord sprach und wußte kaum, welcher Worte er sich bediente. Alle Scheu war von ihm gewichen. Unbehindert strömte die Rede von seinen Lippen.

„Es sind lauter weiße Mönche, weiß, leichenblaß. Alle haben sie Blut auf der Kutte. Sie ziehen die Kapuze tief in die Stirn, aber die Wunde leuchtet doch hervor. Die große, rote, klaffende Wunde nach dem Axthieb."

„Die große, rote, klaffende Wunde nach dem Axthieb?"

„Habe ich sie vielleicht geschlagen? Warum muß ich sie sehen?"

„Das mögen die Heiligen wissen, Tord," sagte Berg, der Riese, bleich und mit düsterm Ernst, „was es bedeutet, daß du eine Wunde von einem Axthieb siehst. Ich habe den Mönch mit ein paar Messerstichen getötet."

Tord stand nun zitternd vor Berg und rang die Hände. „Sie verlangen dich von mir. Sie wollen mich zwingen, dich zu verraten."

„Wer? Die Mönche?"

„Ja, gewiß, die Mönche. Sie zeigen mir Gesichte. Sie zeigen mir sie, Unn. Sie zeigen mir das glitzernde, sonnenblanke Meer. Sie zeigen mir die Lagerplätze der Fischer, wo Tanz und Fröhlichkeit herrscht. Ich schließe die Augen, aber ich sehe dennoch. Laßt mich in Frieden, sage ich. Mein Freund hat gemordet, aber er ist nicht böse. Laßt mich gehen, und ich will mit ihm sprechen, damit er bereut und Buße tut. Er wird seine Sünde gestehen und zu Christi Grab pilgern. Wir beide werden zu den Stätten wallfahrten, die so heilig sind, daß alle Sünde von dem genommen wird, der ihnen naht."

„Was antworteten da die Mönche?" fragte Berg. „Sie wollen meine Rettung nicht. Sie wollen mich auf den Scheiterhaufen und auf die Folterbank bringen."

„Soll ich den treuesten Freund verraten, frage ich sie," fuhr Tord fort. „Er ist mein alles auf Erden. Er hat mich vom Bär errettet, dessen Pranken auf meiner Kehle lagen. Wir haben zusammen gefroren und alles Ungemach erduldet. Er hat sein eignes Bärenfell über mich gebreitet, als ich krank lag. Ich habe Holz und Wasser für ihn getragen, ich habe seinen Schlummer bewacht, ich habe seine Feinde hinters Licht geführt. Warum glauben sie, daß ich solch einer bin, der einen Freund verrät? Mein Freund wird bald aus freien Stücken zum Priester gehen und beichten, dann ziehen wir zusammen in das Land der Versöhnung."

Berg lauschte ernst. Seine Augen durchforschten scharf Tords Gesicht. „Du sollst selbst zum Priester gehen und ihm die Wahrheit sagen," sagte er. „Du mußt wieder hinab zu den Menschen."

„Was hilft es mir, wenn ich allein gehe?! Um deiner Sünde willen verfolgt mich der Tote und alle Schatten. Siehst du nicht, wie mir vor dir graut? Du hast deine Hand gegen Gott selbst erhoben. Kein Verbrechen ist so wie deines. Es ist mir, als müßte ich mich freuen, wenn ich dich an Rad und Galgen sähe. Wohl dem, der in dieser Welt seine Strafe empfängt und dem künftigen Zorn entgeht. Warum sprachst du zu mir von dem gerechten Gott? Du zwingst mich, dich zu verraten. Hilf mir von dieser Sünde. Gehe zum Priester." Und er fiel vor Berg auf die Knie.

Der Mörder legte die Hand auf seinen Kopf und sah ihn an. Er mußte seine Sünde an der Angst des Gefährten messen. Und sie stand groß und grauenvoll vor seiner Seele. Er sah sich im Kampfe gegen den Willen, der die Welt lenkt. Die

Reue hielt Einzug in sein Herz.

„Weh mir, daß ich tat, was ich getan," sagte er. „Was meiner harrt, das ist zu schwer, um es freiwillig auf sich zu nehmen. Liefre ich mich den Priestern aus, so werden sie mich in stundenlangen Qualen martern. Sie werden mich auf langsamem Feuer braten. Und ist nicht dieses Leben des Elends, das wir in Angst und Not führen, Buße genug? Habe ich nicht Hof und Heim verloren? Lebe ich nicht fern von Freunden, fern von allem, was eines Mannes Freude ist? Wessen bedarf es noch?"

Als er so redete, sprang Tord in wildem Entsetzen auf. „Kannst du bereuen?" rief er. „Können meine Worte dein Herz rühren? O, dann komm gleich! Wie konnte ich dies glauben! Komm mit und fliehe! Noch ist es Zeit!"

Berg, der Riese, sprang auch auf. „Du hast es also getan –"

„Ja, ja, ja. Ich habe dich verraten. Aber komm jetzt rasch, da du bereuen kannst! Sie werden uns ziehen lassen! Wir müssen ihnen entkommen!"

Da beugte sich der Mörder zum Boden herab, wo seine von den Vätern ererbte Streitaxt zu seinen Füßen lag. „Du Sohn eines Diebes," sagte er, die Worte hervorzischend. „Dir habe ich getraut. Dir bin ich gut gewesen."

Aber als Tord sah, wie er sich nach der Axt bückte, da wußte er, daß es nun sein Leben galt. Er riß seine eigne Axt aus dem Gürtel und schlug nach Berg, ehe dieser sich noch aufrichten konnte. Die Schneide fuhr zischend durch die Luft und drang in den herabgebeugten Kopf. Berg, der Riese, fiel mit dem Kopfe nach vorn zu Boden, der ganze Körper taumelte nach. Blut und Hirn spritzte heraus, die Axt fiel aus der Wunde. In dem struppigen Haar sah Tord ein großes, rotes, klaffendes Loch nach einem Axthieb.

Jetzt stürzten die Bauern herein. Sie freuten sich und priesen die Tat.

„Jetzt steht deine Sache gut," sagten sie zu Tord.

Tord sah auf seine Hände herab, als sähe er da die Fesseln, mit denen er herangeschleift worden war, um den zu töten, den er liebte. Sie waren wie die des Fenriswolfes, aus nichts geschmiedet. Aus den grünen Lichtern des Schilfes, aus dem Spiel der Waldschatten, aus dem Gesang des Sturmes, aus dem Rascheln des Laubes, aus dem Zauber der Träume waren sie gewoben. Und er sagte laut: „Gott ist groß!"

Aber wieder verfiel er in seine frühern Gedanken. Er sank neben der Leiche auf die Knie und legte seinen Arm unter den Kopf des Freundes.

„Tut ihm nichts zuleide," sagte er. „Er bereut, er will zum Heiligen Grabe pilgern. Er ist nicht tot, aber fesselt ihn nicht. Wir waren gerade bereit, zu gehen, da fiel er. Der weiße Mönch wollte wohl nicht, daß er bereue, aber Gott, der Gott der Gerechtigkeit, liebt die Reue."

Er blieb neben der Leiche liegen, sprach mit ihr, weinte und flehte den Toten an, aufzuwachen. Die Bauern bereiteten aus einigen Speeren eine Bahre. Sie wollten die Leiche des Bauern herab auf seinen Hof tragen. Sie hatten Ehrfurcht vor dem Toten und sprachen leise in seiner Nähe. Als sie ihn auf die Bahre hoben, stand Tord auf, schüttelte die Haare aus dem Gesicht und sprach mit einer Stimme, die vor Schluchzen zitterte:

„So saget denn Unn, die Berg, den Riesen, zum Mörder machte, daß er von Tord, dem Fischer, dessen Vater ein Wrackplünderer und dessen Mutter eine Hexe ist, erschlagen

ward, weil er ihn lehrte, daß die Grundfeste dieser Erde
Gerechtigkeit heißt."

Reors Geschichte

War da ein Mann, der hieß Reor. Er war aus Fuglekärr im Kirchspiel Svarteborg und galt für den besten Schützen der Gegend. Er wurde getauft, als König Olof die alte Lehre in Viken ausrottete, und war fortab ein eifriger Christ. Er war von freier Geburt, aber arm, schön, aber nicht hochgewachsen, stark, aber sanft. Er zähmte junge Fohlen mit Blick und Wort allein, und er konnte mit einem einzigen Zuruf die kleinen Vöglein an sich locken. Er hielt sich fast immer im Walde auf, und die Natur hatte große Macht über ihn. Das Wachstum der Pflanzen und das Knospen der Bäume, das Spiel der Hasen in den Waldlichtungen und der Sprung des Barsches in dem abendstillen See, der Kampf der Jahreszeiten und der Wechsel der Witterung, dies waren die Hauptgeschehnisse in seinem Leben. Schmerz und Freude bereitete ihm derlei, und nicht das, was sich unter den Menschen zutrug.

Eines Tages tat der geschickte Jäger einen guten Fang. Er traf im tiefen Waldesdickicht einen alten Bären und erlegte ihn mit einem einzigen Schuß. Die scharfe Spitze des großen Pfeiles drang in das Herz des Gewaltigen, und er sank dem Jäger tot zu Füßen. Es war Sommer, und der Pelz des Bären war weder dicht noch glatt, dennoch zog der Schütze ihn ab, rollte ihn zu einem harten Bündel zusammen und ging mit dem Bärenfell auf dem Rücken weiter.

Er war noch nicht lange gewandert, als er einen überaus starken Honigduft verspürte. Der kam von den kleinen, blühenden Pflanzen, die den Boden bedeckten. Sie wuchsen auf dünnen Stielen, hatten lichtgrüne, glatte Blätter, die sehr schön geädert waren, und auf der Spitze des Stengels ein kleines Büschelchen, das dicht mit weißen Blüten besetzt war. Die kleinen Kronen waren nach winzigem Maßstabe geraten, doch aus ihnen ragte eine kleine Bürste von Stempeln auf, deren blütenstaubgefüllte Knöpfchen auf weißen Saiten zitterten. Reor dachte, während er so unter ihnen einherging, daß diese Blumen, die einsam und unbemerkt im Waldesdunkel standen, Botschaft um Botschaft, Ruf um Ruf aussandten. Der starke honigsüße Duft war ihr Ruf, der verbreitete die Kunde ihres Daseins weit unter die Bäume und hoch hinauf in die Wolken. Aber es lag etwas Beängstigendes in dem schweren Duft. Die Blumen hatten ihre Becher gefüllt und ihre Tischlein gedeckt, der geflügelten Gäste harrend, aber niemand kam. Sie sehnten sich zu Tode in ihrer trüben Einsamkeit in dem dunkeln, windstillen Waldesdickicht. Sie schienen schreien und jammern zu wollen, weil die schönen Schmetterlinge nicht kamen, um bei ihnen zu Gaste zu sein. Da, wo die Blumen am dichtesten beisammen standen, deuchte es ihn, als sängen sie zusammen ein eintöniges Lied: „Kommt, ihr schönen Gäste, kommt heute, denn morgen sind wir tot. Morgen liegen wir auf dem trocknen Laub."

Doch es sollte Reor vergönnt sein, das frohe Ende des Blumenmärchens zu sehen. Er vernahm hinter sich ein Flattern wie das allerleiseste Lüftchen und sah einen weißen Schmetterling im Dunkel zwischen den dicken Stämmen umherirren. Unruhig suchend flog er hin und wieder, als wüßte er den Weg nicht. Er war nicht allein, ein Schmetterling nach dem andern tauchte im Dunkel auf, bis endlich ein ganzes Heer der weißbeschwingten Honigsucher versammelt war. Aber der erste war der Anführer, und er fand, vom Dufte geleitet, die Blumen. Nach ihm kam das ganze Schmetterlingsheer herangestürmt. Es stürzte sich auf die sehnsüchtigen Blumen, wie der Sieger sich auf die Beute stürzt. Wie ein Schneefall von weißen Flügeln senkten sie sich auf sie herab. Und nun gab es ein Fest- und Trinkgelage um jede Blume. Der Wald war voll von stillem Jubel.

Reor ging weiter. Doch nun war es, als folgte ihm der honigsüße Duft auf dem Fuße, wohin er auch ging. Und er empfand, daß sich drinnen im Walde eine Sehnsucht verbarg, stärker als die der Blumen. Daß da etwas war, was ihn zu sich zog, so wie die Blumen die Schmetterlinge angelockt hatten. Er ging mit einer stillen Freude im Herzen einher, so, als harrte er eines großen unbekannten Glückes. Das einzige, was ihn ängstigte, war, ob er auch den Weg zu diesem finden konnte, was sich nach ihm sehnte.

Vor ihm auf dem schmalen Pfade kroch eine weiße Schlange. Er bückte sich, um das glückbringende Tier aufzuheben, aber die Schlange glitt ihm aus den Händen und eilte rasch den Pfad hinauf. Da rollte sie sich zusammen und lag still, doch als der Schütze wieder nach ihr griff, glitt sie so glatt wie Eis zwischen seinen Fingern durch. Nun war Reor ganz und gar darauf erpicht, das klügste der Tiere zu besitzen. Er lief der Schlange nach, konnte sie aber nicht erreichen, und sie lockte ihn von dem Pfade fort auf den ungebahnten Waldboden.

Dieser war mit Föhren bestanden, und in einem Föhrenwalde findet man selten Rasen. Aber jetzt verschwand plötzlich das trockne Moos und die braunen Nadeln, Farrenkräuter und Preißelbeerbüsche zogen sich zurück, und Reor fühlte seidenweiches Gras unter seinen Füßen. Über der grünen Matte zitterten federleichte Blumenrispen auf sanftgeneigten Stengeln, und zwischen den langen schmalen Blättern zeigten sich die kleinen, halberblühten Blumen der Steinnelke. Es war nur eine ganz kleine Stelle, und darüber breiteten die hochstämmigen Föhren ihre knorrigen, braunen Äste mit dichten Nadelbüscheln. Doch zwischen diesen konnten die Sonnenstrahlen viele Wege zur Erde finden, und es war erstickend heiß.

Aber gerade vor dieser kleinen Wiese erhob sich eine Felswand lotrecht aus dem Boden. Sie lag im hellen Sonnenschein, und man sah deutlich die moosigen Steinflächen, die frischen Brüche, da wo der Winterfrost zuletzt gewaltige Blöcke gelöst hatte, die großen Stauden Steinwurz, die die braunen Wurzeln in erdgefüllte Spalten drängten, und die zollbreiten Absätze, wo die Säulenflechte ihre rotgestreiften Pokale aufrichtete und eine grasgrüne Moosart auf nadelfeinen Stiftchen die kleinen grauen Mützen erhob, die ihre Befruchtungsorgane enthielten.

Diese Felswand schien in allen Stücken jeder andern Felswand zu gleichen, aber Reor bemerkte sogleich, daß er gerade vor die Giebelwand einer Riesenbehausung gekommen war, und er entdeckte unter Moos und Flechten die großen Angeln, auf denen das Steintor des Berges sich drehte.

Er glaubte jetzt, daß die Schlange sich in das Gras verkrochen habe, um sich da zu verbergen, bis sie unbemerkt in den Felsen schlüpfen konnte, und er gab die Hoffnung auf, sie zu fangen. Er spürte jetzt wieder den honigsüßen Duft der sehnsüchtigen Blumen und merkte, daß hier oben unter der Bergwand eine erstickende Hitze herrschte. Es war auch seltsam still: kein Vogel rührte sich, keine Nadel spielte im Winde, es war, als hielte alles den Atem an, um in unbeschreiblicher Spannung zu warten und zu lauschen. Reor war gleichsam in ein Gemach gekommen, wo er nicht allein war, obgleich er niemanden sah. Er hatte das Gefühl, als ob jemand ihn beobachtete, es war ihm, als würde er erwartet. Er empfand keine Angst, nur ein wohliger Schauer durchrieselte ihn, so, als sollte er bald etwas überaus Schönes zu sehen bekommen.

In diesem Augenblick gewahrte er wieder die Schlange. Sie hatte sich nicht versteckt, sie war vielmehr auf einen der Blöcke gekrochen, die der Frost von der Felswand abgesprengt hatte. Und dicht unter der weißen Schlange sah er den lichten Leib eines Mädchens, das im weichen Grase lag und schlief. Sie lag ohne andre Decke, als ein paar spinnwebdünne Schleier, gerade als hätte sie sich dort hingeworfen, nachdem sie die Nacht hindurch im Elfenreigen getanzt, aber die langen Grashalme und die zitternden, federleichten Blumenrispen erhoben sich hoch über der Schlafenden, so daß Reor nur undeutlich die weichen Linien ihres Körpers gewahren konnte. Er trat auch nicht näher, um besser zu sehen, aber sein gutes Messer zog er aus der Scheide und warf es zwischen das Mädchen und die Felswand, damit die den Stahl fürchtende Tochter des Riesen nicht in den Berg fliehen konnte, wenn sie erwachte.

Dann blieb er in tiefe Gedanken versunken stehen. Eines wußte er sogleich, das Mägdlein, das hier schlief, wollte er besitzen; aber noch war er nicht recht einig mit sich selbst, wie er gegen sie handeln sollte.

Doch da lauschte er, der die Sprache der Natur besser kannte als die der Menschen, dem großen ernsten Walde und dem strengen Berge. „Sieh," sagten sie, „dir, der du die Wildnis liebst, geben wir unsre schöne Tochter. Besser ziemt sie dir als die Töchter der Ebene. Reor, bist du der edelsten Gabe würdig?"

Da dankte er in seinem Herzen der großen wohltätigen Natur und beschloß, das Mädchen zu seiner Frau zu machen und nicht nur zu seiner Magd. Und da er dachte, daß sie, wenn sie das Christentum und Menschensitte angenommen hatte, sich bei dem Gedanken, daß sie so unverhüllt dagelegen habe, schämen würde, löste er die Bärenhaut von seinem Rücken, entrollte das steife Fell und warf den grauen zottigen Pelz des alten Bären über sie.

Doch als er dies tat, erdröhnte hinter der Felswand ein Lachen, von dem die Erde erzitterte. Es klang nicht wie Hohn, nur so, als hätte jemand in großer Angst gewartet, der lachen mußte, als er ganz plötzlich davon befreit wurde. Die furchtbare Stille und die drückende Hitze hatten nun auch ein Ende. Über das Gras schwebte ein erquickender Wind, und die Nadeln begannen ihren rauschenden Gesang. Der glückliche Jäger fühlte, daß der ganze Wald den Atem angehalten hatte, in Unruhe, wie die Tochter der Wildnis von dem Menschensohn behandelt werden würde.

Die Schlange schlüpfte jetzt in das hohe Gras; aber die Schlummernde lag in Zauberschlaf versunken und regte sich nicht. Da rollte Reor sie in die grobe Bärenhaut, so daß nur ihr Kopf aus dem zottigen Fell hervorguckte. Obgleich sie sicherlich eine Tochter des alten Riesen im Berge war, war sie doch zart und fein gebaut, und der starke Schütze hob sie in seine Arme und trug sie fort durch den Wald.

Nach einem Weilchen fühlte er, wie jemand seinen breitrandigen Hut abhob. Da sah er auf und merkte, daß des Riesen Tochter erwacht war. Sie saß ganz ruhig in seinem Arm, aber nun wollte sie sehen, wie der Mann aussah, der sie trug. Er ließ sie gewähren, er machte größre Schritte, aber sagte nichts.

Da mußte sie wohl gemerkt haben, wie heiß ihm die Sonne auf den Kopf brannte, nachdem sie ihm den Hut abgenommen hatte. Sie hielt ihn darum über seinen Kopf wie einen Sonnenschirm, aber sie setzte ihn ihm nicht auf, sondern hielt ihn so, daß sie immerzu in sein Gesicht sehen konnte. Da deuchte es ihn, daß er nichts zu fragen, nichts zu sagen brauchte. Stumm trug er sie hinab zu seiner Mutter Hütte. Doch sein ganzes Wesen durchbebte Glückseligkeit, und als er auf der Schwelle seines Heims stand, da sah er, wie die weiße Schlange, die Glück ins Haus bringt, unter die Grundmauer schlüpfte.

Waldemar Attertag
brandschatzt Visby

In dem Frühling, in dem Hellquists großes Bild „Waldemar Attertag brandschatzt Visby" im Kunstverein ausgestellt war, kam ich an einem stillen Vormittag hinauf, ohne zu ahnen, daß dieses Kunstwerk sich da befand. Die große, farbenreiche Leinwand mit den vielen Gestalten machte schon beim ersten Anblick einen außerordentlichen Eindruck. Ich konnte kein andres Bild ansehen, sondern ging geradeswegs auf dieses zu, setzte mich nieder und versank in stille Betrachtung. Eine halbe Stunde lang lebte ich das Leben des Mittelalters.

Bald war ich mitten in der Szene, die sich auf dem Marktplatz von Visby abspielte. Ich sah die Bierbottiche, die sich mit dem goldnen Trank zu füllen begannen, den König Waldemar begehrt, und die Gruppen, die sich rings um sie ansammelten. Ich sah den reichen Kaufherrn mit dem Pagen, der unter seinen Gold- und Silberschüsseln fast zusammenbricht, den jungen Bürger, der die Faust gegen den König ballt, den Mönch mit dem scharfen Antlitz, das forschend die Majestät betrachtet, den zerlumpten Bettler, der sein Scherflein opfert, die Frau, die neben der einen Kufe hingesunken ist, den König auf seinem Thron, das Kriegsheer, das sich aus dem schmalen Gäßchen heranwälzt, die hohen Hausgiebel und die zerstreuten Gruppen trotziger Soldaten und halsstarriger Bürger.

Aber plötzlich merkte ich, daß die Hauptgestalt des Bildes

nicht der König ist, nicht einer der Bürger, sondern der eine der eisengepanzerten Schildträger des Königs, der mit dem gesenkten Visier.

In diese Gestalt hat der Künstler eine seltsame Kraft gelegt. Man sieht nicht das geringste von ihm selbst, der ganze Mann ist Eisen und Stahl, und doch macht er den Eindruck, der wahre Herr der Lage zu sein.

„Ich bin die Gewalt, ich bin die Raublust," sagt er. „Ich bin es, der Visby brandschatzt. Ich bin kein Mensch, ich bin nur Eisen und Stahl. Ich habe meine Lust an Qualen und Grausamkeit. Mögen sie einander nur peinigen. Heute bin ich der Herr auf dem Marktplatz zu Visby."

„Sieh," spricht er zu dem Betrachter, „kannst du nicht sehen, daß ich hier Herr bin? Soweit dein Auge reicht, gibt es nichts andres als Menschen, die einander quälen. Seufzend kommen die Besiegten und liefern ihr Gold aus. Sie hassen und drohen, aber sie gehorchen. Und die Begierde der Siegesherren wird immer wilder, je mehr Gold sie hervorpressen können. Was sind Dänemarks König und seine Soldaten andres als meine Diener, wenigstens für diesen Tag? Morgen werden sie zur Kirche gehen oder in friedlicher Zwiesprach in den Schenken sitzen oder vielleicht auch gute Väter sein im eignen Heim, doch heute dienen sie mir, heute sind sie Bösewichte und Gewalttäter."

Und je länger man ihm zuhört, desto besser versteht man, was das Bild ist: nichts andres als eine Illustration der alten Mär, wie Menschen einander quälen können. Kein versöhnender Zug ist da, nur grausame Gewalt. Und trotziger Haß und hoffnungsloses Leiden.

Es ist doch so, daß diese drei Bräukufen gefüllt werden müssen, auf daß Visby nicht geplündert und eingeäschert werde. Warum kommen sie nicht, diese Hanseaten, in flammender Begeisterung? Warum kommen die Frauen nicht herangeeilt, mit ihren Geschmeiden, der Trinker mit seinem Becher, der Priester mit dem Reliquienschrein, eifrig, glühend von Opfermut? „Für dich, für dich, unsre geliebte Stadt! Wozu uns Krieger schicken, wenn es sich um dich handelt! O, Visby, unsre Mutter, unser Ruhm! Nimm zurück, was du uns gegeben hast!"

Aber so wollte der Maler es nicht sehen, und so war es auch nicht. Keine Begeisterung, nur Zwang, nur gebändigter Trotz, nur Jammer. Das Gold ist ihnen alles, Frauen und Männer seufzen über dies Gold, von dem sie sich trennen müssen.

„Sieh sie an!" spricht die Gewalt, die auf den Stufen des Thrones steht. „Es geht ihnen tief zu Herzen, es zu opfern. Mag, wer da will, mit ihnen Mitleid haben! Geizig, gewinnsüchtig, übermütig sind sie! Sie sind um nichts besser als der gierige Räuber, den ich gegen sie ausgesandt habe."

Eine Frau ist vor der Tonne zusammengebrochen. Kostet es ihr so großes Leid, ihr Gold herzugeben! Oder ist sie vielleicht die Schuldige? Ist sie des Jammers Urheberin? Ist sie die, welche die Stadt verraten hat? Ja, sie ist es, die König Waldemars Liebste gewesen. Es ist Jung-Hansens Tochter.

Sie weiß wohl, daß sie ihr Gold nicht auszuliefern braucht. Ihres Vaters Haus wird dennoch nicht geplündert, aber sie hat zusammengerafft, was sie besitzt und bringt es herbei. Auf dem Marktplatz angelangt, ist sie von all dem Elend, das sie gesehen, überwältigt worden und in grenzenloser Verzweiflung zu Boden gesunken.

Frisch und fröhlich war er gewesen, der junge

Goldschmiedegeselle, der voriges Jahr in ihres Vaters Haus diente. Herrlich war es, an seiner Seite über diesen selben Marktplatz zu wandern, wenn der Mond hinter den Giebeln hinanstieg und den Glanz von Visby beleuchtete. Stolz war sie auf ihn gewesen, stolz auf ihren Vater, stolz auf ihre Stadt. Und nun liegt sie da, von Jammer gebrochen. Unschuldig und doch schuldig! Er, der kalt und grausam auf dem Throne sitzt und alle diese Verheerung über die Stadt gebracht hat, ist er derselbe, der ihr zärtliche Worte zugeflüstert hat? Schlich sie sich zum Stelldichein mit ihm, als sie in der vorigen Nacht ihres Vaters Schlüssel stahl und das Stadttor öffnete? Und als sie ihren Goldschmiedegesellen als einen gewappneten Ritter traf mit einem stahlgepanzerten Heere hinter sich, was dachte sie da? Wurde sie nicht wahnsinnig, da sie die stählerne Flut sich durch das Tor wälzen sah, das sie geöffnet hatte? Zu spät deine Klagen, o Jungfrau! Warum liebtest du den Feind deiner Stadt? Gefallen ist Visby, vergehen wird sein Glanz. Warum stürztest du dich nicht mitten im Tore nieder und ließest dich von den eisernen Hufen zu Tode treten? Wolltest du leben, um den Verbrecher von des Himmels Blitzen getroffen zu sehen?

O Jungfrau, an seiner Seite steht die Gewalt und schützt ihn. An heiligern Dingen als einer leichtgläubigen Jungfrau vergreift er sich. Nicht einmal Gottes heiligen Tempel schont er. Die leuchtenden Karfunkelsteine bricht er aus der Kirchenwand, um die letzte Kufe zu füllen.

Da ändern alle Gestalten des Bildes ihre Haltung. Blindes Entsetzen packt alles Lebende. Der wildeste Kriegsknecht erbleicht, die Bürger wenden ihren Blick zum Himmel, alle erwarten Gottes Strafgericht, alle erbeben, außer der Gewalt auf den Stufen des Thrones und dem König, der ihr Diener ist.

Ich wünschte, der Künstler lebte noch, so daß er mich hinab zum Hafen von Visby führen und mir diese selben Bürger zeigen könnte, als sie mit den Blicken der fortsegelnden Flotte folgten. Sie rufen Verwünschungen über die Wogen hin. „Vernichtet sie," rufen sie, „vernichtet sie! O Meer, du unser Freund, nimm unsre Schätze wieder! Tue deine erstickende Tiefe auf unter den Gottlosen, unter den Treulosen!"

Und das Meer donnert dumpf Beifall, und die Gewalt, die auf dem königlichen Schiffe steht, nickt zustimmend. „So ist es gut," sagt sie, „verfolgen und verfolgt werden, so lautet mein Gesetz. Möge der Sturm und das Meer die räuberische Flotte zerstören und die Schätze meines königlichen Dieners an sich raffen! Desto früher ist es uns beschieden, auf neue Verheerungszüge auszuziehen!"

Aber die Bürger auf dem Strande wenden sich um und sehen zu ihrer Stadt empor. Feuerflammen sind dort aufgelodert, Plünderung ist über sie hingezogen, hinter zersprungenen Scheiben gähnen verwüstete Wohnstätten. Geschwärzte Giebel sehen sie, geschändete Kirchen, blutige Leichen liegen in den engen Gäßchen, und vor Schreck wahnsinnige Frauen durcheilen die Stadt. Sollen sie alledem ohnmächtig gegenüberstehen? Gibt es niemanden, den ihre Rache erreichen kann, niemanden, den sie ihrerseits quälen und vernichten können?

Gott im Himmel, seht doch! Des Goldschmieds Haus ist nicht geplündert, nicht verbrannt. Was ist das? War er im Bunde mit dem Feinde? Hat er nicht den Schlüssel zu einem der Tore der Stadt in seinem Gewahrsam? O du, Jung-Hansens Tochter, antworte, was soll das bedeuten?

Dort auf dem Königsschiffe steht die Gewalt und betrachtet ihren königlichen Diener, unter dem Visier lächelnd. Höre den Sturm, Herr, höre den Sturm! Das Gold, das du geraubt, bald wird es dir unerreichbar auf dem Meeresgrunde ruhen. Und sieh zurück auf Visby, mein hoher Herr! Das Weib, das du betrogst, wird zwischen Priestern und Kriegsknechten zur Stadtmauer geführt. Hörst du den Volkshaufen, der ihr folgt, fluchend und wehklagend? Sieh, sieh, die Maurer kommen mit Kalk und Maurerkellen! Sieh, die Frauen kommen mit Steinen! Alle tragen sie Steine, alle, alle!

O König, wenn du nicht sehen kannst, was in Visby vorgeht, mußt du doch hören und wissen, was dort geschieht. Du bist ja nicht von Stahl und Eisen wie die Gewalt an deiner Seite. Wenn des Alters düstre Tage kommen und du unter dem Schatten des Todes lebst, dann wird das Bild von Jung-Hansens Tochter vor deine Erinnerung treten.

Bleich wirst du sie unter ihres Volkes Hohn und Verachtung zusammensinken sehen. Du wirst sie dahinziehen sehen zwischen Priestern und Kriegsknechten unter Glockengeläute und Hymnengesang. Sie ist schon tot in den Augen des Volkes. Tot fühlt sie sich in ihrem Innersten, getötet von allem, was sie geliebt. Du wirst sie in den Turm steigen sehen, sehen, wie man die Steine einfügt, vernehmen, wie die Maurerkellen scharren, und das Volk hören, wie es mit seinen Steinen herbeieilt. „O Maurer, nimm meinen, nimm meinen! Bediene dich meines Steines zum Rachewerk! Laß meinen Stein mit dabei sein, Jung-Hansens Tochter von Licht und Luft abzuschließen! Gefallen ist Visby, das herrliche Visby! Gott segne eure Hände, Maurer! Laß mich mit dabei sein und die Rache vollziehen!"

Und Hymnengesang erklingt, und die Glocken läuten wie über einer Toten.

O Waldemar, König von Dänemark, auch dein Los wird es sein, dem Tode zu begegnen, dann wirst du auf deinem Bette liegen und vieles hören und sehen und dich in Qualen dabei winden. Und auch dieses Scharren mit der Maurerkelle, diese Rufe der Rache wirst du hören. Wo sind sie dann, die heiligen Glocken, die die Marter der Seele übertönen? Wo sind sie, die weiten Metallrachen, deren Zungen zu Gott um Gnade für dich flehen? Wo ist die von Wohllaut erzitternde Luft, die die Seele hin zu Gottes Gefilden führt?

O hilf, Esrom, hilf, Sorö, und du, große Glocke in Lund!

Welch düstre Geschichte erzählt nicht dieses Bild! Es war ein wunderliches, fremdes Gefühl, wieder in den Königsgarten zu treten, in den strahlenden Sonnenschein unter lebende Menschen.

Mamsell Friederike

Es war Weihnachtsnacht, eine richtige Weihnachtsnacht.

Die Kobolde hoben die Felsblöcke auf hohe Goldsäulen und feierten Mittwinterfest. Die Heinzelmännchen tanzten in neuen roten Mützen um die Weihnachtsgrütze. Alte Götter zogen in grauen Unwettermänteln über das Himmelsgewölbe. Und auf dem Österhaninger Kirchhof stand das Höllenpferd. Es scharrte mit den Hufen in dem gefrornen Boden, es bezeichnete den Platz für ein neues Grab.

Nicht weit davon auf dem alten Schloß Årsta lag Mamsell Friederike und schlief. Årsta ist, wie man weiß, ein altes Gespensterschloß, aber Mamsell Friederike schlief einen guten, ruhigen Schlummer. Sie war jetzt alt geworden, und recht müde nach vielen schweren Arbeitstagen und vielen langen Reisen – sie war ja beinahe rings um die Erde gefahren – darum war sie in ihr Kindheitsheim zurückgekehrt, um Ruhe zu finden.

Vor dem Schloß tönte eine kecke Fanfare in die Nacht hinaus. Der Tod hatte sich auf sein Rößlein Grau gesetzt und war zum Schloßtor geritten. Sein weiter Purpurmantel und der stolze Federbusch des Hutes wehten im Nachtwind. Der strenge Ritter wollte ein schwärmerisches Herz bezwingen, darum trat er in so seltnem Staat auf. Vergebliche Mühe, Herr Ritter, vergebliche Mühe! Das Tor ist verschlossen, und deine Herzensdame schläft. Eine bessere Gelegenheit mußt du suchen und geeignetere Stunde. Laure ihr auf, wenn sie zur Frühmette fährt, strenger Herr Ritter, laure ihr auf auf dem Kirchweg!

*   *

*

Die alte Mamsell Friederike schlief ruhig in ihrem geliebten Heim. Niemand konnte die süße Ruhe besser als sie verdienen. Wie ein Weihnachtsengel war sie eben in einem Kreise von Kindern gesessen und hatte ihnen von Jesus und den Hirten erzählt, erzählt, bis ihre Augen strahlten und ihr ganzes verwelktes Gesicht wie verklärt war. Jetzt auf ihre alten Tage gab es auch niemanden, der etwas gegen Mamsell Friederikens Aussehen einzuwenden hatte. Wer die kleine, zarte Gestalt sah, die kleinen, feinen Händchen und das kluge freundliche Gesicht, wollte im Gegenteil dieses Bild seinem Gedächtnis einprägen als die wunderschönste Erinnerung.

In Mamsell Friederikens Zimmer befand sich unter andern Reliquien und Erinnerungen ein kleiner trockner Strauch. Das war die Jerichorose, die Mamsell Friederike aus dem fernen Morgenland mitgebracht hatte. Jetzt in der Weihnachtsnacht begann sie ganz von selbst zu blühen. Die trocknen Zweige bedeckten sich mit roten Knospen, die wie Feuerfunken schimmerten und das ganze Zimmer erleuchteten.

Bei dem Schein dieser Funken sah man, daß eine kleine und zarte, aber recht alte Dame in einem großen, gelben Fauteuil saß und Salon hielt. Es konnte nicht Mamsell Friederike selbst sein, denn die lag und schlief in guter Ruh, und dennoch war sie es. Sie saß da und hielt Empfang für Erinnerungen, das Zimmer war voll von ihnen. Menschen und Heime und Gegenstände und Gedanken und

Diskussionen kamen geflogen. Kindheitserinnerungen und Jugenderinnerungen, Liebe und Tränen, Ehrenbezeugungen und bittrer Hohn, alles kam auf die bleiche Gestalt zugesaust, die dasaß und alle mit einem gütigen Lächeln ansah. Sie hatte ein scherzendes oder wehmütiges Wort für sie alle.

Nachts bekommen alle Dinge ihre rechte Gestalt und Form. Und so wie man erst da des Himmels Sterne sehen kann, sieht man auch auf Erden vieles, was man tagsüber niemals sieht. So konnte man auch jetzt im Schein der roten Knospen der Jerichorose eine Menge wunderlicher Gestalten in Mamsell Friederikens Salon sehen. Da war die steife *„ma chère mère"*, die gutmütige Beate, Menschen aus dem Morgen- und aus dem Abendland, die schwärmerische Nina, die energische kämpfende Herta in ihrem weißen Kleid.

„Kann mir jemand sagen, warum dieses Geschöpf immer weiß gekleidet sein muß?" scherzte die kleine Gestalt im Fauteuil, als sie sie erblickte.

Aber alle Erinnerungen sprachen zu der Alten und sagten: „Sieh, wie viel du geschaut und erfahren, wie viel du gewirkt und genützt hast! Bist du nicht müde, willst du nicht zur Ruhe gehen?"

„Noch nicht," antwortete der Schatten in dem gelben Fauteuil, „ich habe noch ein Buch zu schreiben. Ich kann nicht zur Ruhe gehen, ehe es fertig ist."

Damit verschwanden die Schatten. Die Jerichorose erlosch, und der gelbe Fauteuil stand leer.

*   *

*

In der Österhaninger Kirche feierten die Toten
Mitternachtsmesse. Einer von ihnen stieg zu den Glocken
hinauf und läutete das Christfest ein, ein anderer ging
umher und entzündete die Weihnachtskerzen, und ein
dritter begann mit knochigen Fingern auf der Orgel zu
spielen. Durch die geöffnete Tür kamen die übrigen aus
Nacht und Gräbern in das helle, strahlende Haus des Herrn
gewallt. Gerade so, wie sie hier im Leben gewesen waren,
kamen sie, nur ein bißchen bleicher. Sie öffneten die
Banktüren mit rasselnden Schlüsseln und wisperten und
flüsterten, während sie den Gang hinaufgingen.

„Das sind alle die Lichter, die s i e den Armen geschenkt hat,
die leuchten jetzt in Gottes Haus."

„Wir liegen warm in unsern Gräbern, solange s i e den
Armen Kleider und Holz gibt."

„Seht, sie hat so viele kräftige Worte gesprochen, die die
Menschenherzen aufgeschlossen haben, diese Worte sind
unsre Bankschlüssel."

„Sie hat schöne Gedanken über Gottes Liebe gedacht. Diese
Gedanken heben uns aus unsern Gräbern empor."

So wisperten und flüsterten sie, bevor sie sich in die Bänke
setzten und ihre bleichen Stirnen zum Gebet in verwelkte
Hände neigten.

Aber in Årsta kam jemand in Mamsell Friederikens Zimmer und legte freundlich die Hand auf den Arm der Schlafenden.

„Auf, meine Friederike, es ist Zeit, zur Frühmette zu fahren."

Die alte Mamsell Friederike schlug die Augen auf und sah Agathe, ihre geliebte tote Schwester, mit einer Kerze in der Hand am Bette stehen. Sie erkannte sie wohl, denn sie war ganz unverändert, so wie sie hier auf Erden gewesen war. Mamsell Friederike erschrak nicht, sie freute sich nur, die Geliebte zu sehen, an deren Seite sie gerne den langen Schlummer schlafen wollte.

Sie stand auf und kleidete sich in aller Eile an. Es war keine Zeit zu Gesprächen; der Wagen stand vor dem Tor. Die andern mußten schon fort sein; denn niemand außer Mamsell Friederike und ihrer toten Schwester regte sich im Hause.

„Weißt du noch, Friederike," sagte die Schwester, als sie im Wagen saßen und rasch zur Kirche fuhren, „weißt du noch, wie du früher immer dasaßest und wartetest, daß irgendein Ritter dich auf dem Weg zur Kirche entführen sollte?"

„Darauf warte ich noch immer," sagte die alte Mamsell Friederike und lachte. „Ich fahre diesen Weg nie, ohne nach meinem Ritter auszulugen."

Wie sehr sie sich auch beeilt hatten, so kamen sie doch zu

spät. Der Priester stieg von der Kanzel herab, als sie in die Kirche eintraten, und der Schlußpsalm begann. Nie hatte Mamsell Friederike einen so herrlichen Gesang gehört. Es war, als ob Himmel und Erde eingestimmt hätten, als hätte jede Bank und jeder Stein und jede Planke mitgesungen.

Nie hatte sie die Kirche so überfüllt gesehen: auf dem Altartisch und auf den Kanzelstufen saßen Menschen, sie standen in den Gängen, sie drängten sich in den Bänken, und draußen war der Weg voll Leute, die nicht hereinkommen konnten. Die Schwestern fanden doch Platz, vor ihnen wich die Menge zurück.

„Friederike," sagte ihre Schwester, „sieh die Menschen an."

Und Mamsell Friederike sah und sah.

Da merkte sie, daß sie wie die Frau im Märchen zu der Messe der Toten gekommen war. Sie fühlte, wie ihr ein kalter Schauer über den Rücken lief, aber es erging ihr jetzt wie oft zuvor, sie fühlte mehr Neugierde als Angst.

Und nun sah sie, wer in der Kirche war. Lauter Frauen waren da: graue, gebeugte Gestalten, mit rundgeschnittnen Kragen und verblaßten Mantillen, mit Hüten von vergangnem Glanz und gewendeten oder abgestoßnen Röcken. Sie sah eine ungeheure Menge verrunzelter Gesichter, eingesunkner Lippen, trüber Brillen und verschrumpfter Hände, doch keine einzige Hand, die zwei glatte Ringe trug.

Ja, nun verstand Mamsell Friederike. Das waren alle die entschlafnen alten Jungfern im Lande Schweden, die in der Österhaninger Kirche Mitternachtsmesse feierten.

Da beugte sich ihre tote Schwester zu ihr vor.

„Schwester, bereust du, was du für diese deine Schwestern getan hast?"

„Nein," sagte Mamsell Friederike. „Woran sollte ich mich wohl freuen, wenn nicht, daß es mir beschert war, für sie zu arbeiten: ich opferte einmal mein Ansehen als Schriftstellerin für sie. Ich bin froh, daß ich wußte, was ich opferte, und es dennoch tat."

„Dann kannst du bleiben und weiter zuhören," sagte die Schwester.

In demselben Augenblick hörte man jemand drüben im Chor sprechen, eine sanfte, aber deutliche Stimme.

„Schwestern," sagte die Stimme, „unser beklagenswertes Geschlecht, unser unwissendes und verhöhntes Geschlecht, bald wird es nicht mehr sein. Gott hat gewollt, daß wir von der Erde aussterben.

Ihr Lieben, wir werden bald nur mehr eine Sage sein. Das Maß der alten Jungfern ist erfüllt. Der Tod reitet auf dem Kirchweg umher, um die letzte von uns zu treffen. Vor der nächsten Mitternachtsmesse ist sie tot, die letzte alte Mamsell.

Schwestern, Schwestern! Wir waren die Einsamen auf Erden. Die Zurückgesetzten beim Gastmahl, die danklos Dienenden im Heim. Hohn und Lieblosigkeit umgab uns. Unsre Wanderung war schwer und unser Name fiel dem Gespött anheim.

Aber Gott hat sich erbarmt.

Einer von uns gab er Kraft und Genie. Einer von uns gab er niemals versagende Güte. Einer gab er des Wortes herrliche Gabe. Sie wurde alles, was wir hätten sein sollen. Sie warf

Licht über unser dunkles Schicksal. Sie ward die Dienerin des Heims, wie wir es gewesen, aber tausend Heimen gab sie ihre Gabe. Sie war die Pflegerin der Kranken, wie wir es gewesen, aber sie kämpfte gegen die gewaltige Seuche des Vorurteils. Sie erzählte ihre Märchen tausend Kindern. Sie hatte ihre armen Freunde in allen Ländern. Sie gab aus vollern Händen als wir und mit wärmerm Gemüt. In ihrem Herzen war kein Raum für unsre Bitterkeit, denn sie hat fortgeliebt. Ihr Ruhm war wie der einer Königin. Sie hat den Zoll der Dankbarkeit von Millionen Herzen eingehoben. Ihre Worte sind in den großen Fragen der Menschheit schwer ins Gewicht gefallen. Ihr Name ist durch neue und alte Welten erklungen. Und doch ist sie nur eine alte Mamsell.

Sie hat unser dunkles Schicksal erklärt. Gesegnet sei ihr Name!"

Und die Toten stimmten in tausendfachem Echo ein: „Gesegnet sei ihr Name!"

„Schwester," flüsterte Mamsell Friederike, „kannst du ihnen nicht verbieten, mich armen sündigen Menschen hochmütig zu machen?"

„Aber Schwestern, Schwestern," fuhr die Stimme fort, „sie hat sich gegen unser Geschlecht gewendet mit aller ihrer großen Macht. Auf ihren Ruf nach Freiheit und Arbeit sind die alten, verhöhnten Gnadenbrotempfängerinnen ausgestorben. Sie hat die Schranken der Tyrannei um die Kinder niedergebrochen. Sie hat die jungen Mädchen in die volle Tätigkeit des Lebens versetzt. Sie hat der Einsamkeit, der Unwissenheit, der Freudlosigkeit ein Ende gemacht. Keine unglücklichen, verachteten alten Jungfern ohne Aufgabe und Lebensinhalt wird es mehr geben, keine solchen, wie wir gewesen sind."

Wieder erklang das Echo der Schatten, jubelnd wie ein Jagdlied im Walde, wie der Ruf einer frohen Kinderschar: „Gesegnet sei ihr Angedenken!"

Darauf wallten die Toten aus der Kirche, und Mamsell Friederike trocknete sich eine Träne aus dem Augenwinkel.

„Ich gehe nicht mit heim," sagte ihre tote Schwester. „Willst du nicht auch gleich hierbleiben?"

„Ich möchte wohl, aber ich kann nicht. Da ist ein Buch, das ich zuerst fertig haben muß."

„Nun dann, gute Nacht, und nimm dich vor dem Ritter auf dem Kirchweg in acht," sagte ihre tote Schwester und lächelte schelmisch nach alter Gewohnheit.

Dann fuhr Mamsell Friederike heim. Ganz Årsta schlief noch, und sie ging still in ihr Zimmer, legte sich nieder und schlummerte noch einmal ein.

∗   ∗

∗

Einige Stunden später fuhr sie zur wirklichen Frühmette. Sie fuhr im gedeckten Wagen, aber sie ließ das Fenster herab, um die Sterne sehen zu können. Möglich ist es wohl auch, daß sie wie einst nach ihrem Ritter aussah.

Und da war er, da sprengte er zum Wagenfenster heran. Prächtig saß er auf seinem sich bäumenden Roß. Der Purpurmantel flatterte im Winde. Sein bleiches Antlitz war streng, aber schön.

„Willst du mein werden," flüsterte er.

Hingerissen ward sie in ihrem alten Herzen von der hohen Gestalt mit der wehenden Feder. Sie vergaß, daß sie noch ein Jahr leben mußte.

„Ich bin bereit," flüsterte sie.

„Dann komme ich in einer Woche und hole dich von deines Vaters Hof."

Er beugte sich herab und küßte sie, und damit verschwand er; aber sie begann zu frieren und zu zittern unter dem Kuß des Todes.

Ein kleines Weilchen später saß Mamsell Friederike in der Kirche, auf demselben Platze, auf dem sie als Kind gesessen. Hier vergaß sie Ritter und Gespenster und saß lächelnd in stiller Verzücktheit in dem Gedanken an die Offenbarung von Gottes Herrlichkeit.

Aber, ob sie nun müde war, weil sie die ganze Nacht nicht geschlafen hatte, oder ob die Wärme und der Kerzenrauch eine einschläfernde Wirkung auf sie ausübten, wie auf so viele andre – genug, sie schlummerte ein, nur einen Augenblick, sie konnte es nicht hindern.

Vielleicht war es auch so, daß Gott ihr die Pforte in das Land der Träume öffnen wollte.

In dem kurzen Augenblick, in dem sie einschlummerte, sah sie nun ihren strengen Vater, ihre schöne elegante Mutter und die häßliche kleine Petrea in der Kirche sitzen. Und die Seele des Kindes wurde von einer Angst zusammengepreßt, größer als ein Erwachsener sie je erfahren. Auf der Kanzel stand der Priester und sprach von dem strengen, strafenden Gott, und das Kind saß bleich und zitternd da, als wenn die

Worte Axthiebe wären und durch sein Herz gingen.

„O welcher Gott, welcher furchtbare Gott!"

In der nächsten Sekunde war sie wach, aber sie zitterte und schauerte so wie unter dem Kuß des Todes auf dem Kirchweg. Noch einmal war ihr Herz von der wilden Verzweiflung ihrer Kindheit gefangen.

Sie hatte es mit einemmal so eilig, daß sie sogleich aus der Kirche hasten wollte. Sie mußte heim und ihr Buch schreiben, ihr herrliches Buch von dem Gott des Friedens und der Liebe.

$$*\qquad\qquad*$$

$$*$$

Nichts weiter, was jetzt erwähnenswert scheinen kann, widerfuhr Mamsell Friederike vor der Neujahrsnacht. Leben und Tod, so wie Tag und Nacht, herrschten in der letzten Woche des Jahres in stiller Eintracht über die Erde. Aber als die Neujahrsnacht kam, da nahm der Tod das Zepter und verkündete, daß die alte Mamsell Friederike nun ihm angehören solle.

Hätte man dies nur gewußt, so hätte wohl alles Volk von Schweden ein gemeinsames Gebet an Gott gerichtet, seinen reinsten Geist, sein wärmstes Herz behalten zu dürfen. Da hätte man in Angst und Sorgen in so manchem Heim in fernen Ländern gewacht, wo sie liebende Herzen zurückließ. Dann hätten die Armen, die Kranken und Notleidenden ihre eigne Not vergessen, um der ihrigen zu gedenken, und dann hätten alle Kinder, die unter den Segnungen ihres

Wirkens herangewachsen waren, die Hände gefaltet und um noch ein Jahr für ihre beste Freundin gebetet. Ein Jahr, damit sie ihrem Lebenswerk volle Klarheit gebe und es durch den Schlußstein kröne.

Denn der Tod kam zu früh für Mamsell Friederike.

Sturm war draußen in der Neujahrsnacht, Sturm in ihrem Innern. Sie fühlte alle Qualen des Lebens und des Todes in ihrem Innern ringen.

„Angst!" seufzte sie, „Angst!"

Aber die Angst wich, und der Friede kam, und sie flüsterte leise: „Christi Liebe – beste Liebe – Gottesfriede – das ewige Licht!"

Ja, das war es nun, was sie in ihrem Buche hätte schreiben wollen, und vielleicht vieles andre ebenso Schöne und Herrliche. Wer weiß? Nur eines wissen wir, daß Bücher in Vergessenheit geraten, aber ein Leben wie das ihre vergißt man nie.

Die Augen der alten Seherin schlossen sich, und sie versank in Visionen.

Ihr Körper kämpfte mit dem Tode, aber sie wußte es nicht. Ihre Nächsten saßen weinend um das Totenbett, aber sie merkte es nicht. Ihr Geist hatte seinen Flug angetreten.

Nun wurde der Traum für sie Wirklichkeit und die Wirklichkeit Traum. Nun stand sie, wie sie sich schon in ihrer Jugendvision gesehen hatte, wartend am Himmelstor mit unzähligen Scharen von Toten rings um sich. Und der Himmel tat sich auf. Er, der Einzige, der Seligkeitbringende, stand in dem geöffneten Tor. Und seine unendliche Liebe weckte in den harrenden Geistern und in ihr die Sehnsucht, in seine Arme zu fliegen. Und ihre Sehnsucht trug alle diese und sie, und sie schwebten wie auf Flügeln empor, empor.

Am nächsten Tage herrschte Trauer im Lande Schweden, Trauer in weiten Teilen der Erde.

Friederike Bremer war tot.

Der Roman einer Fischersfrau

Am äußersten Ende des kleinen Fischerdorfes stand ein kleines Hüttchen auf einem niedrigen Hügel aus weißem Meersand. Es war nicht so gebaut, daß es in einer Reihe mit den gleichmäßigen, schmucken, regelrechten Häusern stehen konnte, die den breiten grünen Platz umgaben, wo die braunen Fischernetze trockneten, sondern es schien gleichsam aus der Reihe geschoben und auf den Sandhügel hingestellt zu sein. Die arme Witwe, die es gebaut hatte, war ihr eigner Baumeister gewesen, und sie hatte die Wände ihres Hüttchens niedriger gemacht als die aller andern Hütten und sein steiles Strohdach höher als irgendein andres Dach im Fischerdorf. Der Fußboden senkte sich tief in die Erde, das Fenster war weder hoch noch groß, aber reichte dennoch vom Dachsims bis zum Erdboden. Für den Herd und den Gänsestall war schließlich in dem einzigen engen Raume kein Platz geblieben, sondern dafür hatte man kleine viereckige Vorsprünge anmauern müssen. Diese Hütte hatte nicht wie andre Häuschen ihr Gärtchen mit Stachelbeerbüschen, von Winden umschlungen, ihre halb von Kletten erstickten Holundersträucher. Von der ganzen Pflanzenwelt des Fischerdorfes waren nur die Kletten mit auf den Sandhaufen gekommen. Im Sommer, wenn sie frische, dunkelgrüne Blätter hatten und die stacheligen Körbchen sich mit hochroten Blumen füllten, waren sie schmuck genug. Aber gegen Herbst, wenn die Stacheln hart geworden und die Samen gereift waren, dann vernachlässigten sie ihr Aussehen und standen furchtbar häßlich und trocken da, die zerfetzten Blätter in ein Trauerkleid von staubigen Spinngeweben gehüllt.

Die Hütte hatte nur zwei Besitzer, denn länger als zwei Generationen vermochte sie es nicht, mit ihren Wänden aus Rohr und Lehm das schwere Dach zu tragen. Doch solange sie stand, war sie im Besitze von armen Witwen. Die zweite Witwe, die da wohnte, hatte ihre Freude daran, die Kletten zu betrachten, namentlich im Herbst, wenn sie trocken wurden und sich überall anhängten. Sie erinnerten sie dann an sie, die die Hütte erbaut hatte. Sie war auch runzelig und trocken gewesen und hatte die Gabe gehabt, sich anzuklammern und hängen zu bleiben, und alle ihre Kraft hatte sie für das Kind verwendet, das es in der Welt weit bringen sollte. Sie, die nun allein dasaß, mußte bei diesem Gedanken bald lachen, bald weinen. Wenn die Alte nicht diese Klettennatur gehabt hätte, wie anders wäre dann nicht alles gekommen. Aber wer weiß, ob es besser gekommen wäre.

Die einsame Frau saß oft da und grübelte über das Schicksal nach, das sie an die flache Küste Schoonens geführt hatte, zu diesem schmalen Sund und diesen stillen Menschen. Denn sie war in einer norwegischen Seestadt geboren, die auf einem schmalen Uferstreifen zwischen steilen Felsen und dem offnen Meere lag, und wenn sie auch, seit ihr Vater, der Kaufmann, gestorben und sie in Armut zurückgelassen, in bescheidnen Verhältnissen gelebt hatte, so war sie doch an Leben und Fortschritt gewöhnt. Sie pflegte sich selbst ihre Geschichte wieder und wieder vorzuerzählen, so wie man ein schwer verständliches Buch oft liest, um seinen Sinn zu ergründen.

Das Merkwürdige, was sie erlebt hatte, hatte damit begonnen, daß sie eines Abends auf dem Heimwege von der Schneiderin, bei der sie arbeitete, von zwei Seeleuten überfallen und von einem dritten gerettet worden war. Dieser kämpfte mit wirklicher Lebensgefahr für sie und brachte sie dann nach Hause. Sie führte ihn zu der Mutter und den Geschwistern und erzählte ihnen begeistert, was er getan habe. Es war, als hätte das Leben neuen Wert für sie, weil ein andrer so viel gewagt hatte, um es zu verteidigen. Er war von ihren Angehörigen sogleich freundlich aufgenommen und gebeten worden, so bald und so oft er konnte, wiederzukommen.

Sein Name war Börje Nilsson, und er war Matrose auf der schoonischen Jacht Albertina. Solange das Schiff im Hafen lag, kam er beinahe jeden Tag zu ihnen, und sie konnten es bald nicht mehr glauben, daß er nur ein simpler Matrose sein sollte. Er glänzte immer in reinem Umlegekragen und trug einen blauen Marineanzug aus feinem Tuch. Frisch und freimütig war er gegen sie, als wäre er es gewohnt, sich in derselben Gesellschaftsklasse wie sie zu bewegen. Ohne daß er es gerade heraussagte, erhielten sie den Eindruck, daß er aus einem angesehenen Hause war, der einzige Sohn einer reichen Witwe, den seine unbezwingliche Lust zum Seemannsberufe dazu gebracht hatte, sich als einfachen Matrosen zu verdingen, um seine Mutter zu überzeugen, daß er es ernst meinte. Wenn er seine Prüfungen gemacht hatte, würde sie ihm wohl ein eignes Schiff kaufen.

Die einsame Familie, die sich von allen frühern Freunden zurückgezogen hatte, empfing ihn ohne das leiseste Mißtrauen. Und er beschrieb leichten Herzens und mit fließender Beredsamkeit sein Heim mit dem hohen, spitzen Dach, dem offnen Kamin im Eßsaal und den kleinen Fensterscheiben. Er schilderte auch die stillen Straßen seiner Vaterstadt und die langen Reihen gleichmäßiger hoher Häuser, in denen sein Heim mit den unregelmäßigen Vorsprüngen und Erkern eine angenehme Unterbrechung bildete. Und seine Zuhörer glaubten, daß er aus einem jener alten Bürgerhäuser komme, die mit ihrem bildergeschmückten Giebel und dem vorragenden Obergeschoß einen so mächtigen Eindruck von Reichtum und ehrwürdigem Alter machen.

Sehr bald hatte sie es heraus, daß er ihr gut war. Und dies machte der Mutter und den Geschwistern große Freude. Der junge, reiche Schwede kam gleichsam, um sie alle aus der Armut emporzuheben. Selbst wenn er ihr nicht so gut gefallen hätte, als er es tat, hätte es gar nicht in Frage kommen können, seine Werbung abzuweisen. Hätte sie einen Vater oder einen erwachsenen Bruder gehabt, so würden diese sich wohl genauer nach Herkunft und Lebensstellung des Fremdlings erkundigt haben, doch weder sie noch die Mutter dachten daran, ernstliche Nachforschungen anzustellen. Später erkannte sie, daß sie ihn förmlich zum Lügen gezwungen hatten. Anfangs hatte er sie selbst dazu gebracht, sich so große Vorstellungen von seinem Reichtum zu machen, ohne alle böse Absicht, aber als er später merkte, wie froh sie darüber waren, da hatte er es nicht mehr gewagt, die Wahrheit zu sprechen, aus Furcht, sie zu verlieren.

Bevor er abreiste, waren sie verlobt, und als die Jacht zurückkam, hielten sie Hochzeit. Es war eine Enttäuschung für sie, daß er auch bei seiner Rückkehr als Matrose auftrat, aber er war durch seinen Kontrakt gebunden. Er brachte auch keine Grüße von seiner Mutter mit. Diese hätte erwartet, daß er eine andre Wahl treffe, aber sie würde schon zufrieden sein, sagte er, wenn sie nur Astrid erst sähe. – Trotz aller seiner Lügen wäre es doch ein leichtes gewesen, zu sehen, daß er ein armer Mann war, wenn sie nur die Augen hätten aufmachen wollen.

Der Schiffer erbot sich, ihr seine Kajüte zu überlassen, wenn sie die Überfahrt auf seiner Jacht machen wollte, und sie nahm das Anerbieten mit Freuden an. Börje wurde da fast ganz von seinem Dienst befreit und saß meistens mit seiner Frau plaudernd auf dem Achterdeck. Und jetzt schenkte er ihr das Glück der Einbildung, von dem er selbst sein ganzes Leben lang gezehrt hatte. Je mehr er an das kleine Hüttchen dachte, das zur Hälfte im Sandhügel begraben lag, desto höher erbaute er den Palast, den er ihr gerne geboten hätte. Er ließ sie im Geiste in einen Hafen gleiten, der zu Ehren der Braut Börje Nilssons mit Flaggen und Blumen geschmückt war. Er ließ sie die Begrüßungsrede des Bürgermeisters hören. Er ließ sie durch eine Triumphpforte fahren, während die Augen der Männer ihr folgten und die Frauen vor Neid erblaßten. Und er führte sie in das stattliche Haus, wo silberlockige, sich verneigende Diener an dem breiten Treppengeländer aufgereiht standen, und der zur festlichen Mahlzeit gedeckte Tisch sich unter dem alten Familiensilber bog.

Als sie die Wahrheit entdeckte, glaubte sie zuerst, daß der Schiffer im Bunde mit Börje gewesen war, um sie zu betrügen, aber dann erkannte sie, daß es sich nicht so verhalten habe. Sie hatten sich dort auf der Jacht daran gewöhnt, von Börje wie von einem großen Herrn zu reden. Das war an Bord der Hauptspaß, so recht im vollsten Ernst von seinen Reichtümern und seiner vornehmen Familie zu sprechen. Sie dachten, Börje hätte ihr die Wahrheit gesagt, und sie scherzte mit ihm wie sie alle, wenn sie von seinem großen Hause sprach. So war es möglich, daß sie, noch als die Jacht in dem Hafen Anker warf, der neben Börjes Heimatsdorf lag, es nicht anders wußte, als daß sie eines reichen Mannes Gattin war.

Börje bekam für einen Tag Urlaub, um seine Frau in ihr künftiges Heim einzuführen und sie mit dem neuen Leben bekannt zu machen. Als sie nun an dem Kai landeten, wo Flaggen wehen und Menschenscharen den Neuvermählten entgegenjubeln sollten, herrschte da nur Leere und Alltagsruhe, und Börje merkte, daß seine Frau sich mit einer gewissen Enttäuschung umsah.

„Wir sind zu früh gekommen," hatte er da gesagt. „Die Fahrt ist bei diesem schönen Wetter merkwürdig rasch gegangen. Jetzt haben wir auch keinen Wagen da, und wir haben einen weiten Weg, denn das Haus liegt außerhalb der Stadt."

„Das tut nichts, Börje," hatte sie geantwortet, „das Gehen wird uns gut tun, nachdem wir so lange an Bord still gesessen sind."

Und so traten sie ihre Wanderung an, diese schreckensvolle Wanderung, an die sie noch in ihren alten Tagen nicht denken konnte, ohne vor Angst zu stöhnen und schmerzlich die Hände zu ringen. Sie gingen über weite, menschenleere Straßen, die sie sogleich nach seiner Beschreibung erkannte. Sie glaubte in der dunklen Kirche und in den gleichmäßigen Holzhäusern alte Freunde zu begrüßen, doch wo blinkten die bildergeschmückten Giebel und die Marmortreppe mit dem breiten Geländer?

Da hatte Börje ihr zugenickt, so, als erriete er ihre Gedanken. „Es ist noch weit hin," hatte er gesagt.

Wäre er doch barmherzig gewesen. Hätte er doch ihrer Hoffnung auf einmal den Todesstoß gegeben. Sie hatte ihn damals so lieb. Wenn er ganz aus freien Stücken alles gesagt hätte, so wäre in ihrer Seele kein Groll gegen ihn aufgekeimt. Aber daß er ihre Angst, betrogen zu werden, sah, und dennoch fortfuhr, sie zu täuschen, das hatte ihr allzu bittern Schmerz bereitet. Das hatte sie ihm nie ganz

160

verzeihen können.

Sie konnte sich freilich sagen, daß er sie so weit als möglich führen wollte, damit sie ihm nicht entfliehen konnte, aber sein Betrug rief eine solche Todeskälte in ihr hervor, daß keine Liebe sie ganz aufzutauen vermochte.

Sie gingen durch die Stadt und kamen auf die angrenzende Ebene. Da zeigten sich mehrere Reihen dunkler Wallgräben und hoher, grüner Erdwälle, Überreste aus jener Zeit, wo die Stadt befestigt gewesen war, und auf dem Punkt, wo alles das sich zu einer Festung zusammenschloß, sah sie ein paar altertümliche Bauten und große, runde Türme. Sie warf einen scheuen Blick hin, doch Börje bog zu den Wällen ein, die am Meeresufer entlang führten.

„Das ist ein Abkürzungsweg," sagte er, denn sie schien sich zu wundern, daß hier nur ein schmaler Pfad war.

Er war sehr einsilbig geworden. Sie begriff dann, daß er es nicht so ergötzlich fand, als er es sich gedacht hatte, mit seiner Frau zu der armseligen, kleinen Hütte im Fischerdorf zu kommen. Es schien ihm jetzt nicht so herrlich, eines bessern Mannes Kind heimzuführen. Er hatte große Angst vor dem, was sie tun würde, wenn sie die Wahrheit erfuhr.

„Börje," sagte sie endlich, als sie lange den scharfen Winkeln der Strandwälle gefolgt waren, „wohin gehen wir?"

Da erhob er die Hand und deutete auf das Fischerdorf, wo seine Mutter in dem Hüttchen auf dem Sandhügel wohnte. Sie aber glaubte, er wiese auf eines der schönen Landgüter, die am Rande der Ebene auftauchten, und wurde wieder heiterer.

Sie stiegen zu den öden Gemeindeweiden hinab, und da überfiel sie wieder die alte Angst. Da, wo jedes

Erdhügelchen, wenn man es nur sehen kann, Schönheit und Abwechselung bietet, sah sie nur ein häßliches, sumpfiges Feld. Und der Wind, der draußen in steter Bewegung war, fuhr ihnen pfeifend entgegen und flüsterte von Unglück und Verrat.

Börje beschleunigte seine Schritte immer mehr und schließlich erreichten sie das Ende der Weiden, und waren bei dem Fischerdörfchen angelangt. Sie, die es zuletzt gar nicht mehr gewagt hatte, sich irgend welche Fragen zu stellen, faßte wieder neuen Mut. Hier war abermals eine einförmige Häuserreihe, und diese erkannte sie noch besser als die in der Stadt. Vielleicht, vielleicht hatte er doch nicht gelogen.

Aber so herabgestimmt waren ihre Erwartungen, daß sie seelenvergnügt gewesen wäre, wenn sie bei einer der schmucken Wohnstätten hätte haltmachen können, wo Blumen und weiße Gardinen hinter blanken Fensterscheiben blinkten. Es war ihr schmerzlich, an ihnen vorbeigehen zu müssen.

Da erblickte sie mit einem Male am äußersten Ende des Fischerdorfes eine elende Hütte, und es war ihr, als hätte sie sie schon längst mit den Augen der Seele gesehen, ehe sie sie in Wirklichkeit bemerkte.

„Ist es hier?" sagte sie und blieb gerade am Fuße des kleinen Sandhügels stehen.

Er nickte fast unmerklich mit dem Kopf und fuhr fort, auf die kleine Hütte zuzugehen.

„Warte," rief sie ihm nach. „Wir müssen zuerst miteinander sprechen, bevor ich dein Heim betrete. Du hast mich belogen," fuhr sie drohend fort, als er sich ihr zuwendete.

162

„Du hast mich ärger betrogen, als wenn du mein größter Feind wärest. Warum hast du das getan?"

„Ich wollte dich zur Frau," antwortete er mit leiser, unsichrer Stimme.

„Wenn du mich doch nur mit Maß zum besten gehalten hättest! Warum mußtest du alles so reich und so prächtig schildern? Was wolltest du mit Bedienten und Triumphpforten und all der andern Herrlichkeit? Glaubtest du, ich sei so erpicht auf Geld? Sahst du nicht, daß ich ohnehin verliebt genug in dich war, um überallhin mit dir zu gehen? Daß du glaubtest, mich hinters Licht führen zu müssen! Daß du das Herz haben konntest, bis zuletzt bei deinen Lügen zu beharren!"

„Willst du nicht hereinkommen und Mutter begrüßen," fragte er ganz hilflos.

„Nein, ich gehe nicht hinein."

„Willst du also nach Hause fahren?"

„Wie könnte ich nach Hause kommen? Wie sollte ich ihnen den Schmerz bereiten, zurückzukehren, wenn sie mich für glücklich und reich halten? Aber bei dir bleibe ich auch nicht. Für den, der arbeiten kann, findet sich immer ein Auskommen."

„Bleib," bat er, „ich tat es nur, um dich zu gewinnen."

„Wenn du mir die Wahrheit gesagt hättest, so wäre ich geblieben."

„Wäre ich ein reicher Mann gewesen und hätte mich für arm ausgegeben, so bliebest du schon."

Sie zuckte die Achseln und wendete sich zum Gehen, als die

Tür der Hütte aufgerissen wurde und Börjes Mutter herauskam. Sie war ein kleines vertrocknetes altes Weiblein mit wenig Zähnen und viel Runzeln, aber nicht so alt an Jahren und Gemüt wie dem Aussehen nach.

Sie hatte wohl einiges gehört und das übrige erraten, denn sie wußte, worüber sie zankten. „So," sagte sie, „dies ist die feine Schwiegertochter, die du mir gebracht hast, Börje. Und du hast es wieder nicht mit der Wahrheit gehalten, wie ich höre." Aber auf Astrid ging sie freundlich zu und streichelte ihr die Wangen. „Komm du mit mir herein, du armes Kind. Ich kann mir denken, daß du müde und erschöpft bist. Siehst du, dies ist meine Hütte. Er darf nicht herein. Aber komm du nur. Jetzt bist du meine Tochter, und ich kann dich doch nicht zu fremden Leuten gehen lassen."

Sie streichelte die Schwiegertochter und gab ihr Koseworte und schob und zog sie ganz unmerklich zur Tür hin. Schritt für Schritt lockte sie sie weiter und bekam sie schließlich in die Hütte, aber Börje schloß sie wirklich aus. Und drinnen begann nun die Alte zu fragen, wer sie sei und wie alles zugegangen wäre. Und sie weinte über sie, und brachte sie dazu, auch über sich selbst zu weinen. Furchtbar streng war die Alte gegen ihren Sohn. Sie, Astrid, täte ganz recht, nein, bei einem solchen Manne könnte sie nicht bleiben. Es wäre richtig, daß er zu lügen pflegte, ja, ganz gewiß wäre es richtig.

Sie erzählte ihr, wie es ihr mit dem Sohne ergangen war. Er war schon als kleines Kind so schön von Gesicht und Gestalt gewesen, daß sie sich immer darüber wundern mußte, daß er armer Leute Kind war. Er war wie ein kleiner verirrter Prinz gewesen. Und später hatte es immer so ausgesehen, als wenn er nicht auf seinem richtigen Platze wäre. Er sah alles so groß. Er konnte nicht den richtigen Maßstab finden, wenn es sich um ihn selbst handelte. Seine

Mutter hatte deswegen schon viele Tränen vergossen. Aber nie zuvor hatte er mit seinen Lügen etwas Böses angestellt. Hier, wo er bekannt war, lachten ihn die Leute nur aus. – Aber jetzt war er wohl so sehr in Versuchung geführt worden ... Schien es ihr, Astrid, nicht selbst wunderlich, wie sie dieser Fischerjunge hatte hinters Licht führen können? Er hatte immer soviel von feinen Dingen gewußt, als wenn es ihm angeboren wäre. Er war wohl ganz verkehrt in die Welt gekommen. Das sah man ja auch daran, daß er nie daran gedacht hatte, sich eine Frau aus seinem eignen Stande zu wählen.

Die Alte redete und redete. Astrid schwieg und dachte. „Sieh," sagte die Alte unter anderm, „mir kann es nie gelingen, ihm den Hochmut und die Prahlsucht abzugewöhnen, aber eine, die klüger wäre als ich, könnte es vielleicht. Und er ist tüchtig und gut, mein Junge. Es lohnte wohl der Mühe. Aber du kannst morgen gehen. Ja, du sollst gehen."

„Wo schläft er heute nacht?" fragte Astrid plötzlich.

„Ich denke, er liegt hier draußen im Sande. Er hat wohl nicht die Ruhe, von hier fortzugehen."

„Es wäre wohl am besten, wenn er hereinkäme," sagte Astrid.

„Liebstes Kind, du kannst ihn doch nicht sehen wollen. Er wird sich draußen schon behelfen, wenn ich ihm eine Decke gebe."

Sie ließ ihn wirklich diese Nacht draußen im Sande schlafen und schickte ihn am nächsten Tage in aller Frühe in die Stadt, da sie es für das beste hielt, wenn Astrid ihn nicht sah. Und mit ihr redete und redete sie und hielt sie fest, nicht mit Zwang, sondern mit Klugheit, nicht mit Schmeichelei, sondern mit wirklicher Güte.

Doch als sie es endlich erreicht hatte, daß die Schwiegertochter blieb und dem Sohne erhalten war, und als sie die jungen Leute versöhnt und Astrid gelehrt hatte, daß es gerade ihre Aufgabe im Leben war, Börje Nilssons Frau zu sein und ihm soviel Gutes zu tun als sie konnte – und dies war nicht die Arbeit einer Abendstunde, sondern die Mühe vieler Tage gewesen – da hatte sich die Alte zum Sterben hingelegt.

Und in diesem Leben mit seiner treuen Fürsorge lag ein Sinn, dachte Börje Nilssons Frau.

Aber in ihrem eignen Leben sah sie keinen Zweck. Der Mann ertrank nach einigen Jahren der Ehe, und ihr einziges Kind starb ganz jung. Sie hatte bei ihrem Mann keine Veränderung herbeiführen können. Ernst und Wahrhaftigkeit hatte sie ihn nicht zu lehren vermocht. Eher hatte sie sich verändert, denn sie war immer mehr wie die Fischersleute geworden. Sie wollte keinen der Ihren sehen, denn sie schämte sich, daß sie jetzt in allen Stücken einer Fischersfrau glich. Wenn nur alles dies irgend etwas genützt hätte! Wenn sie, die ihren Lebensunterhalt durch das Ausbessern der Fischernetze bestritt, nur wüßte, warum sie überhaupt lebte! Wenn sie doch jemanden glücklich oder besser gemacht hätte!

Nie kam es ihr in den Sinn, zu denken, daß, wer sein Leben für verfehlt hält, weil er andern nichts Gutes getan habe, vielleicht durch diesen Gedanken der Demut seine Seele gerettet hat.

Mutters Bild

In einem der hundert Häuschen des Fischerdorfes, die einander alle in Größe und Form gleichen, die alle gleich viele Fenster und gleich hohe Schornsteine haben, wohnte der alte Mattßon, der Lotse.

In allen Stuben des Fischerdorfes findet man denselben Hausrat, auf allen Fensterbrettern stehen dieselben Blumen, in allen Eckschränken prangen dieselben Arten Muscheln und Korallen, an allen Wänden hängen die gleichen Bilder. Und so wie die alte Sitte es festgestellt hat, leben alle Menschen des Fischerdorfes dasselbe Leben. Seit Mattßon, der Lotse, alt geworden war, richtete er sich ganz genau nach Brauch und Sitte: sein Haus, seine Stuben und sein Wandel glichen denen aller andern.

An der Wand über seinem Bette hatte der alte Mattßon ein Bild seiner Mutter. Eines Nachts träumte er, daß dieses Bild aus seinem Rahmen herabstieg, sich vor ihn hinstellte und ihm mit lauter Stimme sagte: „Du mußt heiraten, Mattßon."

Der alte Mattßon begann sogleich Mutters Bild auseinanderzusetzen, daß dies unmöglich sei. Er war ja siebzig Jahre. – Aber Mutters Bild wiederholte nur mit noch größerm Nachdruck: „Du mußt heiraten, Mattßon."

Der alte Mattßon hatte großen Respekt vor Mutters Bild. Es war in so manchen strittigen Fällen sein Ratgeber gewesen, und es hatte ihm immer Glück gebracht, wenn er ihm gefolgt war. Aber dieses Mal verstand er sein Vorgehen nicht recht. Es schien ihm, als befinde sich das Bild ganz im Widerspruch mit früher geäußerten Ansichten. Obgleich er dalag und träumte, erinnerte er sich klar und deutlich, wie es das erstemal gewesen war, als er heiraten wollte. Gerade als er sich zur Hochzeit ankleidete, lockerte sich der Nagel, an dem das Bild hing und fiel zu Boden. Da sah er, daß das Bild ihn vor der Heirat warnen wollte, doch er gehorchte nicht. Es zeigte sich aber später, daß das Bild recht gehabt hatte. Seine kurze Ehe war sehr unglücklich geworden.

Als er sich das zweitemal zur Hochzeit ankleidete, ging es ebenso zu. Das Bild stürzte wieder zu Boden, und diesmal wagte er nicht, ihm ungehorsam zu sein. Er ließ Braut und Hochzeit im Stiche, verdingte sich als Matrose und fuhr mehrmals um die Erde, ehe er sich wieder nach Hause wagte. – Und jetzt stieg das Bild von der Wand herab und befahl ihm zu heiraten. Wie gut und gehorsam er auch war, konnte er doch nicht umhin, zu denken, daß es nur seinen Scherz mit ihm treibe.

Aber Mutters Bild, das das barscheste Gesicht wiedergab, wie es nur scharfe Winde und salziger Meeresschaum ausmeißeln konnten, blieb ernst wie zuvor. Und mit einer Stimme, die das langjährige Ausbieten der Fische auf dem Markte der Stadt geübt und gestärkt hatte, wiederholte sie: „Du mußt heiraten."

Da bat der alte Mattßon Mutters Bild, doch ein Einsehen zu haben und zu bedenken, in welcher Gemeinde sie lebten.

Alle hundert Häuser des Fischerdorfes hatten spitzige Dächer und weißgetünchte Wände, alle Boote des Fischerdorfes hatten denselben Bau und das gleiche Takelwerk. Niemand pflegte hier irgend etwas Ungewöhnliches zu tun. Mutter selbst wäre die erste gewesen, die sich einer solchen Heirat widersetzt hätte, wenn sie noch am Leben gewesen wäre. Mutter hatte streng auf Ordnung und Sitte gehalten. Und es war doch nicht Ordnung und Sitte in dem Fischerdorf, daß siebzigjährige Greise Hochzeit hielten.

Da streckte Mutters Bild die ringgeschmückte Hand aus und befahl ihm geradezu zu gehorchen. Mutter hatte immer etwas unbegreiflich Ehrfurchtgebietendes an sich gehabt, wenn sie so im schwarzen Taffetkleide mit den vielen Volants gekommen war. Die große glänzende Goldbrosche, die schwere rasselnde Goldkette hatten ihn immer eingeschüchtert. Wäre sie in ihren Marktkleidern gekommen, mit dem buntkarierten Kopftuch und mit der Wachstuchschürze voll Fischschuppen und Fischaugen, dann hätte er nicht ganz so großen Respekt vor ihr gehabt. Aber jetzt war das Ende vom Liede, daß er versprach, zu heiraten. Und dann schlüpfte Mutters Bild wieder in seinen Rahmen.

Am nächsten Morgen erwachte der alte Mattßon in großer Angst. Es fiel ihm gar nicht ein, gegen Mutters Bild ungehorsam zu sein, es wußte natürlich, was für ihn am besten war. Aber es graute ihm doch vor der Zeit, die jetzt kommen mußte.

An demselben Tage hielt er um die häßlichste Tochter des ärmsten Fischers an, ein kleines Ding mit dem Kopf zwischen den Schultern und mit vorstehendem Unterkiefer. Die Eltern sagten ja, und der Tag, an dem man zur Stadt fahren sollte, um sich aufbieten zu lassen, wurde festgesetzt.

Über windige Strandwiesen und morastige Gemeindeweiden führt der Weg vom Fischerdorf in die Stadt. Eine Viertelmeile ist er lang, und man behauptet, daß die Einwohner des Fischerdorfes so reich sind, daß sie ihn mit blankem

Silbergelde pflastern könnten. Das würde dem Weg einen eigentümlichen Reiz verleihen. Glitzernd wie ein Fischbauch würde er sich mit seinen weißen Schuppen zwischen Riedgrashügeln und Strandpfützen dahinschlängeln. Tausendschönchen und Mandelblumen, die diesen von den Menschen verlassenen Boden schmücken, würden sich in den blanken Silbermünzen spiegeln, die Disteln würden schützend ihre Stacheln darüber ausstrecken, und der Wind würde einen klingenden Resonanzboden finden, wenn er durch das Schilf der Strandweiden spielte und in den Telephondrähten sang.

Dem alten Mattßon wäre es vielleicht ein gewisser Trost gewesen, wenn er seine schweren Seestiefel auf klingendes Silber hätte setzen können, denn eines ist gewiß, jetzt kam eine Zeit, in der er diesen Weg öfter machen mußte, als er wünschte.

Seine Papiere waren nicht in Ordnung gewesen. Aus dem Aufgebot hatte nichts werden können. Dies kam daher, daß er das vorige Mal seiner Braut durchgegangen war. Es dauerte lange, bis der Pfarrer an das Konsistorium über seine Sache schrieb und ihm die Erlaubnis erwirken konnte, eine neue Ehe zu schließen.

Solange die Wartezeit dauerte, kam der alte Mattßon an jedem Expeditionstage in die Stadt. Im Pfarrhause setzte er sich unten zur Tür hin und wartete dort stumm, bis alle ausgesprochen hatten. Dann stand er auf und fragte, ob der Pfarrer etwas für ihn habe. Nein, er hatte nichts.

Der Pfarrer wunderte sich, welche Macht die alles bezwingende Liebe über diesen alten Mann erlangt hatte. Da saß er in seiner dicken gestrickten Wolljacke, den hohen Seestiefeln und dem windverwehten Südwester, mit einem scharfen, klugen Gesicht und langen grauen Haaren, und wartete auf die Erlaubnis, zu heiraten. Dem Pfarrer schien es eigentümlich, daß dieser alte Fischer von einer so heißen Sehnsucht erfüllt war.

„Sie haben es recht eilig mit dieser Heirat, Mattßon," sagte der Pfarrer.

„Ach ja, es ist am besten, wenn es bald geschieht."

„Könnten Sie nicht eigentlich ebensogut von der ganzen Sache abstehen, Mattßon? Sie gehören ja nicht mehr zu den Jüngsten."

Der Pfarrer sollte sich nicht allzusehr wundern. Mattßon wußte ja selbst, daß er zu alt war, aber er war gezwungen, zu heiraten. Da gab es keine Hilfe.

Und so kam er ein halbes Jahr lang Woche für Woche wieder, bis endlich die Erlaubnis eintraf.

Während dieser ganzen Zeit war der alte Mattßon ein gehetzter Mann. Rings um den grünen Trockenplatz, wo die braunen Fischnetze hingen, längs der zementierten Mauer um den Hafen, an den Fischerbuden auf dem Markte, wo Dorsche und Krabben verkauft wurden, und weit draußen auf dem Sunde, wo man den Heringszug verfolgte, brauste ein Sturm des Staunens und Spottes.

Wie, er wollte heiraten, Mattßon, der vor seiner eignen Hochzeit davongelaufen war!

Und man verschonte weder Bräutigam noch Braut.

Doch am schlimmsten für ihn war, daß niemand mehr über die ganze Sache lachen konnte als er selbst. Niemand konnte sie lächerlicher finden. Mutters Bild war drauf und dran, ihn zur Verzweiflung zu bringen.

*   *

*

Es war am Nachmittag des ersten Aufgebotes. Der alte Mattßon, der noch immer ein von Gerede und Spott verfolgter Mann war, ging die Mole entlang, bis zu dem weißgetünchten Leuchtturm, um dort allein zu sein. Dort draußen traf er seine Braut. Sie saß da und weinte.

Da fragte er sie, ob sie lieber einen andern hätte haben wollen. Sie saß da und lockerte kleine Kalkstückchen von der Mauer des Leuchtturmes und warf sie in das Wasser. Zuerst gab sie gar keine Antwort.

Gab es vielleicht jemanden, dem sie gut war?

Ach nein, gewiß nicht.

Draußen am Leuchtturm ist es sehr schön. Das klare Wasser des Sunds umrauscht ihn. Der flache Strand, die kleinen, regelrechten Häuschen des Fischerdorfes, die ferne Stadt, alles ist von der ewigen Schönheit des Meeres beglänzt. Aus den weichen Nebeln, die zumeist den westlichen Horizont verhüllen, taucht hier und da ein Fischerboot auf. Mit kühnem Kreuzen steuert es dem Hafen zu. Es rauscht fröhlich um den Kiel, wenn es in den engen Hafen gleitet. In demselben Augenblick werden ganz still die Segel eingezogen. Die Fischer schwenken den Hut zum fröhlichen Gruße, und unten im Boot liegt glitzernd die gefangne Beute.

Es kam gerade ein Boot in den Hafen, während der alte Mattßon draußen am Leuchtturm stand. Ein junger

Bursche, der am Steuer saß, lüftete den Hut und nickte dem Mädchen zu. Da sah der Alte, wie es in ihren Augen aufleuchtete.

„Ach so," dachte er, „hast du dich in den schönsten Burschen im ganzen Dorfe verliebt? Ja, den kriegst du nie. Ebensogut kannst du da mich heiraten, wie auf den warten."

Er merkte, daß er Mutters Bild nicht entkommen konnte. Wenn das Mädchen jemanden lieb gehabt hätte, den sie die geringste Aussicht hatte zu bekommen, dann wäre dies eine schöne Ausrede gewesen, um die ganze Sache loszuwerden. Aber jetzt nützte es nichts, sie freizugeben.

*   *

*

Vierzehn Tage später wurde die Hochzeit gefeiert, und ein paar Tage drauf kam der große Novembersturm.

Da wurde eines der Boote des Fischerdorfes den Sund hinabgetrieben. Steuer und Mast waren fort, so daß es unmöglich zu lenken war. Der alte Mattßon und fünf andre waren an Bord. Und sie trieben zwei Tage lang ohne Nahrung herum. Als sie geborgen wurden, waren sie vor Mattigkeit und Kälte ganz erschöpft. Alles im Boote war mit einer Eiskruste überzogen, und ihre feuchten Kleider waren in der Kälte ganz steif geworden. Der alte Mattßon erkältete sich dabei so schwer, daß er nie mehr seine Gesundheit wiedererlangte. Er lag zwei Jahre lang krank, dann kam der Tod.

Manchen schien es eigentümlich, daß er unmittelbar vor dem Unglücksfalle den Einfall gehabt hatte, zu heiraten, denn die kleine Frau war ihm eine gute Pflegerin geworden. Wie wäre es ihm wohl ergangen, wenn er einsam und hilflos dagelegen wäre? Das ganze Fischerdorf erkannte schließlich, daß er nie etwas Klügres getan hätte, als da er sich verheiratete, und die kleine Frau stand in großem Ansehen wegen der Zärtlichkeit, mit der sie den Mann pflegte.

„Der wird es nicht schwer fallen, sich wieder zu verheiraten," sagte man.

Der alte Mattßon erzählte jeden Tag, solange er krank lag, seiner Frau die Geschichte von dem Bilde.

„Du sollst es haben, wenn ich tot bin, so wie du alles haben sollst, was mein ist," sagte er.

„Sprich doch nicht von so etwas."

„Und du sollst auf Mutters Porträt acht geben, wenn die jungen Burschen um dich werben. Wahrlich, ich glaube, es gibt niemanden im ganzen Fischerdorf, der sich besser auf Heiratsgeschichten versteht, als dieses Bild."

Ein gefallener König

„Mein war das Reich der Phantasie,
Nun bin ich ein gefallener König."
Snoilsky.

Es klapperte über die Pflastersteine, die Holzpantoffeln klatschten in unruhigem Takt. Die Gassenjungen eilten vorbei. Sie schwatzten und pfiffen. Es ging im Laufmarsch. Die Häuser zitterten, und aus den Seitengäßchen stürzte das Echo hervor wie ein Kettenhund aus seiner Hütte.

Hinter den Fensterscheiben zeigten sich Gesichter. Hatte sich etwas zugetragen? War etwas los? Der Lärm verzog sich nach der Vorstadt. Die Dienstmädchen eilten hin, hinter den Gassenjungen drein. Sie schlugen die Hände zusammen und schrien: „Gott bewahre uns, Gott bewahre uns! Gibt es Mord, gibt es Brand?" Niemand antwortete. Das Klappern ertönte aus der Ferne.

Nach den Mädchen kamen die weisen Matronen der Stadt geeilt. Sie fragten: „Was geht vor? Was stört die Vormittagsruhe? Ist es eine Trauung? Ist es ein Begräbnis? Ist es eine Feuersbrunst? Was tut der Turmwächter? Soll die Stadt niederbrennen, ehe er zu läuten anfängt?"

Der ganze Haufen machte vor dem kleinen Häuschen des Schuhmachers in der Vorstadt halt, dem kleinen Häuschen, das Weinranken um Türen und Fenster hatte und darunter zwischen der Straße und dem Hause einen ellenbreiten Garten. Ein Lusthäuschen aus Stroh, Bosketts für ein Mäuslein, Wege für ein Kätzchen. Alles aufs beste geordnet!

177

Erbsen und Bohnen, Rosen und Lavendel, eine Handvoll Gras, drei Stachelbeerbüsche und einen Apfelbaum.

Die Gassenjungen standen am nächsten, sie spähten und berieten. Die blanken schwarzen Fensterscheiben ließen die Blicke nicht weiter vordringen als bis zu den weißen Zwirngardinen. Einer der Jungen klammerte sich an die Weinranken fest und drückte das Gesicht an die Scheibe. „Was sieht er?" flüsterten die andern. „Was sieht er?" Die Schusterwerkstatt und die Schusterbank, Schmierbüchsen und Lederflecke, Leisten und Pflöcke, Ringe und Riemen. „Sieht er keinen Menschen?" Er sieht den Gesellen, der den Absatz an einem Schuh macht. Sonst niemand, sonst niemand? Große, schwarze Fliegen springen über die Scheibe und trüben seinen Blick. „Sieht er niemand anders als den Gesellen?" Niemand anders. Des Meisters Stuhl steht leer. Er sah einmal, zweimal, dreimal nach, des Meisters Stuhl war leer.

Die Menge stand still, riet hin und her und wunderte sich. Es war also wahr. Der alte Schuhmacher war durchgegangen. Niemand wollte es glauben. Man stand da und wartete auf ein Zeichen. Die Katze kam auf das steile Dach heraus. Sie streckte die Krallen aus und glitt die Dachrinne hinab. Ja, der Hausherr war fort, die Katze hatte freie Jagd. Die Spatzen flatterten und kreischten ganz hilflos.

Ein weißes Küchlein guckte um die Hausecke. Es war schon beinahe ein richtiger Hahn. Der Kamm leuchtete rot wie Weinlaub. Es spähte und guckte, krähte und rief. Die Hühner kamen, eine Reihe weißer Hühner in vollem Lauf, die Körper wiegten sich, die Flügel schlugen, die gelben Beinchen regten sich wie Trommelschlägel. Die Hühner hüpften in die Erbsen. Schlägereien entspannen sich. Mißgunst brach aus. Eine Henne entfloh mit einer vollen Erbsenschote Zwei Hähne hackten sie in den Nacken. Die

Katze verließ das Spatzennest, um zuzusehen. Bums, da fiel sie mitten in die Schar. Die Hühner entflohen in einer langen, schwankenden Reihe. Der Volkshaufe dachte: „Freilich ist es wahr, daß der Schuster sich aus dem Staube gemacht hat. Man sieht es an der Katze und an den Hühnern, daß der Hausherr fort ist."

Die holprige, vom Herbstregen schlüpfrige Vorstadtgasse hallte von allen den Reden wider. Die Türen standen offen, die Fenster schwangen hin und her. Ein Kopf steckte sich neben den andern in verwundertem Geflüster. „Er ist durchgegangen." Menschen flüsterten, Sperlinge kreischten, Holzpantoffeln klapperten: „Er ist durchgegangen. Der alte Schuhmacher ist durchgegangen. Der Besitzer des kleinen Häuschens, der Mann der jungen Frau, der Vater des schönen Kindes ist durchgegangen. Wer kann es verstehen? Wer kann es verstehen?"

So geht ein altes Liedchen: „Alter Mann im Hause, junger Knab' im Walde; Frau entflieht; Kind weint; Heim ohne Herrin."

Das Liedchen ist alt. Alle verstehen es.

Dies war ein neues Lied. Der Alte war fort. Auf dem Tisch der Werkstatt lag seine Erklärung, daß er niemals wiederzukommen gedachte; daneben war auch ein Brief gelegen. Den hatte die Frau gelesen, aber sonst niemand.

Die junge Frau war in der Küche. Sie tat nichts. Die Nachbarin ging hin und her; hantierte geschäftig herum, setzte die Tassen hin, legte Brennholz zu, weinte ein bißchen und trocknete sich die Tränen mit dem Wischfetzen.

Die weisen Frauen des Viertels saßen steif rings an den Wänden. Sie wußten, was sich in einem Trauerhause schickte. Sie sahen darauf, daß Schweigen herrschte, daß Kummer herrschte. Sie feierten einen Freitag, um die verlassene Frau in ihrer Trauer zu stützen. Grobe Hände lagen still im Schoße, wettergebräunte Wangen legten sich in tiefe Runzeln, dünne Lippen kniffen sich über zahnlosen Kinnladen zusammen.

Die Frau saß unter diesen Bronzebraunen, sanft, hell, mit süßem Taubengesicht. Sie weinte nicht, aber sie zitterte. Sie war so ängstlich, daß sie fast vor Furcht starb. Sie biß die Zähne zusammen, damit niemand hörte, wie sie aufeinander schlugen. Wenn Schritte ertönten, wenn es klopfte, wenn das Wort an sie gerichtet wurde, fuhr sie zusammen.

Sie saß mit dem Brief des Mannes in der Tasche da. Sie erinnerte sich bald an eine Zeile daraus, bald an eine andre. Da stand: „Ich halte es nicht länger aus, Euch beide zu sehen." Und an einer andern Stelle: „Ich habe jetzt die Gewißheit, daß Du mit Erikson durchgehen willst." Und dann wieder: „Du sollst es nicht tun, denn die böse Nachrede der Leute würde Dich unglücklich machen. Ich will fort, dann kannst Du Dich scheiden lassen und wieder ordentlich heiraten. Erikson ist ein braver Arbeiter und kann Dich gut versorgen." Dann tiefer unten: „Laß die Leute von mir sagen, was sie wollen, ich bin schon froh, wenn sie nichts Böses von Dir glauben; denn Du würdest es nicht ertragen."

Sie begriff es nicht. Sie hatte ihn nicht betrügen wollen. Wenn sie auch gerne mit dem jungen Gesellen plauderte, was ging das den Mann an? Die Liebe ist eine Krankheit, aber sie ist nicht tödlich. Sie hatte sie das ganze Leben hindurch mit Geduld tragen wollen. Wie hatte der Mann ihre heimlichsten Gedanken erraten können?

Welche Qual es ihr war, an ihn zu denken! Er mußte sich

geängstigt und gesorgt haben. Er hatte über seine Jahre geweint. Er hatte über die Kräfte und den Mut des Jungen gerast. Er war bei jedem Flüstern, jedem Lächeln, jedem Händedruck erzittert. In lichterlohem Wahnsinn, in knirschender Eifersucht hatte er eine ganze Fluchtgeschichte aus etwas gemacht, was noch nichts war.

Sie dachte daran, wie alt er heute nacht gewesen sein mußte, als er ging. Sein Rücken war gebeugt, seine Hände zitterten. Langer Nächte Qual hatte ihn so gemacht. Er war gegangen, um dieses Dasein quälender Zweifel los zu sein.

Sie erinnerte sich an andre Zeilen aus dem Briefe: „Es ist nicht meine Absicht, Dich zu beschämen, ich bin immer zu alt für Dich gewesen." Und dann an eine andre: „Du sollst immer geachtet und geehrt sein. Schweige nur selbst, dann fällt alle Schande auf mich."

Die Frau fühlte immer größre Angst. War es möglich, daß man Menschen so betrügen konnte? Ging es auch an, so vor Gott zu lügen? Warum saß sie hier in der Stube, beklagt wie eine trauernde Mutter, geehrt wie eine Braut am Hochzeitstage? Warum war nicht sie heimatlos, freundelos, verachtet? Wie kann so etwas geschehen? Wie kann Gott sich so betrügen lassen?

Über der großen Chiffoniere hing ein kleines Bücherbrett. Zu oberst auf dem Brett stand ein großes Buch mit Messingspangen. Und diese Spangen bargen die Erzählung von einem Manne und einem Weibe, die vor Gott und den Menschen logen. „Wer hat es dir eingegeben, o Weib, daß du solches tun sollst? Sieh, junge Männer stehen hier vor deiner Tür, um dich fortzuführen."

Die Frau starrte das Buch an, sie lauschte den Schritten der jungen Männer. Sie erzitterte bei jedem Klopfen, erschauerte bei jedem Schritt. Sie war bereit, aufzustehen und zu bekennen, bereit, niederzufallen und zu sterben.

Der Kaffee war in Ordnung. Die Frauen glitten sittsam zum Tisch hin. Sie schenkten die Tassen voll, nahmen Zucker in den Mund und begannen den siedendheißen Kaffee einzuschlürfen, still und anständig, die Handwerkerfrauen zuerst, die Scheuerfrauen zuletzt. Aber die Frau des Schusters sah nicht, was vorging. Die Angst raubte ihr ganz die Besinnung. Sie hatte eine Erscheinung. Mitten in der Nacht saß sie auf einem frisch gepflügten Acker. Rings um sie saßen große Vögel mit starken Flügeln und spitzigen Schnäbeln. Sie waren grau, kaum merkbar auf dem grauen Boden, aber sie wachten über sie. Sie hielten Gericht über sie. Mit einemmal flogen sie auf und senkten sich auf ihren Kopf herab. Sie sah ihre scharfen Klauen, ihre spitzigen Schnäbel; ihre peitschenden Flügel kamen immer näher. Es war wie ein tödlicher Regen von Stahl. Sie duckte den Kopf hinab und fühlte, daß sie sterben mußte. Aber als sie näher kamen, ganz dicht an sie heran, mußte sie aufsehen. Da sah sie, daß die grauen Vögel alle diese alten Frauen waren.

Eine von ihnen fing zu sprechen an. Sie wußte, was anständig war, was sich in einem Trauerhause schickte. Man hatte jetzt lange genug geschwiegen. Aber die Schustersfrau fuhr auf, wie von einem Peitschenhiebe getroffen. Was wollte die Frau sagen? „Du Matts Wiks Frau, Anna Wik, gestehe! Lange genug hast du vor Gott und vor uns gelogen. Wir sind deine Richter. Wir wollen dich richten und dich zerreißen."

Nein, die Frau begann von den Männern zu sprechen. Und die andern stimmten ein, so wie der Anlaß es erforderte. Es wurde nicht zum Lob der Männer gesprochen. Alles Böse, was Männer je getan hatten, wurde ans Licht gezogen. Das war Trost für eine verlassene Frau.

Verleumdung ward auf Verleumdung gewälzt. Wunderliche Wesen, diese Männer! Sie schlagen uns, sie vertrinken unser Geld. Sie verpfänden unsre Habe. Warum in aller Welt hatte unser Herrgott solche erschaffen?

Die Zungen wurden wie Drachenzähne, sie spien Gift, sie sprühten Feuer. Jede fügte ihr Wort ein. Erzählung häufte sich auf Erzählung. Die Frau floh vor dem berauschten Mann aus dem Hause. Frauen rackerten sich für versoffne Männer. Ehefrauen wurden um andrer Frauen willen verlassen. Die Zungen sausten wie Peitschenhiebe. Das häusliche Elend wurde entblößt. Lange Litaneien wurden gesprochen. Vor des Mannes Tyrannei bewahre uns, o gütiger Gott!

Krankheit und Armut, der Tod der Kinder, die Kälte des Winters, die Plage mit den Alten, alles kommt vom Manne. Die Sklaven zischten gegen ihre Herren. Sie wendeten den Stachel gegen den, zu dessen Füßen sie krochen.

Der Frau des durchgegangnen Mannes gellten diese Worte schrill in den Ohren. Sie wagte, die Unverbesserlichen zu verteidigen. „Mein Mann," sagte sie, „ist gut." Die Frauen fuhren auf, sie zischten und fauchten. „Er ist durchgegangen. Er ist nicht besser als irgendein andrer. Er, der schon alt ist, hätte es besser verstehen müssen, als von Frau und Kind fortzulaufen. Kannst du glauben, daß er besser ist als irgendein andrer?"

Die Frau bebte, es war ihr, als würde sie durch stechendes Dornengestrüpp geschleift. Ihr Mann zu den Sündern gezählt! Sie erglühte in Scham, sie wollte sprechen, aber sie schwieg. Sie hatte Angst. Sie vermochte es nicht. Aber warum schwieg Gott? Warum ließ Gott so etwas geschehen?

Wenn sie den Brief herausnähme und ihn laut läse. Dann

würde sich der Giftstrom wenden. Der Eiter würde sie bespritzen. Todesangst kam über sie. Sie wagte es nicht. Sie wünschte beinahe, daß eine freche Hand in ihre Tasche gegriffen und den Brief hervorgezogen hätte. Sie vermochte nicht, sich selbst preiszugeben. Drinnen aus der Werkstätte hörte man einen Schusterhammer. Hörte niemand, wie siegesfreudig er klopfte? Den ganzen Tag hatte sie dieses Klopfen gehört und sich darüber erzürnt. Aber keine der Frauen verstand es. Allwissender Gott, hattest du keinen Diener, der die Herzen durchschaute? Sie wollte gern ihr Urteil hinnehmen, wenn sie nur nicht gestehen mußte. Sie wollte jemanden sagen hören: „Wer hat es dir eingegeben, daß du vor Gott lügen solltest?" Sie horchte nach dem Laut der Schritte der jungen Männer, um niederzufallen und zu sterben.

$$*\qquad\qquad\qquad\qquad *$$

$$*$$

Mehrere Jahre nach diesem Vorfall heiratete eine geschiedene Frau einen Schuhmacher, der Gesell bei ihrem Manne gewesen war. Sie hatte es nicht gewollt, aber sie war dazu hingezogen worden, wie eine Forelle zum Bootsrand gezogen wird, wenn sie einmal an der Schnur hängen geblieben ist. Der Fischer läßt sie spielen, er läßt sie hin und her schnellen und läßt sie glauben, daß sie frei ist. Aber wenn sie müde geworden ist, wenn sie nicht weiter kann, dann zieht er sie mit leichtem Ruck an das Boot, dann holt er sie herauf und wirft sie auf den Bootsgrund, ehe sie noch weiß, um was es sich handelt.

Die Frau des durchgegangnen Schuhmachers hatte ihren

Gesellen verabschiedet und hatte allein leben wollen. Sie wollte ihrem Manne zeigen, daß sie unschuldig war. Aber wo war der Mann? Kümmerte er sich nicht um ihre Treue? Sie litt Not, ihr Kind ging in Lumpen. Wie lange glaubte denn der Mann, daß sie warten konnte? Sie ging zugrunde, wenn sie niemanden hatte, an den sie sich lehnen konnte.

Erikson ging es gut. Er hatte einen Laden drinnen in der Stadt. Seine Schuhe standen auf Spiegelglasscheiben hinter breiten Auslagefenstern. Seine Werkstätte dehnte sich aus. Er mietete eine Wohnung und stellte Sammetmöbel in das Sitzzimmer. Alles wartete nur auf sie. Als sie der Armut gar zu müde war, kam sie.

Sie war anfangs sehr ängstlich. Aber es traf sie kein Unglück. Sie wurde mit jedem Tage sicherer und immer glücklicher. Sie stand bei den Menschen in Ansehen und wußte bei sich, daß sie es nicht verdiente. Dies hielt ihr Gewissen wach, so daß sie eine gute Frau wurde.

Nach einigen Jahren kam ihr erster Mann wieder in das Haus in der Vorstadt. Er ließ sich wieder dort nieder und wollte anfangen zu arbeiten. Aber er bekam keine Arbeit, und kein ordentlicher Mensch wollte mit ihm verkehren. Er wurde verachtet, während seine Frau große Ehre genoß. Und doch hatte er recht getan und sie unrecht gehandelt.

Der Mann behielt sein Geheimnis bei sich, aber es erstickte ihn beinahe. Er fühlte, wie er sank, weil alle ihn für einen schlechten Menschen hielten. Niemand verließ sich auf ihn, niemand wollte ihm Arbeit anvertrauen. Er schloß sich der Gesellschaft an, die er finden konnte, und gewöhnte es sich an, zu trinken.

Während es so bergab mit ihm ging, kam die Heilsarmee in die Stadt. Sie mietete einen großen Saal und begann ihre

Tätigkeit. Schon vom ersten Abend an lief alles Lumpengesindel zu den Vorstellungen, um dort Unfug zu treiben. Als dies ungefähr eine Woche gedauert hatte, kam Matts Wik mit, um an der Belustigung teilzunehmen. Es herrschte Gedränge auf der Gasse, und im Tore entstand eine Stockung. Da waren scharfe Ellenbogen und scharfe Zungen; Gassenjungen und Soldaten, Mägde und Scheuerfrauen; friedliche Polizisten und lärmender Pöbel. Die Armee war neu und modern. Die Bälle verloren an Reiz, die Schenken standen leer. Elegants und Hafengesindel, alles ging zur Heilsarmee.

Im Saale war die Decke niedrig. Ganz im Hintergrunde stand eine leere Estrade. Ungestrichne Bänke, geliehene Stühle. Zerschlissener Boden, Feuchtigkeitsflecke an der Decke, Lampen, die rauchten. Der eiserne Ofen mitten im Zimmer verbreitete Wärme und Kohlendunst. Im Augenblick waren alle Plätze besetzt. Zunächst der Estrade saßen Frauen, anständig wie in der Kirche, feierlich wie unter dem Brauthimmel, und hinter ihnen Tagediebe und Nähmädchen. Ganz rückwärts saßen die Jungen, ein Gassenjunge dem andern auf dem Schoß. Und in der Tür gab es Schlägereien zwischen jenen, die nicht hereinkommen konnten.

Die Estrade war leer. Die Uhr hatte noch nicht geschlagen, die Vorstellung noch nicht begonnen. Einer pfiff, einer lachte. Bänke wurden zertreten. Der „Kampfruf" flog wie ein Drache zwischen den Leuten hin und her. Das Publikum unterhielt sich auf eigne Faust.

Die Seitentüre öffnete sich. Kalte Luft strömte in das Zimmer. Das Kaminfeuer loderte auf. Schweigen trat ein. Erwartungsvolle Aufmerksamkeit. Endlich kamen sie, drei junge Frauen, Gitarren tragend, die Gesichter von breitkrempigen Hüten beinahe verdeckt. Sie stürzten auf die

Knie, sobald sie die Stufen der Estrade erklommen hatten.

Eine von ihnen betete laut. Sie hob den Kopf empor, schloß aber die Augen. Die Stimme war schneidend wie ein Messer. Während des Gebetes war es still. Gassenjungen und Hafengesindel waren noch nicht recht in Zug gekommen. Sie warteten auf die Geständnisse und die anregenden Melodien.

Die Frauen machten sich ans Werk. Sie sangen und beteten, sangen und predigten. Sie lächelten und sprachen von ihrem Glück. Vor sich hatten sie ein Parterre von Hafengesindel. Die begannen aufzustehen, sie sprangen auf die Bänke. Ein drohender Lärm erhob sich in den Scharen. Die Frauen auf der Estrade sahen furchtbare Gesichter durch die rauchige Luft schimmern. Die Männer hatten feuchte, schmutzige Kleider, die übel rochen. Sie spien jeden Augenblick Tabak aus und fluchten bei jedem Wort. Diese Frauen, die gegen sie kämpfen wollten, sprachen von ihrem Glück.

Wie tapfer war diese kleine Armee! Ach, ist es nicht schön, tapfer zu sein, ist es nicht ein Hochgefühl, Gott mit sich zu haben! Es half nichts, über die mit den großen Hüten zu lachen. Es war höchstwahrscheinlich, daß sie die schwieligen Hände, die grausamen Gesichter, die lästernden Lippen besiegen würden.

„Singet mit," riefen die Heilsarmeesoldatinnen. „Singet mit. Es ist gut, zu singen." Sie stimmten eine bekannte Melodie an. Sie zupften an ihren Gitarren und wiederholten denselben Vers einmal ums andre. Sie brachten den einen oder andern der Zunächstsitzenden dazu, mitzusingen. Doch jetzt erdröhnte unten von der Türe ein leichtsinniger Gassenhauer. Töne kämpften gegen Töne; Worte gegen Worte; die Gitarre gegen die Zischpfeife. Die starken, geübten Stimmen der Frauen stritten gegen die heisern, mutierenden Stimmen der Knaben, gegen die Brummbässe der Männer. Als der Gassenhauer nahe daran war, unterzutauchen, begann man unten an der Tür zu stampfen und zu pfeifen. Der Heilsarmeegesang sank wie ein verwundeter Krieger. Der Lärm war entsetzlich, die Frauen stürzten auf die Knie.

Sie lagen wie ohnmächtig da. Die Augen waren geschlossen. Die Körper wiegten sich in stummem Schmerz. Der Lärm erstarb. Die Heilsarmeekapitänin begann augenblicklich: „Herr, alle diese wirst du zu den Deinen machen. Dank, o Herr, daß du sie alle in dein Kriegsheer aufnehmen willst! Dank, o Herr, daß wir sie dir zuführen dürfen!"

Die Volksmasse knirschte, heulte, toste. Es war, als ob alle diese Kehlen von einem scharfen Messer gekitzelt würden. Es war, als fürchteten die Menschen, überwunden zu werden, als hätten sie vergessen, daß sie freiwillig gekommen waren.

Aber die Frau fuhr fort, und ihre scharfe schneidende Stimme trug den Sieg davon. Sie mußten hören.

„Ihr tobt und schreit. Die alte Schlange in euch windet sich und rast. Aber das ist gerade das Zeichen. Gesegnet sei das Brüllen der alten Schlange! Es zeigt, daß sie sich quält, daß sie sich fürchtet. Lacht uns aus! Schlagt uns die Fenster ein! Verjagt uns von der Estrade! Morgen werdet ihr uns angehören! Wir werden die Erde besitzen. Wie wollt ihr uns widerstehen? Wie wollt ihr Gott widerstehen?"

Gleich darauf befahl die Kapitänin einer ihrer Gefährtinnen, vorzutreten und ihr Bekenntnis abzulegen. Sie kam lächelnd. Sie stand kühn und unerschrocken da und schleuderte die Geschichte ihrer Sünde und ihrer Bekehrung den Höhnenden entgegen. Wo hätte es das Küchenmädchen gelernt, lächelnd unter allem diesem Hohn zu stehen? Einige von ihnen, die gekommen waren, um ihren Spott zu treiben, erblaßten. Woher nahmen diese Frauen ihren Mut und ihre Macht? Es stand jemand hinter ihnen.

Die dritte der Frauen trat vor. Sie war ein wunderschönes Kind, reicher Eltern Tochter, mit einer sanften, klaren Singstimme. Sie erzählte nicht von sich selbst. Ihr Zeugnis war eines der gewöhnlichen Lieder.

Das war wie der Schatten eines Sieges. Die Versammlung vergaß sich und lauschte. Dieses Kind war schön zu sehen, lieblich zu hören. Aber als sie verstummt war, brach das Getöse noch furchtbarer los. Unten an der Tür bauten sie eine Estrade aus Bänken, sprangen hinauf und legten Geständnisse ab.

Es wurde immer unheimlicher im Saal. Der eiserne Ofen wurde glutrot, er schluckte Luft und strömte Wärme aus. Die ehrbaren Frauen auf den vordersten Bänken sahen sich nach einem Ausweg zu fliehen um, aber es gab keine Möglichkeit, den Saal zu verlassen. Die Heilssoldatinnen auf der Estrade wankten, und auf ihren Stirnen perlte der Schweiß. Sie riefen und beteten um Stärke. Plötzlich fuhr ein Hauch durch die Luft, ein Flüstern schlug an ihr Ohr. Sie wußten nicht, woher es kam, aber sie fühlten einen Umschlag. Gott war mit ihnen. Er kämpfte für sie.

Aufs neue in den Kampf! Die Kapitänin trat vor und erhob die Bibel über ihren Kopf. „Haltet inne, haltet inne! Wir fühlen, daß Gott unter uns wirkt. Eine Bekehrung ist nahe. Helft uns beten! Gott will uns eine Seele schenken."

Sie fielen in stummem Gebet auf die Knie. Einige im Saal nahmen an dem Gebet teil. Allen teilte sich eine spannende

Erwartung mit. War es wahr? Trug sich etwas Großes in der Seele eines Mitmenschen zu, hier, mitten unter ihnen? Würden sie es sehen? Konnten diese Frauen etwas bewirken?

Für einen Augenblick war die Menge gewonnen. Jetzt war sie ebenso erpicht auf Wunder wie eben erst auf Lästerung. Niemand wagte sich zu rühren. Alle keuchten vor Erwartung, aber nichts geschah. „O Gott, du verlässest uns! Du verläßt uns, o Gott!"

Die schöne Heilsarmeesoldatin begann zu singen. Sie wählte die mildeste der Melodien, das zarteste Kind der Sehnsucht: „Fern er weilet von grünenden Tälern."

Die Worte waren nur wenig verändert. Das Lied des finnischen Hirtenmädchens war unschwer zu Jesu Sehnsucht nach der Seele geworden. „O, du meine Geliebte, kommst du nicht bald?"

So mild lockend wie ein bittendes Kind glitt der Gesang in die Gemüter, wie eine Liebkosung, wie ein Segen.

Die Versammlung war stumm, wie versunken in diese Töne. – „Berge und Wälder verschmachten, Himmel und Erde leben in Sehnsucht. Mensch, alles in der Welt dürstet danach, daß du deine Seele dem Lichte erschließest. Dann verbreitet sich Herrlichkeit über alle Welt, dann stehen die Tiere auf aus ihrer Erniedrigung. Alles Seufzen der Kreatur hat ein Ende. O, du meine Geliebte, kommst du nicht bald?"

„Es ist nicht wahr, daß du in hohen Königssälen weilest. In dunklen Wäldern, in elenden Hütten hausest du, und du willst nicht kommen. Mein lichter Himmel lockt dich nicht. O, du meine Geliebte kommst du nicht bald?"

Unten im Saale stimmten immer mehrere in den Kehrreim

ein. Stimme um Stimme kam mit. Sie wußten nicht recht, welcher Worte sie sich bedienten. Die Melodie war genug. Alle Sehnsucht konnte sich in diesen Tönen freisingen. Auch unten an der Tür wurde es gesungen. Es sprengte Herzen. Es unterjochte Willen. Es klang nicht mehr wie eine jammervolle Klage, sondern stark, fordernd, befehlend.

„O, du meine Geliebte, kommst du nicht bald?"

Unten an der Tür im dichtesten Knäuel stand Matts Wik. Er sah ganz vertrunken aus, aber an diesem Abend war er nicht berauscht. Er stand da und dachte: „Wenn ich sprechen dürfte, wenn ich sprechen dürfte."

Dies war der wunderbarste Raum, den er je gesehen hatte, die wunderbarste Gelegenheit. Eine Stimme sprach zu ihm: „Dies ist das Schilf, in das du flüstern kannst, die Wellen, die deine Stimme tragen werden."

Die Singenden zuckten zusammen. Es war, als hätten sie einen Löwen brüllen hören. Eine starke, furchtbare Stimme sprach furchtbare Worte.

Sie höhnte Gott. Warum dienten die Menschen Gott? Er verließ alle, die ihm dienten. Er hatte seinen Sohn verlassen. Gott half niemandem.

Die Stimme stieg gewaltig an, sie wurde mit jeder Minute brausender. Solche Kraft hatte niemand Menschenlungen zugetraut. Solche Raserei hatte niemand je aus einem zertretnen Herzen losbrechen hören. Sie neigten ihr Haupt wie die Wandrer in der Wüste, wenn der Sturm über sie kommt.

Gewaltige, gewaltige Worte. Sie waren wie donnernde Hammerschläge gegen Gottes Thron. Gegen ihn, der Hiob quälte, der die Märtyrer leiden, der seine Bekenner auf

Scheiterhaufen verbrennen ließ. Der Ohnmächtige, wann begründet er sein Reich? Wann läßt er ab, die Arglist zum Siege zu führen?

Anfangs hatten einige versucht, zu lachen. Einige hatten geglaubt, daß dies ein Scherz sei. Jetzt hörten sie bebend, daß es Ernst war. Schon erhoben sich einige, um die Estrade hinaufzufliehen. Sie verlangten den Schutz der Heilsarmee gegen jenen, der Gottes Zorn auf sie herabbeschwor.

Die Stimme fragte sie in zischendem Tonfall, welchen Lohn sie für ihre Mühe erwarteten, Gott zu dienen. Sie sollten sich nicht den Himmel erwarten. Gott geizte mit seinem Himmel. Ein Mann, sagte er, hatte mehr Gutes getan, als notwendig war, um die Seligkeit zu erringen. Er hatte größre Opfer gebracht, als Gott verlangte. Aber dann wurde er zur Sünde verlockt. Das Leben ist lang. Er bezahlte seine verdiente Gnade schon in dieser Welt. Er muß den Weg der Verdammten gehen.

Die Rede war der furchtbare Nordwind, der die Schiffe in den Hafen treibt. Bei den Worten des Höhnenden stürzten die Frauen die Estrade hinan. Die Hände der Heilsarmeesoldatinnen wurden erfaßt und geküßt. Bekehrung folgte auf Bekehrung. Sie konnten kaum alle aufnehmen. Knaben und Greise priesen Gott.

Er, der sprach, fuhr fort. Die Worte berauschten ihn. Er sagte zu sich selbst: „Ich spreche, ich spreche, endlich spreche ich. Ich sage ihnen mein Geheimnis, und ich sage es doch nicht." Zum ersten Male, seit er das große Opfer gebracht hatte, war er frei von Kummer.

*   *

*

Es war ein Sonntagnachmittag im Hochsommer. Die Stadt
sah wie eine Steinwüste aus, wie eine Mondlandschaft. Man
sah keine Katze, keinen Sperling, kaum eine Fliege an einer
sonnigen Wand. Kein Schornstein rauchte. In den schwülen
Straßen war keine Luft. Das Ganze war nur ein steinbesäter
Acker, aus dem Steinwände wuchsen.

Wo waren Hunde und Menschen? Wo waren die jungen
Damen in schmalen Röcken und weiten Ärmeln, langen
Handschuhen und roten Sonnenschirmen? Wo waren
Soldaten und Stutzer, Heilsarmeesoldaten und
Gassenjungen?

Wohin zogen an dem taufrischen Morgen alle die bunten
Lustfahrerscharen, alle die Körbe und Ziehharmonikas und
Flaschen, die das Dampfboot ans Land lud. Oder wo kam er
hin, der lange Guttemplerzug? Die Fahnen wehten, die
Trommeln dröhnten, Gassenjungen schwärmten, stampften,
schrien hurra. Oder wo blieben sie, die blauen Schleierchen,
unter denen die Kleinen schliefen, während Vater und
Mutter sie andächtig über die Gasse schoben.

Alle waren sie auf dem Wege hinaus in den Wald. Sie klagten
über die langen Straßen. Es war, als wenn die Steinhäuser
ihnen nachjagten. Endlich, endlich schimmerte Grün. Und
gleich vor der Stadt, wo der Weg sich durch platte, feuchte
Felder schlängelte, wo der Lerchengesang am vollsten
ertönte, wo der Klee honigsüß duftete, da lagen die ersten
Zurückgebliebenen. Die Mütze im Nacken, die Nase im

Grase. Den Körper in Sonnenschein und Blumenduft gebadet, die Seele von Muße und Ruhe erquickt.

Aber über den Weg zum Walde eilten Proviantträger und Radfahrer. Jungen kamen mit Spaten und blanken Tornistern. Mädchen tanzten in Staubwolken. Himmel und Fahnen und Kinder und Trompeten. Handwerkerfamilien und Arbeiterscharen. Die sich bäumenden Klepper der Charabans erhoben die Vorderbeine über die Haufen. Ein wilder berauschter Geselle sprang auf das Rad. Er wurde von flinken Damen heruntergeschleudert und blieb zappelnd auf dem Rücken im Staube der Landstraße liegen.

Drinnen im Walde spielte und sang, flötete und schluchzte eine Nachtigall. Die Birken kamen nicht gut fort, sie hatten schwarze Stämme. Die Buchen bauten hohe Tempel, Stockwerk auf Stockwerk von quergestreiftem Grün. Der Frosch saß da und zielte mit der Zunge. Und jedesmal fing er eine Fliege. Der Igel patschte in dem alten raschelnden Buchenlaub herum. Libellen huschten über das Moor mit glitzernden Flügeln. Die Menschen ließen sich um die Eßkörbe nieder. Goldkäfer krochen rings um sie durch das Gras. Die piepsenden funkelnden Grillen suchten ihren Sonntag froh zu machen.

Plötzlich verschwand der Igel, er rollte sich erschrocken in seine Stacheln. Die Grillen tauchten in das Grün unter, ganz verstummt. Die Nachtigall sang aus Leibeskräften. Es waren Gitarren, Gitarren. Die Heilsarmee zog unter den Buchen ein. Die Leute erwachten aus der stumpfen Ruhe unter den Bäumen. Tanzboden und Krocketplatz wurden verödet. Schaukel und Karussell hatten eine Stunde Rast. Alles strömte dem Lager der Heilsarmee zu. Die Bänke füllten sich, und auf jeder Erdhöhe saßen Zuhörer.

Jetzt war die Armee gewachsen und stark und mächtig

geworden. Um manche liebliche Wange schloß sich der Heilsarmeehut. Mancher starke Mann trug das rote Wams. Es herrschte Friede und Ordnung unter der Menge. Schimpfworte wagten sich nicht über die Lippen. Die Flüche verrollten unschädlich hinter den Zähnen. Und Matts Wik, der Schuhmacher, der gewaltige Gotteslästerer, stand jetzt als Fahnenwächter unter der Estrade. Er war auch einer der Gläubigen. Die Enden der roten Fahne liebkosten freundlich seinen grauen Kopf.

Die Heilsarmeesoldatinnen hatten den Alten nicht vergessen. Sie hatten ihm ihren ersten Sieg zu danken. Sie waren in seiner Einsamkeit zu ihm gekommen. Sie wuschen seine Stube und besserten seine Kleider aus. Sie weigerten sich nicht, mit ihm umzugehen. Und bei ihren Zusammenkünften durfte er sprechen. Seit er sein Schweigen gebrochen hatte, war er glücklich. Er stand nicht mehr als ein Feind Gottes da. Eine brausende Kraft erfüllte ihn. Er war glücklich, wenn er ihr Luft machen durfte. Wenn die Säle vor seiner Löwenstimme erzitterten, war er glücklich.

Er sprach immer von sich selbst. Er erzählte immer seine eigne Geschichte. Das Schicksal des Verkannten schilderte er. Er sprach von Opfern bis aufs Blut, die gebracht worden waren, ohne Lohn zu gewinnen, ohne Anerkennung zu finden. Er kleidete das ein, was er erzählte. Er erzählte sein Geheimnis und erzählte es doch nicht.

Aus ihm wurde ein Dichter. Er bekam die Kraft, die Herzen zu gewinnen. Um seinetwillen sammelte sich die Menge vor der Estrade der Heilsarmee. Er zog sie hin mit den berückend phantastischen Bildern, die sein krankes Hirn erfüllten. Er fesselte sie mit den Worten ergreifender Klage, die seines Herzens Qual ihn gelehrt hatte.

Vielleicht hatte sein Geist schon einmal in dieser Welt des Todes und des Wechsels geweilt. Vielleicht war er damals ein mächtiger Dichter gewesen, erfahren in der Kunst, auf den Saiten des Herzens zu spielen. Aber um schwerer Verbrechen willen war er verurteilt worden, sein Erdenleben abermals zu beginnen, von seiner Hände Arbeit zu leben, unbekannt mit der Macht des Geistes. Doch jetzt hatte sein Kummer den Kerker seines Geistes gesprengt. Seine Seele war ein eben befreiter Gefangner. Lichtscheu und verwirrt, aber dennoch jubelnd über ihre Freiheit zog sie über die einstigen Schlachtfelder.

Der wilde, ungelehrte Sänger, die schwarze Drossel, die unter Staren aufgewachsen war, lauschte mißtrauisch den Worten, die ihm auf die Lippen kamen. Woher hatte er die Macht, die Menge zu zwingen, hingerissen seiner Rede zu lauschen? Woher hatte er die Macht, stolze Menschen auf die Knie zu zwingen, sie die Hände ringen zu lassen? Er erzitterte, ehe er zu reden begann. Dann kam ruhige Zuversicht über ihn. Aus der niemals ermessenen Tiefe seines Leidens stiegen unablässig Wolken von qualschweren Worten empor.

Diese Reden wurden nie gedruckt. Sie waren Jagdrufe, schmetternde Hornfanfaren, lockend, belebend, erschreckend, anfeuernd. Nicht zu fangen, nicht wiederzugeben. Sie waren Blitze und rollende Donnerschläge. Die Herzen erschütterten sie in düstrer Angst. Aber vergänglich waren sie, niemals ließen sie sich fangen. Der Wasserfall kann bis auf den letzten Tropfen gemessen werden, das irrende Spiel des Schaumes läßt sich malen, nicht aber der schnelle, irrende, rauschende, wachsende, gewaltige Strom dieser Reden.

An jenem Tage im Walde fragte er die Versammelten, ob sie wüßten, wie sie Gott dienen müßten. – Wie Uria seinem

König diente.

Nun wurde der Mann auf der Rednertribüne zu Uria. Nun ritt er durch die Wüste mit seines Königs Brief. Er war allein, die Einsamkeit ängstigte ihn. Seine Gedanken waren düster. Aber er lächelte, wenn er an sein Weib dachte. Die Wüste wurde ein Blumengefilde, wenn er ihrer gedachte. Quellen entsprangen aus der Erde bei dem Gedanken an sie.

Sein Kamel stürzte. Seine Seele ward von bösen Ahnungen erfüllt. Das Unglück, dachte er, ist ein Geier, der die Wüste liebt. Er machte nicht kehrt, sondern ging vorwärts mit des Königs Brief. Er trat auf Dornen. Er ging unter Nattern und Skorpionen. Ihn dürstete und hungerte. Er sah Karawanen ihre dunklen Streifen durch den Wüstensand ziehen. Er suchte sie nicht auf. Er wagte es nicht, sich Fremden zuzugesellen. Wer des Königs Brief trägt, muß allein gehen. Er sah des Abends die weißen Zelte der Hirten. Sie lockten ihn, wie die lächelnde Wohnstatt seines Weibes. Er glaubte, weiße Schleier winken zu sehen. Doch er wich den Zelten aus und ging in die Einsamkeit. Wehe, wenn sie seines Königs Brief gestohlen hätten!

Wankend geht er, als er die spähenden Räuber hinter sich herjagen sieht. Er denkt an des Königs Brief. Er liest ihn, um ihn dann zu vernichten. Er liest ihn und faßt neuen Mut. Steht auf, Krieger von Juda! Er zerstört den Brief nicht. Er ergibt sich den Räubern nicht. Er kämpft und siegt. Und dann weiter, weiter. Er führt sein Todesurteil mit sich durch tausend Gefahren. – –

So ist es, Gottes Wille muß befolgt werden bis aufs Blut, bis in den Tod. – –

Während Wik sprach, stand seine geschiedene Frau da und hörte ihm zu. Sie war am Morgen in den Wald gezogen, vergnügt und strahlend, am Arm des Mannes höchst matronenhaft, respektabel bis in die Fingerspitzen. Die Tochter und der Geselle trugen den Eßkorb. Die Magd folgte mit dem jüngsten Kinde nach. Alles war Friede, Glück, Ruhe gewesen.

Dann hatten sie in einem Waldesdickicht gelegen. Sie hatten gegessen und getrunken, gespielt und gelacht. Nicht ein Gedanke an vergangne Zeiten! Das Gewissen schwieg wie ein gesättigtes Kind. Früher, wenn der erste Mann betrunken an ihrem Fenster vorbeigetaumelt war, hatte sie einen Stich in der Seele gefühlt.

Dann hatte sie gehört, daß er der Abgott der Heilsarmee geworden sei. Sie fühlte sich daher ganz ruhig. Jetzt war sie gekommen, um ihn zu hören. Und sie verstand ihn. Er sprach nicht von Uria. Er erzählte von sich selbst. Er wand sich unter dem Gedanken an sein eignes Opfer. Er riß Stücke aus seinem eignen Herzen und warf sie unter das Volk. Sie kannte diesen Wüstenreiter, diesen Besieger der Räuber. Und diese ungestillte Qual starrte sie an wie ein offnes Grab. –

Es wurde Nacht. Der Wald wurde menschenleer. Lebt wohl nun, Grün und Blumen! Weiter Himmel, lebe wohl auf lange! Die Schlangen begannen um die Hügel zu kriechen. Die Kröten sprangen über den Weg. Der Wald wurde häßlich. Alle sehnten sich heim nach der Steinwüste, nach der Mondlandschaft. Dort ist es für Menschen gut sein. Vielleicht können leidende Herzen dort einer raschen Versteinerung entgegengehen.

Frau Anna Erikson lud ihre alten Freundinnen zusammen. Die Handwerkersgattinnen der Vorstadt und die Scheuerfrauen kamen zu ihr zum Vormittagskaffee. Es waren dieselben da, die am Tage der Flucht bei ihr gewesen waren. Eine war neu hinzugekommen, Maria Anderson, die Kapitänin der Heilsarmee.

Anna Erikson hatte nun viele Wandrungen zur Heilsarmee unternommen. Sie hatte ihren Mann gehört. Er erzählte immer von sich selbst. Er verkleidete seine Geschichte. Sie erkannte sie immer. Er war Abraham. Er war Hiob. Er war Jeremias, den das Volk in den Brunnen warf. Er war Elisa, den die Kinder auf dem Wege verhöhnten.

Dieser Schmerz erschien ihr bodenlos. Dieser Kummer lieh sich alle Stimmen, er machte sich Masken aus allem, was ihm begegnete. Sie begriff nicht, daß der Mann sich gesund sprach, daß es in seinem Innern leuchtete und lachte vor Freude über die Dichtermacht.

Sie hatte ihre Tochter mit zur Armee geschleppt. Die Tochter hatte nicht gehen wollen. Sie war sittsam, streng, pflichttreu. Keine Jugend spielte in ihrem Blut. Sie war alt geboren.

Sie hatte sich ihres Vaters immer geschämt. So war sie herangewachsen. Sie ging gerade, herbe, gleichsam als sagte sie: „Seht, eines verachteten Mannes Tochter! Seht, ob Staub auf meinem Kleide ist! Ist ein Tadel auf meinem Wandel?"

Ihre Mutter war stolz auf sie. Dennoch seufzte sie bisweilen: „Ach, daß meiner Tochter Hände weniger weiß wären, vielleicht wären dann ihre Liebkosungen wärmer!"

Das Mädchen saß in der Armee, spöttisch lächelnd. Sie verachtete die Theatervorstellung. Als ihr Vater hinauftrat, um zu sprechen, wollte sie gehen. Frau Anna Eriksons Hand umklammerte die ihre fest wie eine Zange. Das Mädchen blieb sitzen. Der Wortstrom begann über sie hinzubrausen. Aber was zu ihr sprach, waren nicht so sehr die Worte, als die Hand ihrer Mutter.

Diese Hand krümmte sich, krampfhafte Zuckungen durcheilten sie. Sie lag schlaff, gleichsam tot in der ihren, sie griff wild um sich, fieberheiß. Das Gesicht ihrer Mutter verriet nichts. Nur die Hand litt und kämpfte.

Der alte Redner beschrieb das Martyrium des Schweigens. Jesu Freund lag krank. Seine Schwestern sandten ihm Boten. Aber seine Zeit war noch nicht gekommen. Für Gottes Reich mußte Lazarus sterben.

Er ließ nun allen Zweifel, alle Verleumdung auf Christus niedersausen. Er beschrieb sein Leiden. Sein eignes Mitleid quälte ihn. Er machte alle Todespein durch, er wie Lazarus. Und doch mußte er schweigen.

Nur ein Wort hätte es ihn gekostet, die Achtung der Freunde wiederzugewinnen. Er schwieg. Er mußte die Klage der Schwestern hören. Er sagte ihnen die Wahrheit in Worten, die sie nicht verstanden. Die Feinde höhnten ihn.

Und so weiter, immer ergreifender und ergreifender.

Anna Eriksons Hand lag in der der Tochter. Diese Hand beichtete und bekannte: „Der Mann dort drüben trägt selbst das Martyrium des Schweigens. Er wird zu Unrecht angeklagt. Mit einem Worte könnte er sich frei machen."

Das Mädchen ging mit ihrer Mutter heim. Sie gingen stumm. Das Gesicht des jungen Mädchens war wie Stein. Sie grübelte, suchte alles auf, was die Erinnerung ihr sagen konnte. Ihre Mutter sah angstvoll zu ihr auf. Was wußte sie?

An dem Tage darauf hatte Anna Erikson ihre Kaffeegesellschaft. Man sprach gar lustig vom Markt des Tages, von dem Preise der Holzschuhe, von diebischen Mägden. Die Frauen plauderten und lachten. Sie gossen Kaffee in die Untertassen. Sie waren heiter und sorglos. Frau Anna Erikson konnte nicht verstehen, woher es gekommen war, daß sie sie früher gefürchtet, daß sie immer geglaubt hatte, daß diese sie richten würden.

Als sie mit ihrer zweiten Tasse versehen waren, als sie wohlbehaglich dasaßen und der Kaffee auf dem Rand der Tassen zitterte und die Teller mit Weizenbrot beladen waren, nahm sie das Wort. Ihre Worte waren ein wenig feierlich, aber ihre Stimme war ruhig.

„In der Jugend ist man unvorsichtig. Ein Mädchen, das sich verheiratet hat, ohne recht zu bedenken, was sie auf sich nimmt, kann in große Not kommen. Wer hat es schlimmer getroffen als ich?"

Das wußten sie alle. Sie waren bei ihr gewesen und hatten mit ihr getrauert.

„In der Jugend ist man unvernünftig. Man verschweigt das, was man sagen sollte, weil man sich schämt. Man wagt nicht zu sprechen, aus Furcht vor dem, was die Leute sagen könnten. Wer nicht zur rechten Zeit gesprochen hat, kann es ein ganzes Leben lang bereuen."

Sie glaubten alle, daß dies wahr sei.

Sie hatte Wik gestern gehört, wie so viele Male zuvor. Jetzt mußte sie ihnen allen etwas über ihn sagen. Es kam eine brennende Unruhe über sie, wenn sie bedachte, was er um ihretwillen gelitten hatte. Dennoch meinte sie, daß er, der alt gewesen war, es besser hätte verstehen sollen, als sie, das junge Ding zum Eheweib zu nehmen.

„Ich wagte es in meiner Jugend nicht zu sagen. Aber er ist aus Barmherzigkeit von mir fort, weil er glaubte, daß ich Erikson haben wollte. Ich habe seinen Brief dafür."

Sie las ihnen den Brief vor. Eine Träne kam wohlanständig ihre Wangen hinabgeglitten.

„Er hatte in seiner Eifersucht falsch gesehen. Zwischen Erikson und mir war damals nichts. Es war vier Jahre, ehe wir heirateten. Aber ich will dies jetzt sagen, denn Wik ist zu gut, um so verkannt herumzulaufen. Er ist nicht aus Leichtsinn von Frau und Kindern fort, sondern in guter Absicht. Ich möchte, daß dies überall bekannt wird. Kapitänin Anderson kann vielleicht den Brief in der Armee vorlesen. Ich will, daß Wik Genugtuung widerfährt. Ich weiß auch, daß ich allzulange geschwiegen habe, aber man gibt sich nicht gern selbst eines Trunkenboldes wegen preis. Jetzt ist es eine andre Sache."

Die Frauen saßen förmlich versteinert da. Anna Erikson bebte die Stimme ein wenig, und sie sagte mit einem matten Lächeln:

„Jetzt wollt ihr Frauen vielleicht gar nie mehr zu mir kommen?"

„Aber warum denn! Frau Erikson war doch noch so jung! Und Frau Erikson konnte doch nichts dafür. – Es war ja seine Schuld, wenn er sich solche Dinge einbildete."

Sie lächelte. Dies waren die harten Schnäbel, die sie zerreißen sollten. Die Wahrheit war nicht gefährlich, und die Lüge auch nicht. Die Füße der jungen Männer warteten nicht vor ihrer Tür.

Wußte sie oder wußte sie nicht, daß ihre älteste Tochter an demselben Morgen ihr Haus verlassen hatte und zu ihrem Vater gegangen war?

*   *

*

Das Opfer, das Matts Wik gebracht hatte, um die Ehre seiner Frau zu retten, wurde bekannt. Er wurde bewundert. Er wurde verlacht. Sein Brief wurde in der Armee vorgelesen. Einige weinten aus Rührung. Auf der Straße kamen Leute auf ihn zu und drückten ihm die Hand. Seine Tochter zog zu ihm.

An den nächsten Abenden nach diesem schwieg er bei den Zusammenkünften. Er fühlte keinen innern Ruf. Einmal baten sie ihn, zu sprechen. Er stieg auf die Estrade, faltete die Hände und begann.

Als er ein paar Worte gesagt hatte, hielt er verwirrt inne. Er erkannte die Stimme nicht wieder. Wo war das Löwengebrüll? Wo der brausende Nordwind? Und wo der Wortstrom? Er verstand nicht, verstand nicht.

Er wankte zurück. „Ich kann nicht," murmelte er. „Gott gibt mir noch nicht Kraft zu sprechen." Er setzte sich auf die Bank nieder und stützte den Kopf in die Hände. Er sammelte alle seine Denkkraft, um zuerst einmal herauszufinden, worüber er sprechen sollte. Pflegte er in frühern Tagen zu grübeln? Konnte er jetzt grübeln? Die Gedanken drehten sich mit ihm im Kreise.

Vielleicht würde es gehen, wenn er sich wieder erhob, sich dorthin stellte, wo er zu stehen pflegte und mit seinem gewohnten Gebet anfing. Er versuchte. Er wurde aschgrau im Gesicht. Blicke hefteten sich auf ihn. Der kalte Schweiß trat ihm auf die Stirn. Nicht ein Wort kam über seine Lippen.

Er saß auf seinem Platz und weinte, schwer stöhnend. Die Gabe war ihm genommen. Er versuchte zu sprechen, versuchte es stumm für sich selbst. Worüber sollte er sprechen? Sein Schmerz war ihm genommen. Er hatte den Menschen jetzt nichts zu sagen, was er ihnen nicht sagen durfte. Er hatte kein Geheimnis einzukleiden. Er brauchte die Dichtung nicht. Die Dichtung wich von ihm.

Es war eine Todesangst. Es war ein Kampf ums Leben. Er wollte das festhalten, was schon gegangen war. Er wollte seinen Schmerz wieder haben, um wieder sprechen zu können. Sein Schmerz war dahin. Er konnte ihn nicht wiederfinden.

Wie ein Betrunkner schwankte er zur Estrade, wieder und immer wieder. Er stammelte einige sinnlose Worte. Er leierte wie eine auswendig gelernte Lektion das herunter, was er andre sagen gehört hatte. Er versuchte, sich selbst nachzuahmen. Er spähte nach Andacht in den Blicken, nach bebendem Schweigen, nach hastigem Atmen. Er vernahm nichts. Was seine Freude gewesen, war von ihm genommen.

Er sank in das Dunkel zurück. Er verfluchte es, daß er mit seinen Reden Frau und Tochter bekehrt hatte. Er hatte das Köstlichste besessen und es verloren. Seine Verzweiflung war furchtbar. – Aber nicht von solchem Schmerz lebt der Genius.

Er war ein Maler ohne Hände, ein Sänger, der seine Stimme verloren hat. Er hatte nur von seinem Schmerz gesprochen. Wovon sollte er jetzt reden?

Er betete: „O Gott, da die Ehre stumm ist, aber die Verkanntheit spricht! gib mir die Verkanntheit wieder! Da das Glück stumm ist, aber der Schmerz spricht, gib mir den Schmerz wieder!"

Aber die Krone war ihm genommen. Er saß da, elender als der Elendeste, denn er war von den Höhen des Lebens herabgestürzt. Er war ein gefallener König.

Ein Weihnachtsgast

Einer von denen, die das Kavaliersleben auf Ekeby mitgelebt hatten, war der kleine Ruster, der Noten transponieren und Flöte spielen konnte. Er war von niedriger Herkunft und arm, ohne Heim und ohne Familie. Es brachen schwere Zeiten für ihn an, als die Schar der Kavaliere sich zerstreute.

Nun hatte er kein Pferd und keinen Wagen mehr, keinen Pelz und keine rotgestrichene Proviantkiste. Er mußte zu Fuß von Gehöft zu Gehöft ziehen und trug seine Habseligkeiten in ein blaukariertes Taschentuch eingebunden. Den Rock knöpfte er bis zum Kinn hinauf zu, so daß niemand zu erfahren brauchte, wie es um das Hemd und die Weste bestellt war, und in dessen weiten Taschen verwahrte er seine kostbarsten Besitztümer: die auseinandergeschraubte Flöte, die flache Schnapsflasche und die Notenfeder.

Sein Beruf war, Noten abzuschreiben, und wenn alles gewesen wäre wie in alten Zeiten, so hätte es ihm nicht an Arbeit gefehlt. Aber mit jedem Jahre, das ging, wurde die Musik oben in Wermland weniger gepflegt. Die Gitarre mit ihrem morschen Seidenband und ihren gelockerten Schrauben und das bucklige Waldhorn mit den verblichnen Quasten und Schnüren wurden auf die Rumpelkammer geschafft, und der Staub legte sich fingerdick auf den langen, eisenbeschlagnen Geigenkasten. Doch, je weniger der kleine Ruster mit Flöte und Notenfeder zu tun bekam, desto mehr hantierte er mit der Schnapsflasche, und schließlich wurde er ganz versoffen. Es war schade um den kleinen Ruster.

Einstweilen wurde er noch als alter Freund auf den Herrenhöfen aufgenommen, aber es herrschte Jammer, wenn er kam, und Freude, wenn er ging. Er roch nach Branntwein und Unsauberkeit, und wie er nur ein paar Schnäpse oder einen Toddy bekommen hatte, wurde er wirr und erzählte unerquickliche Geschichten. Er war die Geißel der gastfreien Gutshöfe.

Einmal um die Weihnachtszeit kam er nach Löfdala, wo Liljekrona, der große Violinspieler, daheim war. Liljekrona war auch einer der Ekebykavaliere gewesen, aber nach dem Tode der Majorin zog er auf sein prächtiges Gut Löfdala und verblieb dort. Nun kam Ruster in den Tagen vor dem Weihnachtsabend zu ihm, mitten in die Festvorbereitungen, und verlangte Arbeit. Liljekrona gab ihm einige Noten abzuschreiben, um ihn zu beschäftigen.

„Du hättest ihn lieber gleich fortschicken sollen," sagte seine Frau, „jetzt wird er das so in die Länge ziehen, daß wir ihn über den heiligen Abend hierbehalten müssen."

„Irgendwo muß er doch sein," sagte Liljekrona. Und er bewirtete Ruster mit Toddy und Branntwein, leistete ihm Gesellschaft und lebte die ganze Ekebyer Zeit noch einmal mit ihm durch. Aber er war verstimmt und seiner überdrüssig, er, wie alle die andern, obgleich er es nicht merken lassen wollte, denn alte Freundschaft und Gastfreiheit waren ihm heilig.

Aber in Liljekronas Haus hatten sie sich nun drei Wochen lang für das Weihnachtsfest gerüstet. Sie hatten in Unbehagen und Hast gelebt, sich die Augen bei Talglichtern und Kienspänen rotgewacht, im Schuppen beim

Fleischeinsalzen und im Bräuhaus beim Bierbrauen gefroren. Doch die Hausfrau sowohl wie die Dienstleute hatten sich all dem ohne Murren unterzogen.

Wenn alle Verrichtungen beendet waren und der heilige Abend anbrach, dann würde ein süßer Zauber sie gefangennehmen. Das Weihnachtsfest würde bewirken, daß Scherz und Spaß, Reim und Fröhlichkeit ihnen ohne alle Mühe auf die Lippen kam. Aller Füße würden Lust bekommen, sich im Tanze zu drehen, und aus den dunklen Winkeln der Erinnerung würden die Worte und Melodien der Tanzspiele auftauchen, obgleich man gar nicht glauben konnte, daß sie noch immer da waren. Und dann würden sie alle so gut sein, so gut!

Aber als nun Ruster kam, fand der ganze Haushalt von Löfdala, daß Weihnachten verdorben war. Die Hausfrau und die ältern Kinder und treuen Diener waren alle derselben Meinung. Ruster rief bei ihnen eine erstickende Angst hervor. Sie fürchteten überdies, daß, wenn er und Liljekrona anfingen, sich in den alten Erinnerungen zu tummeln, das Künstlerblut in dem großen Violinspieler aufflammen würde und sein Heim ihn verlieren mußte. Einst hatte es ihn nie lange daheim gelitten.

Es läßt sich nicht beschreiben, wie sie jetzt auf dem Hofe den Hausherrn liebten, seit sie ihn ein paar Jahre hatten bei sich behalten dürfen. Und was hatte er zu geben! Wie war er doch viel für sein Heim, besonders zu Weihnachten! Er hatte seinen Platz nicht auf irgendeinem Sofa oder Schaukelstuhl, sondern auf einer hohen, schmalen, glattgescheuerten Holzbank in der Kaminecke. Wenn er dort hinaufgekommen war, dann ritt er auf Abenteuer aus. Er fuhr rings um die Erde, er stieg zu den Sternen und noch höher empor. Er spielte und sprach abwechselnd, und alle Hausleute versammelten sich um ihn und hörten zu. Das ganze Leben wurde stolz und schön, wenn der Reichtum dieser einzigen Seele es überstrahlte.

Darum liebten sie ihn, so wie sie das Weihnachtsfest, die Freude, die Frühlingssonne liebten. Und als nun der kleine Ruster kam, war ihr Weihnachtsfriede zerstört. Sie hatten vergeblich gearbeitet, wenn nun dieser kam und den Herrn des Hauses fortlockte. Es war ungerecht, daß dieser Säufer am Weihnachtstische eines frommen Hauses sitzen und alle Weihnachtsfreude stören sollte.

Am Vormittag des Weihnachtsabends hatte der kleine Ruster seine Noten fertiggeschrieben, und da ließ er ein paar Worte von Fortgehen fallen, obgleich es natürlich seine Absicht war, zu bleiben.

Liljekrona war von der allgemeinen Verstimmung angesteckt und sagte darum ganz lahm und matt, daß es wohl das beste wäre, wenn Ruster über Weihnachten da bliebe, wo er war.

Der kleine Ruster war stolz und leicht entflammt. Er drehte seinen Schnurrbart auf und schüttelte die schwarze Künstlermähne, die gleich einer dunklen Wolke um seinen Kopf stand. Was meinte Liljekrona eigentlich? Er sollte bleiben, weil er nirgends andershin fahren konnte? Ah, man denke nur, wie sie in den großen Eisenwerken im Broer Kirchspiel standen und auf ihn warteten! Die Gaststube war bereit, der Willkommensbecher gefüllt. Er hatte solche Eile. Er wußte nur nicht, zu wem er zuerst fahren sollte.

„Gott bewahre," sagte Liljekrona, „so fahre doch."

Nach dem Mittagessen lieh sich der kleine Ruster Pferd und Schlitten, Pelz und Decken. Der Knecht von Löfdala sollte ihn zu irgendeinem Gutshof in Bro kutschieren und dann rasch heimfahren, denn es sah nach einem Schneesturm aus.

Niemand glaubte, daß er erwartet wurde, oder daß es ein einziges Haus in der Umgegend gab, wo er willkommen gewesen wäre. Aber sie wollten ihn so gerne los werden, daß sie sich dies verhehlten und ihn ziehen ließen. „Er hat es selbst gewollt," sagten sie. Und nun, dachten sie, wollten sie fröhlich sein.

Aber als sie sich gegen fünf Uhr im Eßsaal versammelten, um Tee zu trinken und um den Christbaum zu tanzen, war Liljekrona stumm und verstimmt. Er setzte sich nicht auf die Märchenbank, er berührte weder Tee noch Punsch, er erinnerte sich an keine Polka, die Violine war verstimmt. Wer spielen und tanzen konnte, mochte es ohne ihn tun.

Da wurde die Gattin unruhig, da wurden die Kinder mißvergnügt, alles im ganzen Hause ging verkehrt. Es wurde der allertrübseligste Weihnachtsabend.

Die Grütze brannte an, die Lichter flackerten, das Holz rauchte, der Wind blies bittere Kälte in die Stuben. Der Knecht, der Ruster kutschiert hatte, kam nicht heim. Die Haushälterin weinte, die Mägde zankten.

Plötzlich erinnerte sich Liljekrona, daß man den Spatzen keine Garbe hinausgehängt hatte, und er beklagte sich laut über alle Frauen rings um ihn, die alte Sitte außer acht ließen und neumodisch und herzlos waren. Aber sie begriffen wohl, daß das, was ihn quälte, die Gewissensbisse waren, daß er den kleinen Ruster am heiligen Weihnachtsabend aus seinem Hause hatte fortgehen lassen.

Und ehe man sich's versah, ging er in sein Zimmer, versperrte die Tür und begann zu spielen, wie er nicht gespielt, seit er zu wandern aufgehört hatte. Es war Haß und Hohn, es war Sehnsucht und Sturm. Ihr dachtet mich zu binden, aber ihr müßt eure Fesseln umschmieden. Ihr dachtet, mich kleinsinnig zu machen, wie ihr selbst seid. Aber ich ziehe hinaus ins Große, ins Freie. Alltagsmenschen, Haussklaven, fanget mich, wenn es in eurer Macht steht!

Als die Gattin diese Töne hörte, sagte sie: „Morgen ist er fort, wenn Gott nicht in dieser Nacht ein Wunder tut. Jetzt hat unsre Ungastfreundlichkeit gerade das hervorgerufen, was wir vermeiden zu können glaubten."

Indessen fuhr der kleine Ruster in dem Schneetreiben herum. Er fuhr von einem Hause zum andern und fragte, ob es Arbeit für ihn gäbe, aber nirgends wurde er aufgenommen. Sie forderten ihn nicht einmal auf, aus dem Schlitten zu steigen. Einige hatten das Haus voll Besuch, andre wollten am Weihnachtstage über Land fahren. „Versuche es beim nächsten Nachbar," sagten sie alle.

Er mochte immerhin kommen und das Behagen von ein paar Werktagen stören, nicht aber das des Weihnachtsabends. Das Jahr hatte nur einen Weihnachtsabend, und auf den hatten sich die Kinder den ganzen Herbst gefreut. Man konnte doch diesen Menschen nicht an einen Weihnachtstisch setzen, wo es Kinder gab. Früher hatten sie ihn gern aufgenommen, aber nicht jetzt, wo er dem Trunk ergeben war. Was sollte man auch mit dem Menschen anfangen? Die Gesindestube war zu schlecht und das Gastzimmer zu fein.

So mußte der kleine Ruster von Hof zu Hof ziehen, in dem peitschenden Schneesturm. Der nasse Schnurrbart hing schlaff über den Mund, die Augen waren blutgesprengt und verschleiert, aber der Branntwein verflüchtete sich aus seinem Hirn. Ruster begann zu grübeln und zu staunen.

War es möglich, war es möglich, daß niemand ihn aufnehmen wollte?

Da sah er mit einem Male sich selbst. Er sah, wie jämmerlich und verkommen er war, und er begriff, daß er den Menschen verhaßt sein mußte. Mit mir ist es aus, dachte er. Es ist aus mit dem Notenschreiben, es ist aus mit der Flöte. Niemand auf Erden braucht mich, niemand hat Barmherzigkeit mit mir.

Der Schneesturm schnurrte und spielte, er riß die Schneehaufen auf und türmte sie wieder zusammen, er nahm eine Schneesäule in die Arme und tanzte damit übers Feld, er hob eine Flocke himmelhoch und stürzte eine andre in eine Grube. „So ist es, so ist es," sagte der kleine Ruster, „solange man fährt und tanzt, ist es ein fröhlich Spiel, doch wenn man hinab in die Erde soll, dort eingebettet und verwahrt werden, dann ist es Kummer und Herzeleid." Doch hinab mußten alle, und jetzt war er an der Reihe. Man denke, daß er nun zum Ende gekommen war.

Er fragte nicht mehr danach, wohin der Knecht ihn führte. Es deuchte ihn, daß er in das Reich des Todes fuhr.

Der kleine Ruster verbrannte keine Götter auf dieser Fahrt. Er verfluchte weder das Flötenspiel noch das Kavaliersleben, er dachte nicht, daß es besser für ihn gewesen wäre, wenn er die Erde gepflügt oder Schuhe genäht hätte. Aber darüber klagte er, daß er nun ein ausgespieltes Instrument war, das die Freude nicht mehr gebrauchen konnte. Niemanden klagte er an, denn er wußte, wenn das Waldhorn gesprungen ist und die Gitarre die Stimmung nicht hält, dann müssen sie fort. Er wurde plötzlich ein sehr demütiger Mann. Er begriff, daß es mit ihm zu Ende ging, jetzt am Weihnachtsabend. Der Hunger oder die Kälte würde ihn umbringen, denn er verstand nichts, er taugte zu nichts und hatte keine Freunde.

Da bleibt der Schlitten stehen, und auf einmal ist es hell um ihn, und er hört freundliche Stimmen, und da ist jemand, der ihn in ein warmes Zimmer führt, und jemand, der heißen Tee in ihn gießt. Der Pelz wird ihm abgenommen, und mehrere Menschen rufen, daß er willkommen ist, und warme Hände reiben Leben in seine erstarrten Finger.

Von alledem wurde ihm so wirr im Kopfe, daß er wohl eine Viertelstunde nicht zur Besinnung kam. Er konnte unmöglich begreifen, daß er wieder nach Löfdala gekommen war. Er war sich gar nicht bewußt gewesen, daß der Knecht es satt bekommen hatte, im Schneesturm herumzufahren und nach Hause umgekehrt war.

Ebensowenig verstand er, warum er jetzt in Liljekronas Haus so freundlich empfangen wurde. Er konnte nicht wissen, daß Liljekronas Gattin begriff, welche schwere Fahrt er an diesem Weihnachtsabend getan hatte, wo man ihn an jeder Tür, an die er klopfte, abgewiesen hatte. Sie hatte so großes Mitleid mit ihm bekommen, daß sie ihre eigenen Sorgen vergaß.

Liljekrona fuhr drinnen in seinem Zimmer mit dem wilden Spielen fort. Er wußte nichts davon, daß Ruster gekommen war. Dieser saß indessen im Speisesaal mit der Frau und den Kindern. Die Dienstleute, die am Weihnachtsabend auch da zu sein pflegten, waren vor der Langweile bei der Herrschaft in die Küche geflüchtet.

Die Hausfrau säumte nicht, Ruster ans Werk zu setzen. „Sie hören ja, Ruster," sagte sie, „daß Liljekrona den ganzen Abend nichts andres tut als spielen, und ich muß nach dem Tischdecken und dem Essen sehen. Die Kinder sind rein verlassen. Sie müssen sich der zwei Kleinsten annehmen,

Ruster."

Kinder, das war ein Menschenschlag, mit dem Ruster am wenigsten in Berührung gekommen war. Er hatte sie weder im Kavaliersflügel noch im Soldatenzelt getroffen, weder in Gasthöfen noch auf Landstraßen. Er scheute sich beinahe vor ihnen und wußte nicht, was er sagen sollte, das fein genug für sie war.

Er nahm die Flöte hervor und lehrte sie, auf Klappen und Löchern zu fingern. Es war ein vierjähriges und ein sechsjähriges Bübchen. Sie bekamen eine Lektion auf der Flöte, und das interessierte sie sehr. „Das ist A," sagte er, „und das ist C," und dann griff er die Töne. Da wollten die Kleinen wissen, was für ein A und was für ein C das war, das gespielt werden sollte.

Da nahm Ruster Notenpapier heraus und zeichnete ein paar Noten.

„Nein," sagten sie, „das ist nicht richtig." Und sie eilten fort und holten ein Abcbuch.

Da fing der kleine Ruster an, sie das Alphabet zu überhören. Sie konnten und konnten nicht. Es sah windig aus mit ihren Kenntnissen. Ruster wurde eifrig, hob die Knirpschen jeden auf ein Knie und begann sie zu unterrichten. Liljekronas Frau ging aus und ein und hörte ganz erstaunt zu. Es klang wie ein Spiel, und die Kinder lachten die ganze Zeit, aber sie lernten dabei, ja, das taten sie.

Ruster fuhr ein Weilchen fort, aber er war nicht recht bei dem, was er tat. Er wälzte die alten Gedanken vom Schneesturm in seinem Kopfe. Dies war gut und behaglich, aber mit ihm war es doch auf jeden Fall aus. Er war verbraucht. Er würde fortgeworfen werden. Und urplötzlich schlug er die Hände vors Gesicht und begann zu weinen.

Da kam Liljekronas Frau hastig auf ihn zu.

„Ruster," sagte sie, „ich kann verstehen, daß Sie glauben, für Sie sei alles aus. Es geht Ihnen nicht mit der Musik, und Sie richten sich durch den Branntwein zugrunde. Aber es ist noch nicht aus, Ruster."

„Doch," schluchzte der kleine Flötenspieler.

„Sehen Sie, so wie heute abend mit den Kleinen dazusitzen, das wäre etwas für Sie. Wenn Sie die Kinder lesen und schreiben lehren wollten, dann würden Sie wieder überall willkommen sein. Das ist kein geringres Instrument, um darauf zu spielen, Ruster, als Flöte und Violine. Sehen Sie sie an, Ruster!"

Sie stellte die zwei Kleinen vor ihn hin, und er sah auf, blinzelnd, so, als hätte er in die Sonne gesehen. Es war, als fiele es seinen kleinen trüben Augen schwer, denen der Kinder zu begegnen, die groß und klar und unschuldig waren.

„Sehen Sie sie an, Ruster!" ermahnte Liljekronas Frau.

„Ich getraue mich nicht," sagte Ruster, denn es war ihm wie ein Fegefeuer, durch die schönen Kinderaugen in die Schönheit der unbefleckten Seelen zu schauen.

Da lachte Liljekronas Frau hell und froh auf. „Dann sollen Sie sich an sie gewöhnen, Ruster. Sie sollen dieses Jahr als Schulmeister in meinem Hause bleiben."

Liljekrona hörte seine Frau lachen und kam aus seinem Zimmer.

„Was gibt es?" sagte er. „Was gibt es?"

„Nichts andres," antwortete sie, „als daß Ruster wiedergekommen ist, und daß ich ihn zum Schulmeister für unsre kleinen Jungen bestellt habe."

Liljekrona war ganz verblüfft. „Wagst du das," sagte er, „wagst du es? Er hat wohl versprochen, nie mehr ..."

„Nein," sagte die Frau, „Ruster hat nichts versprochen. Aber er wird sich vor mancherlei in acht nehmen müssen, wenn er jeden Tag kleinen Kindern in die Augen sehen soll. Wäre es nicht Weihnachten, hätte ich dies vielleicht nicht gewagt, aber wenn unser Herrgott es wagte, ein kleines Kindlein, das sein eigner Sohn war, unter uns Sünder zu setzen, dann kann ich es wohl auch wagen, meine kleinen Kinder versuchen zu lassen, einen Menschen zu retten."

Liljekrona konnte gar nicht sprechen, aber es zitterte und zuckte in jeder Falte seines Gesichts, wie immer, wenn er etwas Großes hörte.

Dann küßte er seiner Frau die Hand, so fromm wie ein Kind, das um Verzeihung bittet, und rief laut: „Alle Kinder sollen kommen und Mutter die Hand küssen."

Das taten sie, und dann hatten sie ein fröhliches Weihnachtsfest in Liljekronas Heim.

Onkel Ruben

Es war einmal vor nun bald achtzig Jahren ein kleiner Junge, der auf dem Marktplatz mit seinem Kreisel spielte. Der kleine Junge hieß Ruben. Er war nicht mehr als drei Jahre, aber er schwenkte seine kleine Peitsche so tapfer als nur irgendeiner und ließ das Kreisel schnurren, daß es eine wahre Freude war.

An diesem Tage vor achtzig Jahren war wunderschönes Frühlingswetter. Der Monat März war gekommen, und die Stadt war in zwei Welten geteilt, eine weiße und warme, wo Sonnenschein herrschte, und eine kalte und dunkle, wo Schatten war. Der ganze Marktplatz gehörte dem Sonnenschein, bis auf einen schmalen Rand der einen Häuserreihe entlang.

Nun geschah es, daß der kleine Junge, so tapfer er auch war, müde davon wurde, seinen Kreisel schnurren zu lassen, und sich nach einem Ruheplatz umsah. Ein solcher war nicht schwer zu finden. Es gab zwar keine Sessel oder Bänke, aber jedes Haus war mit einer Steintreppe versehen. Der kleine Ruben konnte sich nichts Besseres denken.

Er war ein gewissenhaftes kleines Bürschchen. Er hatte eine dunkle Ahnung, daß Mutter es nicht wollte, daß er auf fremder Leute Treppenstufen sitze. Mutter war arm, aber gerade darum durfte es nie so aussehen, als ob man andern etwas nehmen wollte. So ging er und setzte sich auf ihre eigne Steintreppe, denn sie wohnten auch am Marktplatz.

Diese Stufen lagen im Schatten, und da war es richtig kalt. Der Kleine lehnte den Kopf an das Geländer, zog die Beine hinauf und fühlte sich so wohl wie nie zuvor. Ein kleines Weilchen sah er noch, wie der Sonnenschein draußen über den Markt tanzte, wie Jungen umhersprangen und Kreisel schnurrten – dann schloß er die Augen und schlummerte ein.

Er schlief wohl eine ganze Stunde. Als er erwachte, war ihm nicht so wohl zumute, wie als er einschlummerte, sondern alles schien so furchtbar unbehaglich. Er lief zu Mutter hinein und weinte, und Mutter sah, daß er krank war und legte ihn ins Bett. Und nach ein paar Tagen war der Knabe tot.

Aber damit ist seine Geschichte nicht zu Ende. Es kam nämlich so, daß seine Mutter ihn so recht aus tiefstem Herzensgrund betrauerte, mit solch einem Schmerz, der den Jahren und dem Tode trotzt. Mutter hatte noch mehrere andre Kinder, viele Sorgen nahmen ihre Zeit und ihre Gedanken in Anspruch, aber es gab immer noch einen Raum in ihrem Herzen, wo ihr Sohn Ruben ganz ungestört hausen konnte. Für sie blieb er stets lebendig. Sah sie eine Kinderschar auf dem Marktplatz spielen, so sprang er da mit herum, und wenn sie dann im Hause arbeitete und aufräumte, so glaubte sie steif und fest, daß der Kleine noch draußen auf der gefährlichen Steinstufe saß und schlief. Sicherlich war keines von Mutters lebenden Kindern ihren Gedanken so gegenwärtig wie das tote.

Einige Jahre nach seinem Tode bekam der kleine Ruben ein Schwesterchen, und als diese so alt wurde, daß sie draußen auf dem Marktplatz herumlaufen und Kreisel spielen konnte, geschah es, daß auch sie sich auf die Steinstufe setzte, um auszuruhen. Aber in demselben Augenblick hatte Mutter das Gefühl, als ob jemand sie am Rocke zupfte. Sie lief sogleich hinaus und packte das kleine Schwesterchen so hart an, als sie sie aufhob, daß diese sich daran erinnerte, solange sie lebte.

Und noch weniger vergaß sie, wie merkwürdig Mutters Gesicht ausgesehen und wie ihre Stimme gezittert hatte, als sie sagte: „Weißt du, daß du einmal einen kleinen Bruder hattest, der Ruben hieß und der starb, weil er hier auf dieser Steinstufe saß und sich erkältete? Du willst doch nicht von Mutter wegsterben, Berta?"

Bruder Ruben wurde für seine Brüder und Schwestern bald ebenso lebendig wie für seine Mutter. Sie hatte eine Art, daß sie alle mit ihren Augen sahen, und bald hatten sie dieselbe Gabe wie sie, ihn draußen auf der Steinstufe sitzen zu sehen. Und natürlich fiel es keinem von ihnen ein, sich dort hinzusetzen. Ja, sobald sie irgend jemanden auf einer Steinstufe oder einem Steingeländer oder einem Stein am Wegesrand sitzen sahen, gab es ihnen einen Stich ins Herz, und sie mußten an Bruder Ruben denken.

Ferner geschah es Bruder Ruben, daß er von allen Geschwistern am höchsten gestellt wurde, wenn sie voneinander sprachen. Denn alle Kinder wußten ja, daß sie ein beschwerliches und lästiges Geschlecht waren, das Mutter nur Mühe und Sorge bereitete. Sie konnten nicht glauben, daß Mutter so sehr darüber trauern würde, einen von ihnen zu verlieren. Aber da Mutter Bruder Ruben wirklich betrauerte, so war es doch sicher, daß er viel, viel artiger gewesen sein mußte, als sie waren.

Es kam auch nicht so selten vor, daß eines von ihnen dachte: „Ach, wer doch Mutter soviel Freude machen könnte wie Bruder Ruben!" Und dennoch wußte keines mehr von ihm, als daß er Kreisel gespielt und sich auf einer Steinstufe erkältet hatte. Aber er mußte ja merkwürdig gewesen sein, da Mutter eine solche Liebe zu ihm hatte.

Merkwürdig war es auch, er machte Mutter von allen Kindern am meisten Freude. Sie war Witwe geworden und arbeitete in Sorge und Not. Aber die Kinder hatten einen so festen Glauben an Mutters Trauer um den kleinen Dreijährigen, daß sie überzeugt waren, daß, wenn er nur am Leben geblieben wäre, Mutter sich ihr Unglück nicht so zu Herzen genommen hätte. Und jedesmal, wenn sie Mutter weinen sahen, glaubten sie, es sei, weil Bruder Ruben tot war, oder auch, weil sie selbst nicht so wie Bruder Ruben waren. Bald erwachte in ihnen allen eine immer stärkre Lust, mit dem kleinen Toten um Mutters Zuneigung zu wetteifern. Es gab nichts, was sie nicht für Mutter getan hätten, wenn sie ihnen nur ebenso gut sein wollte wie ihm. Und um dieser Sehnsucht willen meine ich, daß Bruder Ruben das nützlichste von allen Kindern Mutters war.

Denkt nur, als der älteste Bruder einen Fremden über den Fluß ruderte und damit seine ersten Groschen verdiente, da kam er und gab sie seiner Mutter, ohne sich auch nur einen einzigen Batzen zu behalten! Da sah Mutter so fröhlich aus, daß ihm das Herz vor Stolz schwoll, und er konnte nicht umhin, zu verraten, wie ungeheuer ehrgeizig er gewesen war.

„Mutter, bin ich jetzt nicht ebenso gut wie Bruder Ruben?"

Mutter sah ihn prüfend an. Es war, als vergliche sie sein frisches, strahlendes Gesicht mit dem kleinen blassen draußen auf den Steinstufen. Und Mutter hätte sicherlich gerne ja geantwortet, wenn sie gekonnt hätte, aber sie konnte nicht.

„Mutter hat dich sehr lieb, Ivan, aber so wie Bruder Ruben wirst du nie."

Es war unerreichbar, das sahen alle Kinder ein, und dennoch konnten sie es nicht lassen, das Unerreichbare zu erstreben.

Sie wuchsen zu tüchtigen Menschen heran, arbeiteten sich zu Vermögen und Ansehen herauf, während Bruder Ruben nur still auf seiner Steinstufe saß. Aber er hatte dennoch einen Vorsprung. Er war nicht einzuholen.

Und bei jedem Fortschritt, bei jeder Verbesserung, als es ihnen so allmählich gelang, Mutter ein gutes Heim und Wohlstand zu bieten, mußte es Lohn genug für sie sein, wenn Mutter sagte: „Ach, daß mein kleiner Ruben das noch gesehen hätte!"

Bruder Ruben begleitete Mutter durch das ganze Leben bis zu ihrem Totenbett. Er war es, der den Todesqualen den Stachel nahm, wußte sie doch, daß sie sie zu ihm führten. Mitten im größten Jammer konnte Mutter bei dem Gedanken lächeln, daß sie ging, um dem kleinen Ruben zu begegnen.

Und so starb sie, deren treue Liebe einen kleinen Dreijährigen erhöht und vergöttert hatte.

Aber selbst da war die Geschichte des kleinen Ruben noch nicht zu Ende. Für alle seine Geschwister war er ein Symbol des arbeitsamen Lebens im Heim geworden, der Liebe zu Mutter, aller der rührenden Erinnerungen aus den Jahren der Mühe und des Mißerfolges. Es lag immer etwas Warmes und Schönes in ihrer Stimme, wenn sie von ihm sprachen. Es war Weihe und Feierstimmung um den kleinen Dreijährigen.

So glitt er auch in das Leben seiner Geschwisterkinder. Mutters Liebe hatte ihn zu einer Größe gemacht, und die

Großen, die wirken und üben Einfluß Geschlecht für Geschlecht.

Schwester Berta hatte einen Sohn, der in recht nahe Berührung mit Onkel Ruben kam.

Er war vier Jahre an dem Tage, an dem er auf dem Bordsteinrande saß und in den Rinnstein hinabguckte. Der strömte von Regenwasser. Hölzchen und Halme schwammen mit abenteuerlichen Schwingungen das seichte Gewässer hinab. Der Kleine saß da und sah mit der Ruhe zu, die man empfindet, wenn man das abenteuerliche Dasein andrer verfolgt und selbst in Sicherheit ist.

Aber sein friedliches Philosophieren wurde von seiner Mutter unterbrochen, die in demselben Augenblick, in dem sie ihn sah, an die Steinstufe daheim und an den Bruder denken mußte.

„Ach, mein lieber kleiner Junge," sagte sie, „sitze nicht so da! Weißt du nicht, daß deine Mama einen kleinen Bruder hatte, der Ruben hieß und vier Jahre war, gerade so wie du jetzt? Er starb, weil er sich auf einen solchen Stein gesetzt und sich erkältet hatte."

Dem Kleinen war es nicht willkommen, in seinen angenehmen Gedanken gestört zu werden. Er saß da und philosophierte, während sein blondes, lockiges Haar ihm bis in die Augen fiel.

Schwester Berta hätte es für keinen andern getan, aber um ihres lieben Bruders willen schüttelte sie den Kleinen recht unsanft. Und so lernte er Respekt vor Onkel Ruben.

Ein andres Mal war dieses blondlockige junge Herrchen auf dem Eise umgefallen. Er war aus purer Bosheit von einem großen, bösen Jungen umgeworfen worden, und da blieb er

223

nun sitzen und weinte, um so recht zu zeigen, welches Unrecht ihm geschehen war, besonders da seine Mama nicht weit weg sein konnte.

Aber er hatte vergessen, daß seine Mutter doch zu allererst Onkel Rubens Schwester war. Als sie Axel auf dem Eise sitzen sah, da kam sie gar nicht begütigend und tröstend, sondern nur mit diesem ewigen:

„Sitze nicht so, mein kleiner Junge! Denke an Onkel Ruben, welcher starb, gerade als er fünf Jahre alt war, so wie du jetzt, weil er sich in einen Schneehaufen gesetzt hatte."

Der Junge stand gleich auf, als er von Onkel Ruben sprechen hörte, aber er fühlte die Kälte bis ins Herz. Wie konnte Mama von Onkel Ruben erzählen, wenn ihr kleiner Junge so traurig war. Seinethalben konnte er sich schon hinsetzen und sterben, wo es ihm beliebte, aber jetzt war es, als wenn ihm dieser Tote seine eigne Mama nehmen wollte, und das konnte Axel nicht zulassen. So lernte er Onkel Ruben hassen.

Hoch oben im Stiegenaufgang daheim bei Axel war eine Steinbalustrade, auf der es schwindelnd herrlich zu sitzen war. Tief unten lag der Steinboden des Flurs, und wer oben rittlings saß, konnte träumen, daß er über Abgründe dahinzog. Axel nannte die Balustrade sein gutes Roß Grane. Auf seinem Rücken sprengte er über brennende Wallgräben in verzauberte Schlösser. Da saß er stolz und trotzig, während die großen Haarlocken von dem heftigen Anlauf wehten, und kämpfte Sankt Georgs Kampf mit dem Drachen. Und noch war es Onkel Ruben nicht eingefallen, dort reiten zu wollen.

Aber natürlich kam er. Gerade als der Drache sich in Todesängsten wand und Axel in stolzer Siegesgewißheit dasaß, hörte er das Kindermädchen rufen: „Axel, nicht da sitzen! Denke an Onkel Ruben, der starb, als er acht Jahre alt war, gerade wie du jetzt, weil er auf einem Steingeländer geritten ist. Hier darfst du nie mehr sitzen, Axel!"

Solch ein neidischer alter Dummerian, dieser Onkel Ruben! Er konnte es gewiß nicht ertragen, daß Axel Drachen tötete und Prinzessinnen rettete. Wenn er sich nicht hütete, wollte Axel zeigen, daß auch er Ruhm gewinnen konnte. Wenn er jetzt auf den Steinboden dort unten sprang und sich totschlug, dann würde er schon in den Schatten gestellt sein, dies große Lügenmaul!

Armer Onkel Ruben! Armer kleiner guter Junge, der draußen auf dem sonnenbeschienenen Marktplatz mit seinem Kreisel gespielt hatte! Nun mußte er erfahren, was es heißt, ein großer Mann zu sein. Eine Vogelscheuche war er geworden, die die Zeit, die war, der kommenden aufstellte.

Es war draußen auf dem Lande bei Onkel Ivan. Eine ganze Menge Basen und Vettern waren auf dem herrlichen Landgut versammelt. Axel ging da herum, von seinem Haß gegen Onkel Ruben erfüllt. Er wollte nur wissen, ob dieser auch noch andre außer ihm quälte. Aber etwas schüchterte ihn ein, so daß er sich nicht zu fragen getraute. Es war, als hätte er damit eine Lästerung begangen.

Endlich waren die Kinder allein. Kein Großer war dabei. Da fragte Axel, ob sie von Onkel Ruben gehört hätten.

Er sah, wie es in den Augen aufblitzte, und wie viele kleine Fäustchen sich ballten, aber es schien, daß die kleinen Mündchen Ehrfurcht vor Onkel Ruben gelernt hatten. „Still doch," sagte die ganze Schar.

„Nein," sagte Axel, „jetzt möchte ich wissen, ob er noch

irgend jemand anders peinigt, denn ich finde, daß er der lästigste von allen Onkeln ist."

Dieses einzige mutige Wort brach den Damm, der den Harm gequälter Kinderherzen umgab. Es gab ein großes Murren und Rufen. So muß ein Haufen Nihilisten aussehen, wenn sie den Selbstherrscher schmähen.

Jetzt wurde das Sündenregister des armen großen Mannes aufgezählt. Onkel Ruben verfolgte alle seine Geschwisterkinder. Onkel Ruben starb überall, wo es ihm gerade beliebte. Onkel Ruben war immer im gleichen Alter mit dem, dessen Ruhe er stören wollte.

Und Respekt mußte man vor ihm haben, obwohl er ganz offenkundig ein Lügner war. Ihn in der verschwiegensten Tiefe seines Herzens hassen, das konnte man, aber ihn nicht beachten, oder ihm Unehrerbietigkeit zeigen, Gott behüte.

Welche Miene die Alten annahmen, wenn sie von ihm sprachen! Hatte er denn je etwas so Merkwürdiges geleistet? Sich hinzusetzen und zu sterben, war doch nichts so Wunderbares. Und was er auch für Großtaten vollbracht haben mochte, gewiß war es, daß er jetzt seine Macht mißbrauchte. Er stellte sich den Kindern in allem entgegen, wozu sie Lust hatten, die alte Vogelscheuche. Er weckte sie von ihrem Mittagsschlummer auf der Wiese auf. Er hatte das beste Versteck im Park entdeckt und seine Benützung verboten. Jetzt erst kürzlich hatte er es sich einfallen lassen, auf ungesattelten Pferden zu reiten.

Sie waren alle ganz sicher, daß der arme Tropf nie mehr als drei Jahre alt geworden war, und jetzt überfiel er große Vierzehnjährige und behauptete, daß er in einem Alter mit ihnen sei. Das war das Alleraufreizendste.

Ganz unglaubliche Dinge kamen über ihn an den Tag. Er hatte von der Brücke Weißfische gefischt, er hatte in dem kleinen Eichenstamm gerudert, er war auf die Weide geklettert, die über das Wasser vorhing, und in der es sich so behaglich sitzen ließ, ja, er hatte sogar auf Pulvertonnen gelegen und geschlafen.

Aber sie waren alle ganz gewiß, daß es keinen Ausweg vor seiner Tyrannei gab. Es war eine Erleichterung, sich ausgesprochen zu haben, aber kein Heilmittel. Man konnte sich gegen Onkel Ruben nicht auflehnen.

Man sollte es nicht glauben, aber als diese Kinder groß wurden und eigne Kinder bekamen, begannen sie sich sogleich Onkel Ruben zunutze zu machen, so wie ihre Väter es vor ihnen getan hatten.

Und ihre Kinder wieder, nämlich die Jugend, die heute heranwächst, haben die Lektion so gut gelernt, daß es eines Sommers draußen auf dem Lande geschah, daß ein fünfjähriges Knirpschen zur alten Großmutter Berta kam, die sich auf einen Absatz der Treppe gesetzt hatte, während sie auf den Wagen wartete, und sagte:

„Großmutter, du hattest doch einmal einen Bruder, der Ruben hieß."

„Darin hast du recht, mein kleiner Junge," sagte Großmutter und stand sogleich auf.

Dies war für die gesamte Jugend ein Anblick, als hätten sie einen alten Krieger König Karls XII. sich vor König Karls Porträt verneigen sehen. Sie hatten nun eine Ahnung, daß Onkel Ruben, wie sehr er auch mißbraucht wurde, immer groß bleiben mußte, nur weil er einmal so sehr geliebt worden war.

In unsern Tagen, wo man alle Größe so genau prüft, muß er mit mehr Maß verwendet werden als früher. Die Grenze seines Alters ist niedriger; Bäume, Boote und Pulvertonnen sind vor ihm sicher, aber nichts aus Stein, was zum Sitzen taugt, kann ihm entgehen.

Und die Kinder, die Kinder von heute, betragen sich anders gegen ihn als die Eltern. Sie kritisieren ihn offen und unverhüllt. Ihre Eltern verstehen die Kunst nicht mehr, stummen, ehrfürchtigen Gehorsam einzuflößen. Kleine Pensionsmädchen handeln das Thema Onkel Ruben ab und bezweifeln, ob er etwas andres als eine Mythe ist. Ein sechsjähriger Jüngling schlägt vor, daß man auf experimentalem Wege beweisen solle, daß es unmöglich ist, sich auf einer Steinstufe tödlich zu erkälten.

Aber das ist nur Eintagsmut. Diese Generation ist im Allerinnersten ebenso von Onkel Rubens Größe überzeugt, wie die vorhergehende, und gehorcht ihm ebenso wie diese.

Und der Tag wird kommen, wo diese Spötter zu dem uralten Hause ziehen, die alte Steinstufe aufsuchen und sie auf einen Sockel mit goldner Inschrift erheben werden.

Sie scherzen jetzt ein paar Jahre lang mit Onkel Ruben, aber sobald sie herangewachsen sind und eigne Kinder zu erziehen haben, werden sie von dem Nutzen und der Notwendigkeit des großen Mannes überzeugt sein.

„Ach, mein Kindchen, sitze nicht auf dieser Steinstufe, deiner Mutter Mutter hatte einen Onkel, der Ruben hieß. Er starb, als er in deinem Alter war, weil er sich auf eine solche Steinstufe gesetzt, um sich auszuruhen."

So wird es heißen, so lange die Welt steht.

Das Flaumvögelchen

I

Ich glaube, ich sehe sie vor mir, wie sie von dannen fuhren. Ganz deutlich sehe ich seinen steifen Zylinder mit der großen geschwungnen Krempe, so wie man sie in den vierziger Jahren trug, seine lichte Weste und seine Halsbinde. Ich sehe auch sein schönes, glattrasiertes Gesicht mit kleinen, kleinen Polissons, seinen hohen steifen Kragen und die anmutige Würde in jeder seiner Bewegungen. Er sitzt rechts in der Chaise und faßt gerade die Zügel zusammen, und neben ihm sitzt das kleine Frauenzimmerchen. Gott segne sie! Sie sehe ich noch deutlicher. Wie auf einem Bilde habe ich das schmale kleine Gesichtchen vor mir und den Hut, der es umschließt und unter dem Kinn geknüpft ist, das dunkelbraune glattgekämmte Haar und den großen Schal mit den gestickten Seidenblumen. Aber die Chaise, in der sie fahren, hat natürlich einen Stuhl mit grünen gedrechselten Stäbchen, und natürlich ist es das Pferd des Gastwirts, das sie die erste Meile ziehen soll, eins von den kleinen, fetten Braunen.

In sie bin ich vom ersten Augenblicke an verliebt gewesen. Es ist keine Vernunft darin, denn sie ist das unbedeutendste kleine, flatternde Dingelchen, aber alle die Blicke zu sehen, die ihr folgen, als sie fortfährt, das hat mich gefangen. Fürs erste sehe ich, wie Vater und Mutter ihr nachschauen, wie sie da in der Tür des Bäckerladens stehen, Vater hat sogar

230

Tränen in den Augen, aber Mutter hat jetzt keine Zeit zum Weinen. Mutter muß ihre Augen benützen, um ihrem Töchterchen nachzusehen, solange sie ihr noch winken kann. Und dann gibt es natürlich fröhliche Grüße von den Kindern des Hintergäßchens und schelmische Blicke von allen den niedlichen Handwerkertöchtern hinter Fenstern und Türspalten, und träumerische Blicke von ein paar jungen Gesellen und Lehrlingen. Aber alle nicken ihr Glückauf und Auf Wiedersehen zu. Und dann kommen unruhige Blicke von armen alten Mütterchen, die herauskommen und knixen und die Brillen abnehmen, um sie zu sehen, wie sie in ihrem Staat vorbeifährt. Aber ich kann nicht sehen, daß ihr ein einziger unfreundlicher Blick folgt, nein, nicht, so lang die Straße ist.

Als sie nicht mehr zu sehen ist, wischt sich Vater rasch mit dem Ärmel die Tränen aus den Augen:

„Sei nur nicht traurig, Mutter!" sagt er. „Du wirst sehen, daß sie sich zu helfen weiß. Das Flaumvögelchen, Mutter, weiß sich zu helfen, so klein es ist."

„Vater," sagt Mutter mit starker Betonung, „du sprichst so seltsam. Warum sollte Anne-Marie sich nicht zu helfen wissen? Sie ist so gut wie irgendeine."

„Das ist sie freilich, Mutter, aber dennoch, Mutter, dennoch. Nein, wahrhaftig, ich wollte nicht an ihrer Stelle sein und dorthin fahren, wohin sie jetzt fährt! Nein, wahrhaftig nicht!"

„Ei was, wohin solltest du wohl fahren, du häßlicher alter Bäckermeister," sagt Mutter, die sieht, daß Vater so besorgt um sein Mädchen ist, daß man ihn mit einem kleinen Scherz aufmuntern muß. Und Vater lacht, denn das Lachen kommt ihm ebenso leicht an wie das Weinen. Und dann gehen die

Alten wieder in den Laden.

Indessen ist das Flaumvögelchen, das kleine Flöckchen, das Seidenblütchen, recht guten Muts, wie es da über den Weg fährt. Ein bißchen bange vor dem Bräutigam ist sie freilich noch; aber eigentlich ist dem Flaumvögelchen vor allen Menschen ein bißchen bange, und das kommt ihr zugute, denn darum sind alle Menschen nur bestrebt, ihr zu zeigen, daß sie nicht so gefährlich sind.

Nie hat sie solchen Respekt vor Moritz gehabt wie heute. Als sie das Hintergäßchen und alle ihre Freunde hinter sich gelassen haben, findet sie, daß Moritz förmlich zu etwas Großem anschwillt. Der Hut, der Kragen und die Polissons werden ganz steif, und die Krawatte bläht sich. Die Stimme wird ihm gleichsam dick im Halse und kommt nur schwer hervor. Sie fühlt sich dabei ein klein wenig beklommen, aber es ist doch eine Pracht, Moritz so großartig zu sehen.

Moritz ist so klug, er hat soviel zu ermahnen – man würde es kaum glauben können – aber Moritz spricht ihr den ganzen Weg nur Vernunft zu. Aber seht ihr, so ist Moritz. Er fragt das Flaumvögelchen, ob sie auch recht versteht, was diese Reise für ihn bedeutet. Glaubt sie, daß es sich nur um eine Lustfahrt über die Landstraße handelt? Eine sechs Meilen lange Reise in der guten Chaise, mit dem Bräutigam daneben, das konnte freilich wie eine richtige Lustpartie aussehen. Und man fuhr ja auf einen prächtigen Landsitz, sollte bei einem reichen Onkel zu Gaste sein. Sie hatte wohl geglaubt, daß das alles nur ein Spaß war, wie?

Ach, wenn er wüßte, daß sie sich gestern auf diese Fahrt unter langen Gesprächen mit Mutter vorbereitet hatte, bevor sie sich niederlegten, und mit einer langen Reihe ängstlicher Träume bei Nacht und mit Gebeten und Tränen. Aber sie stellt sich ganz dumm, nur um es desto mehr zu genießen, wie weise Moritz ist. Er liebt es, es zu zeigen, und sie gönnt es ihm gern, ach wie gern.

„Es ist eigentlich ganz schrecklich, daß du so reizend bist," sagt Moritz. Denn darum hatte er sie ja lieb gewonnen, und das war doch, bei Licht besehen, sehr dumm von ihm. Sein Vater war durchaus nicht damit einverstanden. Und seine Mutter, er durfte gar nicht daran denken, was für Lärm sie geschlagen hatte, als Moritz ihr mitteilte, daß er sich mit einem armen Mädchen aus dem Hintergäßchen verlobt habe, einem Mädchen, das keine Erziehung und keine Talente hatte und das nicht einmal schön war, nur reizend.

In Moritzens Augen war natürlich die Tochter eines Bäckermeisters ebensogut wie der Sohn des Bürgermeisters, aber nicht alle hatten so freie Anschauungen wie er. Und wenn Moritz nicht seinen reichen Onkel gehabt hätte, dann hätte wohl gar nichts aus der ganzen Sache werden können, denn er, der nur Student war, hatte ja nichts, woraufhin er heiraten konnte. Aber wenn sie nun Onkel für sich zu gewinnen vermochten, dann war alles gut.

Ich sehe sie so deutlich, wie sie über die Landstraße fahren. Sie macht eine unglückliche Miene, während sie seiner Weisheit lauscht. Aber wie vergnügt sie ist in ihren Gedanken! Wie verständig Moritz ist! Und wenn er davon spricht, welche Opfer er für sie bringt, dann ist das nur seine Art, zu sagen, wie lieb er sie hat.

Und wenn sie erwartet hatte, daß er an einem solchen Tage zu zweien vielleicht ein bißchen anders sein würde, als wenn sie daheim bei Mutter saßen – aber das wäre nicht recht von Moritz gewesen – sie ist nur stolz auf ihn.

Er erzählte ihr gerade, was Onkel für ein Mensch ist. Ein so mächtiger Mann ist er, daß, wenn er sie nur beschützen will, sie allsogleich im Hafen des Glücks gelandet sind. Onkel Theodor ist so unglaublich reich. Elf Hochöfen hat er und außerdem Güter und Höfe und Grubenanteile. Und von allem dem ist Moritz der direkte Erbe. Aber ein bißchen schwer ist Onkel zu behandeln, wenn es jemand ist, der ihm nicht gefällt. Wenn er mit Moritzens Frau nicht einverstanden ist, kann er alles jemandem anders hinterlassen.

Das kleine Gesichtchen wird immer farbloser und schmäler, Moritz aber wird immer steifer und schwillt förmlich an. Es ist ja nicht viel Aussicht, daß Anne-Marie Onkel den Kopf verdrehen kann, so wie Moritz. Onkel ist ein ganz andrer Mann. Sein Geschmack, ja Moritz hat keine besondre Meinung von seinem Geschmack, aber er glaubt, so irgend etwas recht Lautes, etwas blitzend Rotes, das müßte Onkel gefallen. Außerdem ist er solch ein eingefleischter Junggeselle – findet, daß Frauenzimmer nur lästig sind. Aber das einzige, was nötig ist, ist ja nur, daß sie Onkel nicht zu sehr mißfällt. Für das übrige will Moritz schon sorgen. Aber sie darf kein Gänschen sein. Weint sie –! Ach, wenn sie nicht mutiger aussieht, wenn sie ankommen, dann wird Onkel ihnen beiden schnurstracks den Laufpaß geben. Sie ist in ihrem eignen Interesse froh, daß Onkel nicht so klug ist wie Moritz. Es kann doch wohl kein Unrecht gegen Moritz sein, zu denken, daß es gut ist, daß Onkel ein ganz andrer Mensch ist wie er. Denn man denke, wenn Moritz Onkel wäre, und zwei arme junge Leutchen kämen zu ihm gefahren, um ihren Lebensunterhalt zu erbitten, dann würde ihnen Moritz, der so verständig ist, sicherlich raten, jeder zu sich nach Hause zu fahren und mit dem Heiraten so lange zu warten, bis sie etwas hätten, wovon sie leben könnten. Aber Onkel war gewiß in seiner Weise schrecklich. Er trank so viel und gab so große Feste, bei denen es ganz wild herging. Und er verstand es gar nicht, hauszuhalten.

Er konnte glauben, daß alle Menschen ihn betrogen, und ließ sich darüber kein graues Haar wachsen. Und leichtsinnig –! Der Bürgermeister hatte ihm durch Moritz ein paar Aktien einer Unternehmung geschickt, die nicht recht gehen wollten, aber Onkel kaufte sie ihm sicherlich ab, hatte Moritz gesagt. Onkel fragte nicht danach, wofür er sein Geld verschleuderte. Er hatte schon auf dem Markte in der Stadt gestanden und den Gassenjungen Silbermünzen hingestreut. Und in einer Nacht ein paar tausend Reichstaler zu verspielen und seine Pfeife mit Zehnreichstalerbanknoten anzuzünden, das gehörte zu dem Alltäglichsten, was Onkel tat.

So fuhren sie, und so plauderten sie, während sie fuhren.

Gegen Abend kamen sie an. Onkels „Residenz", wie er zu sagen pflegte, war keine Fabrik. Sie lag fern von allem Kohlenrauch und allen Hammerschlägen auf dem Abhang einer gewaltigen Anhöhe, mit einer weiten Aussicht über Seen und langgestreckte Berge. Sie war stattlich angelegt, mit Waldwiesen und Birkenhainen ringsherum, aber so gut wie gar keinen Feldern, denn die Besitzung war kein Landgut, sondern ein Lustschloß.

Das junge Paar fuhr eine Allee aus Birken und Ulmen hinauf. Sie fuhren zuletzt durch ein paar niedrige dichte Tannenhecken, und dann sollten sie in den Hof einschwenken.

Aber gerade da, wo der Weg eine Biegung machte, war eine Triumphpforte errichtet, und da stand Onkel mit seinen Untergebenen und grüßte. Seht, das hätte das Flaumvögelchen niemals von Moritz glauben können, daß er ihr einen solchen Empfang bereiten würde. Es wurde ihr gleich ganz leicht ums Herz. Und sie faßte seine Hand und drückte sie zum Dank. Mehr konnte sie im Augenblick nicht tun, denn sie waren mitten unter der Triumphpforte.

Und da stand er, der allbekannte Mann, der Gutsherr Theodor Fristedt, groß und schwarzbärtig und strahlend von Wohlwollen. Er schwenkte den Hut und rief hurra, und die ganze Volksschar rief hurra, und Anne-Marie traten die Tränen in die Augen, und zugleich lächelte sie. Und natürlich mußten ihr alle vom ersten Augenblick an gut sein, nur schon der Art wegen, wie sie Moritz ansah. Denn sie dachte ja, daß sie alle seinetwegen da seien, und sie mußte ihre Blicke von dem ganzen Staat abwenden, nur um ihn anzusehen, wie er mit einer großen Geste den Hut abnahm und so schön und königlich grüßte. Ach, was für einen Blick sie ihm da zuwarf! Onkel Theodor blieb fast im Hurra stecken und geriet in einen Fluch, als er ihn sah.

Nein, das Flaumvögelchen wünschte gewiß keinem Menschen auf Erden etwas Böses, aber wenn es wirklich so gewesen wäre, daß das Ganze Moritz gehört hätte, so würde es wirklich gut gepaßt haben. Es war weihevoll, zu sehen, wie er da auf der Schwelle stand und sich zu den Leuten wendete, um zu danken. Onkel Theodor war ja auch stattlich, aber was hatte er für ein Auftreten gegen Moritz. Er half ihr nur aus dem Wagen und nahm ihren Schal und ihren Hut wie ein Bedienter, während Moritz den Hut von seiner weißen Stirn lüftete und sagte: „Habt Dank, meine Kinder!" Nein, Onkel Theodor hatte wirklich gar kein Benehmen, denn als er jetzt von seinen Onkelrechten Gebrauch machte und sie in die Arme nahm und küßte und merkte, daß sie mitten im Kusse Moritz ansah, da fluchte er wirklich, fluchte sehr häßlich. Das Flaumvögelchen war es nicht gewohnt, jemanden abstoßend zu finden, aber es würde sicherlich kein leichtes Stück Arbeit sein, Onkel Theodor zu gefallen.

„Morgen," sagt Onkel, „gibt es hier große

236

Mittagsgesellschaft und Ball, aber heute sollen sich die jungen Herrschaften von der Reise ausruhen. Jetzt essen wir nur zu Abend, und dann gehen wir zu Bett."

Sie werden in einen Salon geführt, und da werden sie allein gelassen. Onkel Theodor schießt hinaus wie ein Pfeil. Fünf Minuten später fährt er in seinem großen Wagen die Allee hinab, und der Kutscher fährt so zu, daß die Pferde wie gespannte Riemen dem Boden entlang liegen. Es vergehen noch fünf Minuten, aber dann ist Onkel wieder da, und jetzt sitzt eine alte Frau neben ihm im Wagen.

Und herein kommt er, am Arme eine freundliche, gesprächige Dame führend, die er „Frau Bergrätin" nennt. Und diese schließt Anne-Marie gleich in die Arme, aber Moritzen begrüßt sie etwas steifer. Und das muß sie ja. Niemand kann sich mit Moritz Freiheiten erlauben.

Auf jeden Fall ist Anne-Marie sehr froh, daß diese gesprächige alte Dame gekommen ist. Sie und Onkel haben eine so lustige Art, miteinander zu scherzen. Es wird ganz heimlich in dem fremden Hause.

Aber dann, als sie sich gegenseitig Gute Nacht gesagt haben, und Anne-Marie in ihr kleines Stübchen gekommen ist, geschieht etwas so Peinliches und Ärgerliches.

Onkel und Moritz gehen unten im Garten auf und ab, und das Flaumvögelchen merkt, daß Moritz seine Zukunftspläne auseinandersetzt. Onkel scheint gar nichts zu sagen, er geht nur und köpft mit seinem Stock Grashalme. Aber Moritz wird ihn schon bald zu überzeugen wissen, daß er nichts Besseres tun kann, als Moritz eine Verwalterstelle auf einem seiner Hammerwerke zu geben, wenn er ihm nicht gleich ein ganzes Hammerwerk geben will. Moritz hat so viel Sinn fürs Praktische, seit er sich verliebt hat. Er pflegt oft zu sagen: „Ist es nicht am besten, wenn ich, da ich doch einmal ein großer Gutsbesitzer werden soll, gleich damit anfange, mich in die Dinge einzuarbeiten? Welchen Zweck hat es für mich, das Hofgerichtsexamen zu machen?"

Sie gehen gerade unter ihrem Fenster, und nichts hindert sie, zu sehen, daß sie dort sitzt, aber da sie sich nicht darum bekümmern, kann niemand verlangen, daß sie nicht hören soll, was sie sagen. Es ist wirklich ebensosehr ihre Angelegenheit wie die von Moritz.

Da bleibt Onkel Theodor plötzlich stehen, und er sieht böse aus. Er sieht ganz wütend aus, findet sie, und sie ist nahe daran, Moritz zuzurufen, er möge sich in acht nehmen. Aber es ist zu spät, denn schon hat Onkel Theodor Moritz an der Brust gepackt, sein Jabot zerknittert und schüttelt ihn so, daß er sich windet wie ein Aal. Dann schleudert er ihn mit solcher Kraft von sich, daß Moritz nach rückwärts stolpert und gefallen wäre, wenn er sich nicht an einen Baum gestützt hätte. Und da bleibt nun Moritz stehen und sagt: „Wie?" Ja, was sollte er wohl sonst sagen?

Ah, nie hat sie Moritzens Selbstbeherrschung so bewundert. Er stürzt sich nicht auf Onkel Theodor, um mit ihm zu kämpfen. Er sieht nur ruhig überlegen aus, nur unschuldig erstaunt. Sie versteht, daß er sich beherrscht, damit die ganze Reise nicht fruchtlos ist. Er denkt an sie und beherrscht sich.

Armer Moritz, es stellt sich heraus, daß Onkel um ihretwillen auf ihn böse ist. Er fragt, ob Moritz nicht weiß, daß sein Onkel Junggeselle ist und sein Haus ein Junggesellenhaus, daß er seine Braut hergebracht hat, ohne ihre Mutter mitzunehmen, ihre Mutter! Das Flaumvögelchen ist für Moritz beleidigt. Mutter hat es sich doch selbst verbeten und gesagt, daß sie die Bäckerei nicht verlassen könne. Das antwortet auch Moritz, aber sein Onkel läßt keine Entschuldigungen gelten. – Na, und die Bürgermeisterin, die hätte ihrem Sohn wohl den Gefallen tun können. Ja, wenn sie zu hochmütig war, dann hätten sie lieber da bleiben können, wo sie waren. Was würden sie denn jetzt angefangen haben, wenn die Bergrätin nicht hätte kommen können? Und wie konnten denn überhaupt Bräutigam und Braut so zu zweien durchs Land ziehen! – So, so, Moritz sei nicht gefährlich. Nein, das hatte er auch nie geglaubt, aber die Zungen der Leute sind gefährlich. – Na, und dann schließlich noch die Chaise, dieser alte Rumpelkasten. Hatte Moritz nicht das lächerlichste Vehikel in der ganzen Stadt aufgestöbert? Das Kind sechs Meilen in einer Chaise zu rütteln, und ihn, Onkel Theodor, eine Triumphpforte für solch einen Leiterwagen errichten zu lassen! – Wahrhaftig, er hatte nicht übel Lust, ihn ordentlich bei den Ohren zu nehmen! Onkel Theodor für solch einen alten Karren hurra rufen zu lassen! Er dort unten treibt es gar zu bunt. Sie bewundert Moritz, der allem dem so ruhig standhält. Sie hätte eigentlich nicht übel Lust, sich hineinzumischen und Moritz zu verteidigen, aber sie glaubt nicht, daß es ihm recht wäre.

Und bevor sie einschläft, liegt sie da und rechnet sich vor, was sie alles hätte sagen wollen, um Moritz zu verteidigen. Dann schläft sie ein und fährt wieder auf, und im Ohr klingt ihr ein altes Rätsel:

> Es steht ein Hund auf einem Stein
> Und bellt wohl in das Land hinein.
> Er hieß wie du, wie er, wie sie.
> Wie hieß er doch, so sag doch wie!
> Wie hieß der Hund?
> Der Hund hieß Wie.

Das Rätsel hatte sie als Kind oft geärgert, solch dummer Hund. Aber jetzt im Halbschlummer vermengt sie den Hund „Wie" mit Moritz, und es kommt ihr vor, daß der Hund seine weiße Stirn hat. Dann lacht sie. Das Lachen kommt ihr ebenso leicht an wie das Weinen. Das hat sie von Vater geerbt.

II

Wie ist „das" gekommen? Das, was sie nicht beim Namen zu nennen wagt.

„Das" ist wohl gekommen wie der Tau ins Gras, wie die Farbe in die Rose, wie die Süßigkeit in die Beere, unmerklich und hold, ohne sich vorher anzukündigen.

Es ist ja auch gleichgültig, wie „das" gekommen ist und was „das" ist. Gut oder böse, schön oder häßlich, „das" ist das Verbotene, was es gar nicht geben sollte. „Das" macht sie ängstlich, sündhaft, unglücklich.

An „das" will sie nie mehr denken. „Das" muß ausgerissen und fortgeschleudert werden, und doch ist es nichts, was sich greifen und fangen läßt. Sie verschließt sich davor, und „das" kommt doch herein. „Das" treibt das Blut aus ihren Adern und fließt selbst darin, es treibt die Gedanken aus dem Hirn und regiert dort, es tanzt durch die Nerven und zittert bis in die Fingerspitzen. Es ist überall in ihr, so daß, wenn sie alles fortnehmen könnte, woraus der Körper sonst

240

besteht und nur „das" übrig ließe, es einen vollen Abdruck von ihr geben würde. Und dennoch war „das" nichts.

Nie will sie an „das" denken, und stets muß sie an „das" denken. Wie ist sie so schlecht geworden. Und dann forscht sie und grübelt nach, wie „das" gekommen ist.

Ach, Flaumvögelchen! Wie weich ist nicht unser Sinn und wie leicht geweckt unser Herz!

Sie war sicher, daß „das" nicht beim Frühstück gekommen war, nein, ganz gewiß nicht beim Frühstück.

Da war sie nur ängstlich und scheu gewesen. Es hatte sie so sehr erschüttert, als sie zum Frühstück hinabkam und Moritz nicht vorfand, nur Onkel Theodor und die Bergrätin.

Es war ja nur klug von Moritz gewesen, daß er auf die Jagd gegangen war, obgleich es unmöglich schien, herauszufinden, was er jetzt zur Mittsommerzeit jagte, wie auch die Bergrätin bemerkte. Aber er wußte natürlich, daß er am besten tat, wenn er sich ein paar Stunden von Onkel fern hielt, bis er wieder gut wurde. Er konnte sich ja gewiß gar nicht denken, daß sie so schüchtern war, daß sie beinahe ohnmächtig wurde, als sie ihn fort fand und sich selbst mit Onkel und der Bergrätin allein sah. Moritz war nie schüchtern gewesen. Er wußte nicht, was für eine Qual das war.

Dieses Frühstück, dieses Frühstück! Onkel hatte gleich damit angefangen, die Bergrätin zu fragen, ob sie die Geschichte von Sigrid der Schönen gehört habe. Er fragte nicht das Flaumvögelchen, und sie wäre auch nicht imstande gewesen, zu antworten. Die Bergrätin kannte die Geschichte gut, aber er erzählte sie dennoch. Da erinnerte sich Anne-Marie, daß Moritz Onkel ausgelacht hatte, weil er in seinem ganzen Hause nur zwei Bücher habe, und das waren die Sagen von Afzelius und Nösselts „Allgemeine Weltgeschichte für Frauenzimmer". „Aber die kann er auch," hatte Moritz gesagt.

Anne-Marie hatte die Geschichte schön gefunden. Es gefiel ihr, daß Bengt Magnusson Perlen auf den Friesrock nähen ließ. Sie sah Moritz vor sich, wie königlich stolz er ausgesehen haben würde, wenn er die Perlen befohlen hätte. Das war gerade etwas, was Moritz gut angestanden hätte.

Aber als Onkel in der Geschichte dahin kam, wo erzählt wird, wie Bengt Magnusson in den Wald ritt, um der Begegnung mit seinem erzürnten Bruder auszuweichen und anstatt dessen seine junge Frau dem Sturm begegnen ließ, da wurde es ganz deutlich, daß Onkel verstand, daß Moritz nur auf die Jagd gegangen war, um seinem Zorn auszuweichen, und daß er wußte, wie sie dasaß und daran dachte, ihn zu gewinnen. – – Ja, gestern, da hatten sie freilich Pläne schmieden können, Moritz und sie, wie sie mit Onkel kokettieren würde, aber heute war kein Gedanke daran, sie auszuführen. Ah, nie hatte sie sich so dumm betragen! Das ganze Blut schoß ihr ins Gesicht, und Messer und Gabel fiel mit gewaltigem Geklapper aus ihren Händen auf den Teller.

Doch Onkel Theodor hatte kein Erbarmen gezeigt, sondern die Geschichte fortgesetzt, bis er zu dem guten Jarlworte kam: „Hätte mein Bruder dies nicht getan, wahrlich, ich tät es selber." Das hatte er mit so lustigem Tonfall gesagt, daß sie aufsehen und dem Blick seiner lachenden braunen Augen begegnen mußte.

Und als er da die Angst aus ihren Augen starren sah, da hatte er zu lachen angefangen wie ein richtiger Junge. „Was glauben Sie, Frau Bergrätin," hatte er gerufen, „daß Bengt Magnusson sich dachte, als er heimkam und das hörte: ‚Hätte mein Bruder' ... ich denke, ein nächstes Mal ist er daheim geblieben."

Dem Flaumvögelchen traten die Tränen in die Augen, und als Onkel dies sah, begann er immer heftiger zu lachen. „Ja, das ist eine schöne Mittlerin, die mein Brudersohn sich da ausgesucht hat," schien er sagen zu wollen. „Du bist ganz aus der Rolle gefallen, mein kleines Mädchen." Und jedesmal, wenn sie ihn ansah, hatten die braunen Augen wiederholt: „Hätte mein Bruder dies nicht getan, wahrlich, ich tät es selber." Eigentlich war das Flaumvögelchen nicht ganz sicher, ob die Augen nicht Brudersohn sagten. Und nun denke man, wie sie sich betragen hatte. Sie hatte laut zu weinen angefangen und war aus dem Zimmer gestürzt.

Aber nicht damals war „das" gekommen, auch nicht auf dem Vormittagsspaziergang.

Da handelte es sich um etwas ganz andres. Da war sie ganz hingerissen vor Freude über die schöne Besitzung und darüber, der Natur so vertraut nahe zu sein. Es war, als hätte sie etwas wiedergefunden, was sie vor langer, langer Zeit verloren hatte.

Bäckermamsell, Stadtmädchen, ja dafür hielt man sie. Aber sie war nun auf einmal ein Landkind geworden, wie sie nur den Fuß auf den Kiesweg setzte. Sie erkannte sogleich, daß sie aufs Land gehörte.

Als sie sich nur ein wenig beruhigt hatte, hatte sie sich auf eigne Faust herausgewagt, um das Gut zu besichtigen. Sie hatte sich unten auf dem Kiesplatz vor dem Eingang umgesehen. Und ganz von selbst war der Hut auf den Arm gewandert, den Schal warf sie ab und begann sich hin und her zu wiegen. Dann stemmte sie den Arm in die Hüfte und zog Luft in die Lungen ein, daß sich die Nasenflügel zusammenzogen und es nur so pfiff.

Ach, wie beherzt hatte sie sich doch gefühlt!

Sie hatte ein paar Versuche gemacht, ruhig und sittig unten im Garten herumzugehen, aber das hatte sie nicht gelockt. Mit einer raschen Wendung hatte sie sich zu den großen angebauten Wirtschaftsgebäuden begeben. Sie war einer Stallmagd begegnet und hatte ein paar Worte mit ihr gesprochen. Sie war erstaunt zu hören, wie frisch ihre eigne Stimme klang. Sie war wie die eines Leutnants vor der Front. Und sie fühlte, wie flott es sich ausnahm, wie sie, den Kopf stolz erhoben und zur Seite gewandt, mit raschen, nachlässigen Bewegungen, eine kleine sausende Gerte in der Hand, in den Stall trat.

Der war jedoch nicht so, wie sie ihn sich gedacht hatte. Keine langen Reihen gehörnter Wesen gab es da, denen sie imponieren konnte, denn sie waren alle draußen auf der Weide. Ein einsames Kälbchen stand da und schien zu erwarten, daß sie etwas für es tun sollte. Sie ging auf das Tierchen zu, stellte sich auf die Zehenspitzen, hielt das Kleid mit der einen Hand gerafft und berührte mit der äußersten Spitze der andern die Stirn des Kalbes.

Da das Kalb aber nicht der Ansicht zu sein schien, daß sie genug getan habe, sondern seine lange Zunge herausstreckte, überließ sie ihm gnädigst ihren kleinen Finger zum Ablecken. Aber dabei hatte sie nicht umhin können, sich umzusehen und gleichsam einen Bewunderer dieser Heldentat zu suchen. Und da hatte sie gefunden, daß Onkel Theodor in der Stalltüre stand und lachte.

Dann hatte er sie auf ihrem Spaziergange begleitet. Aber da

kam „das" gewiß nicht. Da war nur das höchst Merkwürdige und Seltsame eingetroffen, daß sie vor Onkel Theodor keine Angst mehr hatte. Es war mit ihm wie mit Mutter, er schien alle ihre Fehler und Schwächen zu kennen, und das war ein so ruhiges Gefühl. Da brauchte man sich nicht besser zu zeigen, als man war.

Onkel Theodor hatte sie in den Garten führen wollen und zu den Terrassen am Teich, aber das war nicht nach ihrem Geschmack. Sie wollte wissen, was in allen diesen großen Gebäuden war.

Da ging er geduldig mit ihr in die Milchkammer und in den Eiskeller, in den Weinkeller und in den Kartoffelkeller. Er nahm alles der Reihe nach durch und zeigte ihr die Speisekammer und die Holzkammer und den Wagenschuppen und die Rollkammer. Dann führte er sie durch den Stall der Arbeitspferde und durch den der Wagenpferde, er ließ sie die Sattelkammer und das Bedientenzimmer sehen und die Knechtestube und die Werkstatt. Sie war ein wenig verwirrt von allen diesen Räumen, die Onkel Theodor nötig gefunden hatte, in seinem Hause einzurichten, aber ihr Herz glühte vor Entzücken bei dem Gedanken, wie herrlich es sein mußte, über alles das zu walten und zu schalten, so daß sie gar nicht müde wurde, obgleich sie auch die Schafställe und die Schweineställe durchwanderten und zu den Hühnern und den Kaninchen hineinguckten. Sie untersuchte gewissenhaft die Webekammer und die Molkerei, die Räucherkammer und die Schmiede, alles in wachsender Begeisterung. Dann gingen sie über große Dachböden, Trockenböden für Wäsche und Trockenböden für Holz, Heuböden und Böden für trocknes Laub, das die Schafe zu fressen bekommen.

Die schlummernde Hausmutter in ihr erwachte beim Anblick aller dieser Vollkommenheit zu Leben und

Bewußtsein. Aber den tiefsten Eindruck machte ihr das große Bräuhaus und die zwei niedlichen Backstuben mit dem weiten Ofen und den großen Tischen.

„Das sollte Mutter sehen," sagte sie.

Dort in der Backstube hatten sie gesessen und sich ausgeruht, und sie hatte von daheim erzählt. Das konnte sie Onkel gegenüber so leicht. Er war schon wie ein Freund, obgleich seine braunen Augen über alles lachten, was sie sagte.

Daheim war es so still, kein Leben, keine Abwechslung. Sie war als Kind kränklich gewesen, und darum behüteten die Eltern sie so, daß sie sie gar nichts tun ließen. Nur zum Spaß durfte sie mit in der Backstube oder im Laden sein ... Und wie sie so erzählte, war es ihr auch herausgerutscht, daß Vater sie sein Flaumvögelchen nannte. In diesem Zusammenhange hatte sie auch gesagt: „Zu Hause verwöhnen sie mich alle, außer Moritz, darum habe ich ihn so lieb. Er ist so klug mit mir, er nennt mich auch nie Flaumvögelchen, nur Anne-Marie. Moritz ist so vortrefflich."

Ach, wie es in Onkels Augen tanzt und lacht. Sie hätte ihn mit der Gerte schlagen können. Und sie wiederholte noch einmal mit Tränen im Halse: „Moritz ist so vortrefflich."

„Ja, ich weiß, ich weiß," hatte Onkel da geantwortet. „Er soll ja mein Erbe sein." Worauf sie ausgerufen hatte: „Ach, Onkel Theodor, warum heiraten Sie nicht? Denken Sie doch, wie glücklich das Mädchen sein müßte, die Frau in einem solchen Schlosse wird?"

„Wie stände es dann mit Moritzens Erbe?" hatte Onkel ganz gleichmütig gefragt.

Da war sie für lange Zeit ganz verstummt, denn sie konnte Onkel nicht sagen, daß sie und Moritz nicht nach dem Erbe fragten, denn das taten sie doch gerade. Sie grübelte, ob es sehr häßlich war, daß sie es taten. Sie hatte plötzlich das Gefühl, als müßte sie Onkel um Verzeihung bitten für irgendein großes Unrecht, das sie ihm angetan habe. Aber das konnte sie auch nicht.

Als sie wieder ins Haus kamen, lief ihnen Onkels Hund entgegen. Das war ein kleines, kleines Dingelchen auf den allerschmalsten Beinen, mit wedelnden Ohrläppchen und Gazellenaugen, ein Nichts mit einem kleinen gellenden Stimmchen.

„Du wunderst dich wohl, daß ich einen so kleinen Hund habe," hatte Onkel Theodor gesagt.

„Ja, wirklich," hatte sie da geantwortet.

„Aber siehst du, nicht ich habe mir Jenny zum Hund gewählt, sondern Jenny hat mich zum Herrn genommen. Willst du die Geschichte hören, Flaumvögelchen?" Von dem Wort hatte er gleich Besitz ergriffen.

Ja, das hatte sie gewollt, obgleich sie sich denken konnte, daß wieder irgendeine Neckerei dahinter steckte.

„Ja, siehst du, als Jenny zum ersten Male herkam, lag sie einer feinen Frau aus der Stadt auf dem Schoße und hatte ein Deckchen auf dem Rücken und ein Tüchlein um den Kopf. Pst, Jenny, es ist wahr, das hattest du! Und ich dachte mir, das ist doch ein wahres Jammertierchen. Aber siehst du, als das Hundeviehchen hier auf den Boden kam, da müssen irgendwelche Kindheitserinnerungen in ihm erwacht sein, oder was es nun war. Es kratzte und schlug um sich und wollte durchaus die Decke herunterzerren. Und dann betrug sich Jenny ganz wie die großen Hunde hier, so daß wir sagten, sie müsse ganz gewiß auf dem Lande aufgewachsen sein.

Sie legte sich draußen auf die Schwelle und warf nicht einmal einen Blick auf das Salonsofa, und sie jagte die Hühner und stahl die Milch der Katze und kläffte die Bettler an und fuhr den Pferden an die Beine, als Besuch kam. Wir hatten unsre Lust und Freude daran, zu sehen, wie sie sich benahm. Denke dir doch, solch ein kleines Ding, das nur in einem Korb gelegen hat und auf dem Arm getragen wurde. Es war ja wunderlich. – Und dann, weißt du, als sie fortfahren sollten, wollte Jenny nicht mit. Sie stand auf der Treppe und winselte so jämmerlich, und sprang an mir hinauf und bettelte förmlich, denke dir nur, bleiben zu dürfen. So wußten wir uns keinen andern Rat, als sie da zu lassen. Wir waren ganz gerührt über dies Hündchen, das so klein war und doch ein richtiger Landhund sein wollte. Aber das hätte ich doch nie geglaubt, daß ich mir noch einmal einen Schoßhund halten würde, vielleicht bekomme ich auch noch bald eine Frau."

O, wie schrecklich ist es doch, wenn man so schüchtern, so unerzogen ist. Sie hätte wohl gerne wissen mögen, ob Onkel sehr erstaunt gewesen war, als sie so ungestüm fortstürzte. Aber es war ganz, als hätte er sie gemeint, als er von Jenny sprach. Und das hatte er vielleicht gar nicht. Aber immerhin – – ja, ja, sie war so verlegen gewesen. Sie hatte nicht bleiben können.

Aber nicht damals war „das" gekommen, nicht damals.

So war es wohl am Abend, bei dem Ball. Nie hatte sie sich noch so gut auf einem Ball unterhalten! Aber wenn jemand gefragt hätte, ob sie viel getanzt habe, dann hätte sie sich wohl besonnen und sagen müssen, das habe sie nicht. Aber das war eben das beste Zeichen, wie gut sie sich unterhalten hatte, daß sie es gar nicht merkte, daß sie ein wenig vernachlässigt worden war.

Es war für sie schon eine solche Unterhaltung gewesen, Moritz anzusehen. Gerade weil sie beim Frühstück ein kleines, kleines bißchen streng gegen ihn gewesen war und gestern abend über ihn gelacht hatte, war es ihr eine solche Freude gewesen, ihn auf dem Ball zu sehen. Nie war er ihr so schön und so überlegen vorgekommen.

Er hatte gewiß das Gefühl gehabt, daß sie sich zurückgesetzt fühlte, weil er nicht nur mit ihr gesprochen und getanzt hatte. Aber es hatte ihr genug Vergnügen gemacht, zu sehen, wie beliebt Moritz bei allen war. Als ob sie ihre Liebe zur allgemeinen Betrachtung hätte ausstellen wollen! Ah, so dumm war das Flaumvögelchen nicht!

Moritz tanzte viele Tänze mit der schönen Elisabeth Westling. Aber das hatte sie gar nicht beunruhigt, denn Moritz war immer wieder auf sie zugekommen und hatte geflüstert: „Du siehst, ich kann da nicht entwischen, wir sind Kindheitsfreunde. Und sie sind es hier auf dem Lande so gar nicht gewöhnt, einen Kavalier zu haben, der in der großen Welt gewesen ist und tanzen und konversieren kann. Du mußt mich heute abend schon den Gutsbesitzerstöchtern leihen, Anne-Marie."

Aber Onkel ging Moritz gewissermaßen aus dem Wege. „Sei du heut abend Hausherr," sagte er zu ihm, und das war Moritz. Er kam zu allem, er führte den Tanz an, führte das Trinken an und hielt Reden auf die schöne Gegend und auf die Damen. Er war großartig. Onkel sowohl wie sie hatten die Blicke auf Moritz geheftet, und so hatten sich ihre Blicke getroffen. Da hatte Onkel gelächelt und ihr zugenickt. Onkel war sicherlich stolz auf Moritz. Es hatte sie vorher ein wenig bedrückt, daß Onkel seinen Neffen nicht recht zu schätzen wußte. Gegen Morgen war Onkel recht laut und lärmend geworden. Da hatte er sich am Tanze beteiligen wollen, aber die Mädchen wichen ihm aus, wenn er zu ihnen kam, und taten, als wären sie schon engagiert.

„Tanze mit Anne-Marie," hatte Moritz zu Onkel Theodor gesagt, und das hatte natürlich ein wenig protegierend geklungen. Sie erschrak so sehr, daß sie förmlich zusammenfuhr.

Onkel war auch verletzt, drehte sich um und ging ins Rauchzimmer.

Aber da war Moritz auf sie zugetreten und hatte mit harter, harter Stimme gesagt:

„Du verdirbst mir aber auch alles, Anne-Marie. Mußt du so ein Gesicht machen, wenn Onkel mit dir tanzen will? Wenn du nur wüßtest, was er mir gestern über dich sagte. Du mußt auch etwas tun, Anne-Marie. Glaubst du, daß es recht ist, alles mir zu überlassen?"

„Was willst du denn, daß ich tun soll, Moritz?"

„Ach, jetzt nichts, jetzt ist der Karren schon verfahren. Denke, was ich heute abend alles gewonnen habe! Aber jetzt ist es verloren."

„Ich bitte Onkel gern um Entschuldigung, wenn du es willst, Moritz." Und sie meinte es auch. Es tat ihr wirklich leid, Onkel verstimmt zu haben.

„Es wäre natürlich das einzig Richtige, aber von jemandem, der so lächerlich schüchtern ist wie du, kann man ja nichts verlangen."

Da hatte sie nichts geantwortet, sondern war geradeswegs in das Rauchzimmer gegangen, das jetzt beinahe leer war. Onkel hatte sich in einen Lehnstuhl geworfen.

„Warum wollen Sie nicht mit mir tanzen, Onkel?" hatte sie gefragt.

Onkel Theodors Augen waren zugefallen. Er schlug sie auf und sah sie lange an. Es war der schmerzvollste Blick, dem sie je begegnet war. Sie ahnte nun, wie einem Gefangnen zumute sein mag, wenn er an seine Fesseln denkt. Es sah aus, als sei Onkel sehr, sehr traurig. Als brauchte er sie viel nötiger als Moritz, denn Moritz brauchte niemanden. Er war so prächtig, wie er war. Da legte sie ihre Hand ganz leicht und liebkosend auf Onkel Theodors Arm.

Mit einem Male hatte er frisches Leben in den Augen. Er begann mit seiner großen Hand ihr Haar zu streicheln. „Mütterchen," sagte er.

Da kam „das" über sie, während er ihr Haar streichelte. Es kam geschlichen, es kam gekrochen, es kam gehuscht und geraschelt, so wie wenn die Heinzelmännchen durch den dunklen Wald ziehen.

III

Eines Abends liegen feine, weiche Wölkchen am Himmel, eines Abends ist es still und lau, eines Abends schweben kleine weiße Fläumchen von Espen und Pappeln durch die Luft.

Es ist schon spät, und niemand ist mehr auf, nur Onkel Theodor, der draußen im Garten umhergeht und überlegt, wie er den jungen Mann und das junge Mädchen voneinander trennen könnte.

251

Denn nie, nie, in alle Ewigkeit soll es geschehen, daß Moritz an ihrer Seite vom Hofe wegfährt, während Onkel Theodor auf der Schwelle steht und ihnen glückliche Reise wünscht.

Ist es denn überhaupt möglich, sie ziehen zu lassen, nachdem sie drei Tage hindurch das Haus mit zwitschernder Fröhlichkeit erfüllt, nachdem sie sie in ihrer stillen Weise daran gewöhnt hat, daß sie für sie alle denkt und sorgt, nachdem er sich gewöhnt hat, dies weiche geschmeidige kleine Wesen überall umherstreifen zu sehen. Onkel Theodor sagt zu sich selbst, daß das nicht möglich ist. Er kann sie nicht mehr entbehren.

In demselben Augenblick stößt er an einen abgeblühten Löwenzahn, und wie die Entschlüsse der Menschen und die Versprechungen der Menschen zerstreut sich das weiße Flaumbällchen, und die weißen Federchen fliegen eilig davon und verschwinden.

Die Nacht ist nicht kalt, wie die Nächte in dieser Gegend zu sein pflegen. Die Wärme wird unter der grauen Wolkendecke zurückgehalten. Die Winde zeigen ein seltnes Mal Erbarmen und verhalten sich still.

Onkel Theodor sieht sie, das Flaumvögelchen. Sie weint, weil Moritz sie verlassen hat. Aber er zieht sie an sich und küßt die Tränen fort.

Weich und fein fliegen die weißen Fläumchen von den großen reifen Kätzchen der Bäume. So leicht, daß die Luft sie kaum fallen lassen will, so klein und zart, daß sie kaum auf dem Boden sichtbar werden.

Onkel Theodor lacht sich ins Fäustchen, als er an Moritz denkt. In Gedanken tritt er am nächsten Morgen in sein Zimmer, als dieser noch im Bette liegt. „Höre, Moritz," will er ihm sagen. „Ich möchte dir keine falschen Hoffnungen machen. Wenn du dieses Mädchen heiratest, so hast du keinen Pfennig von mir zu erwarten. Ich will nicht mit dazu helfen, deine Zukunft zu vernichten."

„Mißfällt sie Ihnen so sehr, Onkel?" wird Moritz dann fragen.

„Nein, du, im Gegenteil, es ist ein nettes Mädchen, aber doch nichts für dich. Du mußt ein Prachtweib haben wie Elisabeth Westling. Sei nun verständig, Moritz, was wird aus dir, wenn du um dieses Kindes willen deine Studien abbrichst und auf ein Gut gehst. Dazu taugst du nicht, mein Junge. Dazu ist etwas andres nötig, als den Hut schön zu schwingen und zu sagen: ‚Habt Dank, meine Kinder!' Du bist ja zum Beamten wie geschaffen. Du kannst Minister werden."

„Wenn Sie eine so gute Meinung von mir haben, Onkel," antwortet dann Moritz, „so helfen Sie mir doch, mein Examen zu machen, und lassen Sie uns dann heiraten!"

„Nein, das nicht, du, das ganz gewiß nicht. Was, glaubst du, würde aus deiner Karriere werden, wenn du einen solchen Ballast mitschleppen müßtest, wie es eine Frau ist. Das Pferd, das den Brotwagen ziehen muß, galoppiert nicht. Denke dir nun die Bäckermamsell als Ministerfrau! Nein, du darfst dich nicht vor zehn Jahren verloben, nicht bevor du avanciert bist. Was wäre die Folge, wenn ich es euch ermögliche, zu heiraten. Jedes Jahr würdet ihr zu mir kommen und um Geld betteln. Und das würdet ihr und ich bald satt kriegen."

„Aber Onkel, ich bin doch ein Ehrenmann. Ich habe mich doch verlobt."

„Höre mich nun an, Moritz! Was ist besser? Daß sie zehn Jahre herumgeht und auf dich wartet und du sie dann nicht heiraten willst oder daß du gleich ein Ende machst? Nein, sei nun entschlossen, stehe auf, steige in deinen Chaisekasten und fahre heim, bevor sie aufwacht. Es schickt sich ja ohnehin nicht, daß Bräutigam und Braut so zu zweien über Land ziehen. Ich werde schon für das Mädchen sorgen, wenn du nur von diesem Wahnwitz abstehst. Die Bergrätin wird sie nach Hause bringen, ich werde den schönsten Wagen anspannen lassen. Du sollst von mir einen Jahresgehalt bekommen, so daß du dir wegen der Zukunft keine Sorgen zu machen brauchst. Sieh mal, sei verständig, du machst deinen Eltern Freude, wenn du mir gehorchst. Reise jetzt ab, ohne sie zu sehen! Ich werde ihr schon Vernunft zusprechen. Sie will gewiß deinem Glück nicht im Wege stehen. Versuche nur nicht, sie zu treffen, ehe du fährst, sonst könntest du wieder schwankend werden, denn sie ist reizend."

Und nach diesen Worten faßt Moritz einen heldenmutigen Entschluß und reist ab.

Und wenn er fort ist, was wird dann geschehen?

„Schlechter Kerl," ruft es im Garten laut und drohend, wie nach einem Dieb. Onkel Theodor sieht sich um. Ist kein andrer da? Ist er es nur, der sich das selber zuruft?

Was dann geschehen wird? Ah, er wird sie darauf vorbereiten, daß Moritz fort ist, ihr zeigen, daß Moritz ihrer nicht würdig war, sie dahin bringen, ihn zu verachten. Und wenn sie sich dann an seiner Brust ausgeweint hat, wird er sie ganz behutsam, ganz vorsichtig verstehen lassen, was er fühlt, sie locken, sie gewinnen.

Die Fläumchen fahren fort zu fallen. Onkel Theodor streckt

seine große Hand aus und fängt ein Flöckchen auf.

Wie fein, wie leicht, wie zart! Er bleibt stehen und sieht es an.

Sie fahren fort, rings um ihn zu fallen, Flocke um Flocke. Was wird dann mit ihnen geschehen? Sie werden vom Winde gejagt, von der Erde beschmutzt, von schweren Füßen zertreten werden.

Onkel Theodor ist es, als ob diese leichten Fläumchen mit der größten Schwere auf ihn niederfielen. Wer will der Wind, wer will die Erde, wer will die Schuhsohle sein, wenn es diesen Kleinen, diesen Wehrlosen gilt?

Und infolge seiner staunenerregenden Kenntnisse in Nösselts Weltgeschichte steht eine Episode daraus vor ihm, die sich mit dem vergleichen läßt, woran er eben gedacht hat.

Es war anbrechender Morgen, nicht sinkende Nacht wie jetzt. Es war ein Felsenstrand, und unten am Meere saß ein schöner Jüngling mit einem Pantherfell über der Schulter, mit Weinlaub in den Locken, den Thyrsos in der Hand. Wer er war? Ah, Gott Bacchus selbst.

Und der Felsenstrand war Naxos. Was der Gott sah, war Griechenlands Meer. Das Schiff mit den schwarzen Segeln, das rasch zum Horizont entfloh, ward von Theseus gelenkt, und in der Grotte, deren Eingang sich hoch in einem Absatz der steilen Strandberge öffnete, schlummerte Ariadne.

Und in der Nacht hatte der junge Gott gedacht: „Ist wohl der sterbliche Jüngling würdig der himmlischen Maid?" Und um Theseus zu prüfen, hatte er ihn in einem Traume mit dem Verluste des Lebens bedroht, wenn er nicht sogleich Ariadne verließ. Da hatte sich dieser ungesäumt erhoben, war zum Schiffe geeilt und über die Wellen geflohen, ohne auch nur die Jungfrau zu wecken, um ihr Lebewohl zu sagen.

Nun saß Gott Bacchus lächelnd da, von den süßesten Hoffnungen gewiegt und harrte Ariadnes. Die Sonne ging auf, der Morgenwind erhob sich. Er überließ sich lächelnden Träumen. Er würde die Verlassene schon zu trösten wissen, er, Gott Bacchus selbst.

Da kam sie. Mit strahlendem Lächeln trat sie aus der Grotte. Ihre Augen suchten Theseus, sie irrten immer weiter fort, zum Ankerplatz des Schiffes, über die Wellen – – zu den schwarzen Segeln – –

Und dann mit einem schneidenden Schrei, ohne Besinnung, ohne Zaudern, hinab ins Meer, hinab in Tod und Vergessenheit.

Und da saß nun Gott Bacchus, der Tröster.

So ging es zu. So war es geschehen. Onkel Theodor erinnert sich freilich, daß Nösselt ein paar Worte hinzufügt, daß mitleidige Dichter behaupten, Ariadne hätte sich von Bacchus trösten lassen. Aber die Mitleidigen hatten sicherlich unrecht. Ariadne ließ sich nicht trösten.

Lieber Gott, weil sie so gut und süß ist, daß er sie lieben muß, darum soll sie unglücklich gemacht werden!

Zum Lohn für das schöne, sanfte Lächeln, das sie ihm geschenkt hat, weil ihre kleine weiche Hand sich vertrauensvoll in die seine gelegt, weil sie nicht gezürnt hat, wenn er sie neckte, darum soll sie ihren Bräutigam verlieren und unglücklich gemacht werden.

Für welches von allen ihren Verbrechen soll sie verurteilt

werden? Weil sie ihn dazu gebracht hat, im Allerinnersten seiner Seele einen Raum zu entdecken, der bis dahin ganz fein und rein und unbesetzt gewesen ist und nur auf solch ein kleines, zartes und mütterliches Frauenwesen gewartet zu haben scheint, oder weil sie schon jetzt über ihn Macht hat, so daß er kaum wagt, einmal zu fluchen, wenn sie es hört, oder warum soll sie gestraft werden?

Ach, armer Bacchus, armer Onkel Theodor! Es ist nicht gut, es mit diesen Feinen, Lichten, Daunenweichen zu tun zu haben. – Sie springen ins Meer, wenn sie die schwarzen Segel sehen.

Onkel Theodor flucht in aller Stille darüber, daß das Flaumvögelchen nicht schwarzhaarig, rotwangig, grobgliedrig ist.

Da fällt wieder ein Flöckchen, und es fängt an zu sprechen: „Ich hätte dir all dein Lebtag folgen sollen. Ich hätte dir am Spieltisch eine Warnung ins Ohr geflüstert. Ich hätte das Weinglas fortgerückt. Von mir würdest du es geduldet haben." – „Das hätte ich," flüstert er, „das hätte ich."

Ein andres kommt und spricht ebenfalls: „Ich hätte dein großes Haus regieren und es traulich und warm machen sollen. Ich hätte dich durch die öden Gefilde des Alters geleitet. Ich hätte dein Herdfeuer entzündet, wäre dir Auge und Stab gewesen. Würde ich nicht dazu getaugt haben?" – „Liebes, kleines Fläumchen," antwortet er, „freilich hättest du das."

Noch ein Flöckchen kommt geflogen, und es spricht: „Wie bin ich doch zu beklagen. Morgen fährt mein Bräutigam von mir fort, ohne mir auch nur Lebewohl zu sagen. Morgen werde ich weinen, den ganzen Tag weinen, denn ich werde es als solch eine Schmach empfinden, daß ich für

257

Moritz nicht gut genug bin. Und wenn ich heimkomme, wie werde ich da über meines Vaters Schwelle treten können. Das ganze Hintergäßchen entlang wird man flüstern und zischeln, wenn ich mich zeige. Alle werden sich fragen, was ich wohl Böses verbrochen habe, um so schlecht behandelt zu werden. Kann ich dafür, daß du mich liebst?" Er antwortet mit Tränen in der Kehle: „Sprich nicht so, kleines Fläumchen! Es ist noch zu früh, um so zu sprechen."

Die ganze Nacht geht er draußen umher, und endlich gegen Mitternacht kommt ein wenig Dunkelheit. Da gerät er in große Angst, diese dumpfe schwüle Luft scheint stille zu stehen, aus Angst vor irgendeiner Missetat, die am Morgen begangen werden soll. Da sucht er die Nacht zu beschwichtigen, indem er ganz laut sagt: „Ich werde es nicht tun."

Aber da begibt sich das Seltsamste. Die Nacht gerät in solch eine zitternde Angst. Jetzt sind es nicht mehr die kleinen Fläumchen, die fallen, nein, rings um ihn rauschen große und kleine Flügel. Er hört, daß etwas entflieht, aber er weiß nicht, wohin.

Das Fliehende streicht an ihm vorbei, es berührt seine Wange, es streift seine Kleider und seine Hände, und er begreift, was es ist. Es sind die Blätter, die die Bäume verlassen, die Blumen, die von ihren Stengeln entfliehen, die Flügel, die von den Schmetterlingen fortfliegen, der Gesang, der die Vögel verläßt.

Und er weiß, daß, wenn die Sonne aufgeht, sein Lustgarten ganz verwüstet sein wird. Leerer, kahler, stummer Winter wird da herrschen, kein Schmetterlingsspiel, kein Vogelgezwitscher.

Er bleibt im Freien, bis das Licht wiederkehrt, und er ist

beinahe erstaunt, als er die dunklen Laubmassen der Ahornbäume sieht. „Ja so," sagt er, „was war es dann, was verwüstet wurde, wenn nicht der Garten? Hier fehlt ja nicht einmal ein Grashälmchen. Der Tausend auch, ich selber bin es, der fortab durch Kälte und Winter wandern muß, nicht der Garten. Es ist, als wäre der ganze Lebensmut entflohen. Ah, du alter Narr, das geht wohl auch vorüber, wie alles andre. Das ist doch wahrlich zu viel Aufhebens um so ein kleines Frauenzimmerchen."

IV

Wie schrecklich unbescheiden „das" sich an dem Morgen beträgt, wo sie fortfahren sollen. An den zwei Tagen, die sie nach dem Balle hier gewesen sind, ist „das" eher etwas Anfeuerndes, etwas Belebendes gewesen, aber jetzt, wo das Flaumvögelchen fort soll, wo „das" einsieht, daß es im Ernst aus ist, daß es keine Rolle in ihrem Leben spielen darf, da verwandelt es sich in eine Todesschwere, in eine Todeskälte.

Es ist, als müßte sie einen versteinerten Körper über die Treppen hinab ins Frühstückszimmer schleppen. Sie streckt eine schwere kalte Hand aus Stein aus, als sie grüßt, sie spricht mit einer trägen Steinzunge, sie lächelt mit harten Steinlippen. Das ist eine Arbeit, eine Arbeit.

Aber wer wird sich nicht freuen, wenn er daran denkt, daß alles an diesem Morgen so abgemacht wird, wie es die gute alte Treue und Ehre erfordert.

Onkel Theodor wendet sich beim Frühstück an das Flaumvögelchen und erklärt mit wunderlich ungefüger Stimme, daß er sich entschlossen hat, Moritz die Verwalterstelle in der Laxåhütte zu geben; aber da der genannte junge Mann, fährt Onkel mit einem angestrengten

Versuch, seinen gewöhnlichen Gesprächston beizubehalten, fort, in praktischen Beschäftigungen nicht allzu bewandert ist, so kann er den Platz nicht früher antreten, ehe er nicht eine Gattin an seiner Seite hat. Hat sie, Mamsell Flaumvögelchen, ihre Myrte so gut gepflegt, daß sie im September Kranz und Krone tragen kann?

Sie fühlt, wie er dasitzt und ihr ins Gesicht sieht. Sie weiß, daß er einen Blick zum Dank haben will, aber sie sieht nicht auf.

Moritz hingegen springt in die Höhe. Er umarmt Onkel und treibt es ganz schrecklich. „Aber, Anne-Marie, warum dankst du Onkel nicht? Du mußt Onkel Theodor streicheln, Anne-Marie. Die Laxåhütte ist das Herrlichste auf der Welt. Nun, Anne-Marie!"

Jetzt schlägt sie die Augen auf. Es stehen Tränen darin, und durch diese fällt auf Moritz ein Blick, voll Angst und Vorwurf. Daß er nicht versteht, daß er durchaus mit bloßem Licht in den Pulverkeller gehen muß.

Dann wendet sie sich an Onkel Theodor, aber nicht in der schüchternen, kindlichen Art wie zuvor, sondern mit einer gewissen Grandezza im Benehmen, mit etwas von einer Märtyrerin, einer gefangnen Königin.

„Sie tun zu viel für uns, Onkel," sagt sie nur.

Damit ist alles nach den Forderungen der Ehre und des Anstandes abgemacht. Es ist kein Wort mehr über die Sache zu verlieren. Er hat ihr nicht den Glauben an den Mann, den sie liebt, geraubt. Sie hat sich nicht verraten. Sie ist dem Manne treu, der sie zu seiner Braut gemacht hat, obgleich sie nur ein armes Mädchen aus einem kleinen Bäckerladen im Hintergäßchen ist.

Und jetzt kann der Wagen vorfahren, der Mantelsack geschnürt, der Eßkorb gefüllt werden.

Onkel Theodor erhebt sich vom Tische. Er stellt sich an das Fenster. Von dem Moment an, wo sie sich mit jenem tränenvollen Blick ihm zugewendet hat, ist er ganz von Sinnen. Er ist ganz toll, imstande, sich auf sie zu stürzen, sie an seine Brust zu ziehen und Moritz zuzurufen, er möge nur kommen und sie von dort losreißen, wenn er es kann.

Er hält die Hände in den Taschen. Durch die geballten Fäuste gehen krampfhafte Zuckungen.

Kann er es zulassen, daß sie den Hut aufsetzt, daß sie der Bergrätin Lebewohl sagt?

Da steht er wieder auf dem Felsen von Naxos und will die Geliebte stehlen. Nein, nicht stehlen! Warum nicht ehrlich und männlich vortreten und sagen: „Ich bin dein Nebenbuhler, Moritz. Deine Braut mag zwischen uns wählen. Ihr seid noch nicht verheiratet, es ist keine Sünde, wenn ich versuche, sie dir abwendig zu machen. Hüte sie wohl, ich will alle Mittel anwenden."

Dann wäre er ja gewarnt, und sie wüßte, wonach sie sich zu richten hätte.

Es knackt in den Knöcheln, als er wieder die Fäuste ballt. Wie würde Moritz über den alten Onkel lachen, wenn er vorträte und dies erklärte! Und wozu sollte es dienen? Sollte er sie erschrecken, damit es ihm dann nicht einmal mehr gestattet war, ihnen in Zukunft zu helfen?

Aber wie wird es jetzt gehen, wenn sie herankommt, um ihm Lebewohl zu sagen? Er ist nahe daran, ihr zuzuschreien, sich zu hüten, sich auf drei Schritt Entfernung von ihm zu halten.

261

Er bleibt am Fenster stehen und wendet ihnen den Rücken, während sie mit dem Ankleiden und dem Füllen des Eßkorbes beschäftigt sind. Werden sie denn nie fertig? Jetzt hat er es schon tausendmal durchlebt. Er hat ihr die Hand gegeben, sie geküßt, ihr in den Wagen geholfen. Er hat es so oft getan, daß er sie schon fort glaubt.

Er hat ihr auch Glück gewünscht. Glück ... Kann sie mit Moritz glücklich werden? Sie hat diesen Morgen nicht glücklich ausgesehen. O, doch gewiß. Sie weinte ja vor Freude.

Während er so dasteht, sagt Moritz plötzlich zu Anne-Marie: „Was für ein Dummkopf ich bin. Ich habe ja ganz vergessen, mit Onkel von Papas Aktien zu sprechen."

„Ich denke, es wäre am besten, du ließest es," antwortet das Flaumvögelchen. „Es ist vielleicht nicht recht."

„Ach Unsinn, Anne-Marie. Die Aktien tragen gerade augenblicklich nichts. Aber wer weiß, ob sie nicht eines Tages besser werden? Und übrigens, was macht das Onkel? Solch eine Kleinigkeit ..."

Sie unterbricht mit ungewöhnlicher Heftigkeit, beinahe mit Angst. „Ich bitte dich, Moritz, tue es nicht! Laß mich dieses einzige Mal recht behalten."

Er sieht sie an, ein bißchen verletzt. „Dieses einzige Mal. Als wenn ich dir gegenüber ein Tyrann wäre. Nein, weißt du, das kann ich nicht, schon dieses Wortes wegen finde ich, daß ich nicht nachgeben darf."

„Hänge dich nicht an ein Wort, Moritz. Hier handelt es sich um mehr als um Höflichkeit und Phrasen. Ich finde es nicht schön von dir, Onkel übervorteilen zu wollen, wo er so gut gegen uns war."

„Aber still doch, Anne-Marie, still doch! Was verstehst du von Geschäften?" – Sein ganzes Wesen ist noch aufreizend ruhig und überlegen. Er sieht sie an, wie ein Schulmeister einen guten Schüler, der sich gerade am Prüfungstage dumm anstellt.

„Daß du gar nicht verstehst, um was es sich handelt," ruft sie aus. Und sie ringt verzweifelt die Hände.

„Ich muß wirklich jetzt mit Onkel sprechen," sagt Moritz, „wennschon aus keinem andern Grunde, so um ihm zu zeigen, daß es sich hier um keinen Betrug handelt. So wie du dich benimmst, könnte Onkel wirklich glauben, daß wir, mein Vater und ich, ein paar Schurken sind."

Und er kommt auf Onkel Theodor zu und erklärt ihm, welche Bewandtnis es mit diesen Aktien hat, die sein Vater ihm verkaufen will. Onkel Theodor hört so gut zu, als er kann. Er versteht sogleich, daß sein Bruder, der Bürgermeister, eine schlechte Spekulation gemacht hat und sich vor Verlusten schützen will. Aber was weiter, was weiter? Solche Gefälligkeiten pflegt er ja der ganzen Familie zu erweisen. Aber eigentlich denkt er nicht daran, sondern an das Flaumvögelchen. Er wüßte zu gern, was in dem empörten Blick liegt, den sie Moritz zuwirft. Liebe war es gerade nicht.

Und nun mitten in seiner Verzweiflung über das Opfer, das er bringen mußte, beginnt ein schwacher Hoffnungsstrahl vor ihm aufzudämmern. Er steht da und starrt ihn an wie ein Mann, der in einem Zimmer, wo ein Geist umgeht, liegt und sieht, wie ein heller Nebel aus dem Boden emporsteigt, sich verdichtet und wächst und zu greifbarer Wirklichkeit wird.

„Komm mit mir in mein Zimmer, Moritz," sagt er, „dann

kannst du das Geld gleich haben."

Aber während er spricht, ruht sein Blick auf dem Flaumvögelchen, um zu sehen, ob „das Geistchen" zum Sprechen bewogen werden kann. Aber noch sieht er nur stumme Verzweiflung bei ihr.

Doch kaum sitzt er am Pult in seinem Zimmer, als die Türe sich öffnet und Anne-Marie hereinkommt.

„Onkel Theodor," sagt sie sehr fest und entschlossen, „kaufen Sie doch diese Papiere nicht."

Ach, welcher Mut, Flaumvögelchen! Wer, der dich vor drei Tagen an Moritzens Seite im Wagen sah, wo du bei jedem Wort, das er sagte, zusammenzuschrumpfen und immer kleiner zu werden schienst, hätte dir so etwas zugetraut?

Jetzt braucht sie auch ihren ganzen Mut, denn jetzt wird Moritz ernstlich böse.

„Schweig," zischt er sie an und brüllt darauf, um von Onkel Theodor, der am Pult sitzt und Banknoten zählt, richtig gehört zu werden. „Was fällt dir denn ein? Die Aktien tragen jetzt keine Zinsen, das habe ich Onkel gesagt, aber Onkel weiß ebensogut wie ich, daß sie welche tragen werden. Glaubst du, daß Onkel sich so von einem, wie ich, übers Ohr hauen läßt? Onkel wird von diesen Dingen wohl mehr verstehen als irgend jemand von uns. Ist es je meine Absicht gewesen, diese Aktien für gut auszugeben? Habe ich je etwas andres gesagt, als für jemanden, der in der Lage ist, zu warten, könne dies ein gutes Geschäft werden?"

Onkel Theodor sagt nichts, er reicht Moritz nur ein paar Banknoten. Er möchte wissen, ob dies den Geist zum Sprechen bringen wird.

„Onkel," sagt die kleine, unerbittliche Wahrheitsverkünderin – denn es ist ja eine bekannte Sache, daß niemand unerbittlicher sein kann, als diese Daunenweichen, diese Zartbesaiteten, wenn sie einmal so weit sind – „diese Aktien sind keinen Pfifferling wert und werden nie etwas wert sein. Das wissen wir zu Hause alle."

„Anne-Marie, du stempelst mich zu einem Schurken –"

Sie fährt mit den Augen über ihn hin, so, als wären ihre Blicke die Schneiden einer Schere, und sie schneidet ihm Lappen um Lappen alles ab, womit sie ihn herausstaffiert hat, und als sie ihn zuletzt in der ganzen Nacktheit seiner Eigenliebe und seines Eigennutzes sieht, fällt ihr schreckliches kleines Zünglein das Urteil über ihn:

„Was bist du denn anders?"

„Anne-Marie!"

„Ja, was sind wir alle beide anders," fährt das unbarmherzige Zünglein fort, das, nun es in Gang ist, es am besten findet, die Dinge klarzulegen, die ihr Gewissen zermartern, seit sie angefangen hat, daran zu denken, daß auch der reiche Mann, dem dieses große Schloß gehört, ein Herz hat, das leiden und sich sehnen kann. Und nun, wo die Zunge so vortrefflich in Gang ist und alle Scheu von ihr gewichen zu sein scheint, sagt sie:

„Als wir uns daheim in die Chaise setzten, was dachten wir da? Wovon sprachen wir auf dem Wege? Wie wir ihn dort für uns gewinnen wollten. ,Du mußt flott sein, Anne-Marie,' sagtest du. ,Und du mußt schlau sein, Moritz,' sagte ich. Wir dachten nur daran, uns einzuschmeicheln. Viel wollten wir haben, und nichts wollten wir geben, nichts andres als Verstellung. Wir wollten nicht sagen: Hilf uns, weil wir arm sind und uns lieb haben, sondern wir wollten schmeicheln und heucheln, bis Onkel in dich oder in mich vernarrt war, das war unsre Absicht. Aber wir wollten nichts zurückgeben, weder Liebe noch Achtung, nicht einmal Dankbarkeit. Und warum bist du nicht allein gefahren, warum mußte ich mit? Du wolltest mich ihm zeigen, du wolltest, daß ich, daß ich …"

Onkel Theodor springt auf, als er sieht, wie Moritz die Hand gegen sie erhebt. Denn jetzt hat er fertig gerechnet und verfolgt das, was geschieht, mit einem Herzen, das in Hoffnung schwillt. Und es ist, als flöge sein Herz nun weit auf, um sie zu empfangen, als sie jetzt aufschreit und in seine Arme flieht, in seine Arme flieht ohne Zaudern und Bedenken, ganz als gäbe es keinen andern Platz auf Erden, zu dem sie fliehen könnte.

„Onkel, er will mich schlagen!"

Und sie schmiegt sich fest, fest an ihn.

Aber Moritz ist jetzt wieder ganz ruhig. „Verzeih meine Heftigkeit, Anne-Marie," sagt er. „Es regte mich auf, dich in Onkels Gegenwart so kindisch sprechen zu hören. Aber Onkel wird auch verstehen, daß du eben nur ein Kind bist. Dennoch gebe ich zu, daß keine, wenn auch noch so gerechte Empörung einem Manne das Recht gibt, eine Frau zu schlagen. Komm jetzt her und küsse mich. Du brauchst bei niemandem Schutz gegen mich zu suchen."

Sie rührt sich nicht, sie wendet sich nicht um, sie klammert sich nur fest.

„Flaumvögelchen, soll ich ihn dich nehmen lassen?" flüstert Onkel Theodor.

Und sie antwortet nur mit einem Zittern, das auch seinen

ganzen Körper durcheilt.

Aber Onkel Theodor fühlt sich so frisch, so gehoben. Er ist jetzt ganz außerstande, den vollkommenen Neffen wie früher im richtigen Licht seiner Vollkommenheit zu sehen. Er wagt es, mit ihm zu scherzen.

„Moritz," sagt er, „du überraschst mich. Die Liebe macht dich schwach. Kannst du so mir nichts dir nichts verzeihen, daß sie dich einen Schurken nennt? Du mußt sogleich mit ihr brechen. Deine Ehre, Moritz, denke an deine Ehre! Nichts in der Welt kann einer Frau gestatten, einen Mann zu beleidigen. Setze dich in deine Chaise, mein Junge, und fahre ohne dieses verlorne Wesen von hier fort. Das ist nur Recht und Gerechtigkeit nach einer solchen Beschimpfung."

Und während er seine Rede beschließt, legt er seine großen Hände um ihr Köpfchen und richtet es empor, so daß er ihre Stirn küssen kann.

„Verlasse dieses verlorne Wesen," wiederholt er.

Aber jetzt fängt auch Moritz zu verstehen an. Er sieht, wie es in Onkel Theodors Augen funkelt, und wie ein Lächeln nach dem andern um seine Lippen spielt.

„Komm, Anne-Marie."

Sie zuckt zusammen. Jetzt ruft er sie als der, dem sie sich angelobt hat. Es ist, als müßte sie gehen. Und sie läßt Onkel Theodor so hastig los, daß er es nicht verhindern kann, aber sie kann auch nicht zu Moritz gehen, darum gleitet sie zu Boden, und da bleibt sie sitzen und schluchzt.

„Fahre allein in deinem Leiterwagen nach Hause, Moritz," sagt Onkel Theodor scharf. „Diese junge Dame ist bis auf weiteres in meinem Hause zu Gast, und ich gedenke sie vor

267

deinen Übergriffen in Schutz zu nehmen."

Und er denkt nicht mehr an Moritz, sondern ist nur darauf bedacht, sie emporzuziehen, ihre Tränen zu trocknen und ihr zuzuflüstern, daß er sie liebt.

Und Moritz, der sie so sieht, die eine weinend, der andre tröstend, ruft aus: „Ach, das ist alles abgekartet. Ich bin betrogen. Das ist eine Komödie. Man stiehlt mir meine Braut, und man verhöhnt mich obendrein. Man läßt mich nach einer rufen, die gar nicht kommen will. Ich beglückwünsche dich zu diesem Handel, Anne-Marie."

Und während er hinausstürzt und die Türe zuwirft, ruft er aus: „Glückssucherin!"

Onkel Theodor macht eine Bewegung, wie um ihm nachzueilen und ihn zu züchtigen, aber das Flaumvögelchen hält ihn zurück.

„Ach, Onkel Theodor, laß doch immerhin Moritz das letzte Wort behalten. Moritz hat immer recht. Eine Glückssucherin, das bin ich ja gerade, Onkel Theodor."

Und sie schmiegt sich wieder an ihn, ohne zu zögern, ohne zu fragen. Und Onkel Theodor ist ganz verwirrt, eben weinte sie noch und jetzt lacht sie, eben sollte sie den einen heiraten und jetzt küßte sie einen andern. Da hebt sie das Köpfchen und lächelt: „Jetzt bin ich dein kleines Hündchen. Du kannst mich nicht loswerden."

„Flaumvögelchen," sagt der Gutsherr mit seiner barschesten Stimme. „Das hast du schon die ganze Zeit gewußt."

Sie begann zu flüstern: „Hätte mein Bruder ..."

„Und du wolltest doch, Flaumvögelchen ... Moritz kann

froh sein, daß er dich los wird. Solch ein dummes, lügnerisches, heuchelndes Flaumvögelchen, solch ein ungerechtes, kleines, wetterwendisches Fläumchen, solch ein, solch ein ..."

*   *

*

Ach Flaumvögelchen, ach Seidenblümchen! Du warst wohl nicht nur eine Glückssucherin, du warst wohl auch eine Glücksbringerin, sonst würde wohl nicht so viel von deinem lieblichen Frieden den Platz umschweben, wo du gewohnt hast. Noch heute wird das Haus von großen Ahornen beschattet, und die Birkenstämme stehen weiß und fleckenlos von der Wurzel bis zum Wipfel da. Noch heute sonnt sich die Natter friedlich auf ihrem Hügel, und im Parkteich schwimmt ein Kühling, der so alt ist, daß kein Junge es über das Herz bringt, ihn zu angeln. Und wenn ich hinkomme, da fühle ich, daß Feierfriede in der Luft liegt, und es ist, als sängen Vögel und Blumen noch ihre schönen Lieder dir zum Preise.

Unter den Kletterrosen

Ich wollte, daß die Blicke der Menschen, unter denen ich meinen Sommer verlebt habe, auf diese Zeilen fielen. Jetzt, wo Kälte und dunkle Nächte gekommen sind, möchte ich ihre Gedanken zu der hellen warmen Jahreszeit zurückführen.

Vor allem möchte ich sie an die Kletterrosen erinnern, die die Veranda umschlangen, an das feine, ein wenig dünne Laubwerk der *Rosa bengalensis*, das sich beim Sonnenschein wie beim Mondlicht in dunkelgrauen Schatten auf dem lichtgrauen Steinboden abzeichnete und einen leichten Spitzenschleier über alles dort draußen warf, und an ihre großen lichten Riesenblumen mit den ausgefransten Rändern.

Andre Sommer erinnern mich an Kleewiesen oder an Birkenwälder oder an Birnbäume und Beerensträucher, aber dieser Sommer hat seinen Charakter von den Kletterrosen bekommen. Die lichten, zarten Knospen, die weder Wind noch Regen vertrugen, die leicht wehenden hellgrünen Schößlinge, die sanft geneigten Stämmchen, der überschwengliche Reichtum an Blumen, die fröhlich summende Insektenschar, alles das wird mich begleiten und in seiner ganzen Pracht vor mir auferstehen, wenn ich an den Sommer zurückdenke, den zarten, feinen Schmelz des Sommers.

Jetzt, wo die Arbeitszeit angebrochen ist, fragt man mich

oft, womit ich meinen Sommer verbracht habe. Dann gleitet alles andre aus meiner Erinnerung fort, und es will mir scheinen, als hätte ich tagaus tagein auf der Veranda unter den Kletterrosen gesessen und Duft und Sonnenschein eingeschlürft. Was tat ich da? Ach, ich sah zu, wie andre arbeiteten.

Da war eine kleine Tapezierbiene, die vom Morgen bis zum Abend, vom Abend bis zum Morgen arbeitete. Aus den weichen grünen Blättern sägte sie mit ihren scharfen Kiefern ein zierliches kleines Oval, rollte es so zusammen, wie man eine richtige Tapete rollt, und die kostbare Bürde an sich drückend, flatterte sie fort zum Parke und ließ sich auf einem alten Baumstumpf nieder. Da vertiefte sie sich in dunkle Gänge und geheimnisvolle Galerien, bis sie endlich den Grund eines lotrechten Schachtes erreichte. In dessen unbekannten Tiefen, in die sich weder Ameise noch Tausendfüßler je gewagt hatten, breitete sie die grüne Blattrolle aus und bedeckte den holprigen Boden mit dem schönsten Teppich. Und als der Boden bedeckt war, holte die Biene wieder neue Blätter, um die Wände des Schachtes zu bekleiden, und arbeitete so rasch und eifrig, daß es bald in der ganzen Rosenhecke kein Blatt gab, das nicht seinen ovalen Ausschnitt hatte, der bezeugte, daß es zur Ausschmückung des alten Baumstumpfes das Seinige hatte beitragen müssen.

Eines schönen Tages änderte das Bienchen seine Beschäftigung. Es bohrte sich tief in die Blätterwirrnis der Riesenrosen und schlürfte und trank aus ihren schönen Vorratskammern nach Herzenslust, und jedesmal, wenn es einen Mund voll hatte, schwirrte es gleich hinüber zu dem alten Baumstumpf, um die frischtapezierte Kammer mit dem klarsten Honig zu füllen.

Aber die kleine Tapezierbiene war nicht die einzige, die

draußen in der Rosenhecke arbeitete. Da gab es auch eine Spinne, eine ganz unvergleichliche Spinne. Sie war größer als alles, was ich bisher vom Spinnengeschlechte gesehen habe, sie war klar gelbrot mit einem deutlich punktierten Kreuz auf dem Rücken, und sie hatte acht lange, weiß und rot gestreifte Beine, alle gleich schön gezeichnet. Ihr hättet diese Spinne sehen sollen! Jeder Faden wurde mit der äußersten Genauigkeit gezogen. Von den ersten an, die nur zur Stütze und zum Halt dienten, bis zu den innersten feinen Webfäden. Und ihr hättet sehen sollen, wie sie den schmalen Fäden entlang balancierte, um eine Fliege zu haschen oder ihren Thron in der Mitte des Netzes einzunehmen, regungslos, geduldig, stundenlang wartend.

Diese große rotgelbe Spinne gewann mein Herz: sie war so geduldig und so weise. Jeden Tag hatte sie ihr kleines Scharmützel mit der Tapezierbiene, und immer zog sie sich mit dem gleichen untrüglichen Takt aus der Affäre. Die Biene, deren Weg dicht an ihr vorbeiführte, blieb einmal ums andre in ihrem Netz hängen. Sogleich begann sie zu surren und zu reißen, sie zerrte an dem feinen Netz und benahm sich ganz toll, was natürlich zur Folge hatte, daß sie sich immer ärger und ärger verwickelte und Flügel und Beinchen in das klebrige Gewebe verstrickte.

Sobald die Biene ermattet und erlahmt war, kroch die Spinne zu ihr heran. Sie hielt sich immer in gebührlicher Entfernung, aber mit der äußersten Spitze eines ihrer eleganten rotgestreiften Beine gab sie der Biene einen kleinen Stoß, so daß sie sich im Netz herumdrehte. Und wenn die Biene wieder herumgeschnurrt und sich müde gerast hatte, bekam sie abermals einen ganz sachten Puff, und dann noch einen und noch einen, bis sie sich wie ein Kreisel drehte und in ihrer Raserei nicht ein noch aus wußte und so verwirrt war, daß sie sich nicht zur Wehr setzen konnte. Aber bei diesem Herumschwingen drehten sich die Fäden, die sie hielten, immer mehr zusammen, und die Spannung wurde so groß, daß sie rissen und die Biene zu Boden fiel. Ja, das war es natürlich, was die Spinne gewollt hatte.

Und dieses Kunststück konnten die beiden Tag für Tag wiederholen, solange die Biene in der Rosenhecke Arbeit hatte. Nie konnte der kleine Tapezierer es lernen, sich vor dem Spinnennetz in acht zu nehmen, und nie zeigte die Spinne Zorn oder Ungeduld. Ich mochte sie wirklich alle beide gerne leiden, die kleine eifrige zottige Arbeiterin geradeso wie die große schlaue alte Jägerin.

Es begaben sich nicht oft große Ereignisse in dem Hause mit den Kletterrosen. Zwischen den Spalieren konnte man den kleinen See in der Sonne liegen und blinken sehen. Und das war ein See, der zu klein und zu umfriedet war, um sich in wirklichen Wellen erheben zu können, aber bei jedem kleinen Gekräusel des grauen Spiegels flogen tausende kleine Fünkchen auf, die auf den Wellen glitzerten und tanzten. Es sah aus, als wäre die ganze Tiefe von Feuer erfüllt, das nicht heraus könnte. Und so war auch das Sommerleben dort draußen; es war gewöhnlich ganz still, aber kam nur das allergeringste kleine Gekräusel – ach, wie konnte es da schimmern und glitzern.

Und es bedurfte keiner großen Dinge, um uns froh zu machen. Eine Blume oder ein Vogel konnte uns Heiterkeit für mehrere Stunden bringen, von der Tapezierbiene gar nicht zu sprechen. Ich werde nie vergessen, wie seelenvergnügt ich einmal durch sie wurde.

Die Biene war wie gewöhnlich im Spinnennetz gewesen und die Spinne hatte ihr wie gewöhnlich herausgeholfen, aber sie hatte tüchtig festgesessen, so daß sie sich ungeheuer lange herumdrehen mußte und ganz zahm und gebändigt war, als sie davonflog. Ich beugte mich vor, um zu sehen, ob das Netz großen Schaden genommen habe. Das hatte es glücklicherweise nicht, dagegen saß eine kleine Raupe im Netze fest, ein kleines fadenschmales Untier, das nur aus Kiefern und Krallen bestand, und ich war erregt, wirklich erregt, als ich es erblickte.

Kannte ich sie nicht, diese Larven der Maikäfer, die zu Tausenden die Blumen hinaufkriechen und sich unter ihren Kronenblättern verstecken? Kannte ich sie nicht und bewunderte ich sie nicht auch, diese beharrlichen schlauen Parasiten, die verborgen dasitzen und warten, nur warten, und wenn es wochenlang dauern sollte, bis eine Biene kommt, in deren schwarzgelbem Pelz sie sich verbergen können? Und wußte ich nicht von ihrer hassenswürdigen Geschicklichkeit, gerade wenn die kleine Zellenbauerin einen Raum mit Honig gefüllt und auf dessen Oberfläche das Ei gelegt hat, aus dem der richtige Eigentümer der Zelle und des Honigs hervorkommen soll, gerade da auf das Ei hinabzukriechen und unter eifrigem Balancieren darauf sitzen zu bleiben wie auf einem Boote, denn fielen sie in den Honig hinab, so müßten sie ertrinken. Und während die Biene das fingerhutähnliche Nestchen mit einem grünen Dach bedeckt und behutsam ihr Junges einschließt, schlitzt die gelbe Raupe mit scharfen Kiefern das Ei auf und verzehrt dessen Inhalt, während die Eischale noch immer als Nachen auf dem gefährlichen Honigsee dienen muß.

Aber so nach und nach wird das schmale gelbe Ding platt und groß und kann selbst auf dem Honig schwimmen und davon trinken, und wenn die Zeit sich erfüllt hat, kommt ein fetter schwarzer Maikäfer aus der Bienenzelle. Aber das ist es sicherlich nicht, was das kleine Bienchen mit seiner Arbeit erreichen wollte, und wie schlau und behend der Maikäfer sich auch betragen hat, so ist er doch nichts andres als ein fauler Schmarotzer, der keine Barmherzigkeit verdient.

Und meine Biene, meine kleine, fleißige Herzensbiene, war mit solch einem gelben Parasiten im Pelze herumgeflogen. Aber während die Spinne sie im Kreise gedreht hatte, hatte er sich losgelöst und war in das Netz gefallen, und jetzt kam die große Gelbrote und gab ihm einen Biß mit ihrem Giftzahn und verwandelte ihn in einem Augenblick in ein Skelett ohne Leben und Inhalt.

Und als die kleine Biene zurückkam, war ihr Surren wie eine Lobhymne an das Leben.

„O du schönes Leben!" sagte sie. „Ich danke dir, daß auf mein Los die fröhliche Arbeit unter Rosen im Sonnenschein gefallen ist. Ich danke dir, daß ich dich ohne Angst und Furcht genießen kann. Wohl weiß ich, daß Spinnen lauern und Maikäfer stehlen, aber mein ist die fröhliche Arbeit und die mutige Sorglosigkeit. O du schönes Leben, du herrliches Dasein!"

Die Grabschrift

Heute beachtet gewiß keine Menschenseele das kleine Kreuzlein, das in einer Ecke des Svartsjöer Friedhofs steht. Heute gehen alle Kirchenbesucher daran vorbei, ohne einen Blick darauf zu werfen. Und es ist ja nicht wunderlich, daß keiner es bemerkt. Es ist so niedrig, daß Klee und Glockenblumen ihm bis über die Arme reichen und Timotheusgras darüber wächst. Auch nimmt sich keiner die Mühe, die Inschrift zu lesen, die da steht. Die weißen Buchstaben sind heute fast gänzlich vom Regen verwischt, und es scheint nie jemand einzufallen, sie zu Worten zusammenzufügen.

Aber es ist nicht immer so gewesen. Das kleine Kreuz hat seinerzeit viel Staunen und Verwunderung erweckt. Eine Zeitlang konnte niemand den Fuß auf den Svartsjöer Friedhof setzen, ohne zu dem Kreuze hinzugehen. Und bekommt ein Mensch aus jener Zeit es heute zu Gesicht, so sieht er sogleich eine ganze Geschichte vor sich ...

Er sieht das ganze Kirchspiel Svartsjö in Winterschlummer versenkt und mit glattem, weißem Schnee bedeckt, der anderthalb Ellen hoch liegt. Es sieht dort so aus, daß es kaum menschenmöglich ist, sich zurechtzufinden. Man muß nach dem Kompaß gehen, wie auf dem Meere. Es ist keinerlei Unterschied zwischen Strand und See, das Brachfeld liegt ebenso glatt da wie die Erde, die hundert Ernten Hafer getragen hat. Die Köhlerleute, die auf großen Moorflächen und nackten Bergfirsten hausen, können sich einbilden, daß sie über ebensoviel gepflügten und bebauten Boden geböten wie der reichste Großbauer.

Die Wege haben ihre sichern Bahnen zwischen den grauen Zäunen verlassen und abenteuern nun über die Wiesen und den Fluß entlang. Selbst drinnen zwischen den Gehöften kann man leicht verwirrt werden. Man kann plötzlich entdecken, daß der Weg zum Brunnen quer über die Spireahecke des kleinen Rosenbeets gelegt ist. Aber nirgends ist es so unmöglich, sich zurechtzufinden, wie auf dem Kirchhof. Erstens ist die graue Steinmauer, die ihn vom Pfarrhof trennt, ganz überschneit, so daß er jetzt völlig mit diesem zusammenfließt. Zweitens ist der Kirchhof jetzt nur noch ein großes, weißes Feld: nicht die kleinste Unebenheit in der Schneedecke verrät die vielen Anhöhen und Hügelchen des Totenackers.

Auf den meisten Gräbern stehen Eisenkreuze, an denen dünne, kleine Herzen hängen, die im Sommer der Wind bewegt. Jetzt sind sie alle überschneit. Diese kleinen Eisenherzen können nicht mehr ihre wehmütigen Weisen von Schmerz und Sehnen erklingen lassen.

Leute, die drinnen in den Städten auf Arbeit waren, haben für ihre Toten daheim Trauerkränze mit Blumen aus Perlen und Blättern aus Eisenblech mitgebracht, und diese Kränze stehen so in Achtung, daß sie auf den Gräbern in kleinen Glaskasten liegen. Aber nun sind auch sie unter dem Schnee verborgen und begraben. Nun ist das Grab, das solchen Schmuck trägt, um nichts vornehmer als irgendein andres.

Ein paar Schneebeerenbüsche und Fliederhecken ragen aus der Schneedecke empor, allein die meisten sind verborgen. Die nackten Zweige, die aus dem Schnee hervorkommen, sind einander wunderlich gleich. Sie können dem nicht zur Richtschnur dienen, der sich auf dem Kirchhofe zurechtzufinden sucht. Alte Mütterchen, deren Brauch es ist, allsonntäglich einzutreten, um einen Blick auf die Gräber ihrer Lieben zu werfen, kommen jetzt des Schnees wegen nicht weiter als ein Stück über den Hauptweg hinaus. Dort bleiben sie stehen und versuchen zu erraten, wo „das Grab" liegen mag. Ist es bei diesem Busch oder bei jenem? Und sie fangen an, sich nach dem Schmelzen des Schnees zu sehnen. Es ist, als sei der Entrissene so unsagbar weit von ihnen entfernt, seit sie die Stelle nicht mehr sehen können, wo er in die Erde versenkt worden ist.

Da sind auch ein paar große Steine, die sich über den Schnee erheben. Aber es sind ihrer so wenige. Und der Schnee hängt über ihnen, so daß man den einen nicht vom andern unterscheiden kann.

Ein einziger Weg auf dem Kirchhof ist gebahnt. Er führt den Hauptgang entlang zu einem kleinen Leichenhause. Soll jemand begraben werden, so wird der Sarg in das Leichenhaus getragen, und dort hält der Pfarrer die Grabrede und nimmt die Zeremonie der Beerdigung vor. Es ist nicht daran zu denken, daß der Sarg in die Erde kommen könnte, solange dieser Winter währt. Er muß im Leichenhause stehen bleiben, bis Gott Tauwetter sendet und der Boden wieder zugänglich wird für Hacke und Spaten.

Gerade wie der Winter in seiner strengsten Laune und der Kirchhof ganz unzugänglich ist, stirbt ein Kind beim Hüttenherrn Sander auf dem Werke Lerum.

Das ist ein großes Werk, Lerum, und Hüttenherr Sander ist ein mächtiger Mann. Er hat sich erst jüngst ein Familiengrab auf dem Kirchhof herstellen lassen. Man erinnert sich gut daran, wenn es jetzt auch unter dem Schnee verborgen ist. Es ist von einem behauenen Steinrand und einer dicken Eisenkette umgeben; mitten auf dem Grabe steht ein Granitblock, der den Namen trägt. Dort steht das eine Wort Sander mit großen Lettern eingegraben, die über den ganzen Kirchhof leuchten.

Aber jetzt, da das Kind tot ist und das Begräbnis zur Sprache kommt, sagt der Hüttenherr zu seiner Frau:

„Ich will nicht, daß dieses Kind in meinem Grabe liege!"

Mit einem Male sieht man sie vor sich. Da ist der Speisesaal auf Lerum, und da sitzt der Hüttenherr am Frühstückstisch und ißt allein, wie er zu tun pflegt. Seine Gattin Ebba Sander lehnt im Schaukelstuhl am Fenster, von wo sie die Aussicht über den See und die birkenbestandnen Inselchen hat.

Sie hat dagesessen und geweint, aber als der Mann dieses sagt, werden ihre Augen auf einmal trocken. Die ganze kleine Gestalt zieht sich vor Schrecken zusammen, sie beginnt zu zittern, als fühle sie starke Kälte.

„Was sagst du, was sagst du?" fragt sie. Und sie spricht wie einer, der vor Kälte klappert.

„Es widerstrebt mir," sagt der Hüttenherr. „Vater und Mutter liegen da, und auf dem Steine steht Sander. Ich will nicht, daß dieses Kind dort liege."

„Ah so, d a s hast du dir ausgeheckt?" sagt sie und schauert dabei fortwährend zusammen. „Ich wußte wohl, daß du dich einmal rächen würdest."

Er wirft die Serviette fort, erhebt sich vom Tische und steht breit und groß vor ihr. Es ist gar nicht seine Absicht, seinen Willen mit vielen Worten zu ertrotzen. Aber sie kann es ihm ja ansehen, wie er so da steht, daß er seinen Sinn nicht ändern kann. Der ganze Mann ist schwere, unerschütterliche Halsstarrigkeit.

„Ich will mich nicht rächen," sagt er, ohne die Stimme zu erheben. „Ich kann es nur nicht ertragen."

„Du sprichst, als handelte es sich nur darum, ihn aus einem Bett in das andre zu legen," sagt sie. „Und er ist ja tot, ihm kann es wohl gleich sein, wo er liegt. Aber i c h bin dann eine Verlorne."

„Ich habe auch daran gedacht," sagt er, „aber ich kann nicht."

Zwei Leute, die mehrere Jahre miteinander verheiratet sind, brauchen nicht viel Worte, um sich zu verstehen. Sie weiß schon, daß es ganz zwecklos wäre, wollte sie versuchen, ihn umzustimmen.

„Warum mußtest du mir damals verzeihen?" sagt sie und ringt die Hände. „Warum ließest du mich auf Lerum bleiben als dein Weib und versprachst mir, du wollest mir vergeben?"

Er weiß bei sich, daß er ihr nicht schaden will. Er kann nichts dafür, daß er jetzt an der Grenze seiner Nachsicht angelangt ist. „Sag den Nachbarn, was du willst," sagt er. „Ich schweige schon. Gib vor, es sei Wasser im Grabe, oder sage, es sei nicht Raum für mehr Särge als die von Vater und Mutter und meinen und deinen."

„Und das sollen sie glauben?"

„Du mußt dir helfen, so gut du kannst," sagt er.

Er ist nicht böse, sie sieht, daß er es nicht ist. Es ist, wie er selbst sagt. Er kann sich darin nicht überwinden.

Sie rückt sich höher in den Stuhl hinauf, verschränkt die

Arme hinter dem Kopf und sitzt und starrt zum Fenster hinaus, ohne etwas zu sagen. Das Entsetzliche ist, daß es so viel im Leben gibt, was einen überwältigt. Vor allem ist es furchtbar, daß in einem selbst Mächte emporsteigen, die man nicht lenken kann. Vor einigen Jahren, als sie schon eine besonnene, verheiratete Frau war, kam die Liebe über sie. So eine Liebe! Es war nicht daran zu denken, daß sie sie hätte regieren können. Und was nun Gewalt über ihren Mann bekam, – war es Rachbegier? Er ist ihr nie böse gewesen. Er hat ihr sogleich verziehen, als sie kam und alles gestand. „Du bist von Sinnen gewesen," hat er gesagt und hat sie weiter als seine Gattin leben lassen.

Aber obgleich es ein leichtes sein kann, zu sagen, daß man vergebe, es mag doch schwer genug fallen, es zu tun. Vor allem ist es schwer für einen Mann, der tiefsinnig und schwerblütig ist, der niemals vergißt und niemals aufbraust. Was er auch sagen mag, in seinem Herzen sitzt etwas, das hungert und danach schreit, sich sättigen zu dürfen an eines andern Leid. Ein wunderliches Gefühl hat sie immer gehabt, als ob es besser gewesen wäre, wenn er damals so gezürnt hätte, daß er sie geschlagen hätte. Dann hätte er nachher wieder gut werden können. Nun geht er umher und ist mürrisch und verdrossen, und sie ist schreckhaft geworden. Sie geht wie ein Pferd an der Deichsel. Sie weiß, daß hinter ihr einer sitzt, der die Peitsche in der Hand hält, – wenn er sie auch nicht gebraucht. Und nun hat er sie gebraucht. Nun ist sie eine Verlorne.

———

Die Menschen sagen, daß sie nie einen Schmerz gesehen hätten, wie den ihren. Sie sieht aus wie ein Steinbild. In diesen Tagen vor dem Begräbnis weiß man nicht, ob sie wirklich lebt. Es ist unmöglich, zu wissen, ob sie höre, was man sagt, ob sie wisse, wer zu ihr spricht. Sie scheint keinen Hunger zu fühlen, sie scheint draußen in der bittern Kälte gehen zu können, ohne zu frieren. Aber die Menschen irren sich, es ist nicht Schmerz, was sie versteinert, es ist Angst.

Sie denkt nicht daran, am Begräbnistag daheim zu bleiben. Sie m u ß mit zum Friedhofe, sie m u ß mit im Trauergefolge gehen, mitgehen und wissen, daß alle, die dem Sarge folgen, glauben, daß die Leiche zu dem großen Sanderschen Grabe geführt werde. Sie denkt, daß sie unter der Verwunderung und dem Staunen, das sich gegen sie wenden werde, zusammenbrechen müsse, wenn er, der an der Spitze des Zuges schreite, ihn zu einem unbemerkten Grabplatz hinführen würde. Es werde ein Murmeln der Verwunderung von Reihe zu Reihe gehen, obgleich dies ein Leichenzug ist. Warum darf das Kind nicht in dem Sanderschen Grabe liegen? Man werde sich der ungewissen, unbestimmten Gerüchte erinnern, die einmal über sie im Schwange waren. Es müsse wohl irgend etwas hinter diesen Geschichten gewesen sein, wird man sagen. Bevor der Leichenzug vom Kirchhofe wiederkehre, werde sie gerichtet und verloren sein.

Das einzige, was ihr helfen kann, ist: selbst mit dabei zu sein. Sie wird da gehen, mit ruhigem Antlitz, wird aussehen, als ob alles in Ordnung wäre. Vielleicht werden sie dann glauben, was sie sagt, um die Sache zu erklären.

Der Mann fährt auch mit zur Kirche. Er hat alles geordnet: die Begräbnisgäste geladen, den Sarg bestellt und bestimmt, wer ihn tragen soll. Er ist zufrieden und gut, seit er seinen Willen durchgesetzt hat.

Es ist Sonntag, der Gottesdienst ist vorüber, und der Leichenzug stellt sich vor dem Gemeindehause auf. Die

Träger legen die weißen Tragtücher über ihre Schultern, alle Standespersonen von Lerum gehen in der Prozession mit und ein großer Teil der Kirchenbesucher.

Während die Prozession sich ordnet, denkt sie, daß sie sich jetzt aufstellten, um einen Verbrecher zum Richtplatz zu geleiten.

Wie sie sie ansehen werden, wenn sie zurückkehren. Sie ist gekommen, um sie vorbereiten zu können, aber sie hat kein Wort über ihre Lippen gebracht. Sie kann nicht ruhig und besonnen sprechen. Was sie tun könnte, wäre: so heftig und laut zu jammern, daß man es über den ganzen Kirchenplatz hörte. Sie wagt die Lippen nicht zu regen, damit dieser Schrei nicht über sie hereinbreche.

Die Glocken beginnen sich droben im Turme zu rühren, und die Menschen setzen sich in Bewegung. Und jetzt kommt es, ohne alle Vorbereitung! Warum hat sie nicht sprechen können? Sie tut sich Gewalt an, um ihnen nicht zuzurufen, sie möchten nicht auf den Kirchhof gehen mit dem Toten. Ein Toter sei ja nichts. Warum sie vernichtet werden solle für einen Toten? Sie könnten ja den Toten hinlegen, wohin sie wollten, nur nicht auf den Kirchhof. Sie will sie vom Friedhof verscheuchen. Er sei gefährlich. Er sei voll Pestkeimen. Man habe Wolfsspuren auf ihm gesehen. Sie will sie schrecken, wie man Kinder schreckt.

Sie weiß nicht, wo dem Kinde das Grab gegraben ist. Sie erfahre es zeitig genug, denkt sie. Wie jetzt der Zug in den Friedhof hineinschreitet, blickt sie über das Schneefeld, um ein frisch aufgeworfnes Grab zu entdecken ...

Aber sie sieht weder Weg noch Grab. Dort draußen ist nichts als ein ungefurchtes Schneefeld. Und der Zug geht zum Leichenhause hinauf. So viele nur können, drängen sich hinein, und dort wird die Beerdigungszeremonie vorgenommen. Es ist nicht die Rede davon, zum Sanderschen Grabe zu gehen. Keiner kann wissen, daß der Kleine, der nun zur letzten Ruhe eingesegnet wird, niemals in das Familiengrab gebettet werden soll!

Hätte sie das nicht vergessen in ihrem Entsetzen, keinen Augenblick hätte sie sich zu fürchten brauchen. „Im Frühling," denkt sie, „wenn der Sarg versenkt wird, ist wohl kaum einer außer dem Totengräber zugegen. Jeder wird glauben, daß das Kind im Sanderschen Grabe liege." Und sie begreift, daß sie gerettet ist.

Sie bricht in heftigem Weinen zusammen. Die Leute sehen sie mitleidig an.

„Es ist furchtbar, wie sie es sich zu Herzen nimmt," sagen sie. Aber sie selbst weiß am besten, daß sie Tränen weint, wie eine, die aus Not und Lebensgefahr entronnen ist ...

Ein paar Tage nach dem Begräbnis sitzt sie in der Dämmerung auf ihrem gewohnten Platz im Speisesaal. Während das Dunkel einfällt, ertappt sie sich darauf, daß sie dasitzt und wartet und sich sehnt. Sie sitzt und horcht nach dem Kinde. Jetzt ist ja die Zeit, wo es hereinzukommen pflegt, um zu spielen. Wird es heute nicht kommen? Da fährt sie empor und denkt: „Es ist ja tot, es ist ja tot."

Am nächsten Tage sitzt sie wieder in der Dämmerung und sehnt sich, und Abend für Abend kommt diese Sehnsucht wieder und wird immer mächtiger. Sie breitet sich aus, wie das Licht im Frühling, bis sie schließlich alle Stunden des Tages und der Nacht beherrscht.

Es ist ja beinahe selbstverständlich, daß ein Kind, wie das ihre, mehr Liebe im Tode empfängt als im Leben. Die Mutter hat, solange es lebte, an nichts andres gedacht, als daran, ihren Mann wiederzugewinnen. Und für ihn konnte das Kind ja nicht erfreulich sein. Es mußte ferngehalten werden. Es mußte oft fühlen, daß es ihm zur Last war. Die Gattin, die ihren Pflichten untreu geworden war, hatte ihrem Manne zeigen wollen, daß sie doch etwas wert war. Sie hatte unablässig in Küche und Webkammer gearbeitet. Wo hätte sich Platz für den kleinen Jungen finden sollen, mitten in dem allem! Und jetzt nachträglich erinnert sie sich, wie seine Augen zu bitten und zu betteln pflegten. Abends wollte er, daß sie an seinem Bette sitze. Er sagte, er fürchte sich im Dunkeln, aber nun denkt sie, daß das vielleicht nicht wahr gewesen sei. Er hat es gesagt, damit sie bei ihm bliebe. Sie erinnert sich, wie er dalag und gegen den Schlaf kämpfte. Jetzt begreift sie, daß er sich wach gehalten hat, um lange liegen und ihre Hand in der seinen halten zu dürfen.

Er ist ein pfiffiges Kerlchen gewesen, so klein er auch war. Er hat seinen ganzen Verstand aufgewendet, um auch ein bißchen von ihrer Liebe abzubekommen.

Es ist erstaunlich, daß Kinder so lieben können. Sie hatte es nie begriffen, solange er noch lebte.

Eigentlich fängt sie erst jetzt an, das Kind zu lieben. Jetzt erst fühlt sie sich berückt von seiner Schönheit. Sie kann sitzen und von seinen großen, geheimnisvollen Augen träumen. Es ist nie ein rosiges, rundwangiges Kind gewesen, es war zart und blaß. Aber es war wunderbar schön.

Es steht vor ihr als etwas wunderbar Herrliches, herrlicher mit jedem Tag, der geht. Kinder müssen ja das Köstlichste sein, was die Erde trägt. Man bedenke doch nur, daß es kleine Wesen gibt, die jedermann die Hand entgegenstrecken und von allen Menschen Gutes glauben, die nicht danach fragen, ob ein Antlitz schön oder häßlich ist, sondern das häßliche ebenso gern küssen wie das hübsche, die alt und jung lieben können, reich und arm. Und zu alledem sind sie wirkliche kleine Menschen.

Sie kommt dem Kinde mit jedem Tage näher und näher. Sie wünscht wohl, daß es lebte, aber sie weiß nicht, ob sie ihm dann jemals so nahe gekommen wäre wie jetzt.

Zuweilen gerät sie in Verzweiflung darüber, daß sie den Knaben nicht glücklicher gemacht hat, so lange er am Leben war. Darum ist er mir wohl genommen worden, denkt sie. Aber nur selten trauert sie in dieser Weise.

Sie hat sich früher vor Trauer gefürchtet, aber sie findet jetzt, daß Trauer nicht das ist, was sie sich gedacht hat. Trauern heißt ja: ein Vergangnes wieder und wieder erleben. Trauern heißt: sich in das ganze Wesen des Knaben hineinleben, ihn nun endlich zu verstehen. Diese Trauer macht sie sehr reich.

Am meisten fürchtet sie sich jetzt davor, daß die Zeit ihn ihr entführen könnte. Sie hat kein Bild von ihm, vielleicht könnten seine Züge in ihrer Erinnerung auslöschen. Jeden Tag sitzt sie da und prüft sich: „Sehe ich ihn, sehe ich ihn recht?"

Wie der Winter vergeht, Woche um Woche, ertappt sie sich auf der Sehnsucht, ihn nicht mehr im Leichenhause, sondern in die Erde gebettet zu wissen, damit sie zu dem Grabe kommen und mit ihm sprechen könne. Er soll gegen Westen liegen, da ist es am schönsten. Und sie wird seinen Hügel mit Rosen schmücken. Sie will auch eine Hecke haben und eine Bank. Sie will dort sitzen können, lange, lange.

Aber die Menschen werden sich ja wundern. Die Menschen

sollen es ja nicht anders wissen, als wenn ihr Kind im Familiengrabe liege. Wie werden sie staunen, wenn sie sie ein fremdes Grab schmücken und dort stundenlang sitzen sehen! Was soll sie sich ausdenken, um es ihnen zu sagen?

Manchmal denkt sie, daß sie es auf diese Weise machen müsse: Zuerst zu dem großen Grabe gehen und dort einen großen Strauß niederlegen und eine Weile dort sitzen. Dann würde sie sich wohl zu dem kleinen Grabe hinschleichen können. Er würde wohl zufrieden sein mit dem einzigen kleinen Blümlein, das sie ihm heimlich zustecken könnte.

Ja, er könnte sich wohl damit begnügen, aber kann sie es? Es ist, als würde sie auf diese Weise in keine Gemeinschaft mit ihm kommen. Und er würde es dann erfahren, daß sie sich seiner schämte. Er würde begreifen, welche brennende Schmach es für sie gewesen war, daß er geboren wurde. Sie muß ihn schützen, damit er das nicht erfahre. Er soll glauben, daß das Glück, ihn zu besitzen, alles überwogen hätte.

———————————

Endlich weicht der Winter. Man sieht, daß es Frühling wird. Die Schneedecke schmilzt, die Erde beginnt sich zu zeigen. Noch währt es vielleicht ein paar Wochen, bis der Frost aus dem Boden zieht, aber man hat doch die Hoffnung, daß die Toten nun bald aus der Leichenkammer kommen. Und sie sehnt sich, sie sehnt sich.

Kann sie ihn noch sehen? Sie prüft sich jeden Tag, aber es ist im Winter besser gegangen: im Frühling will er sich ihr nicht zeigen. Da gerät sie in Verzweiflung, sie muß auf dem Grabe sitzen können, um ihm nahe zu kommen, um ihn sehen, ihn lieben zu können. Kommt er denn niemals in die Erde hinunter?

Sie hat nichts andres zu lieben, sie muß ihn sehen können, ihn sehen können, ihr ganzes Leben lang.

Mit einem Male verschwindet alles Zögern und aller Kleinmut vor ihrer großen Sehnsucht. Sie liebt, sie liebt, sie kann nicht leben ohne den Toten. Sie fühlt, daß sie auf niemand Rücksicht nehmen kann als auf ihn. Und als die Frühlingsfluten wirklich kommen, als auf dem Kirchhofe wieder Anhöhen und Hügel hervortreten, als die Herzen an den eisernen Kreuzen wieder zu klingen anfangen und die Perlenblumen in ihren Glaskasten leuchten, und als die Erde sich endlich dem kleinen Sarge öffnen kann, hat sie schon ein schwarzes Kreuz machen lassen, um es auf den Hügel zu pflanzen.

Quer über das Kreuz von Arm zu Arm steht mit deutlichen weißen Buchstaben geschrieben:

Hier ruht mein Kind.

Und dann, darunter auf dem Kreuzesstamm, steht ihr Name.

Sie fragt nicht danach, daß die ganze Welt erfährt, was sie getan hat. Alles andre ist eitel; nur das eine liegt ihr am Herzen, ohne Trug beten zu können an ihres Kindes Grab.

Römerblut

Wenn ihr in Rom gewesen seid, so sind euch gewiß die kleinen Landgüter vor der Stadtmauer aufgefallen. Man hat ein paar Hufen Land, auf denen man Artischocken, Erbsen und Blumenkohl zieht, je nach der Jahreszeit. Man hat ein paar niedrige, strohbedeckte Wohnhäuser, einen niedrigen Eselstall, einen großen gemauerten Brunnen und ein paar Hühnersteigen. Man hat natürlich eine Menge Federvieh, und nicht nur Hühner, Truthähne und Enten, sondern auch Pfauen und Fasane.

Und dann schafft man sich, um ein bißchen besser leben zu können – denn Grünzeug und Hühner werfen keinen glänzenden Gewinn ab – ein paar große Fässer römischen Schloßwein an und legt sie in eine der niedrigen Hütten, deren jede nicht mehr als ein Gelaß hat. Dahin stellt man auch einen Ladentisch und ein Wandbrett mit Gläsern und Literflaschen, draußen aber auf dem Hofe, zwischen dem Brunnen und den Hühnersteigen, stellt man lange Bänke und feste Tische auf. Hier hinter der Stadtmauer wehen die Campagnawinde stark und ungehemmt. Darum bringt man kleine Schutzdächer über den Bänken an und umgibt sie mit Rohrwänden, durch die die Sonne hereinrieselt, gelb wie Gold. Zuletzt läßt man auch ein Schild malen und hängt es über das kleine Mauerpförtchen, das nach der Straße und der Stadt führt. Und die Osteria ist fertig.

Nino Beppone war nun zehn Jahre Kellner in solch einer kleinen Osteria gewesen, man darf aber nicht glauben, daß er des Lohnes und der Trinkgelder wegen so lange geblieben wäre, oder weil er zu nichts anders getaugt hätte. Nino war ein prächtiger, ja ein gebildeter junger Mann; wenn er sich damit begnügte, Kellner in einer Osteria vor dem Stadttor zu bleiben, geschah es, weil er in Teresa, die älteste Tochter des Hauses, verliebt war.

Ah, wie Nino sie liebte! Sie war so schön. Sie war gerade in der Art schön, wie Nino es haben wollte, mit großen, starken Zügen und warmen, klaren Farben. Sie ging so stolz und so leicht wie eine Königin. Sie sprach mit einer hellen, klingenden Stimme, und so deutlich, daß keine Silbe ihrer Worte verloren gehen konnte. Sie lachte so rein, wie ein Silberglöckchen läutet. Ihre Hände waren schön, weiß und fest, und ihr Händedruck stärkend wie ein Segen.

Alle, die in die Osteria kamen, wollten bei ihr bestellen und verlangten, daß sie immer hinter dem Schanktisch zur Hand sei. „Wo ist Teresa?" fragten sie sicherlich, wenn sie sie nicht sahen. Und das begriff Nino sehr wohl. Wußte er nicht selbst, um wie viel besser die Suppe schmeckte, wenn sie sie aus dem Kochtopf schöpfte, als wenn ihre Schwestern es taten? Es war nicht zu verwundern, daß jedermann mit ihr zu tun haben wollte. War es nicht schon eine Freude, in demselben Raume zu weilen wie sie?

Er war fest davon überzeugt, daß die Leute nicht so sehr um Wein zu trinken hereinkämen, als vielmehr um Teresa alle ihre Sorgen anvertrauen zu können. Wenn einem der Esel gestorben war, wenn man ihn im Ballspiel besiegt hatte, oder wenn der tolle Pietro wieder einem das Messer in den Leib gestoßen hatte, so war es eine Erleichterung, es ihr zu erzählen. Nino wußte, daß junge, frische Burschen, die gar keine Sorgen hatten, zuweilen dasaßen und sich lange, traurige Geschichten ausdachten, nur damit sie ein Weilchen bei ihrem Tische stille stehe, ihnen zuhöre und sich ihrer ein wenig annehme. Ach nein, sie waren nicht in sie verliebt, aber sie wollten doch, daß sie den Wein in ihr Glas gieße oder ihnen eine Mandarine zustecke, wenn sie gingen, und ihnen verspreche, sich in ihren Gebeten ihrer zu erinnern.

Die andern Schwestern verheirateten sich, sobald sie ihr sechzehntes Jahr erreicht hatten; eine zog fort, und eine blieb mit Mann und Kindern daheim. Aber Teresa wollte nicht heiraten, und Nino wußte schon, warum. Er wußte wohl, daß sie weder ihn noch irgendeinen andern aus dem Landvolk wollte, einen Signor wollte sie.

Ja, ja, Teresa war sehr stolz. Das sah man schon an der Art, wie sie ihr Haar hoch aufsteckte, ganz wie eine Signorina, und an ihren Sonntagskleidern. Zu Hause trug sie eine grüne Schürze und ein rotes Tuch um den Hals, wenn sie aber nach Rom ging, war sie immer schwarz gekleidet. Und sie hatte einen großen Hut mit vielfach gebogner Krempe und einen Federkragen um den Hals, so lang, daß er bis zum Kleidsaum reichte.

Natürlich gefiel ihr der Gedanke, eine Signora zu werden. Das einzige Unnatürliche war bloß, daß sie nicht einsah, daß sie schon eine war.

Eigentlich war es Nino nicht unerwünscht, daß Teresa keinen Campagnabo nehmen wollte. Er, Nino, hatte keine Hoffnung, sie je zu bekommen. Er war dick und rund wie ein Mehlsack, und er hatte auch so eine graue Müllerfarbe. Und nur ein paar kleine Striche statt richtiger Augen. Er war zu häßlich für sie. Aber da es nun seine guten Wege hatte, bis ihr Signor kam, und da kein andrer den Versuch wagte, sie fortzuholen, konnte Nino wenigstens jahraus jahrein als ihr Kamerad umhergehen. Und das war kein geringes Glück.

Die Tage draußen auf dem Meierhof erschienen Nino voll Seligkeit. Des Morgens, wenn Teresa ihre Vögel betreute, trug Nino ihr die Schale mit dem Mais. Vormittags half er ihr, das Unkraut ausjäten oder das Gemüse in Ordnung bringen, das auf den Markt geschickt werden sollte. Und abends, wenn die Arbeitsleute auf ihrem Heimweg eintraten, ein Glas goldgelben Castello romano zu trinken, da stand sie am Fasse und füllte in die Maße ein, und er nahm sie aus ihrer Hand. Wenn es ein großer Tag war, Festtag oder Markttag, und das Volk war zusammengeströmt, so daß alle Bänke übervoll waren und der ganze Hof von Drehorgelspielern und Verkäufern von gebratenen Äpfeln und Kastanien wimmelte, und er und sie mußten atemlos und heiß mit ihren Flaschen und Gläsern zwischen den Tischen hin und her eilen, dann nickten sie einander zu, wenn sie zusammentrafen. Da fühlten sie sich so kameradschaftlich wie Soldaten, die in den Kampf ziehen.

An Abenden aber, wo keine Gäste kamen, saß Nino da und erzählte Teresa aus Büchern, die er gelesen hatte. Da ließ sie ihn von dem alten Rom erzählen, und am liebsten hörte sie von dem Aufstande der Plebejer gegen die Patrizier und von den mächtigen römischen Matronen. Nino wußte wohl, warum. Es war dasselbe Blut, sie fühlte in sich das gleiche Blut. Am nächsten Tage trug sie den Kopf noch viel stolzer, als früher. Nino wußte, daß er wie ein Tollhäusler handelte. Jedesmal, wenn er von Cornelia, der Mutter der Gracchen, erzählte, entfernte er sie weiter von sich. Warum konnte er diese Erzählungen nicht sein lassen? Warum liebte er sie am allermeisten, wenn sie den Nacken so hoch hob, und wenn ihre Augen blitzten?

Als sie vierundzwanzig Jahre alt war, hörte Nino die Leute sagen, daß es bald zu spät für sie sein würde, noch einen Mann zu bekommen. Sie sei nicht mehr schön. Nino konnte nicht begreifen, was sie meinten. War sie denn nicht schön?

Eines Tages jedoch merkte er, daß sie recht gehabt hatten. Sie war wirklich im Begriffe gewesen, alt zu werden. Sie mußte ganz verblaßt gewesen sein, obgleich er es nicht gemerkt hatte. Nun merkte er es daran, daß sie wieder aufzublühen begann. Die frische Jugendschönheit erhellte aufs neue ihr Gesicht. Was war das für ein Wunder? Nino erschrak beinahe, als er es sah.

Jeden Abend erschien jetzt ein kleiner Leutnant in der Osteria. Ach, ach, Nino konnte nicht leugnen, daß er das Netteste war, was man sehen konnte. Er hatte eine Uniform in Schwarz und Silber und ein weiches, kindliches Gesicht. Und er hatte sich in Teresa verliebt schon am ersten Abend, da er sie sah. Und sie? War ihre Schönheit um seinetwillen wiedergekommen? Gefiel ihr der kleine Leutnant? War der Signor nun endlich erschienen?

Der arme Nino begann auf einmal den Krieg und die Krieger zu hassen. Italien führte gerade Krieg mit Abessinien, und es war Elend genug, daß Italiens Krieger übers Meer zogen, um ein fremdes Volk anzugreifen, das nichts Böses getan hatte. Es war Elend genug, was die Kriegsleute dort draußen anrichteten. Hier zu Hause hätten sie es doch lassen können, die Leute ins Unglück zu bringen.

Nino suchte Gleichgesinnte auf und kam in Friedensvereine. Hier trat er als Redner auf und forderte die Abschaffung des Kriegsheeres. Italien solle nicht als Land des Streites groß sein, sondern als ein Land des Friedens. Er wurde bald einer der Führenden. Er wurde einer der beliebtesten Redner. Armer, armer Nino. „Laßt uns diesem afrikanischen Unfug ein Ende machen, wir wollen unsre Soldaten wiederhaben, um sie in die landwirtschaftlichen Schulen zu schicken!" Das waren Ninos Worte.

Wenn Nino aber von solch einer Friedensversammlung nach Hause kam, bei der er den Krieg und das Kriegsheer abgeschafft hatte, ging Teresa ihm entgegen. Sie blieben bei dem Brunnen stehen, wo sie immer zu sitzen und zu plaudern pflegten, und Teresa wollte vom Kriege sprechen. Um den jetzigen Krieg kümmerte sie sich nicht, aber sie wollte wissen, was die Römer in früheren Tagen vollbracht hatten. Sie wollte etwas von Scipio hören. Ob es nicht Scipio wäre, der nach Afrika gezogen wäre und die Schwarzen besiegt hätte? Und Nino mußte von ihm berichten. Nino mußte die halbe Nacht aufsitzen und von Krieg, Krieg, Krieg sprechen.

Während er davon sprach, wurde Teresa strahlend schön. Die Laterne, die auf dem Brunnenstaket hing, zeigte sie Nino wunderbar schön und mit einem geheimnisvollen Lächeln um die Lippen. Nino begriff, daß sie nur einen Helden lieben konnte. Und was war er? Er, der es ihr nicht einmal abschlagen konnte, von diesen verabscheuungswürdigen Gemetzeln zu erzählen. Er war feig. Wenn sie einen Nero geliebt hätte, so wäre Nino gezwungen gewesen, die Tyrannen zu preisen. Nino war ein feiger Kerl, er war sicherlich kein Held.

Als sie sich dann mit Leutnant Ugo verlobte, dachte Nino ernstlich daran, sich frei zu machen und einen andern Dienst zu suchen, aber er vermochte es nicht. Sie war gerade in der Zeit so gut gegen ihn. Er müßte wohl bis nach der Hochzeit warten.

Teresa vergaß Nino keinen Augenblick. Sein Geburtstag war am Tage nach der Verlobung, und Nino war am Morgen düster und glaubte, dies würde der traurigste Tag seines Lebens werden. Aber er war noch nie vorher so gefeiert worden. Teresa hatte ihm Taschentücher gestickt, mit Monogrammen, die über das halbe Tuch reichten. Sie hatte ihm auch eine Torte gebacken, und sie ging in die Kirche des heiligen Antonius von Padua und betete für Nino bei ihrem Schutzpatron. Sie scherzte mit ihm. Nino mußte sich froh zeigen. Er mußte den ganzen Tag lachen, weil sie es wollte. Jetzt sollten alle glücklich sein.

Aber bei Nacht konnte Nino doch nicht anders: er mußte weinen. Er hatte gemerkt, daß sie in diesen Tagen den Vögeln doppelte Rationen gab, der Esel hatte frisches Stroh bekommen, und die Katze durfte auf ihrer Schulter sitzen, solange sie wollte. Nie hatte sich Nino so sehr der Katze, dem Esel und den Hühnern gleichgestellt gefühlt.

Wie sie sich darüber freute, daß ihr Bräutigam Offizier war! Nächst dem Umstande, daß er ein Signor war, gefiel ihr sein militärischer Beruf am meisten. Als man sie einmal fragte, ob sie nicht Angst hätte, daß er nach Afrika geschickt werden könnte, hörte Nino, wie sie antwortete:

„Wollte Gott, er dürfte hinüber. Dann würdet ihr sehen, wie alles anders würde." Denn dies war im Winter 1896, und da sah es aus, als sollte aus diesem Kriege mit Menelik und seinen Schoanern nichts Rechtes werden. Man schickte nur Schiff auf Schiff mit Truppen fort. Die Truppen lagerten dort in der Aduagegend, aber man hörte nie, daß es zu etwas kam. Es war so, wie wenn Bienen aus dem Korbe fliegen und außerhalb des Fluglochs in einem großen Beutel hängen bleiben, und man geht jeden Tag hin und sieht sie an und ärgert sich, daß sie nicht schwärmen wollen.

Sie benahm sich auch großartig, als sie gegen Ende Februar erfuhr, daß er nach Afrika gehen mußte. Nino sah keine Träne in ihren Augen. Sie dachte nur daran, daß es nun endlich zu Schlachten und Siegen kommen würde. Jetzt sollte ihrem armen Italien geholfen werden.

Sie gab ein Abschiedsfest für ihn und seine Kameraden. Es war ein herrliches Fest. Der Castello-Romanowein floß in Strömen. Sie hatte ihre fettesten Truthühner geschlachtet und die ersten Artischocken gepflückt. Und sie hatte Torten und Zuckerwerk ohne Ende gebacken.

Am Brunnenstaket hatte sie eine Fahnenstange errichtet und die italienische Flagge gehißt, und der arme Nino mußte ihr behilflich sein, Transparente zu verfertigen, auf denen zu lesen war: „Es lebe die Armee! Sieg unsern tapfern Soldaten! Für Italien!" und andre hochgestimmte Worte. Er hatte ihr helfen müssen, farbige Lampions unter den Strohdächern zu befestigen, Sänger zu mieten, die die neuen Kriegslieder singen konnten; aber er hatte geschworen, daß sie ihn nicht dazu bringen würde, eine Rede zu halten. Armer Nino, sie forderte ihn gar nicht dazu auf, sie wagte es nicht, ihm etwas so Hochwichtiges anzuvertrauen.

Aber am Abend, als die kleinen Feuerwerkskörper zu den Füßen der Gäste knallten, und als nicht nur die Strohdächer über den Bänken, sondern auch die Hühnersteigen, das Wohnhaus und der Brunnen von grün-rot-weißen Lampions strahlten, und als Nino drüben zwischen den Artischocken bengalische Feuer entzündete, da sah er, wenn sonst niemand es sah, was sie eigentlich meinte. Es war, als wollte sie mit jedem Glas Wein, das sie den Soldaten kredenzte, sagen: „Gehet hin und macht Ernst aus diesem Kriege. Roms Frauen wollen neue Triumphzüge gen Campidoglio hinaufschreiten sehen!"

Niemand wußte besser als Nino, wie sehr Teresa diesen zierlichen kleinen Mann liebte, der gegen die Barbaren ausziehen sollte. Und als er sah, wie sie ihn gehen ließ, ohne zu klagen, ohne einen Augenblick schwach zu werden, mußte er sie fast gegen seinen Willen bewundern. Sie hätte eine der Matronen des alten Rom sein können, dachte Nino.

Es rollt echtes Römerblut in ihren Adern.

Als Leutnant Ugo mit seinem Regiment nach Neapel abreiste, wo es sich nach Afrika einschiffen sollte, begleitete Nino Teresa zur Eisenbahnstation.

Es war Nacht. Die Soldaten kamen in raschem Takt heranmarschiert, rings um sie schwärmten Gassenjungen, Verwandte und Kriegsenthusiasten. Unten an der Station waren der Sindaco von Rom und mehrere Generale. Es wurden Reden gehalten, man rief: „Es lebe Italien!" man küßte sich und warf Blumen. Teresa stand bleich vor Begeisterung da und klagte nicht mit einem Worte. Es waren feine Damen da, die Blumen an die Soldaten verteilten. Das tat sie nicht.

Sie dachte nur an einen, und dem gab sie keine Blumen, aber er mußte ihr versprechen, Meneliks Hauptstadt zu erobern. Leutnant Ugo versprach, mit der Krone der abessinischen Kaiserin zu ihr zurückzukommen. Und so schieden sie.

Aber Leutnant Ugo war noch keine zwei Tage fort, er war noch gar nicht nach Afrika abgereist, als die Nachricht eintraf, daß der große Schwarm, der in Adua gelagert war, sich zu rühren anfange; er zog gegen die Abessinier und wurde geschlagen und zerstreut.

Das war gerade um die Zeit, als niemand an etwas andres dachte als an den Sieg, der dort drüben erkämpft werden müßte, nachdem man so unerhört viele Menschen hingeschickt hatte. Der König selbst hatte sich nach Neapel begeben, um die Abfahrt der letzten Truppen anzusehen. An einem Tage sprach er ihnen von dem Ruhme, den sie für das geliebte Italien erringen würden, am zweiten Tage kam ein Telegramm, das von verlorner Schlacht, zerstreutem Heere,

Flucht und Panik erzählte.

Ganz wunderlich, wie die Telegramme in diesen Tagen trafen. Meneliks Kugeln hatten nur etwa siebentausend Mann fällen können, aber die Depeschen nahmen das Werk der Kugeln auf, sie kamen von der Hochebene Aduas, passierten das Mittelmeer und erreichten ihr Ziel. Ach, kein italienisches Herz blieb unversehrt davon!

Teresa kam ganz vernichtet zu Nino. „Was ist dort geschehen, Nino?" fragte sie. „Wie konnte es so schlecht gehen?"

Nino erzählte ihr, daß die Italiener nicht so sehr von ihren menschlichen Feinden geschlagen worden wären, als vielmehr von der übermächtigen Natur. Dort müßte man Berge erklimmen, von denen die niedrigsten höher wären als das Sabiner- und Albanergebirge aufeinandergetürmt. Da gebe es keinen Weg, sondern man ziehe über Halden, die mit so steifen und stachligen Disteln bewachsen wären, daß nicht einmal ein Esel sie fressen könnte. Mit der Nahrung wäre es so schlimm bestellt, daß die Soldaten sich über die Maultiere geworfen hätten, die auf dem Wege zusammengebrochen wären, und die Fleischstücke an sich gerissen hätten.

Aber das wäre doch nichts, um Menschen hinzuschicken! Ein Land, wo man Maulesel essen müßte!

Nein, das meinte Nino eben auch.

Nun konnte er frei von der Leber reden, endlich durfte er ihr sagen, wie gräßlich der Krieg wäre. Sie lasen zusammen die Zeitungen. Sie lasen, daß man fürchtete, daß die Truppen, die jetzt auszögen, Menelik und die Schoaner im Hafen von Massaua treffen würden; die jetzt abführen, zögen dem sichern Tod entgegen.

Sie las auch, daß die Barbaren vor allem auf die Offiziere schössen. Sie lägen da und zielten auf ihr blaues Rangzeichen und holten sie von den Hügelabhängen herab, wenn sie mit ihren Soldaten vorrückten.

Und es gäbe so viel Grausamkeiten und Entsetzlichkeiten, die diese Schwarzen begingen; ihre Weiber plünderten die Toten und zerstückelten sie.

Da war es um sie geschehen. Sie bebte vor Entsetzen und wagte nicht, weiterzulesen.

Nino schob seine Mütze zurück und fragte, was sie eigentlich geglaubt hätte, was die Leute im Kriege täten? Ob sie sich nicht gedacht hätte, daß sie sich dort töteten? Nein, sie wüßte nicht, was sie geglaubt hatte. Das hätte sie nicht gedacht.

Da kam ein Brief vom Leutnant Ugo, in dem er Abschied von ihr nahm. Das Dampfschiff, das ihn nach Afrika führen sollte, ging am nächsten Abend ab.

Am Abend waren sie und Nino auf dem Wege nach Neapel. Was sie dort wollte? Nino glaubte, sie wolle ihren Bräutigam noch einmal sehen, bevor er abreiste. Selbst hatte sie sich es nicht so klargemacht, warum sie fuhr, aber sie konnte es nicht lassen. Und keinen andern als Nino hatte sie zur Begleitung haben wollen.

Als sie am Morgen in Neapel angelangt waren, suchte sie ihren Leutnant in der Kaserne auf.

Er kam ihr entgegen, verwirrt und hastig, aber sichtlich geschmeichelt und gerührt, daß sie gekommen war, um ihm Lebewohl zu sagen. Aber Teresa wurde totenbleich, als sie ihn erblickte. Er trug jetzt eine helle Uniform aus gelblich-grauem Leinen mit einem blauen Bande über der Brust. Das war das blaue Band, das die Schwarzen sich zur Zielscheibe nahmen.

Er mußte gleich wieder zu seinen Soldaten zurück. Ob sie denn den ganzen Tag über nicht mit ihm zusammentreffen könnte? Ja, sie wollten gegen ein Uhr miteinander frühstücken. Er könnte zwei Stunden abkommen. Sie besprachen den Ort, und er eilte weg.

Das war ein Tag! Nino und sie gingen in die „Villa" hinunter und setzten sich auf eine Bank, um zu warten. Sie tat nichts andres, als daß sie Nino unaufhörlich fragte, wieviel es auf seiner Uhr wäre. Und als sie nun mit Nino allein blieb, da war ihr Gesicht starr und bleich, wie die Gesichter der Statuen, die rings um sie standen, und ihre Augen schienen nicht mehr zu sehen, als die steinernen. Nino fragte sie, warum sie so wunderlich vor sich hinstarre. Sie sagte, sie säße da und sähe s e i n e Leiche an. Die ganze Nacht hatte sie ihn tot in einer Bergkluft liegen sehen, und auch die alten Weiber der Schwarzen waren ihr erschienen, wie sie herbeieilten, i h n zu plündern und zu zerstückeln. Nino hatte ja gesagt, daß sie dort die Leichen zerstückelten.

Nino versuchte, ihr etwas Tröstliches zu sagen. Alle würden ja nicht fallen, meinte er, und Leutnant Ugo, der so tapfer wäre, könnte sich der Barbaren schon erwehren.

Was helfe es, tapfer zu sein, sagte sie, wenn der Feind in Schlupfwinkeln verborgen läge und auf das blaue Band zielte. Ob Nino das blaue Band bemerkt hätte? Warum es blau wäre, das Todesband, warum es nicht rot wie Blut wäre?

Sie nahm Nino das Versprechen ab, daß er sie nicht

verlassen würde, sie den ganzen Tag nicht verlassen würde.

„Nein, nein, Teresa."

Er war auch beim Frühstück dabei. Leutnant Ugo bestellte ein Zimmer, und die drei aßen zusammen.

Im Anfang war Teresa munter, sie zeigte sich ebenso sorglos, als säße sie daheim in der Osteria. Nino dachte, sie wolle für diese zwei Stunden allen Kummer von sich werfen und einzig und allein glücklich sein. Sie war sogar viel munterer als gewöhnlich, sie kokettierte mit Leutnant Ugo, bis er ganz toll war. Und sie ließ es zu, daß er sie küßte.

Nino sah in seinen Teller, aber er bemerkte es doch. Von Zeit zu Zeit sah er sie an, und seine kleinen grauen Äuglein bettelten um die Erlaubnis, gehen zu dürfen. Aber da kam ihre Hand, die ganz eiskalt war und zitterte, unter dem Tisch herangeschlichen und legte sich auf die seine und hielt ihn zurück. Der Leutnant fand Nino wohl höchst überflüssig, sie aber wollte ihn offenbar da haben.

Es gab *Asti spumante* und *Lacrimae Christi*, und Nino trank, wie er nie zuvor getrunken hatte. Aber es gelang ihm nicht, sich taub oder blind zu machen.

Plötzlich, als Nino sich dachte, daß Leutnant Ugo ganz berauscht von ihren Blicken und ihren Küssen sein müßte, neigte sie sich zu ihm und fragte schelmisch, ob er es nicht lassen könnte, zu reisen. Ob es sich nicht so einrichten ließe, daß er daheim bleiben könnte?

Er lachte. Nein, er könnte nicht entrinnen.

Ob er nicht krank werden könnte? Sich krank stellen? Nein, nein, das könnte er nicht.

Aber ob er denn daran gedacht hätte, wie lange es dauern würde, bis sie ihre Hochzeit feiern könnten?

Der Leutnant glaubte kaum, daß sie im Ernste sprach. Gewiß hatte er daran gedacht, aber das ließ sich ja nicht ändern.

Teresa lächelte nicht mehr, sondern sie sprach mit einer Stimme, die vor Rührung bebte.

Sie bekannte, daß sie sich furchtbar gesehnt hätte, seit er abgereist war. Sie könnte keinen Tag ohne ihn sein. Ob er sich nicht irgendeinen Vorwand ausdenken könnte, um bleiben zu können?

„Teresa," sagte er, „ich wäre ja ein Mann ohne Ehre. Bitte mich nicht!"

„Ehrlos?" sagte sie mit schmeichelnder Stimme. „Wie kannst du so etwas sagen? Du würdest ja nicht hier bleiben, weil du feig wärest, sondern weil ich dich so liebe, daß ich dich nicht ziehen lassen kann."

Und sie lächelte und sie bat, Leutnant Ugo aber war unerschütterlich.

Da fing sie von etwas anderm an. Wenn es nun zur Schlacht käme und die Schwarzen zu schießen begännen? Ob er ihr versprechen wolle, dann das blaue Band fortzunehmen?

Nein, das wolle er nicht. Er dürfe es nicht.

Überhaupt glaubte der Leutnant, daß sie im Grunde nur scherze.

Nino sah, daß sie wie ermattet den Kopf sinken ließ.

Als sie aufblickte, war jede Spur von Heiterkeit aus ihrem

Gesicht verschwunden. Sie war so, wie sie am Vormittag gewesen war.

Nun begann sie, ihm mit Heftigkeit alles zu erzählen, was sie von dem fremden Lande und der Kriegsführung der Schwarzen gehört hatte. Sie sprach von den Bergen und den Distelgewächsen und der Hungersnot. Als sie von den Mauleseln erzählte, lachte er und sagte, das sei nicht wahr.

Sie sprach von dem Leutnant Petrini, der von den Weibern der Schoaner verbrannt worden war. Ob er das wüßte, ja, ob er das wüßte? Und was für eine Ehre wäre es, im Kampf gegen die Barbaren zu siegen? Und sie schössen alle Offiziere nieder, ob er das wüßte? Sie zielten auf die blauen Bänder und schössen auf die Offiziere.

„Ah, Teresa," sagte er, „willst du mich erschrecken? Sind das Worte für eine Römerin?"

„Ja, ja, gerade für eine Römerin. Roms Frauen haben nie zugelassen, daß man ihnen raube, was sie liebten." Und sie sei nur gekommen, um ihm zu sagen, sie wüßte bestimmt, daß er fallen würde, wenn er jetzt reiste. Sie sehe ihn tot vor sich. Sie sehe seinen Körper zerstückelt und blutig. Und nachdem sie dies gesagt hatte, war es mit aller Beherrschung vorbei, und sie zeigte ihm ihre ganze Verzweiflung. Sie warf sich vor ihm auf die Knie und bettelte, weinte, flehte.

Er war sehr gerührt, aber auch befangen. Einen Augenblick sah er zu Nino hin, gleichsam unschlüssig, was er beginnen solle. Nino zog seine Uhr hervor. Ja, gewiß, das war das einzige, was er tun konnte: sagen, daß die Zeit abgelaufen sei, und dann gehen.

„Was willst du?" sagte er. „Was willst du, daß ich tun soll? Ich kann mich nicht losmachen."

„Stelle dich krank. Es reisen ohnehin so viele. Es ist unrecht, zu reisen. Die dort drüben verteidigen nur ihr Haus und Heim. Sage, daß du nicht gegen sie kämpfen willst."

„Dann ist es um mich geschehen."

„Du wirst dort sterben. Das ist nichts, um dafür zu sterben. Die Schwarzen haben uns nichts getan. Laß sie in Frieden. Sie wollen uns ja unser Land nicht nehmen, warum sollen wir ihres rauben?"

„Teresa," sagte Leutnant Ugo, „sage mir jetzt mutig Lebewohl, wie eine Römerin. Ich muß gehen."

„Du mußt?"

„Ja."

„Nun, so geh!"

„Teresa!"

„Geh doch. Ich werde versuchen, nicht an dich zu denken. Du bist tot für mich."

Sie stand nicht auf, sondern blieb auf dem Boden liegen. Sie sah ihn nicht einmal an. Er strich über ihr blauschwarzes Haar. Sie rührte sich nicht. Er seufzte tief, er wußte nicht, was er sagen oder tun solle, und ging wirklich.

Mit einem angstvollen Griff drückte er Ninos Hand. Es war, als vertraute er ihm Teresa an. Abends gegen zehn Uhr standen Nino und Teresa am Hafen. Ein paar große Dampfer lagen da, bereit, abzugehen, und eine Menge Boote warteten darauf, die Soldaten hinzubringen. Einige tausend Menschen standen auf dem Kai, um die Abfahrt anzusehen.

Aber war das ein andres Bild, jetzt nach der Niederlage! Früher im Winter hatte man nicht genug jubeln können, als die Truppen an Bord geführt wurden. Jetzt lag nichts als Düsterkeit über den Wartenden. Man hätte am liebsten die Boote und die Dampfer versenkt, damit sie keinen Sohn Italiens nach dem verfluchten Barbarenland führen könnten. Die Soldaten kamen so still, als wollten sie sich fortschleichen. Keine Musik, keine Schüsse, keine Hochrufe. Aber aus der wartenden Menge stieg ein dumpfes Murren der Empörung auf, und man beschleunigte die Einschiffung so viel wie möglich. Man war nicht ganz sicher, daß das Volk nicht auf den Gedanken verfiele, die Abfahrt zu verhindern.

Teresa schien etwas Ähnliches zu hoffen. „Sie werden es nicht zulassen, Nino," sagte sie. „Alle diese Männer werden es nicht zulassen, daß man ihre Söhne fortführt, damit sie von den Barbaren geschlachtet werden."

Aber ein vollbesetztes Boot nach dem andern wurde weggebracht, und die Menge ließ es geschehen. Einige Menschen durchbrachen die Reihen der Soldaten, aber nur um zu küssen und Abschied zu nehmen. Nino sah Leutnant Ugo am Kai stehen und die Einschiffung überwachen.

Ah, wo war Teresa? Eben noch hatte sie an Ninos Arm gehangen, jetzt aber sah er sie unten am Landungsplatz. Sie schlang die Arme um Leutnant Ugo. Er küßte sie, dann wollte er sich aus ihrer Umarmung lösen. Es war die Reihe an ihn gekommen, einzusteigen.

Sie schien sich zurückzuziehen, aber da sah Nino etwas Blankes in ihrer Hand leuchten. Sie schien den Leutnant noch einmal umarmen zu wollen. In demselben Moment wankte dieser und schrie auf.

Nino eilte hinunter. Er riß Teresa an sich. Er zog sie in den Volkshaufen, in das heißeste Gedränge.

„Stehe hier still."

Sie lachte beinahe irrsinnig. „Jetzt wird er nicht reisen, Nino," sagte sie.

Nino packte sie am Handgelenk. „Schweig," sagte er und drückte es so, daß es schmerzte.

„Meinethalben können die Gendarmen …"

Nino drückte mit eiserner Faust zu, und sie schwieg.

Das war ein Drängen, ein Hin- und Herstoßen. Nino blieb gelassen in dem dichtesten Getümmel. Er versuchte nicht zu fliehen.

„Recht so," flüsterte ein Neapolitaner Nino zu. „Nur stillstehen, daß die Gendarmen keinen Verdacht schöpfen. Kein Neapolitaner wird euch verraten."

Teresa begann plötzlich zu schluchzen.

„Laß das sein," sagte er, „du darfst nicht."

Und ihre Tränen versiegten. Sie stand stumm und still da, so lange Nino es wollte. Er hatte sie ganz in seiner Gewalt.

Leutnant Ugo wurde fortgetragen, die Polizei begann nach der zu forschen, die ihn verwundet hatte. Nino und Teresa hörten, wie man Fragen an die Menge stellte. „Wohin ist sie geflohen? Wer hat sie gesehen?"

Es war eine große Signorina – nein, eine kleine. – Hier hatte man sie gesehen – nein, hier. Sie hatte den Weg zur Station genommen – nein, nach Santa Lucia. Und die Polizisten zerstreuten sich nach rechts und nach links.

Nino führte Teresa zur Eisenbahnstation, und sie reisten kühn nach Hause. Er verließ sich darauf, daß Leutnant Ugo sie nicht angeben würde.

In der Zeitung las er am nächsten Tag auch, daß der Leutnant erklärt habe, er kenne die Frau nicht, die ihn verwundet hatte.

Er war verwundet, aber nicht gefährlich. In der nächsten Woche kam ein Brief von ihm an Teresa.

Seit der Reise nach Neapel ließ sie sich in allem von Nino lenken und leiten. Nun kam sie auch mit dem Briefe zu ihm.

„Lies ihn, Nino," bat sie.

Er erbrach das Kuvert, sie stand zitternd daneben.

„Ist es aus, Nino?" fragte sie.

Nino antwortete ja, so angstvoll, als verkünde er ihr ein Todesurteil.

„Laß mich hören," sagte sie und richtete sich auf. Nino las ihr vor, daß Leutnant Ugo sie nicht mehr liebte. „All meine Liebe ist tot," schrieb er, „meine arme Liebe ist tot."

Sie zuckte verächtlich die Achseln.

„Die Liebe eines Signor verträgt es wohl nicht, Blut zu sehen," sagte sie.

„Du, Teresa," schrieb Leutnant Ugo, „du warst für mich des Vaterlandes Stolz, du warst das wiedergeborene Rom, du warst das starke Weib der Vorzeit. Du warst die, die die Römer einst zu Helden machen sollte, du solltest

Seelenstärke genug haben, uns hinauszuschicken, um die Welt zu erobern. Vergib mir, daß ich mich täuschte. Nun weiß ich, daß die alten Römerinnen tot sind, die Töchter des neuen Rom senden keinen Mann hinaus, um Ehre zu erringen, sie haben nur den Mut, ihn zu hindern, seine Pflicht zu tun."

Teresa legte ihre Hand auf die Ninos. „Ich will nicht mehr hören," sagte sie.

Nino schwieg.

„Wenn ich es nicht getan hätte, Nino," sagte sie, „wäre er jetzt tot. Ich verstehe nicht, was er meint. Ich sah ihn tot in einer Bergschlucht liegen. Da läge er jetzt, wenn ich nicht gewesen wäre. Wie hätte ich ihn da ziehen lassen können?"

„Findest du auch, Nino, daß ich feige bin?" fragte sie. „Bin ich entartet? Habe ich keinen Tropfen Römerblut in meinen Adern?"

Nino sah zu ihr auf, wie sie da schön und stolz und trotzig vor ihm stand. Er liebte sie so, wie er sie immer geliebt hatte, und er sah seine ganze Zukunft vor sich. Sie würde nie heiraten, er würde sie nie verlassen können, und sie würden das Leben zusammen leben, sie als Herrscherin, er als Knecht. Die Zeit, die nun vorbei war, in der er beinahe Herrscher gewesen war, die kehrte nicht zurück. Sie würde bald wieder die Zügel der Gewalt an sich nehmen.

„Sag mir, Nino," fragte sie, „waren die Frauen des alten Rom wilde Tiere? Gaben sie zu, daß man ihnen das raubte, was sie liebten?"

Nie hatte Nino so wie jetzt begriffen, was das neue Italien von dem alten unterschied, aber er schloß die Augen vor allen Zeugnissen der Geschichte, er war aufs neue Teresas

Sklave und Knecht geworden und antwortete, wie sie es wünschte, in ihren Adern fließe Römerblut, das edelste Römerblut.

Die Rache bleibt nicht aus

Es war ein langes und recht breites Tal. An seiner einen Seite erhob sich eine Reihe zackiger Küstenberge, an der andern ein gleichmäßig hoher Kamm, den dichter Wald deckte. Unten im Tale stand eine Kirche, und rings um sie her war eine weite, offne Gegend, in der aller Wald ausgerodet war.

Es war an einem Sonntagabend, und der Sonnenuntergang lag brennend hinter den Küstenbergen. Leute, die den ganzen Tag drinnen in den Hütten geschlafen hatten, traten auf ihre Schwellen und streckten sich und spitzten die Ohren, um zu erlauschen, ob nicht von einer der vier Ecken der Welt her Tanzmusik erschalle. Wem es glückte, einen einzigen Geigenton aufzufangen, der machte sich davon über die schmalen, schneeigen Dorfwege und kam dann wie von ungefähr dahergegangen, langsam und bedächtig, aber die „Tanzhütte" als sichres Ziel im Sinn.

So kam Gruppe auf Gruppe zur Tür Arilds, des Köhlers am Waldessaum, hereingeglitten. Da fragte niemand danach, wer kam; der neue Gast stand ein Weilchen unten an der Tür und gewöhnte die Augen an den Rauch, der sich unter dem Rauchfange hervorwälzte und in das Zimmer qualmte, bis er den Weg zu dem Loch im Dache fand; und dann mischte sich der neue Ankömmling auch ins Spiel. Der Reigentanz ging über den bloßen Erdboden, das Stroh war weggetreten, die Ferkel hatte man von der Grube unter das Dachloch geschafft, wo sie sich am liebsten aufhielten; großer Schwingraum war nicht vorhanden, aber Arild selbst spielte die Geige, und der Tanz verlief drinnen im Winterquartier ebensogut, wie er an einem Sommerabend über den Waldeshang gegangen wäre.

Arild hatte eine Frau, die Tora hieß; die pflegte sich immer in eine dunkle Ecke zu verkriechen, wenn er zum Tanze lud. Sie war menschenscheu und schreckhaft, war fast immer als Hirtin im Walde umhergezogen und stand in dem Rufe, mehr sehen zu können, als andre.

An diesem Abend war sie ungewöhnlich vergnügt, sie versteckte sich nicht, sondern saß vorn am Kamin, die Flamme brannte dicht neben ihr. Es war wenig Farbe in ihrem breiten, fetten Gesicht; die Augen, die hell wie Wasser waren, blickten lebendig, und sie bewegte die großen Hände, während sie sprach. Wenn die Leute sie bemerkten, traten sie aus den Reihen der Tanzenden und kamen heran, um sie zu begrüßen.

Wessen Hand sie dann ergriffen hatte, den hielt sie fest, bis sie das erzählt hatte, was ihr heute morgen geschehen war. Es bereitete ihr Verlegenheit, es herauszubringen, aber gleichzeitig war sie doch so stolz darauf, daß sie es nicht verschweigen konnte.

Den Leuten fiel es sonst schwer, das Lachen zu verbeißen, wenn sie erzählte, was sie gesehen und geträumt hatte. Nun sollte man sich aber überzeugen, daß ihre prophetische Gabe etwas wert sei.

Als sie im Morgengrauen dalag, hatte ihr geträumt, daß ihre drei Ziegen droben im dichten Wald in die Irre gingen. Sie hatte sie so jämmerlich meckern hören, daß sie erwachte. Als sie nun nachsah, erblickte sie alle Ziegen in ihrer Hürde unten an der Tür, und sie hatte ja zuerst gedacht, dies sei nur ein gewöhnlicher Traum. Aber dann war eine Unruhe über sie gekommen: „Nein, nein, das ist ein bedeutungsvoller Traum," hatte sie zu sich selbst gesagt.

Damit war sie aufgestanden, hatte sich in Fellkleider gehüllt, hatte das Nebelhorn über die Schulter geworfen und war in den Wald hinaufgewandert. Sie war vom Wege abgewichen, war nach der Anweisung des Geistes gegangen und nahe daran gewesen, sich im Dickicht zu verirren. Sie lachte leise, als sie das erzählte. Ob sie wüßten, was das wäre, im dichten Walde vom Wege abzukommen? Grundloser Boden, der bei keiner Kälte zufröre, Gestrüpp, das jeden leeren Raum zwischen den Stämmen ausfülle, Schneehaufen und Wurzeln und stechende Dornen und umgestürzte Bäume, so sei es oben im Wald.

„Aber dort oben fand ich drei wilde Böcke," sagte sie. „Kommt und seht, was ich dort fand." Sie führte ihren Gast die Reihen der Tanzenden entlang zu dem Bette hin, das mauerfest und durch Türen geschützt war. Sie öffnete die Türe, leuchtete mit einem Kienspan hinein, und da sah man drinnen drei Männer liegen. Sie waren alle in zerrissenen Fetzen; so abgemagert waren sie, daß die Backenknochen schwarze Schatten auf ihre Wangen warfen, aber ihre Züge waren kühn und schön. Sie schliefen so fest, daß weder der Tanz, noch Toras Vorzeigen sie wecken konnte.

„Das sind meine drei wilden Böcke, die ich im Dickicht gefunden habe," sagte sie. „Es sind drei arme Gesellen, die sich im tiefen Walde verirrt haben und dort acht Tage umhergewandert sind. Wäre ich nicht gekommen, so wären sie jetzt tot. Den ganzen Tag habe ich Essen für sie gekocht, und jetzt schlafen sie. Seht, wie sie schlafen."

„Es ist Gottes Gnade, die dich sie retten ließ, Tora," sagten ihre Gäste.

„Gott wollte, daß ich nicht allezeit zum Gespött sein sollte," sagte das Weib.

So verstrich der Abend. Als aber die Schlafenszeit herankam, da wurde die Freude unterbrochen. Die Tür wurde mit Macht aufgestoßen, und ein langer, großer Mann kam herein. Er durchbrach den Kreis der Tanzenden, stellte sich mitten in den Raum und erhob die Hand.

Das war der Pfarrer, Herr Ane, und er kam, um den Tanz in der Sonntagsnacht zu verbieten. Er hatte an diesem Tage in der Kirche gestanden und leeren Wänden gepredigt. Er hatte geglaubt, Krieg und Pest müßten alle Menschen dahingerafft haben, aber nein, hier waren sie, hier in der Spielhütte waren sie zu finden. Und der Pfarrer verkündigte Buße und Kirchenstrafe über sie alle.

Nun, da er sie gefunden hatte, sollten sie seine Predigt hören. Und er sprach und zertrümmerte ihre Freude und schreckte sie mit dem furchtbaren künftigen Leben, so daß sie vermeinten, niemals mehr den Fuß zum Tanze heben zu können.

„Tanzet nun, wenn es euch gelüstet," sagte der Pfarrer, „tanzet nun, ihr wißt jetzt, wohin ihr tanzet."

Einige schlichen sich stumm von dannen, andere standen verlegen da und suchten sich tapfer zu halten, sie begannen aber bald leise zu schluchzen. Ein Dirnlein, das eben noch am wildesten getanzt hatte, fiel auf die Knie und küßte die Hand des Pfarrers.

Keiner wagte ihm zu widersprechen, außer Tora. Sie, der sonst immer bange war, kam breit und ihrer Sache sicher heran. „Pfarrer," sagte sie, „hier haben wir jeden Sonntagabend getanzt, alle diese Jahre, und doch ist dies ein

Haus Gottes. Du sollst hören, wie Gott heute seinen Segen über mich ergossen hat."

„Du Hexe," sagte der Pfarrer, „willst du schweigen! Was an Segen zu dir kommt, das ist des Teufels Segen. Heute abend rede ich zu Menschen, die sich bekehren und bessern können. Mit dir rechne ich ein andermal ab."

Damit ging der Pfarrer, und in der Hütte herrschte große Betrübnis. Arild versuchte ein paar Striche auf der Geige, aber er legte sie gleich wieder fort. Die meisten von denen, die getanzt hatten, gingen heim.

Tora saß wieder am Herde, sie warf neue Scheite in die Glut und schien ebenso froh wie zuvor. Einige, die sahen, daß sie den Mut nicht verloren hatte, gingen auf sie zu und begannen, übel vom Pfarrer zu sprechen.

„Luthers Lehre hat Herrn Ane wild und toll gemacht," sagte ein Bauer. „Früher, als er noch dem Papste zugehörte, durfte man sogar im Pfarrhof tanzen."

„Er ist nicht so gut, wie er sich stellt, weißt du, Tora," sagte ein andrer.

„Tut er mir etwas, dann werde ich schon erzählen, wie er zu seinem Gelde gekommen ist," sagte Tora.

Und da nun viele sie fragten, was sie meine, erzählte sie: „Der Pfarrer, Herr Ane, war einmal sehr arm, aber er hatte einen Bruder, der ein Großbauer und sehr reich war.

Der Bauer starb, und Herr Ane zog in seinen Hof, der näher zur Kirche lag, als sein eigner. Und sobald er in den Hof gekommen war, fing er an, nach dem Gelde des Bruders zu suchen, aber er konnte es nicht finden. Er grub in der Erde und riß die Kellermauer und die Küchenwand ein, um das

Geld zu finden, aber es wollte sich ihm nicht zeigen.

Das Geld kam nicht zu Herrn Ane, obgleich er in langen Gebeten zu Gott darum flehte. Und Herr Ane wurde krank und verzweifelt vom Suchen und Nichtfinden.

In der ganzen Umgegend lachte man Herrn Ane aus, weil er seinen Kummer nicht verhehlte. ,Hast du meines Bruders Geld gesehen?' konnte er den ärmsten Bettler fragen.

Da kam meine Mutter, die nichts mehr war als ein armes Bettelweib, das von Hof zu Hof zog, eines Abends in das Pfarrhaus und bat Herrn Ane, ihr Unterkunft für die Nacht zu gewähren.

,Du sollst kein Obdach haben, wenn du mir nicht sagen kannst, wo mein Bruder sein Geld verwahrt hat,' sagte Herr Ane zu ihr.

,Wenn ich das wüßte, Herr Ane,' sagte Mutter, ,dann brauchte ich wohl nicht auf der Landstraße umherzuziehen und mein Brot zu erbetteln.'

Und sie bat ihn um Gottes Barmherzigkeit willen, er möge ihr Obdach gewähren, denn es war nicht gut für sie, in ihrem hohen Alter draußen unter freiem Himmel zu liegen.

Aber Herr Ane erwiderte, bei dem, was er gesagt hätte, müsse es sein Bewenden haben, und sie könne kein Obdach bekommen, wenn sie ihm das Geld nicht verschaffe.

,Aber wenn mir das gelingt, kann ich dann Obdach im Pfarrhof haben bis zu meiner Todesstunde?' sagte Mutter. – ,Das sollst du,' sagte Herr Ane.

Da bat Mutter, der sehr bange wurde vor dem, was sie auf sich genommen hatte, Herr Ane möge ihr große

Linnenlaken geben, und in die hüllte sie sich, als wäre sie eine Leiche. Dann ging sie auf den Kirchhof und nahm Graberde und streute sie über sich, und dann ließ sie sich von Herrn Ane die Kirchentür öffnen, und er folgte ihr in die Kirche und half ihr auf einen Dachbalken.

Und da lag nun Mutter auf dem Balken unter dem Dache. Aber sie erduldete alles mit fröhlichem Mute, in der Hoffnung, sich dadurch ein geschütztes Alter zu erringen.

Nun, es mochte gegen Mitternacht sein. Da wurde es hell in der Kirche, und ein paar Steine im Boden hoben sich, und einer der Toten kam herauf in die Kirche. Es war ein großer, derber Mann, er ging mehrere Male um die Kirche herum, da erblickte er meine Mutter. ,Bist du tot?' sagte er zu ihr. Und sie wagte nicht zu antworten. Da hatte es den Anschein, als wolle er zu ihr hinaufklettern. Und Mutter sagte mit heiserer Stimme: ,Ja, ich bin tot.' Und da ließ er sie sein.

Aber dieser Tote war des Pfarrers Bruder, und er ging nun wieder zu seinem Grabe. Er holte daraus eine Tonne hervor, die voll Silber und Gold war, und Mutter sagte, sie hätte gesehen, wie er die Gold- und Silbermünzen nahm und mit ihnen spielte; er warf sie über sich, als sitze er im Bade und bespritze sich mit Wasser.

Aber als er sich satt gespielt hatte, schüttete er das Geld ins Grab hinunter und stieg in seinen Sarg, und die Steine legten sich von selbst wieder auf ihren Platz zurecht.

Mutter blieb bis zum Morgen auf ihrem Balken hängen, und dann kam der Pfarrer, Herr Ane, und fragte, ob sie noch am Leben sei. Jawohl, Mutter war frisch und gesund. ,Dann komm und iß einen Bissen,' sagte der Pfarrer. ,Nein, zuerst will ich mir ein Obdach verdienen für meine alten Tage,' sagte Mutter.

Sie bat den Pfarrer, er solle Leute schicken, und dann ließ sie den Boden über seines Bruders Grab aufbrechen und den Sarg herausheben. Und als sie dies taten, war nichts Wunderliches zu merken; aber als Mutter sagte: ‚Seht nun nach, was noch in dem Grabe liegt,‘ da begann der Tote sich in seinem Sarge hin und her zu wälzen. Aber Mutter bedeutete die Burschen nur, sich mit der Arbeit zu sputen.

Mutter hielt ihre Hand auf dem Sargdeckel, denn sie hörte, wie der Tote drinnen arbeitete. Und sie holten aus dem Grabe eine große Tonne voll Gold- und Silbergeld. Und Mutter war froh, als sie den Toten wieder unten im Grabe hatten und der Kirchenboden über ihm geschlossen war.

‚Gib mir zu essen,‘ sagte meine Mutter dann zum Pfarrer, ‚ich habe jetzt ein tüchtiges Stück Arbeit für dich getan.‘

Und der Pfarrer gab ihr zu essen und behielt sie sieben Tage bei sich, dann hieß er sie wieder gehen.

Als Mutter so von neuem auf die Straße geworfen war, verfluchte sie ihn und sagte: ‚Das Geld, das ich dir verschafft habe, soll dein Unglück werden.‘

Und Mutter erzählte, der Pfarrer hätte ihr gesagt, er fürchte sich vor nichts, was ein Bettelweib ihm anhaben könne.

‚Die Rache bleibt nicht aus,‘ sagte Mutter. Das war Mutters Sprichwort, daß die Rache nicht ausbleibe.

Aber ihre Rache an dem Pfarrer blieb aus,“ fuhr Tora fort, „und nun heißt er ihre Tochter eine Hexe. Er hätte die große Kiste neben seinem Bett nicht so vollgepfropft mit Geld, wenn meine Mutter nicht gewesen wäre,“ fuhr Tora fort und richtete sich auf. „Er könnte nicht dasitzen und Geld

318

über sich werfen und wälzen, wie er es zu tun pflegt, er gerade so wie der Tote, wenn meine Mutter ihm nicht geholfen hätte."

Als Tora dies sagte, hörte man ein leises Scharren. Es war nicht ganz nahe, aber auch nicht weit weg. Niemand wußte, was es sein könnte. Es war, als versuche jemand, ein Loch in die Hauswand zu feilen.

„Wer schleift Messer in meinem Hause?" rief Tora plötzlich.

Nun wurde es ganz still. Als aber das Gespräch wieder in Fluß gekommen war, begann es aufs neue zu knirschen und zu scharren.

Tora nahm einen Kienspan, ging zum Bette hin und sah hinein. Da lagen die drei Wanderer ausgestreckt und schliefen, wie sie den ganzen Abend geschlafen hatten.

Nun war es wieder eine Weile still, dann begann das Unwesen abermals. Jeder hörte deutlich, wie Messer gegen Stein und Leder gerieben und geschliffen wurden. „Gott helfe uns, das ist ein Omen," sagte Tora. „Möge uns nichts Böses widerfahren, weil wir Übles vom Pfarrer gesprochen haben!"

Aber am nächsten Morgen lag der Pfarrer, Herr Ane, ermordet in seinem Bett, und sein großer Geldschrein war verschwunden. Und es wurde allsogleich bekannt, daß die drei wandernden Gesellen, die bei Arild dem Köhler gelegen und ihre Müdigkeit ausgeschlafen hatten, die Urheber des Mordes waren.

Sie hatten Tora vom Gelde des Pfarrers erzählen hören, während sie dalagen und taten, als schliefen sie. Und sie hatten sofort den Mord geplant und sich daran gemacht, ihre Messer zu schleifen.

Und seit diesem Tage gehen die Worte des alten Bettelweibes wie ein Wahrspruch durch die Umgegend. „Die Rache bleibt nicht aus," sagt man. „Gott kann mit einer Sage fällen. Gott kann mit einem Traume schlagen. Die Rache bleibt nicht aus."

Die Geisterhand

Gerade als es ein Uhr schlug, kam jemand und klingelte an der Glocke des Doktors. Das erste Läuten hatte keinen Erfolg, aber als das zweite und dritte Läuten verrieten, daß es unerschütterlicher Ernst war, kam Doktors Karin durch die Küchentür, um zu sehen, was es gebe. Und als Karin eine Weile unterhandelt hatte, mußte sie sich darein finden, den Doktor zu wecken. Sie klopfte an die Schlafzimmertür.

„Es ist jemand da von der Braut des Herrn Doktor. Der Herr Doktor muß hin."

„Ist sie krank?" ertönte es von drinnen.

„Sie wissen nicht, was ihr fehlt. Sie glauben, daß sie etwas ‚gesehen' hat."

„Ja, ich lasse grüßen und komme."

Der Doktor fragte nicht weiter. Er liebte es nicht, das Mägdegeschwätz über seine Braut zu hören.

Eine wunderliche Sache ist's mit diesem Aberglauben, dachte er, während er sich ankleidete. Nun liegt doch das Haus mitten in der Stadt, nicht das geringste Romantische daran. Ein ganz gewöhnliches, häßliches, altes Haus, eingerichtet wie alle andern in dem Viertel. Aber der Geisterspuk nistet sich dort fest.

Wenn es noch in einem finstern Gäßchen läge oder ein

wenig außerhalb der Stadt in irgendeinem verwilderten Garten, wo unheimliche alte Bäume die Fensterscheiben peitschten in solch einer stürmischen Winternacht! Aber es hat die Kirche und die Sparkasse und die Kaserne und die Zuckerfabrik ganz in der Nähe! Sollte man nicht glauben, daß die Zuckerfabrik mit allem ihrem Rasseln und Kochen und den großen glühenden Dampfkesseln es dem Gespenst unbehaglich machen müßte? Aber nein – durchaus nicht.

Auf seine Weise konnte das Gespenst Bewunderung verdienen. Es hatte Energie, unglaubliche Energie und die Fähigkeit, sich im Bewußtsein der Leute zu erhalten. Man gab wohl zu, daß es sich jetzt etwa zwanzig Jahre nicht hatte sehen lassen, seit die Fräulein Burmann in die Geisterzimmer gezogen waren. Aber hatte jemand es vergessen? Das zeigte sich ja jetzt: bloß weil Ellen ganz plötzlich krank geworden war, mußte es gleich heißen, sie hätte etwas gesehen.

Daß sie sich vor etwas erschreckt hätte, ja, das war wohl nicht unmöglich. Sie war wie prädestiniert, Gespenster zu sehen, weil sie ihr ganzes Leben mit den zwei nervösen, alten Tanten verbracht hatte. Und daß es ein Gespenst im Hause gab, hatte sie wohl immer gehört und geglaubt. Von Kindheit auf war ihre Phantasie durch das alles aufgereizt.

Als er das erstemal auf Krankenbesuch bei den Tanten gewesen war, hatte sie ihm gleichsam triumphierend gesagt: „Hier ist das Geisterzimmer," in einem Ton, als zeige sie eine Familienkostbarkeit.

„Sehen Sie, Herr Doktor, es geht nicht an, in diesem Zimmer Karten zu spielen."

„Ach, warum nicht?"

„Ja, wenn einer der Spielenden den geringsten Fehler macht, den allerunbedeutendsten Kniff, da kommt eine Hand und legt sich neben ihm auf den Spieltisch."

„Was für eine Hand?"

„Eine alte, häßliche Hand mit schweren Diamantringen auf den krummen Fingern und mit echten Spitzen ums Handgelenk."

„Nun und dann?"

„Ja, man sieht nichts als die Hand."

„Aber woher kommt das?"

„Das weiß niemand, sie hat sich immer hier gezeigt."

Sie hatte das sehr keck erzählt; aber wer konnte wissen, wer konnte wissen? Sie glaubte wohl an den Spuk.

„So kommt sie, sehen Sie, Herr Doktor, kommt die Tischkante heraufgeschlichen, dicht neben dem, der spielt. Hu, und dann weist sie mit einem großen, gekrümmten Finger auf eine der Karten! Sie hat Nägel wie Klauen, gekrümmt und spitzig."

Nein wirklich, daran glauben konnte sie doch wohl nicht. Sie hatte ja gerade das Gespensterzimmer zu ihrem Zimmer erwählt ...

Der Doktor jagte an der großen Zuckerfabrik vorüber, wo die Arbeit die ganze Nacht fortging, und gelangte über die hohe Steintreppe in das Haus.

Gott erbarme sich, auch er war nahe daran, zu erschrecken. Im Stiegenhaus stand eine lange Gestalt, ganz in einen schwarzen Schal eingerollt. Tante Malin war selbst heruntergekommen, um ihm die Stiege hinaufzuleuchten.

„Wie geht es Ellen?" fragte der Doktor.

„Wie gut von dir, daß du so rasch gekommen bist," sagte Tante Malin. „Ich weiß nicht, was sie hat. Du mußt kommen und selbst sehen."

Sie sprang beinahe die Stiegen hinauf, so alt sie war. Der Doktor bekam erst jetzt den lebendigen Eindruck, daß wirklich Gefahr im Verzuge wäre.

Ärgerlich, wenn nun jetzt etwas dazwischen kommen sollte, mit dem kleinen Mädchen dort oben, das er sich zur Frau gewählt hatte! Er hatte in seinem ganzen Leben keine gesehen, die ihm besser gepaßt hätte. Recht schön, und keine andern Verwandten als die zwei alten Tanten, und natürlich streng erzogen, ans Heim gewöhnt, tüchtig im Häuslichen, friedfertig.

Als sie ins Vorzimmer kamen, wendete sich Tante Malin wieder an ihn.

„Wir erwachten mitten in der Nacht davon, daß sie so furchtbar schrie, und wir haben sie seitdem nicht beruhigen können. Wir wußten uns keinen andern Rat, als dich holen zu lassen."

Sie öffnete die Tür zu Ellens Zimmer, steckte den Kopf hinein und sagte, daß er gekommen sei. Gleich darauf wurde er eingelassen.

Drinnen war es so hell, daß er im ersten Augenblick kaum etwas sehen konnte. Sie hatten wohl alles hereingebracht, was es in der Wohnung an Lampen und Leuchtern gab. In dieser Beleuchtung wurde es einem klar, daß dies einst, in den Glanzzeiten des Hauses, der Festsaal gewesen war.

Also hier hatten sie an den Spieltischen gesessen, und gerade da hatte die Gespensterhand sich gezeigt. Das mußte einen Schrecken und einen Aufstand gegeben haben! Man brauchte nur seine Braut anzuschauen, um zu wissen, wie sie ausgesehen haben mochten.

Sie saß mitten im Zimmer in einem großen Lehnstuhl, sie hielt sich ganz aufrecht, sah sich mit wunderlich wandernden Blicken um, war bleich, von einer richtigen Totenfarbe, ihre Zähne schlugen aufeinander, und sie bebte.

Der Lehnstuhl war mitten ins Zimmer gerückt. Es war einer mit freien Füßen. Kein Möbel stand in der Nähe, nichts konnte darunter verborgen liegen und plötzlich hervorkriechen.

Sie achtete nicht auf die, die hereinkamen. Sie hielt jetzt die Augen fest, ganz fest auf den Schatten des Schrankes geheftet, der sich gegen die Ecke des Kachelofens streckte. Sie hatte den Schatten wohl im Verdacht, daß er ihr irgendeinen häßlichen Streich spielen wolle. Sie zog die Röcke an sich, wie um bereit zu sein, zu fliehen, wenn der Schatten sich verdichtete und sich als etwas entpuppte, vielleicht als eine große Hand mit Fingern und Klauen. Der Doktor rückte also in aller Eile eine Lampe hinüber, so daß ihr Licht in die Ecke fiel. Sie sank wieder in den Stuhl.

Nun kam Tante Berta und stattete denselben Rapport ab wie Tante Malin.

„Wir erwachten davon, daß sie schrie, als wäre sie wahnsinnig geworden, und so ist sie dann die ganze Zeit gewesen. Sie will nur Licht haben, immer mehr Licht. Was, glaubst du, kann das sein?"

„Ein Schrecken, nichts als ein Schrecken," flüsterte der

Doktor.

So, nun waren ihre Blicke bemüht, sich hinter eine Gardine einzubohren. Er ging einmal ums Zimmer. Es konnte ja möglich sein, daß er entdeckte, was sie erschreckt hatte. Auf dem Schreibtisch lag ein tintenbekleckstes Briefpapier. Sie hatte etwas zu schreiben begonnen, aber die Feder war ihr aus der Hand gefallen und übers Papier gerollt. Ein Billett, das er ihr spät abends geschickt hatte, um zu fragen, ob sie und die Tanten am nächsten Tag einen Ausflug mit ihm machen wollten, lag dicht daneben.

Es war offenbar, daß sie sich an den Schreibtisch gesetzt hatte, um ihm zu antworten. Sie hatte eben „Mein gel ..." geschrieben. Dann war sie erschrocken und hatte die Feder fallen lassen.

Der Doktor fühlte, wie die Blicke der Tanten ihm folgten. Sie wunderten sich wohl, daß er kein Wort zu Ellen sagte. Das erste, was er tun mußte, war, alle aus dem Zimmer zu bringen, sowohl Tante Malin als auch Tante Berta und das Hausmädchen, damit sie den Schrecken nicht in ihr wach erhielten.

„Ich glaube, sie wird mir schon alles erzählen, wenn ich allein mit ihr sprechen kann," sagte er und hatte rasch das Zimmer ausgeräumt.

Er zog einen Sessel heran und setzte sich neben sie.

Wunderbar, wie viele Gesichter ein Mensch haben kann! Er hätte Ellen kaum wiedererkannt. Ruhe, friedvolle Ruhe war das Hauptmerkmal ihres Aussehens. Er war davon bezaubert worden, daß er sie immer gleich ruhig fand: eine förmliche Meisterin in der Kunst, die Tanten zu behandeln. Sie sah kaum von der Stickerei auf, wie sehr sie auch zankten. Und dann hatte er einmal gleichsam eine Offenbarung gehabt. Einmal, als er heimkam, vermeinte er eines Abends eine zarte, geneigte Gestalt im Lampenscheine am Arbeitstisch sitzen zu sehen. Er hatte ein deutliches Bild des feinen Nackens und der kleinen Hände empfangen. Das ganze Zimmer war durch sie geschmückt. Darauf hatte er um sie angehalten.

Und jetzt! Nur bleiches Entsetzen und aufgescheuchte Wildheit. Gerade, was er nicht wollte. Eine hysterische Frau! Ah, Gott behüte, Gott behüte!

„Sag, Ellen, was hast du?"

Sie antwortete nicht.

„Mir mußt du es sagen, verstehst du?" sagte er ein bißchen streng.

Sie heftete die Augen auf ihn, es war, als blitze ein Schimmer von Hoffnung in ihnen auf.

„Du wirst ruhig werden, wenn du es sagst."

Es war schade um ihre schönen, hellen Augen. Sie hatten auf dem, mit dem sie gesprochen hatte, immer mit einem Schimmer geruht, so still wie der der Sonne. Sie waren vielleicht glänzender jetzt. Aber das war ein Glanz, nach dem er eigentlich gar nicht fragte.

Sie kämpfte heftig mit sich selbst. Sie konnte den Unterkiefer nicht still halten. Sie stopfte ein Taschentuch zwischen die Zähne, damit man nicht hörte, wie sie aufeinanderschlugen.

Endlich hörte er sie ein paar Worte sagen. Sie saß da und schlug mit der einen Hand auf die andre und dachte laut. „Ich muß es ihm sagen. Ich muß, ich muß. Sie kommt sonst wieder. Ja, sie kommt wieder."

Dann begann sie zu sprechen, und er wurde wunderlich herabgestimmt dabei. Es glich am ehesten der Stimmung, die über einen kommt, wenn man im Frack in einem feierlichen Aufzug geht, und es kommt ein Platzregen. Man fühlt, wie man seine ganze Größe und Würde einbüßt.

Sie gestand mit einem Male, daß sie ihn nicht lieb hätte. Sie hätte ihn gern heiraten wollen, aber bloß um von daheim wegzukommen.

Hätte es sich nicht um ihn selbst gehandelt, er hätte darüber lachen können, wie dieses Kind sich nach einem Mann gesehnt hatte. Nach dem ersten besten. Sie war so fest entschlossen, fortzukommen. Es war der Tanten wegen. Zwar waren die ja sehr gut gegen sie gewesen und wußten selbst nicht, wie sie sie quälten.

Sie sah ihn mit verzweifelten Augen an und bettelte gleichsam, er möchte sie doch verstehen und für sie fühlen. Er wußte ja, wie die Tanten waren, er hatte sie ja viele Jahre hindurch behandelt. Sie waren so eigen, so eigen, so voll fixer Ideen und Beängstigungen. Tante Malin erwartete immer eine Feuersbrunst, Tante Berta glaubte immer, daß sie auf der Straße überfahren werden würde. Er wußte, wie sie waren. Und, wenn sie, Ellen, weiter bei ihnen bliebe, würde sie ebenso wunderlich werden.

Aber sie wollte ein ordentlicher Mensch werden. Und sie hatte die Tanten gebeten, fortgehen und arbeiten zu dürfen. Das hatten die natürlich nicht erlauben wollen. Da könnte er doch begreifen, daß ihr nichts andres übrig geblieben wäre, als zu heiraten.

Der Doktor konnte es nicht lassen, sie zu fragen, ob sie bei

328

einer Verheiratung mit jemand, aus dem sie sich nichts machte, nicht gefürchtet hätte, ein noch ärgeres Leben führen zu müssen, als hier bei den Tanten.

Ach nein, ärger könnte es wohl nie sein. Ein Mann wäre wenigstens manchmal fort. Die Tanten wären den ganzen Tag zu Hause.

Nun, da sie schon so offenherzig wäre – ob es ihr nie in den Sinn gekommen wäre, ihn lieb zu haben? Sie schüttelte den Kopf; das war etwas, was ganz außerhalb des Denkbaren lag. Und warum? Ob er zu häßlich wäre? Nein; sie schlug beteuernd die Augen auf. Ob er langweilig wäre? Sie machte eine abwehrende Handbewegung. Was für ein Fehler also an ihm wäre? Er sei zu kalt. Ja so, er war zu kalt.

Der Doktor machte ein paar Schritte durchs Zimmer. Das war doch unglaublich, daß ein solches Kind da herumgegangen war und etwas Derartiges zusammengebraut hatte. Hatte sich von ihm küssen lassen, ohne eine Spur von Neigung für ihn zu empfinden. Und sie hatte ihre Rolle gar nicht schlecht gespielt. Er war der Betrogne gewesen. Und daß er so unsympathisch sein sollte, daß ein junges Mädchen gar nicht daran denken könnte, ihm gut zu sein …!

Aber natürlich hatte sie bei den beiden Alten ein elendes Leben geführt. Er konnte schon begreifen, daß ihr viel daran gelegen hatte, sich zu verheiraten. Das war ihr wohl wie eine Erlösung fürs ganze Leben gewesen. Sie legte ihr Bekenntnis ab, ohne irgendein Erbarmen zu zeigen. Es fiel ihr gar nicht ein, daß sie ihn verletzte. Sie mußte wohl glauben, daß er gepanzert sei, ganz eisenhart.

Ihre Stimme erhob sich plötzlich zu einem Schrei. „Du weißt ja," sagte sie, „daß alle, die falsch spielen, in diesem Zimmer hier die Hand sehen. Ich habe sie gesehen. Ich saß dort, dort." Und sie wendete sich heftig zum Schreibtisch. „Dort hab' ich sie gesehen."

„Glaubst du nicht, daß ich sie gesehen habe?" fuhr sie fort und bohrte ihre Augen in ihn, als wolle sie die Wahrheit hervorzwingen.

„Laß mich hören, wie es war," sagte er beruhigend.

„Ja, du weißt doch, daß du mir am Abend geschrieben hattest, und ich wollte die Antwort schreiben, bevor ich mich niederlegte. Aber als ich mich an den Schreibtisch setzte, wurde ich unruhig und saß lange da und dachte, denn ich wußte nicht, wie ich die Überschrift schreiben sollte. Ich mußte ja ‚geliebter' schreiben, aber das kam mir nicht recht vor. Es war das erstemal, daß ich an dich schrieb. Ich fand, daß es schrecklich war, etwas zu schreiben, was nicht wahr war – aber schließlich schien es mir, daß ich nicht weniger schreiben könnte."

„Ist ein so großer Unterschied zwischen dem, was man schreibt, und dem, was man sagt?"

„Du hattest mich nicht gefragt, ob ich dich liebte, nur ob ich deine Frau werden wollte –"

„Ah so!"

„Aber da, in demselben Augenblick, in demselben Augenblick, als ich begonnen hatte, das Wort zu schreiben, war die Hand da. Sie kam über die Tischkante heraufgeglitten, und ich glaube, ich saß da und starrte sie ein paar Sekunden an, bevor ich begriff, was es war. Ich schrie nicht gleich. Ich konnte gleichsam nicht verstehen, daß es etwas Übernatürliches war. Aber da legte sie sich über das Papier und zeigte mit den gekrümmten Fingern auf das

330

Wort da.

Ich glaube, sie war froh, sie zitterte förmlich vor Freude. Es war, als wolle sie die Buchstaben an sich scharren – es war falsches Spiel. Da wollte sie mit dabei sein.

Sie kam gekrochen, auf den gelben Fingern, wie eine große Spinne. Gerade als hätte sie Eile. Es war so lange her, seit sie Anlaß gehabt hatte, hervorzukommen. Nun mußte sie sich sputen. Sie griff förmlich nach der Feder mit den feuchten, knochigen Fingern. Es war ja falsches Spiel. Da wollte sie mit dabei sein.

Ich schrie auf, als wäre es eine Schlange, und da verschwand sie, aber ich weiß nicht, ob sie nicht noch hier ist. Ich glaube, ich fühle, daß sie sich noch im Zimmer befindet. Und wenn sie wiederkommt, sterbe ich. Ich war nahe daran, zu sterben."

„Nein, sie darf nicht wiederkommen," sagte er tröstend.

„Ich weiß, daß ich eins tun muß," sagte sie, „ich muß es tun, damit sie nicht wiederkommt. Aber es ist so furchtbar hart."

Sie nahm den Verlobungsring vom Finger, steckte ihre kalte, zitternde Hand in die des Doktors und ließ den Ring zurück. Dann weinte sie in der Bitterkeit der Entsagung.

Der Doktor sagte nichts, er legte die Fingerspitzen aufeinander und ließ den Ring dazwischen hin und her gleiten.

Es wäre nicht so schwer, mit der Geisterhand fertig zu werden wie mit dem andern, meinte er. Die Hand hatte gleichsam seine Partei ergriffen, ihm ein wenig Rache verschafft. Er fühlte Sympathie für sie.

Es ist wohl mit manchen Leuten so, dachte er, daß das Gewissen in der einen oder andern Weise über sie kommt, wie sehr sie auch versuchen, es zu betrügen. Es hat seine eignen verschwiegnen Wege. Da hatte nun seine kleine Braut alles aufs beste ausgeklügelt, um ein gutes Heim zu bekommen. Bloß ein bißchen Heuchelei brauchte sie sich aufzuerlegen, und alles Glück der Welt war ihr eigen. Und da kommt das Gewissen ganz still heran und gräbt seine Mine tief unten in der Seele und sprengt endlich alle Klugheit, alle Berechnung in einem Augenblick in die Luft.

Ja ja, ja ja. Sie hatte wohl geglaubt, daß sie so ein ganzes Leben würde weiterlügen können. Hatte wohl gesehen, wie es andern geglückt war. Aber da stellt es sich heraus, daß sie aus feinerm Stoff gemacht ist. Es liegt ein Nachteil darin, einer verfeinerten Rasse von Gewissensmenschen anzugehören. Wenn man es am wenigsten erwartet, ist die Gewissenshalluzination da.

Natürlich nimmt sie dann die Form an, die am nächsten zur Hand liegt. Es war ja sonnenklar, daß das Gewissen in diesem Zimmer zu einer Geisterhand werden mußte.

Er saß noch immer da und spielte mit dem Ring und ließ ihn von einem Finger zum andern gleiten. Er fühlte etwas andres als Zorn darüber, daß er sie nicht hatte gewinnen können. Er war beinahe betrübt. Sie fing jetzt wohl an, sich seiner zu erinnern, zu denken, daß ihm ein Unrecht widerfahren sei, denn sie beugte sich hinab und küßte seine Hand. „Verzeih mir," sagte sie.

Es war merkwürdig, wie weich sie war. Wenn sie sich darüber klar geworden war, daß sie ein Unrecht getan hatte, wußte sie gar nicht, was sie alles anfangen sollte, um es zu sühnen. Es hatte wirklich keinen Zweck, sie länger zu quälen. Er brauchte ja nur gerade heraus zu sprechen, zu sagen, daß er nicht viel besser gewesen war als sie. Räsonnement auf beiden Seiten. Die eine hatte ein Heim, der andre eine Haushälterin gesucht. Es würde sie beruhigen, das zu hören.

Er wollte ihr sagen, daß es keine so bittere Enttäuschung für ihn hatte werden können. Er war nicht so furchtbar verliebt gewesen, auch er nicht.

Ja gewiß, er hatte ja keinen Anlaß, die Qual länger hinauszuziehen. Das beste war, ein Ende zu machen. Alle zur Ruhe kommen zu lassen und morgen unverlobt zu erwachen.

Als er sich erhob, um zu gehen, traten ihm die Tränen in die Augen. Es tat ihm doch weh, sie zu verlieren. Und nun war es das, was er ihr sagte.

Er begann damit, ihr unzusammenhängende Dinge zu sagen, daß sie ein Gewissensmensch sei, daß sie der feineren Rasse von Nervenmenschen angehöre, die gerade jetzt angefangen hätten, hier und dort aufzutauchen. Sie sei ihm gerade darum teuer. Gerade um dessentwillen, was ihr in dieser Nacht widerfahren sei, fiele es ihm schwer, auf sie zu verzichten.

Sie sei frei, ja, natürlich, aber wenn sie einmal könne und wolle – –

Er sah sie erstaunt an. Quälte sie das nicht? Nein, jetzt erst verschwand die Starrheit aus ihren Zügen, und die Augen wurden ruhig. Sie saß mit halbgeöffnetem Munde und lauschte –

Er sprach davon, wie er das Leben für sie hätte ordnen wollen, sprach davon, wie er sich nach ihr gesehnt hätte. Er sprach ganz anders davon, als er vor einer halben Stunde gesprochen hätte. Aber er sah es auch ganz anders, jetzt, da er sie verlieren sollte. Er sprach viel schöner, als er es sich zugetraut hätte. Das Zusammenleben mit einem weichen, liebenswerten Wesen, ja, gerade das Zusammenleben mit ihr, nahm sich auf einmal sehr hold für seine Phantasie aus, und er sagte es ihr.

Als er näher trat und ihr die Hand zum Abschied reichte, kamen ihm noch einmal die Tränen in die Augen. Sie war so schön, gerade jetzt, die Farbe entzündete sich wieder auf ihren Wangen, sie war wie eine frischerblühte Blume. Sie sah ebenso froh aus wie jemand, der einer Todesgefahr entronnen ist.

Der Doktor stand mit ihrer Hand in der seinen und zog seine Schlüsse so rasch wie nie zuvor.

Sie verstand sich natürlich selbst nicht, nicht im geringsten. Ah! Er schöpfte tief Atem. Alle Niedergeschlagenheit war fort. Ein jubelndes Siegesgefühl durchblitzte ihn. Nur mit einer einzigen Anstrengung hatte er sich ihre Liebe ersprochen. Sie hatte ja nur gebraucht, daß er zeigte, daß er sie lieb hatte.

Er nahm den Verlobungsring und steckte ihn ihr ruhig wieder auf den Ringfinger. „Keine Torheiten," sagte er, als sie die Hand wegziehen wollte.

„Aber," sagte sie. „Ich weiß nicht, ich wage nicht –"

„Ich wage es, ich," sagte der Doktor, „ich war nie so, daß ich vor dem Glück davongelaufen bin."

Er ging ins Vorzimmer hinaus, fand seinen Überrock und kam wieder herein, um seine Zigarre anzuzünden.

„Arme Kleine," sagte er, während er ein paar Züge machte.

„Bist jetzt wie gebunden und gefesselt, mich zu lieben, sollte ich meinen. Sonst kommt noch die Hand dort und preßt dir das Leben aus."

Druck und Einband von Hesse & Becker, Leipzig. 2,525.